HEYNE <

CYNTHIA CLEMENT

Süße Versuchung

Roman

WILHELM HEYNE VERLAG
MÜNCHEN

Die Originalausgabe erschien unter dem Titel
THE SEDUCTION OF SARAH bei Zebra Books Kensington
Publishing Corp., New York

Aus dem Amerikanischen von Corinna Vierkant

Umwelthinweis:
Dieses Buch wurde auf chlor- und säurefreiem Papier gedruckt.

Vollständige deutsche Erstausgabe 07/2007

Printed in Germany 2007
Umschlagillustration: © Daeni, Pino via Agentur Schlück GmbH
Umschlaggestaltung: Nele Schütz Design, München
Satz: IBV Satz- und Datentechnik GmbH, Berlin
Druck und Bindung: GGP Media GmbH, Pößneck

ISBN: 978-3-453-81159-1

www.heyne.de

Erstes Kapitel

Juli 1823

Sarah tauchte in das kühle Wasser ein und genoss, wie es ihre nackte Haut umspülte. Sie schloss die Augen und seufzte. Die Vögel und Frösche protestierten gegen dieses Eindringen in ihre Welt. Ihr Gezwitscher und Gequake beruhigte und entspannte Sarah.

»Ich hatte ganz vergessen, wie erfrischend so ein Morgenbad sein kann.« Eine tiefe raue Männerstimme durchschnitt die morgendliche Stille. »Soll ich Euch Gesellschaft leisten?«

Sarah riss den Kopf herum, so dass ihr das kalte Wasser ins Gesicht spritzte. Sie blickte in die stahlgrauen Augen eines Hünen von einem Mann. Er stand am Ufer, an ein Pferd gelehnt, das so dunkel wie die Nacht war. Ross und Reiter passten perfekt zueinander. Sarah zuckte zusammen, ihr Herz schlug wie wild.

»Lasst Euch nicht von mir stören.« Der Mann tat ein paar Schritte von seinem Pferd weg, seine engen Reiterhosen spannten um die kräftigen Beinmuskeln. »Ich habe noch nie einen so schönen Körper gesehen.«

»Bitte«, flehte Sarah und glitt tiefer ins Wasser. »Dreht Euch um und lasst mich herauskommen.«

Ein listiges Lächeln war die Antwort. »Diesem Wunsch kann ich mich unmöglich beugen.«

»Macht Euch nicht lächerlich.« Sarah ruderte schneller mit den Armen, um nicht unterzugehen. Ihr anfänglicher Schreck wandelte sich schnell in Wut. »Euer Benehmen geziemt sich nicht für einen Gentleman.«

Der Eindringling zuckte mit den kräftigen Schultern. »Mag sein, aber ein Leben nach den Regeln hat mich schon immer gelangweilt.«

»Ihr könnt nicht ernsthaft erwarten, dass ich aus dem Wasser komme, solange Ihr dort steht.« Langsam begann die Angst Sarahs Brust einzuschnüren.

Er wandte ihr das Gesicht zu, und Sarah sog hörbar Luft ein, als sie die gezackte Narbe erblickte, die über seine rechte Gesichtshälfte verlief. Erneut ergriff sie Furcht. Sie war nackt und allein mit einem Fremden.

»Es besteht kein Anlass zur Bescheidenheit. Ich beobachte Euch schon seit einer Weile und glaube nicht, dass ich je ein sinnlicheres Schauspiel erleben durfte. Ihr seid eine bemerkenswert schöne Frau.«

Wieder kämpfte Sarah mit dem flauen Gefühl im Magen und die Angst kroch ihr den Rücken hoch. »Das beruhigt mich nicht gerade«, sagte sie patzig.

Er kam näher ans Ufer, Kiesel knirschten unter seinen Reitstiefeln. Bei ihrem Kleiderhaufen blieb er stehen und hob ihr Badetuch auf. »Ich werde es Euch einfach machen. Ihr braucht bloß herauszukommen um Euch Eure Kleidung zu holen.«

Sarah schüttelte den Kopf. »Warum sollte ich Euch trauen?«

»Ich verstehe Euer Dilemma.« Der Mann hielt ihr das ausgebreitete Badetuch einladend entgegen. »Aber was habt Ihr für eine Wahl?«

»Ich bleibe hier, bis Ihr geht«, erwiderte Sarah mit vorgerecktem Kinn. »Ihr müsst noch anderes zu tun haben, als hilflose Frauen zu quälen.«

»Aber Ihr seid nicht gänzlich wehrlos. Sonst würde ich mich kaum mit Euch aufhalten.« Wieder kam er näher ans Wasser, das Handtuch immer noch für sie aufgehalten. »Ich habe alle Vorsicht außer Acht gelassen und bin bereit, mich von Euch zurückweisen zu lassen, nur um Euren Namen zu erfahren.«

»Werdet Ihr mich dann in Frieden lassen?«

»Vielleicht.«

Sarah überlegte ein paar Sekunden, beschloss dann aber, dass es nichts schaden konnte. In den sechs Wochen, die sie und ihre Cousine in Caldern verbracht hatten, hatten sie niemanden getroffen. Sarah würde diesen Mann wahrscheinlich nie mehr wiedersehen. »Ich heiße Sarah.«

»Ein wunderschöner Name für eine wunderschöne Frau. Ich bin Alex.«

»Und jetzt geht«, verlangte Sarah mit erhobener Stimme. Alex runzelte die Stirn und schüttelte dann den Kopf. »Nein.«

»Ihr habt es versprochen!« Wütend schlug Sarah mit der Faust aufs Wasser. »Das ist ungerecht.«

»Nichts habe ich versprochen. Ich sagte, vielleicht.« Alex ging zu einem großen Stein am Ufer und setzte sich.

»Ihr seid abscheulich«, zischte Sarah. »Was wollt Ihr?«

»Nichts«, versicherte er ihr. »Ich werde Euch kein Leid zufügen. Ich gebe Euch mein Ehrenwort.«

Was sollte sie tun? Sarah versuchte, sein Gesicht zu erforschen, doch sein Blick war unergründlich. Bereits jetzt würde sie zu spät zum Haus zurückkommen und Caroline wäre sicher zornig. Dennoch konnte sie diesem Fremden nicht trauen.

»Männer wollen doch immer etwas.« Sarah erschauderte, als sie Wut in Alex' Augen aufblitzen sah; doch sofort senkte er die Lider.

»Ihr wisst offensichtlich nicht, was Ihr redet«, sagte er unterkühlt. »Wer gab Euch die Erlaubnis hier zu baden?«

»Mir war nicht bewusst, dass man eine Erlaubnis braucht«, erwiderte Sarah und wandte die Blicke von ihm ab. Sie ging bereits seit einem Monat jeden Morgen hier schwimmen. Seit sie diesen See entdeckt hatte. »Ich weiß, es schickt sich nicht zu baden ...«

»Und dennoch habt Ihr es getan«, unterbrach Alex sie.

»Ja«, musste sie zugeben und sah ihn wieder an. An seiner gleichgültigen Miene ließen sich keine Absichten ablesen. »Ich hoffe, Ihr werdet es niemandem verraten?«

»Eben noch zweifelt Ihr an meinem Wort und nun soll ich es Euch geben?«, Alex schnaubte verächtlich. »Ich sehe schon, Ihr habt merkwürdige Ansichten über Männer.«

»Meine Ansichten wurden durch Männer bestärkt.« Sarah reckte aufsässig das Kinn.

»Das mag sein«, gestand Alex ihr geflissentlich zu. »Doch das ändert nichts an Eurer Lage. Kommt Ihr nun aus dem Wasser?«

Sarah klapperten bereits die Zähne, und sie vermutete,

dass nichts diesen Mann dazu bewegen konnte zu gehen. Er rührte sich nicht vom Fleck. Da er selbst zugegeben hatte, dass er sie beobachtet hatte, hatte sie auch keine Geheimnisse mehr zu verbergen.

Abrupt schwamm sie zum Ufer, richtete sich auf und stieg aus dem Wasser. Sie sah, wie sich Alex' Augen weiteten und dann anerkennend blickten. Erhobenen Hauptes schritt sie auf ihn zu und funkelte ihn dabei wütend an, aber er lächelte nur.

»In der Tat wunderschön.« Er stand auf und reichte ihr das Badetuch. »Ich bin froh, dass Ihr nicht versucht habt, Euch mit den Händen zu bedecken. Ihr habt nichts, wofür Ihr Euch schämen müsstet.«

Sarah hüllte sich in das Badetuch und schüttelte das dunkle Haar aus dem Gesicht, bevor sie von ihm zurücktrat. Ihre Wangen fühlten sich heiß an, aber sie wollte vor dem Fremden keine Verlegenheit zeigen. Er würde das als Schwäche deuten, eine, die er ausnutzen konnte.

»Hätte ich gewusst, dass ich einen Zuschauer habe, wäre ich nicht schwimmen gegangen.« Sie ging zu ihrem Kleiderhaufen, doch seine Stimme hielt sie zurück.

»Das habt Ihr einzig Euch selbst vorzuwerfen«, bemerkte er und ging auf sie zu. »Einer anständigen Lady käme es niemals in den Sinn, unbekleidet zu baden.«

»Ein anständiger Gentleman wäre gegangen, sobald er meine Lage erkannt hätte«, gab sie zurück. Ein tiefes Lachen war die einzige Antwort. Mit zusammengebissenen Zähnen bückte sich Sarah nach ihrer Kleidung, doch er kam ihr zuvor.

»Lasst mich Euch helfen.« Er hielt ihr Unterkleid und

Höschen entgegen. »Ihr könnt nicht den ganzen Tag hier herumstehen und zittern.«

Sarah schnappte sich die Kleidungsstücke und wandte sich von ihm ab. Mit einer Hand zog sie die Unterwäsche an, während sie mit der anderen das Badetuch festhielt. Als sie sich notdürftig bedeckt hatte, nahm sie das Handtuch, um sich das Haar zu trocknen.

»Wie habt Ihr dieses Fleckchen gefunden?«, fragte Alex schroff. »Dieses Anwesen ist komplett verwildert und zugewachsen. Der See ist nicht leicht auszumachen.«

Sarah blickte den Fremden über die Schulter an. Er war ein Riese von einem Mann, über einen Meter achtzig mit muskulösen Schultern. Eine Aura von Macht und Beherrschung umgab ihn. Er trug eine unbeteiligte Miene zur Schau, aber seine Augen brannten intensiv, während er sie in Augenschein nahm. Die Narbe zeichnete sich weiß von seinem dunkel gebräunten Gesicht ab.

»Ich komme öfters hier vorbei. Es mag versteckt wirken, aber die Pfade sind immer noch begehbar. Dieser Teil ist in einem guten Zustand, verglichen mit anderen Bereichen des Anwesens.«

Alex nickte verstehend und biss leicht die Zähne zusammen. Sarah hob ihr Kleid auf und wollte um ihn herumgehen, doch bevor sie entkommen konnte, packte er sie am Arm. Handtuch und Kleid fielen zu Boden.

Sarah holte tief Luft und blickte ihn voller Argwohn an. Sanft berührte Alex ihre Wange. Eine Welle widersprüchlicher Gefühle durchzuckte Sarahs Körper.

»Werdet Ihr mir verraten, wo Ihr wohnt?«, fragte er. »Ich würde Euch gerne wiedersehen.«

Sarah schüttelte den Kopf und zerrte an seinem Arm. »Es gibt keinen Grund, warum wir uns wiedertreffen sollten.«

»Da bin ich aber anderer Meinung.«

Sarah beobachtete atemlos, wie sich Alex' Muskeln unter der Reitjacke anspannten, während er sie ohne die geringste Anstrengung festhielt. Er beugte sich zu ihr und verdeckte die Sonne. Sein Atem kitzelte ihr Gesicht. Sarahs Herz begann zu rasen.

»Lasst mich los.« Sarahs Stimme versagte und klang eher nach Einladung als Befehl. Ein zufriedenes Lächeln breitete sich auf Alex' Gesicht aus. Er bückte sich zu ihr herab und ließ seine Lippen fast unmerklich über ihren Mund streifen. Die Berührung war warm und verlockend und seine Lippen zitterten leicht dabei.

Die Berührung versetzte Sarah einen lustvollen Stich und ihr stockte der Atem. Unwillkürlich drängte sie sich leicht zu ihm hin und erwiderte den Kuss mit einem sanften Biss, bevor er auch schon vorbei war. Einen Moment lang war sie nicht sicher, ob es wirklich geschehen war, doch ihre Lippen prickelten noch immer, als sie mit der Zunge darüberfuhr.

Als Sarah aufblickte, sah sie in zwei Augen aus geschmolzenem Silber. In ihren Ohren rauschte das Blut. Nichts existierte plötzlich mehr für sie außer diesem Mann, der sie festhielt. Sie versuchte, den Blick abzuwenden, doch seine Augen hielten sie in ihrem Bann. Es war, als könne sie in seine Seele blicken, und so wahr ihr Gott helfe, sie sehnte die Berührung seiner Lippen zurück.

Verführerisch fuhr er ihr mit den Händen über den

Rücken und zog sie schließlich an sich. Ein Feuerwerk entlud sich in ihrem Inneren, als er sich hart und fordernd an sie presste und ihren Lippen entrang sich ein Seufzen. Schauer der Erregung durchströmten sie, bis auch die letzte Faser ihres Körpers erfasst war, und sie wurde von einem Verlangen ergriffen, wie sie es noch nie erlebt hatte.

Alex senkte den Kopf und ließ seine Zunge über ihre Lippen gleiten, bevor er sie verlangend in ihren Mund stieß. Leidenschaftlich schlang er sie um die ihre, liebkoste und neckte sie und entfachte ein wildes Feuer tief in ihrem Inneren. Es brannte langsam und heiß. Sarah erschauderte, ihr wurden die Knie weich und die Erregung drohte sie hinwegzuspülen. Ihre Vernunft warnte sie, dass sie sich an diesen Flammen verbrennen würde, doch längst hatte sie die Kontrolle verloren. Sie lag in Alex' Armen und gab sich vollkommen ihrem Verlangen und seinem Fordern hin.

Seinem hungrigen Drängen begegnete sie mit ebenbürtiger Leidenschaft und vergaß sich ganz im aufregenden Duell ihrer Zungen. Es war unmöglich, einen klaren Gedanken zu fassen, jetzt zählte nur noch das Feuer, das zwischen ihnen loderte. Sarah ergab sich ganz dem Moment, erschrocken und gleichzeitig elektrisiert von der erwachenden Glut in ihr. Sie bebte am ganzen Körper.

Alex' Hände fuhren an ihrem Rücken herunter, bis er ihren Po in beiden Händen hielt. Mit einer schnellen, routinierten Bewegung zog er sie noch fester an sich und Lust durchströmte sie.

Wie aus großer Ferne hörte Sarah das Knacken eines Astes und das protestierende Schnauben des Pferdes.

Der Bann war gebrochen. Sie kämpfte sich aus dem Netz der Verzückung, in dem sie gefangen war. Alex löste sich von ihr und schob sie sanft von sich. Wie lange sie sich geküsst hatten, vermochte Sarah nicht zu sagen. Außer Atem und wie betäubt blickte sie zu ihm auf. Woher kam diese ungezügelte Leidenschaft, mit der sie auf diesen Fremden angesprochen hatte?

»Vergebt mir«, flüsterte er heiser. »Ich konnte einfach nicht widerstehen.«

Sarah schüttelte abwehrend den Kopf. »Das durftet Ihr nicht. Ihr gabt mir Euer Wort.« Sie war siebenundzwanzig und noch nie hatte sie einen solchen Kuss erlebt!

»Das wohl«, stimmte er zu und strich ihr das Haar aus den Augen. »Aber jetzt versteht Ihr, warum wir uns wiedersehen müssen. Wir ergeben eine explosive Mischung.«

»Schlagt Ihr mir allen Ernstes eine Affäre vor?«, fragte sie ungläubig.

Er lächelte sie verführerisch an. »Das wird ganz eindeutig der nächste Schritt unserer Beziehung sein.«

Sarah trat einen Schritt zurück und verpasste ihm so schnell eine schallende Ohrfeige, dass sie beide überrascht waren. Entsetzt hielt sich Sarah die Hand vor den Mund, als sie sah, wie sich sein Gesicht rötete.

»Anscheinend haltet Ihr nicht viel von meinem Vorschlag«, bemerkte er trocken. »Ein einfaches Nein hätte auch genügt.«

»Es tut mir leid«, stammelte Sarah. »Das geschah aus einem Impuls heraus.«

»Ihr seid kein junges Mädchen mehr.« Alex bückte

sich und hob ihr Kleid auf. »Und unerfahren seid Ihr auch nicht. Warum also empfindet Ihr meinen Vorschlag als anstößig?«

»Er ist inakzeptabel für jede Frau von Anstand.«

»Wie konnte ich das vergessen«, höhnte Alex. »Ich hatte wohl nicht erwartet, eine Frau von Anstand beim Nacktbaden anzutreffen.«

»Wie könnt Ihr es wagen!«, fauchte Sarah. Sie presste die Arme seitlich an den Körper. »Ihr benehmt Euch wie ein Rüpel.«

»Jetzt ist nicht der Zeitpunkt, darüber zu streiten.« Alex hielt ihr das Kleid hin. »Ihr holt Euch noch eine Erkältung, wenn Ihr nicht bald etwas anzieht.«

Sarah blickte an ihrer nassen Unterwäsche herunter und errötete. Das dünne Material klebte an ihren Brüsten und enthüllte mehr, als es verdeckte. Sie griff nach dem Kleid und drückte es sich an die Brust. Dieser Mann brachte sie in Rage, und das war gefährlich.

»Ich würde mich gerne ungestört ankleiden.« Sarah bemerkte ein Funkeln in Alex' Augen und hielt die Luft an. Sie verstand nicht, warum er eine solche Wirkung auf sie hatte, aber sie musste ihr entfliehen.

»Selbstverständlich.« Alex drehte sich um und blickte auf den See.

Sarah ging hinter ein Gebüsch. Doch anstatt sich anzukleiden, kroch sie vom Ufer weg und versteckte sich in einem kleinen Eichenwäldchen an der Nordseite des Sees, bis sie hörte, wie Alex davongaloppierte.

Sarah schaute an sich herunter und bemerkte, dass sie noch immer ihr Kleid in den Händen hielt. Mit zittrigen Fingern zog sie das mattgraue Stück über den Kopf und schnürte es zu. Eilig schlang sie das lange braune Haar zu einem Knoten und setzte ihre Haube auf.

Sarah rannte fast zurück zum Haus. Heute hatte sie kein Auge für die zauberhaften Reize von Caldern. Das orangefarbene Leuchten der aufgehenden Sonne wurde vom roten Sandstein des Herrenhauses reflektiert, so dass es in strahlendem Glanz erschien. Unter dem feurigen Streicheln der Sonne erwachte das herrschaftliche Gebäude, aber Sarah war blind dafür.

In der Küche herrschte reges Treiben. Es schien, als hätte sich das gesamte Personal dort versammelt. Sarah verharrte in der Tür, bis das Frühstück unter den Anweisungen der Köchin auf Servierplatten angeordnet war. Dann blaffte Johnson den Bediensteten einige Anweisungen zu und diese sammelten alles ein und trugen es eilig Richtung Speisesaal davon. Ein erleichtertes Aufatmen ging durch die Küche.

»Es ist ja betriebsam heute Morgen«, sagte Sarah zur Köchin, die an einem Tisch lehnte.

»Das stimmt«, gab die rundliche Frau zu. »Das ist wegen der Ankunft des Marquis.«

»Der Marquis ist hier?«, fragte Sarah ungläubig. Irgendwie hatte sie nicht mehr geglaubt, dass es diesen Mann wirklich gab. Seit über einem Monat warteten sie nun schon auf sein Erscheinen.

Die Köchin suchte ihre Töpfe zusammen. »Er kam gestern spät Abend an. Kein Wort zu niemandem als Vorwarnung, aber Lady Caldern wird sich freuen. Seit sechs Monaten hat sie versucht, ihn zur Heimkehr zu bewegen. Es ist schön, Master Alex wieder hier zu haben.

Er war nicht mehr da, seit er sechzehn war. Mittlerweile ist ein stattlicher Mann aus ihm geworden.«

»Ganz gewiss«, murmelte Sarah, der bei diesen Neuigkeiten ganz schwindelig wurde.

»Lady Caroline hat vor ein paar Minuten geläutet. Sie wird kaum erwarten können, den Marquis kennenzulernen.« Die Köchin gab die Töpfe einer der Küchenhilfen und machte sich am Herd zu schaffen.

Sarah nickte schwach und schlich aus der Küche. In der Sicherheit des dunklen Flurs lehnte sie den Kopf an die dunkle, eichengetäfelte Wand und versuchte, ihren Atem zu beruhigen. Ein bleierner Knoten formte sich in ihrem Magen. Alex – so hatte sich der Fremde am See vorgestellt.

Vor Sarahs geistiges Auge traten die Bilder von dem Mann, der sie beim Morgenbad ertappt hatte. Er war ihr gleich bekannt vorgekommen. Jetzt wusste sie auch warum. Als sie mit ihrer Cousine Caroline in Caldern, diesem entlegenen Anwesen in Cumberland, angekommen war, hatte man ihnen ein Bild des Marquis als Junge gezeigt. Der Mann am See war dieser Junge. Er war der Mann, den ihre Cousine zu heiraten gedachte.

Zweites Kapitel

Sacht klopfte Sarah an Carolines Tür und trat ein. Es war ein großes, helles Zimmer nach Süden. Die geblümten Tapeten und Bettüberwürfe bildeten den perfekten Rahmen für die gertenschlanke, blonde Caroline.

»Wo hast du denn gesteckt?«, zischte Caroline. Sie saß vor einem dunklen Mahagoni-Frisiertisch und bürstete sich das Haar. Ohne sich umzuwenden, funkelte sie Sarah im Spiegel an. »Stundenlang warst du nirgends aufzufinden.«

»Ich war nicht einmal eine Stunde unterwegs«, berichtigte Sarah und setzte sich aufs Bett.

»Es erschien mir ewig«, schmollte Caroline. »Und das, wo ich dich doch brauche. Deshalb hat Vater dich schließlich mit mir geschickt.«

»So ein Unsinn«, schimpfte eine Stimme aus dem Ankleidezimmer nebenan. Mit einem Arm voller Kleider kam Nellie, ihr Dienstmädchen, herein. »Mrs. Wellsley ist als Eure Anstandsdame hier und um Euch zu unterstützen. Sie ist Eure Cousine, nicht Eure Dienerin.«

»Guten Morgen, Nellie«, begrüßte Sarah sie mit einem Lächeln und stand auf. »Komm, ich helfe dir damit.« Sie nahm Nellie die Kleider ab und drapierte sie auf dem Bett.

»Aber sie könnte wenigstens hier sein, wenn ich sie brauche.« Caroline knallte die Bürste auf den Frisiertisch. »Der Marquis entscheidet sich endlich heimzukehren, und wo bist du?«

»Beim Kräutersammeln.« Sarah betrachtete die Kleider auf dem Bett. »Sind die nicht zu festlich für den Vormittag?«

»Ich muss mich von meiner besten Seite zeigen!«, rief Caroline. »Im Gegensatz zu dir wirke ich gerne anziehend auf das andere Geschlecht. Ich würde mich nicht vor der Welt verstecken, wenn mein Mann gestorben wäre, egal wie sehr ich ihn geliebt hätte.«

Bei diesen Worten versteifte sich Sarah am ganzen Körper. Wie konnte ihre Cousine glauben, dass sie ihren Mann geliebt hatte? Einen Mann wie Stephen Wellsley konnte man nicht lieben. Eine sanfte Berührung an der Schulter riss sie aus den Gedanken und Sarah blickte in Nellies verständnisvolles Gesicht.

»Setzt Euch. Ich kümmere mich um Lady Caroline«, flüsterte sie. Sie führte Sarah zu einem Diwan und drückte sie sanft auf das Polster.

»Ich wünschte, du würdest dich mehr um deine Familie kümmern und nicht immer nur um Kräuter«, klagte Caroline, drehte sich um und sah Sarah an. »Immer bist du unterwegs und versorgst irgendwelche Kranken im Dorf oder arbeitest im Destillierraum. Nie bist du da, wenn ich dich brauche.«

»Das ist nun mal meine Tätigkeit«, erklärte Sarah. »Die Leute sind auf meine Kräuter und Heilkenntnisse angewiesen.«

»Nun, ich bin genauso auf dich angewiesen.« Caroline verzog die vollen roten Lippen zu einem hübschen Schmollmund und warf das lange blonde Haar über die

Schulter zurück. »Du weißt, wie aufgeregt ich wegen dieses Treffens bin. Ich will mich nicht auch noch um dich sorgen müssen.«

»Ich habe dir nie Anlass zur Sorge gegeben, Caroline«, erwiderte Sarah und hielt dem beleidigten Blick ihrer Cousine stand. »Warum hast du dich auf den albernen Plan deines Vaters eingelassen, wenn du das Treffen mit dem Marquis so fürchtest?«

»Darum geht es nicht«, verteidigte sich Caroline. »Der Marquis ist der perfekte Mann für mich. Er ist reich, adelig und angemessenen Alters für mich. Londoner Gerüchten zufolge soll er ziemlich gut aussehen. Mehr erwarte ich nicht von einem Ehemann.«

»Aber du hast ihn doch noch gar nicht getroffen«, erinnerte Sarah ihre Cousine. »Vielleicht magst du ihn gar nicht.« Das markante Gesicht des Mannes am See blitzte vor Sarahs geistigem Auge auf. Bestimmt würde er Caroline gefallen. Er war ein attraktiver Mann.

»Darum sind wir ja auch hier in Caldern.« Caroline erhob sich und trat zum Bett. Einen Moment lang stand sie nachdenklich vor den Kleidern, dann entschied sie sich für ein Seidenkleid in zartem Rosa. »Wir sind hier, um uns kennenzulernen und festzustellen, ob wir zueinander passen. Nichts könnte gesitteter sein.«

»Wahrscheinlich hast du recht«, stimmte Sarah zu. »Aber denk daran, dass du den Rest deines Lebens mit diesem Mann verbringen wirst.«

Caroline starrte Sarah ungläubig an. »Was bist du doch für eine Romantikerin! Hier geht es um eine Ehe. Wenn die Kinder auf der Welt sind, werden wir getrennte Wege gehen.«

»Das ist aber nicht, was sich Onkel John und Tante Alice unter einer Ehe vorstellen«, erinnerte Sarah ihre Cousine.

»Meine Eltern sind so provinziell!«, seufzte Caroline und ließ sich von Nellie in das Kleid helfen. »Ich möchte in London leben, dort wo sich alles trifft, wer in der Gesellschaft etwas auf sich hält.«

»Soll das heißen, deine Eltern sind gesellschaftlich unbedeutsam, bloß weil sie den größten Teil ihrer Zeit in Somerset verbringen?«, fragte Sarah entrüstet.

»Du drehst mir die Worte im Munde herum.« Caroline strich das Oberteil ihres Kleides glatt und blickte über die Schulter, wo Nellie die Bänder am Rücken verschnürte. »Vater ist Earl, natürlich ist er bedeutsam. Ich will nur nicht, dass sich mein Leben auf dem Lande abspielt.«

»Caldern liegt aber nun mal im Norden. Wir sind hier nur ein paar Stunden von der schottischen Grenze entfernt, nach London hingegen sind es mehrere Tagesreisen. Hier wird es kaum Gesellschaftsleben geben«, erklärte Sarah geduldig.

Caroline bedachte sie mit einem ungläubigen Blick. »Ich kann deine Dummheit nicht fassen, Sarah. Der Marquis mag leben, wo er will, ich aber gedenke, nach London zurückzukehren.«

»Als dein Mann wird er bestimmen, wo und wie du lebst, Caroline. Lass dich nicht auf eine überstürzte Ehe mit jemandem ein, von dem du nichts weißt«, mahnte Sarah.

»Überstürzt kann man es wohl kaum bezeichnen.« Caroline setzte sich wieder an ihren Frisiertisch, wo Nellie ihr das Haar hochsteckte. »Wir warten bereits über einen Monat in dieser schrecklichen zugigen Burg.«

»Das Haus ist nicht schrecklich«, widersprach Sarah. »Würdest du nicht darauf bestehen, drinnen zu bleiben, könntest du sehen, wie bezaubernd die Anlage ist. Und wenn du Marquise werden willst, solltest du doch auch die Leute kennenlernen, die hier arbeiten und leben.«

»Das wird kaum nötig sein. Schließlich heirate ich keinen Gemeindepfarrer wie du.« Caroline zwirbelte ein Löckchen aus dem Haar, das ihr über der Schulter hing, und stand auf. »Im Moment geht es einzig darum, das Interesse des Marquis zu wecken. Er muss mir immer noch den Antrag machen.«

Caroline ging zur Schlafzimmertür, wandte sich aber noch einmal um: »Du siehst schrecklich aus. Bitte zieh dir etwas anderes an, bevor du zum Frühstück kommst. Ich möchte auf keinen Fall, dass der Marquis einen falschen Eindruck von meiner Familie bekommt.«

Und ohne ein weiteres Wort stolzierte Caroline davon. Einen Moment lang starrte Sarah einfach nur auf die verschlossene Tür, dann schüttelte sie nachsichtig den Kopf. Als Einzelkind war Caroline schon immer verzogen gewesen, aber Sarah war nie aufgefallen, wie taktlos sie geworden war, seit sie in Londoner Kreisen verkehrt hatte.

»Hört nicht auf sie«, tröstete Nellie. »Sie war zu lange hier eingesperrt. Ihr wisst, wie sie die Gesellschaft junger Leute braucht.«

Sarah seufzte und erhob sich. »Ich verstehe schon, Nellie, mach dir keine Sorgen um mich. Ich hoffe nur, Caroline begeht keine Dummheit.«

»Vergebt mir«, bemerkte Nellie mit einem kleinen Hüsteln, »Lady Caroline wird stets auf ihren Vorteil bedacht sein.«

»Mag sein, dennoch missfällt mir der Plan von Onkel John.«

»Lord Hart ist äußert umsichtig«, beharrte Nellie. »Und mit Lady Caroline bleibt ihm fast nichts anderes übrig. Sie hat alle infrage kommenden Bewerber vergrault, darum hält er eine arrangierte Ehe für das Beste.«

Sarah nickte. »Er ist seit Jahren mit Lady Caldern befreundet. Bestimmt hat Onkel sichergestellt, dass Lord Caldern ein ehrbarer Mann ist und Caroline nicht verletzen wird. Wahrscheinlich muss ich seinem Urteilsvermögen einfach trauen.«

»Für Euch ist es sicher nicht einfach«, murmelte Nellie.

»Nein, mit der Ehe habe ich abgeschlossen.« Sie ging zu Nellie und umarmte sie. »Jetzt habe ich meine Kräuter und die Heilkunst.«

»Das habt Ihr.« Nellie sammelte die Kleider vom Bett ein. »Ihr solltet Euch jetzt umkleiden. Lady Caroline hat recht, was dieses Kleid betrifft. Es sieht aus, als hättet Ihr es durch den Schlamm gezerrt.«

Sarah blickte an sich herunter und errötete. Die Vorderseite ihres Kleides war dreckig und der Saum eingerissen. In ihrer übereilten Flucht vom See war ihr das gar nicht aufgefallen.

»Ich ziehe mich sofort um.« Hastig verließ Sarah den Raum und lief zu ihrem Zimmer im Nordflügel.

Sie war in einem älteren Teil des Hauses untergebracht. Caroline hätte es sicher abscheulich gefunden, aber Sarah liebte ihr Zimmer. Es war geräumig und die steinerne Außenwand war nicht verputzt. Das Bett war mindestens hundert Jahre alt und die burgunderfarbenen Vorhänge und Bettüberwürfe wirkten auch nicht viel jünger. Sobald sie den Fuß über die Schwelle setzte, fiel die Anspannung von Sarah ab.

Sie legte ihr schmutziges Kleid ab und zog ein frisches an. Dann nahm sie ihre Haube ab, und brachte das Haar in Ordnung. Es dauerte, bis sie es neu geflochten hatte und es schließlich mit einer frischen grauen Haube aus feiner Seidenspitze bedecken konnte. Zufrieden machte sie sich nach unten in den Speisesaal auf.

Caldern war im Laufe der Jahrhunderte erweitert worden und bestand nun aus mehreren Flügeln und Anbauten. Der offizielle Speisesaal lag im neuesten Anbau im Südflügel. Der große Raum konnte problemlos fünfzig Leute fassen. Zahlreiche Gemälde schmückten die elegante Eichenvertäfelung. Hier hatte sich jede Generation der Calderns auf eigene Art verewigt.

Leise schlüpfte Sarah in den Saal und ging zu der alten Anrichte, auf der die Speisen aufgetischt waren. In Caldern war das Frühstück eine formlose Angelegenheit und jeder kam einfach, wenn er aufstand. Sarah nahm ein pochiertes Ei und eine Scheibe gekochten Schinken und setzte sich an den Tisch.

Von Caroline war nichts zu sehen, aber das überraschte Sarah keineswegs. Ihre Cousine stand selten zu so früher Stunde auf und frühstückte nie viel. Dass sie den Speisesaal so schnell wieder verlassen hatte, bedeutete, dass der Marquis nicht hier gewesen war. Doch der Rest des Hauses hatte sich versammelt.

»Guten Morgen, Mrs. Wellsley«, wurde Sarah von Lady Caldern steif begrüßt. »Ihr seid später dran als üblich.«

Lady Caldern saß am Kopf des Tisches. Obwohl sie auf die sechzig zuging, sah man immer noch, dass sie in ihrer Jugend eine Schönheit gewesen sein musste. Ihr Haar war hellbraun, stark durchsetzt mit grauen Strähnen, doch an diesem Morgen war es von einem malvenfarbenen Turban bedeckt. Dazu trug sie das passende malvenfarbene Morgenkleid.

»Lady Caroline benötigte meine Hilfe«, erklärte Sarah und nahm eine Tasse heiße Schokolade von John entgegen. »Wie ich höre, ist Lord Caldern gestern Abend eingetroffen.«

»Höchste Zeit, dass sich mein erlauchter Stiefbruder nach Hause bequemt hat«, ließ sich Lord Bryan Norward von der anderen Seite des Tisches vernehmen. Er war jung, um die achtundzwanzig, und trug stets eine leicht gelangweilte Miene zur Schau. Sein Haar war hellbraun und die Augen grün. Gerüchten zufolge verfielen die Frauen der Gegend reihenweise seinem Aussehen und seinem Charme.

»Da stimme ich zu.« Lady Caldern nickte. »Es ist Jahre her, dass er den Titel erbte. Seine gleichgültige Haltung gegenüber seinen Verpflichtungen ist inakzeptabel.«

»Aber Mutter, er war in Indien, als Douglas starb«, bemerkte Lady Julianna Norward schüchtern. »Das kannst du ihm doch nicht zur Last legen.«

»Richtig«, lenkte Lady Caldern ein, »aber die letzten sechs Monate verbrachte er in London. Ich bat ihn mehrfach in Briefen, nach Caldern zu kommen, aber er hat sie einfach ignoriert. Das kann ich ihm nicht verzeihen.«

Insgeheim gab Sarah Lady Caldern recht. Caldern befand sich in einem schändlich baufälligen Zustand.

»Er ist damals im Streit mit Vater gegangen«, meldete sich Lady Julianna noch einmal zaghaft zu seiner Verteidigung.

Überrascht blickte Sarah Lady Julianna Norward an. Sie war eine zerbrechliche und schüchterne Frau, bildhübsch und gerade mal zwanzig. Sarah hatte noch nie erlebt, dass sie ihrer Mutter widersprach. Normalerweise schluckte sie wortlos ihre Kritik und hielt sich im Hintergrund.

»Was verstehst du schon davon?«, fuhr ihr Lady Caldern über den Mund. »Du warst damals fast noch ein Baby.«

»Mary hat mir von Alex erzählt.«

»Diesen Namen will ich in diesem Hause nicht mehr hören!«, fauchte Lady Caldern und funkelte Lady Julianna an, bis die junge Frau beschämt den Kopf senkte. »Ich bin bestürzt, dass meine eigene Tochter sich mit einer solchen Person in Verbindung bringt.«

Sarah blickte Lady Julianna fragend an, doch ihr Gesicht war verschlossen. Die einzige Mary, die Sarah kannte, lebte in einem kleinen Cottage auf dem Besitz. Im Dorf war sie beliebt, und ihr erwachsener Sohn war angeblich in Amerika zu einem Vermögen gekommen. Sarah verstand nicht, warum die Erwähnung dieser Frau eine derartige Reaktion bei der Marquise hervorrief.

»Jetzt, wo Vater und Douglas tot sind, solltest du sie vom Anwesen entfernen lassen«, bemerkte Lord Bryan.

»Läge es in meiner Macht, hätte ich es längst getan.« Das Messer klapperte auf dem Teller, als sie es energisch ablegte. »Für heute Morgen habe ich genug gehört. Mrs. Wellsley, wenn Ihr fertig seid, würde ich Euch gerne die Vorhänge zeigen, die auszubessern sind.«

»Selbstverständlich«, antwortete Sarah. Sie legte ihre Serviette ab und stand auf, um Lady Caldern aus dem Saal zu folgen.

»Ich bin so froh, dass Lady Caroline Eure Fertigkeiten beim Nähen erwähnt hat«, wandte sich Lady Caldern vor dem Frühstückssaal an Sarah. »Eure Ausbesserungsarbeiten an den Tisch- und Bettlaken wurden allseits bewundert.«

»Danke, Lady Caldern«, murmelte Sarah. Hausrat und Wäsche waren ein weiteres Gebiet in Caldern, das seit Jahren vernachlässigt worden war, und Sarah hatte einen guten Teil ihrer Tage im Nähzimmer im dritten Stock verbracht.

»Ich mag Handarbeit. Die Ruhe gibt mir Gelegenheit, über Heilmethoden für meine Patienten nachzudenken.«

»Natürlich«, schnaubte Lady Caldern. »Ihr habt Euch sehr nützlich gemacht. Ich bin froh, dass Euer Onkel darauf bestand, Euch mit Lady Caroline zu schicken.«

Sarah lächelte verlegen und erinnerte sich an den unterkühlten Empfang von Lady Caldern vor einem Monat. Mittlerweile waren sie an der Treppe angekommen und Sarah stieg eben die ersten Stufen hoch. Doch als sie sich umdrehte, um etwas zu Lady Caldern zu sagen, hielt sie inne. Jemand hatte sich geräuspert.

»Fanny.« Eine feste Männerstimme echote durch den langen Gang.

Sarah bemerkte, wie sich Lady Caldern versteifte. Ihre Augen verengten sich und ihr Mund wurde zu einem dünnen Strich. Schritte kamen auf sie zu.

»Ich habe zu tun, Alex.«

»Ich auch.«

Sarahs Magen drohte zu rebellieren. Panik ergriff sie, und sie musste sich am Geländer festklammern, um nicht zu fallen. Die dunkle, große Gestalt des Mannes vom See schwamm vor ihren Augen. Schnell senkte sie den Kopf, um seinem Blick auszuweichen. Sie fühlte, wie er sie ansah und ihre Hand krampfte sich um das Geländer, als sie darauf wartete, erkannt zu werden.

Drittes Kapitel

Alex lehnte am Treppenpfosten aus Eichenholz. Sein Blick streifte Sarah und richtete sich dann wieder auf Lady Caldern. »Warum bist du nicht erschienen, als ich dich rief?«

»Ich kümmere mich gerade um Angelegenheiten des Haushalts.« Lady Caldern stieg die Stufen wieder herunter und stellte sich vor ihn. »Ich komme bald zu dir.«

»Ich habe darum gebeten, dass du nach deinem Frühstück kommst. Ich bin nicht gewohnt zu warten.«

»Wenn ich meine Pflichten erfüllt habe, komme ich zu dir«, wies Lady Calderns ihn zurecht.

»Du hast keine Pflichten in Caldern zu erfüllen, solange ich sie dir nicht zuteile.« Er sprach bedrohlich leise, dann verbeugte er sich vor seiner Stiefmutter. »Wir besprechen es jetzt.« Und ohne ein weiteres Wort ging er in die Bibliothek.

Lady Caldern starrte ihm einen Moment lang hinterher, dann sammelte sie sich und wandte sich an Sarah. »Ich muss mich für das Verhalten meines Stiefsohns entschuldigen. Es scheint, dass ihm die Jahre in der Fremde nicht besonders bekommen sind.«

»Ich verstehe.« Langsam löste Sarah ihren Griff um das Geländer. »Ich finde die Vorhänge auch alleine. Ihr braucht Euch keine Gedanken zu machen.«

Lady Caldern nickte und ging zur Bibliothek. Leise schloss sie die Tür hinter sich. Mit einem Seufzer der Erleichterung sank Sarah an das Treppengeländer. Der Marquis hatte sie nicht erkannt. Vielleicht konnte sie sich so weit im Hintergrund halten, dass er sie nicht bemerkte.

Den restlichen Vormittag flickte Sarah Tischwäsche, und nachmittags besuchte sie ein paar Patienten im Dorf. Auf diese Weise ging sie dem Marquis erfolgreich den ganzen Tag aus dem Weg, aber als sie in ihrem Zimmer war, um sich für das Dinner umzukleiden, wusste sie, dass es kein Entrinnen mehr gab. Sie betete, dass er niemandem von ihrem Morgenbad erzählte.

Sarah setzte sich vor ihren Frisiertisch und betrachtete ihr Spiegelbild. Sie zog die Nase kraus und rieb sich das Gesicht. Zum ersten Mal seit Jahren war sie nicht mit ihrem Erscheinungsbild zufrieden. Sie hatte das braune Haar streng geflochten und zu einer festen Schnecke am Hinterkopf gewickelt. Eigentlich fehlte nur noch die graue Satinhaube, die vor ihr auf dem Tisch lag. Wie eine unscheinbare Dienstmagd sah sie aus, genau wie ihre Familie es wollte. Niemand würde sie beachten, aber heute Abend spendete ihr das keinen Trost.

»Ihr seht betrübt aus«, riss Nellies harsche Stimme sie aus ihren Grübeleien.

»Nur etwas nervös«, wehrte Sarah ab. Sie stand auf und ging zum Bett, wo Nellie mit ihrem Abendkleid wartete, einem schlichten grauen Stück ohne Rüschen oder Spitze.

»Ich weiß, es war nicht leicht für Euch, Lady Caroline zu begleiten, aber Euer Onkel hatte recht.« Nellie befestigte den Überrock und schnürte das Kleid hinten zu. »Caroline braucht Anleitung und Ihr würdet Eure Familie niemals enttäuschen.«

»Dafür schulde ich ihnen zu viel.« Sarah strich den Kragen glatt und hob die Haube auf. »Onkel John bot mir ein Zuhause, als Stephen starb, und nun will ich einfach nur in Frieden leben.«

»Das mag Euch vielleicht sicherer erscheinen, aber mich täuscht Ihr nicht.« Nellie nahm Sarah die Haube ab und setzte sie ihr auf. »Ich kenne Euch zu lange. Lasst Euch Euren Kindertraum nicht von einem einzigen Mann zerstören.«

Sarah trat einen Schritt von Nellie weg. »Ich bin älter geworden. Ich habe alles, was ich brauche, und bin zufrieden.«

Nellie schüttelte den Kopf und berührte sie sanft an der Hüfte. »Ihr versteckt Euch vor der Welt.«

Sarah zupfte unbewusst an ihrer Haube, bis sie ihr fast in die Augen hing. »Ich muss gehen. Ich muss rechtzeitig zum Dinner erscheinen.«

Eilig verließ Sarah ihr Zimmer. Sie verdrängte Nellies Worte, denn sie hatten ins Schwarze getroffen. Bis zu ihrer Ankunft in Caldern hatte sich Sarah beinahe damit abgefunden, ein Leben ohne Kinder zu führen. Doch in den ersten drei Tagen ihres Aufenthalts war die alte Traurigkeit zurückgekehrt und all die Erinnerungen und Träume, die sie für begraben gehalten hatte, bedrängten sie nun aufs Neue.

Vielleicht lag es an der anderen Umgebung, oder an den Leuten, denen sie hier begegnete, aber das Gefühl des Verlustes ließ sie nicht mehr los. In Caldern war eine alte Wunde aufgerissen, und viele Nächte hatte sich Sarah in den Schlaf geweint, was ihr seit Jahren nicht passiert war.

Sarah atmete tief durch und zwang sich, an das bevorstehende Abendessen zu denken. Sie würde den Marquis treffen. Vielleicht erkannte er sie von ihrer morgendlichen Begegnung, aber diesen Gedanken schob Sarah beiseite. Sicher würde er nur Augen für Caroline haben.

Unauffällig schlüpfte sie in den Salon und wollte gerade ihren angestammten Platz am Fenster einnehmen, als Lady Calderns Stimme sie aufhielt.

»Mrs. Wellsley, kommt bitte zu mir«, befahl sie.

Sarah wandte sich um. Sie stand mit Lady Caroline und zwei Männern am Kamin. Als Sarah auf sie zuging, nahm Lady Caldern sie am Arm.

»Ich möchte Euch meinen Stiefsohn und seinen Freund, Mr. Stanton, vorstellen.«

Sarah wurde auf einen Mann mit hellblauer Weste und schwarzem Abendanzug zugeschoben. Sein Aufputz war völlig übertrieben und Sarahs erster Gedanke war ›Lackaffe‹, bis sie sein Gesicht sah. Er blickte sie mit warmen braunen Augen neugierig an, eine Braue fragend nach oben gezogen.

»Mr. Stanton, das hier ist Mrs. Wellsley«, erklärte Lady Caldern.

»Mr. Stanton«, murmelte Sarah und machte einen Knicks.

»Erfreut, Ihre Bekanntschaft zu machen, Mrs. Wellsley.« Mr. Stanton machte eine höfliche Verbeugung und wandte sich dann wieder seinem Gespräch mit ihrer Cousine zu.

»Und das ist mein Stiefsohn, Lord Caldern.« Lady Calderns schneidende Stimme zwang Sarah, den großen, braun gebrannten Mann anzusehen, der neben Mr. Stanton stand. Ihr Herz schlug schneller, doch er schien gleichgültig und gelangweilt und schenkte ihr kaum Beachtung.

Plötzlich wurde Sarah wütend. Aus unerfindlichen Gründen war seine Gleichgültigkeit beleidigend. Sie zwang sich, ihm in die Augen zu sehen. Und wenn er sie dabei erkannte! Er musterte sie nur oberflächlich und nickte höflich auf Sarahs angedeuteten Knicks hin.

»Mrs. Wellsley, die Cousine von Lady Caroline«, erklärte Lady Caldern. »Sie war so freundlich, die Leute im Dorf zu besuchen und ihnen mit ihrer Kräuterheilkunst zu helfen und ich fürchte, auch ich habe mir ihre Freundlichkeit zunutze gemacht. Ihr Geschick mit der Nadel hat sich als äußerst nützlich in diesem Haushalt erwiesen.«

»Eine wundervolle Fähigkeit«, stimmte Lord Caldern zu. »Der Besitz wurde in letzter Zeit sträflich vernachlässigt. Jede Hilfe ist willkommen.«

»Ich bin sicher, alles wird sich zum Besseren wandeln, jetzt, wo Ihr wieder da seid«, murmelte Sarah, als er sich bereits wieder abwandte.

Lord Caldern hielt inne und blickte Sarah noch einmal an. »Sind wir uns schon einmal begegnet, Mrs. Wellsley?«

»Ganz bestimmt nicht«, antwortete Sarah schnell. Der Marquis sah sie forschend an und sie schlug die Lider nieder.

»In London vielleicht?«

»Sarah war noch nie in London«, mischte sich Caroline ein. »Sie weigert sich, irgendwohin zu gehen. Aber Vater bestand darauf, dass sie mich nach Caldern begleitet.«

Bei Carolines Worten zuckte Sarah zusammen und ihre Wangen brannten vor Scham.

»Wir sind Eurem Vater zu Dank verpflichtet.« Lord Caldern gab sich gleichgültig, aber als Sarah in sein Gesicht sah, sprühten seine Augen belustigt. Er hatte sie erkannt!

»Nicht nötig«, bemerkte Caroline mit einem verächtlichen Lachen. »Sie ist immer für die anderen da, selbst wenn sie dafür ihre eigene Familie vernachlässigen muss.«

Sarah runzelte die Stirn. Ihre Cousine war gehässiger als sonst und Sarah fragte sich, warum. Caroline funkelte sie an und warf trotzig den Kopf in den Nacken. Was mochte sie so in Rage gebracht haben? Sie sah fantastisch aus in ihrem himmelblauen Kleid, das perfekt zu ihren Augen passte. Mr. Stanton schien bereits völlig von ihr verzaubert. Seit er Sarah kurz begrüßt hatte, hatte er den Blick nicht mehr von ihr gelöst.

»Ihr beschreibt die Tugend in Person, Lady Caroline«, bemerkte Lord Caldern trocken. »Wie könnte ein solcher Engel die eigene Familie vernachlässigen?«

Der sarkastische Ton versetzte Sarah einen Stich. Sie blickte ihn herausfordernd an, bevor sie sagte: »Ich glaube, Ihr übertreibt, mein Lord.«

Lord Caldern legte den Kopf schräg. »Vielleicht habt Ihr recht, Mrs. Wellsley. Ich bin sicher, auch Ihr habt Eure Schwächen. Vielleicht etwas, dass Ihr im Verborgenen tut und von dem niemand erfahren soll.«

»Ihr irrt, mein Lord.« Caroline schüttelte den Kopf. »Meine Cousine war schon immer über jeden Tadel erhaben, selbst als kleines Mädchen.«

»Mag sein, Lady Caroline«, gestand ihr Lord Caldern zu. »Doch wir alle haben unsere kleinen Geheimnisse.«

»Unsinn«, schnaubte Lady Caldern. »Ihr bringt Mrs. Wellsley in peinlichste Verlegenheit.«

Sarah stand stocksteif da und ihr Herz raste. Lord Caldern schien entschlossen, sie zu quälen. Sein Blick drohte, ihr Geheimnis jeden Moment zu enthüllen. Das musste sie unterbinden. Die alte Angst war zurückgekehrt. Sie holte tief Luft und gemahnte sich an ihren Schwur, sich nie mehr von einem Mann schikanieren zu lassen.

»Nachdem wir uns noch nie begegnet sind, Lord Caldern, empfinde ich Eure Kommentare als unangemessen. Diese Haltung kann ich nicht billigen.« Sarah schaute ihn herausfordernd an. Sollte er doch von ihrem Bad erzählen!

Caldern schien unentschlossen. Ein leichtes Lächeln umspielte seine Lippen, während er ihre Worte abwog. »Vielleicht habt Ihr recht, Mrs. Wellsley«, stimmte er schließlich zu. »Ich glaube, ich habe Euch mit jemandem verwechselt.«

»Mit wem könntet Ihr meine Cousine schon verwechseln?«, fragte Caroline ungläubig.

»Das ist nicht besonders freundlich«, mahnte Caldern streng.

»Genug!«, krächzte Sarah. Ihre Wangen brannten und sie wollte nur noch weg. »Ich will nicht, dass man so von mir spricht. Bitte entschuldigt mich.«

Und damit wirbelte sie herum und ging zu ihrem Platz

am Fenster. Mit einem Seufzer der Erleichterung ließ sie sich nieder und bemerkte kaum, als sich Lady Julianna neben sie setzte.

»Wie geht es Euch?«, erkundigte sie sich leise.

Sarah wandte sich lächelnd der schüchternen Frau zu. »Das Zusammentreffen mit Eurem Bruder war schlimmer, als ich erwartet hatte. Aber ich erhole mich schon wieder.«

»Alex ist mein Stiefbruder«, korrigierte Lady Julianna. »Ihr hattet Glück. Euch hat er glimpflicher behandelt als Eure Cousine.«

Sarah war verdutzt. Kein Mann hatte Caroline je widerstehen können und es erschien ihr unwahrscheinlich, dass ausgerechnet Lord Caldern unempfänglich sein sollte. »Es muss sich um ein Missverständnis handeln.«

Lady Julianna schüttelte den Kopf. »Ich war dabei, als sich die beiden in der Bibliothek trafen. Alex ging nicht auf Lady Carolines Koketterie ein und erklärte ihr, sie würden besser miteinander auskommen, wenn sie sich nicht so sehr bemühen würde, ihm zu gefallen.«

Sarah schloss die Augen und zog eine Grimasse. Carolines Wutausbrüche hatten schon so manchen Bewerber in die Flucht geschlagen. »Und was ist dann passiert?«

»Lady Caroline schmetterte eine Vase auf Alex und fragte ihn, ob ihm das besser gefiele. Alex sagte, das sei wenigstens ehrlich gewesen.« Lady Julianna machte eine Pause, bevor sie fortfuhr. »Ich fürchte, Lady Caroline bekam einen Wutanfall und stürmte aus dem Raum.«

»Und wie hat Lord Caldern darauf reagiert?«

»Er zuckte mit den Schultern und wandte sich wieder seinen Unterlagen zu.«

»Kein Wunder, dass Lady Caroline heute Abend so unausstehlich ist. Sie schätzt es nicht, wenn man ihre Pläne durchkreuzt.«

»Es war falsch von Alex«, beharrte Lady Julianna. »So behandelt ein Gentleman keine Dame.«

»Wahrscheinlich nicht«, stimmte Sarah mit einem Seufzer zu. »Aber Euer Bruder scheint sich nicht einfach täuschen zu lassen.«

Sarah warf einen verstohlenen Blick auf Caroline und bemerkte das gekünstelte Lachen. Sie hatte dem Marquis den Rücken zugewandt und richtete ihre Aufmerksamkeit nun voll und ganz auf Mr. Stanton. Lord Caldern schien immun gegen Carolines Versuch, ihn eifersüchtig zu machen. Er unterhielt sich mit Lord Bryan und hob gerade sein Glas an die Lippen, als seine Blicke Sarahs begegneten.

Sofort bekam sie einen trockenen Mund und die Geräusche des Salons verebbten. Es gab nur noch zwei Menschen auf der Erde, die ihre Blicke in diesem Moment des Erkennens nicht voneinander lösen konnten. Ein Schwindel erfasste Sarah. Nichts hatte sie in ihrem geordneten Leben auf diese Welle der Gefühle vorbereitet, die jetzt über sie hinwegspülte. Zum Glück wandte Alex den Blick ab. Er neigte den Kopf leicht zur Seite und wandte sich dann wieder seinem Stiefbruder zu.

Sarah atmete tief durch und verschränkte die Finger, um das Zittern zu verbergen. Noch nie hatte sie einen derart intensiven und vertraulichen Moment erlebt. Am liebsten wäre sie davongelaufen und hätte sich versteckt, aber Lady Juliannas Stimme brachte sie zurück in die Gegenwart.

»Heute habe ich Bates besucht und es schien ihm schon viel besser zu gehen. Er meinte, Ihr hättet ihm etwas gegen seinen Husten gegeben.«

»Ich habe ihm einen Holunderblütentee verabreicht«, erklärte Sarah. »Das entkrampft die Muskeln in den Lungen und sollte gegen den Husten helfen.«

»Er hat Eure Fähigkeiten in den höchsten Tönen gelobt«, bemerkte Lady Julianna lächelnd. »Er hält Euch für ein Geschenk des Himmels.«

»Schon wieder jemand, der Euch für die Tugend in Person hält?«

Beim Klang von Alex' Stimme wäre Sarah fast das Herz stehen geblieben. Sie hatte Lady Julianna angesehen und nicht bemerkt, dass er plötzlich neben ihr stand.

»Ich entschuldige mich, Mrs. Wellsley. Ich wollte Euch nicht erschrecken.« Lord Caldern verbeugte sich leicht und wandte sich dann an Lady Julianna. »Wer hat solches Lob für unseren geschätzten Gast?«

»Der alte Bates«, erklärte Julianna. »Erinnerst du dich an ihn?«

»Natürlich erinnere ich mich.« Lord Caldern grinste breit. »Er hat mich immer aus den Gärten verscheucht. Ich war ihm ständig im Wege, als ich klein war. Er muss jetzt über achtzig sein. Wie geht es ihm?«

Lady Julianna senkte den Kopf und sah auf ihre Hände, bevor sie antwortete. »Er wohnt in einem winzigen Cottage beim Dorf, aber er hat nur eine kleine Rente, und ich mache mir Sorgen, ob er über den Winter kommt.«

Lord Calderns Mund wurde zu einer dünnen Linie und er schüttelte den Kopf. »Ich habe diese Cottages heute Morgen gesehen. Sie sind in einem erbärmlichen Zustand.«

Lady Julianna blickte zu Lord Caldern auf und nickte. »Mutter meint, sie müssten noch nicht ausgebessert werden, aber Bates übersteht nicht noch einen Winter darin. Mrs. Wellsley hat ihm bei seinem Lungenleiden geholfen, aber im Winter wird sie nicht mehr da sein.«

»Vielleicht können wir sie überreden, uns ihre Heilmittel dazulassen.«

Sarah spürte, wie sie rot wurde. Lord Caldern sah sie lange mit unergründlichem Blick an. »Ich werde tun, was ich kann, um Bates zu helfen. Dessen könnt Ihr euch gewiss sein.«

»Und ich werde dafür sorgen, dass sein Cottage ausgebessert wird«, bemerkte Lord Caldern.

Sarah wollte gerade fragen, was mit den anderen Cottages wäre, als Johnson zum Dinner rief. Sie stand auf und wollte sich eben dem Zug in den Speisesaal anschließen, als Lord Caldern ihr den Arm bot.

Verwundert blickte sie zu ihm auf. Er hatte eine Augenbraue leicht nach oben gezogen, was das Leuchten in seinen Augen betonte. Sarahs Herz schlug schneller.

»Habt Ihr etwa geglaubt, ich würde Euch entkommen lassen?«

Viertes Kapitel

»Ihr könnt mich nicht zur Tafel geleiten«, flüsterte Sarah aufgebracht.

»Es gibt keinen Grund, warum man sich bei einem Dinner im Familienkreis den Zwängen der Gesellschaft unterwerfen sollte.«

»Was treibst du da?«, herrschte Lady Caldern ihn vom anderen Ende des Raumes her an. »Alex, du musst Lady Caroline in den Saal führen. Sie steht gesellschaftlich über ihrer Cousine.«

»Aber dieses Dinner ist doch kein formeller Anlass, Fanny.« Caldern legte entschieden Sarahs Hand auf seinen Arm.

An der Tafel platzierte er Sarah rechts von sich und bedeutete den Dienern, mit dem Servieren zu beginnen. Nach einem kurzen Räuspern wandte er sich im Ton einer lockeren Konversation an Sarah. »Erstreckt sich Euer Interesse für Kräuter auch auf andere Aspekte der Natur, Mrs. Wellsley?«

Sarah blickte in zwei amüsierte graue Augen. Er wirkte nicht bedrohlich, doch in seiner Stimme schwang das Vergnügen, sie zu quälen. Sarah schüttelte verwirrt den Kopf.

»Mrs. Wellsley hat viel Zeit geopfert, um den Küchengarten wiederherzustellen«, mischte sich Lady Julianna ein. »Er war in einem schrecklichen Zustand, seit Mutter einige Gärtner einsparen musste.«

»Das war immer Mutters Lieblingsplatz, habe ich gehört«, sann Lord Caldern. »Es freut mich, dass ihr Euch darum kümmert.«

»Sarah tut es nur ihrer geliebten Kräuter wegen«, bemerkte Caroline schneidend. Sie saß auf der anderen Seite des Marquis'.

»Ich freue mich trotzdem«, entgegnete Lord Caldern und bedachte Lady Caroline mit einem unterkühlten Blick.

Sarah schloss kurz die Augen. Heute Abend schien man sich also gemeinsam verschworen zu haben, sie in Verlegenheit zu bringen. Ein Diener kam und reichte ihr die Platte mit Florentiner Hase, und sie ließ sich eine kleine Portion auflegen, doch die Gabel zitterte leicht in ihrer Hand, während sie die Happen auf dem Teller hin und her schob. Wahrscheinlich würde sie keinen Bissen herunterkriegen.

Der Marquis beugte sich zu ihr. »Ich hätte nicht gedacht, dass man Euch so leicht in Verlegenheit bringen kann«, flüsterte er.

»Was wollt Ihr damit sagen?«, entrüstete sich Sarah.

»Heute Morgen habt Ihr nicht mal mit der Wimper gezuckt«, erklärte er gelassen. Das Geplauder und Lachen der anderen gab ihnen Gelegenheit, sich ungehört zu unterhalten. »Eine mutige Frau wie Ihr müsste diese Spielchen doch gewöhnt sein?«

»Ich spiele keine Spielchen«, wehrte sich Sarah. »Ich glaube, Ihr habt einen falschen Eindruck von mir.«

»Heute Morgen habe ich Euch sehr gut verstanden.

Euer Handeln war in der Tat beeindruckend, aber Frauen sagen bekanntlich nie, was sie meinen. Eure Art zu schwimmen gab mir tiefe Einblicke in Euren Charakter.« Lord Caldern zwinkerte.

»Ihr irrt. Mir war nicht bewusst, dass mich jemand beobachtet. Ich hätte niemals riskiert, entdeckt zu werden.« Sarah wandte sich wieder ihrem Teller zu und war dankbar, dass Caroline die Aufmerksamkeit des Marquis auf sich zog.

Ein paar Minuten später beugte sich Lady Julianna zu Sarah herüber. »Ihr hättet Mutter nicht verärgern sollen.«

»Ich hatte keine Wahl«, verteidigte sich Sarah leise und versicherte sich mit einem Seitenblick, dass der Marquis sie nicht beobachtete.

»Sie bekommt immer, was sie will«, seufzte Lady Julianna und Mitgefühl ergriff Sarah. Die junge Frau hatte es nicht leicht.

»Heute Morgen habt Ihr ihr die Stirn geboten.«

Lady Julianna nickte. »Aber Mutter war böse. Den Rest des Tages durfte ich ihr nicht unter die Augen kommen.«

Sarah riss erstaunt die Augen auf und blickte den Tisch hinunter zu Lady Caldern. »Wohl kaum eine Bestrafung.«

Julianna kicherte. »Ich streifte den ganzen Tag durch das Haus. Ich war sogar auf dem Dach«, vertraute sie Sarah an. »Vater nahm uns immer dorthin mit, bevor er krank wurde. Er sagte, es sei der beste Ort, um Caldern zu überblicken.«

»Es ist ein großartiger Ausblick.« Sarah war nur einmal dort oben gewesen. Die alten Zinnen und Steinmauern der ursprünglichen Burg hatten ihr das Gefühl gegeben, in einer anderen Zeit zu sein.

»Mutter beobachtet uns«, flüsterte Lady Julianna. »Wir müssen aufhören zu reden.«

Das restliche Abendessen verlief verhältnismäßig friedlich für Sarah. Lord Calderns Aufmerksamkeit war ganz und gar auf ihre Cousine gerichtet. Er schien vertieft in ein Gespräch mit ihr, aber jedes Mal, wenn Sarah aufsah, lag sein Blick auf ihr. Als der Nachtisch abgeräumt wurde, beugte sich Lord Caldern erneut zu ihr.

»Was Eure hübsche Cousine will, verstehe ich, aber Ihr gebt mir Rätsel auf. Warum kleidet Ihr Euch auf diese Art?«, flüsterte Caldern.

»Das ist wohl kaum Eure Angelegenheit.«

»Ihr irrt. Ihr seid mein Gast.«

Bei Alex' durchdringendem Blick stockte Sarah der Atem. »Ich brauche keinen Mann, der auf mich aufpasst«, wies sie ihn ab und stand auf, um Lady Caldern aus dem Saal zu folgen.

Sarah schützte Kopfschmerzen vor und zog sich ins Nähzimmer zurück. Stunden später blinzelte sie und hatte Mühe zu sehen, wo sie den nächsten Stich setzen sollte. Im flackernden Kerzenlicht konnte man das Muster der Vorhänge nur schwer erkennen. Also hielt sie die Näharbeit näher ans Licht und stach zu. Ein kurzer stechender Schmerz fuhr in ihren Finger.

»Autsch!« Sarah zog die Hand weg und steckte den blutenden Finger in den Mund.

»Mit einem derart gefährlichen Werkzeug sollte man

vorsichtiger umgehen, Sarah«, ließ sich leise eine Stimme vernehmen.

Fast hätte Sarah einen Satz in die Luft gemacht. Die große Gestalt des Marquis füllte den Türrahmen und obwohl sein Gesicht im Schatten lag, erkannte sie ihn.

»Schaut nicht so entsetzt«, bat der Marquis. »Ich tue Euch nichts.« Langsam kam er in den Raum und blickte auf die Berge von Tüchern, Laken und Vorhängen, die darauf warteten, ausgebessert zu werden.

»Fanny hat nicht gelogen, was die Laken betrifft.« Lord Caldern hob ein zerrissenes Laken hoch. »Sollte man so etwas nicht besser ersetzen?«

Sarah stieß die Luft aus, die sie angehalten hatte. »Lady Caldern meint, das sei nicht möglich. Ich glaube, hier wurde seit Jahren nichts mehr ausgebessert.«

»Dann ist es Zeit, dass wir neue anschaffen. Es ist nicht nötig, dass Ihr Eure Zeit an diese Lumpen verschwendet.« Caldern ließ das Laken wieder fallen und wanderte in dem kleinen Raum umher. Sarah konnte sein Gesicht im Licht der Wandleuchter sehen.

»Dann werde ich sie aussortieren.« Sarahs Blicke folgten den Schritten des Marquis, bis er an einem Fenster stehen blieb und hinausschaute.

»Ich bin gekommen, um mich zu entschuldigen.« Er stand mit dem Rücken zu ihr. Dann zog er den Vorhang zu und wandte sich um. Sein Gesicht war versteinert, aber Sarah erkannte an der hervortretenden Narbe, dass er die Zähne zusammenbiss.

»Wie bitte?«, fragte Sarah ungläubig. »So etwas habe ich noch nie von einem Mann gehört.«

»Dann verkehrt Ihr vielleicht nicht mit den richtigen Männern«, bemerkte er unterkühlt.

Sarah hielt sich erschrocken den Mund zu. »Das hätte ich nicht sagen dürfen, mein Lord. Das ist mir so herausgerutscht.«

»Ihr wart ehrlich.« Er trat vom Fenster zurück und verschränkte die Hände auf dem Rücken. »Hatte ich Euch nicht gebeten, mich Alex zu nennen?«

»Aber das wäre unschicklich«, protestierte Sarah. »Caroline würde es niemals billigen.«

»Ich ziehe Alex vor«, sagte er lächelnd. »Zumindest, wenn wir unter uns sind. Vergebt Ihr mir nun?«

»Was denn?«

»Mein flegelhaftes Verhalten von heute Morgen«, erklärte er. »Ich hatte Euch mein Wort gegeben. Ich hätte Euch nicht anfassen dürfen.«

»Warum habt Ihr es dann getan?«

»Ihr wolltet nicht einsehen, dass wir uns wiedertreffen müssen.« Der Marquis sah ihr, ohne zu blinzeln, fest in die Augen. »Ich wollte Euch das Gegenteil beweisen. Es wird nicht wieder vorkommen.«

»Heute Abend hatte ich aber einen anderen Eindruck.« Sarah lehnte sich auf ihrem Stuhl zurück und fasste den Marquis vorsichtig ins Auge. Sein Gesicht war unergründlich. »Ihr habt mich den ganzen Abend vor meiner Cousine aufgezogen. Wenn Ihr meint, Caroline von meinem verbotenen Bad erzählen zu müssen, kann ich das akzeptieren, aber ich lasse mich nicht gerne schikanieren.«

»Dann entschuldige ich mich erneut.« Caldern seufzte. »Ich hatte die Situation falsch eingeschätzt.«

»Was habt Ihr denn geglaubt?«, wollte Sarah wissen. Sie faltete ihre Näharbeit zusammen und legte sie auf den Tisch.

Erneut nahm der Marquis seine Wanderung auf. Sein rastloses Wandeln erinnerte Sarah an die eingesperrten Tiere, von denen sie gelesen hatte. Ihn umgab eine Aura von Stärke und Macht, für die der Raum zu klein war. Sie erzitterte bei dem Gedanken, dass sie diesem Mann beinahe erlegen wäre.

»Ich dachte, Ihr würdet meine Avancen begrüßen«, erklärte der Marquis nach einer Weile. Abrupt drehte er sich zu ihr um. »Ihr müsst gestehen, dass Euer Bad wohl kaum das Verhalten einer Lady war.«

Sarah schaute auf ihre Hände und fühlte, wie ihre Wangen heiß wurden. Baden war schon schlimm genug, aber nackt dabei ertappt zu werden war jenseits von allem, was sich gehörte.

»Ich hätte es nicht tun dürfen«, flüsterte sie. »Könnt Ihr es denn nicht vergessen?«

»Ich glaube nicht, dass ich Euren Anblick in diesem See jemals vergessen werde. Er wird mich den Rest meines Lebens begleiten. Aber es war falsch, Rückschlüsse auf Euren Charakter daraus zu ziehen«, antwortete er leise. »Beim Abendessen bemerkte ich, dass es Euch Unbehagen bereitet. Ich möchte, dass wir von vorne beginnen.«

»Es lässt sich wahrscheinlich nicht vermeiden, dass wir uns fortan öfter sehen.« Sarah bekam einen ganz trockenen Mund, als sie den Marquis ansah. Allein sein Anblick war atemberaubend. »Es wäre besser, wenn wir zumindest freundlich verkehren könnten, mein Lord.«

»Mehr als freundlich, hoffe ich.« Der Marquis lächelte verführerisch. »Und ich bat Euch, mich Alex zu nennen. Sagt mir, warum Ihr das Wagnis eingeht, Euch beim Schwimmen erwischen zu lassen.«

»Es ist aufregend und gibt mir das Gefühl von Unabhängigkeit«, gestand Sarah zögerlich. »Seit Jahren habe ich mir diese kleinen Freiheiten gestattet. Mein Mann Stephen hielt mir immer vor, dass ich mich nicht genug gegen das Laster wehre, aber als ich den See entdeckte, konnte ich einfach nicht widerstehen. Er war so friedvoll und einladend. Nach kurzer Zeit hatte ich es mir zur täglichen Gewohnheit gemacht. Ich sah nichts Schlechtes darin.«

»Das kann ich verstehen.«

»Das könnt Ihr?«, fragte Sarah erstaunt.

»Ich habe den größten Teil meines Lebens auf dem Wasser verbracht. Mit sechzehn ging ich zur Marine.«

»Das wusste ich nicht«, entschuldigte sich Sarah. »Es muss schwer sein, nach all der Zeit wieder an Land zu sein.«

»Eigentlich nicht.« Alex schlenderte zum Tisch. Er zog einen Stuhl hervor und setzte sich ihr gegenüber. »Seit Napoleons letzter großer Niederlage war ich nicht mehr im Dienst. Danach lebte ich in Indien.«

»Indien!«, wiederholte Sarah ehrfürchtig. »Ich habe so viel darüber gelesen. Ich habe immer davon geträumt, eines Tages dort hinzukommen. Wie war es?«

»Heiß und trocken.« Alex verzog das Gesicht.

»Warum seid Ihr so lange geblieben, wenn es Euch nicht gefiel?« In der Nähe des Marquis wurde Sarah immer heißer.

»Ich war der zweite Sohn.« Alex sprach emotionslos,

aber seine Lippen waren nur mehr ein dünner Strich. »Ich hatte mich mit meinem Vater zerstritten, also hatte ich nichts zu erwarten.«

»Doch nach all den Jahren hätte Euer Vater Euch doch sicherlich vergeben?« Sarah konnte sich nicht vorstellen, dass ein Vater sein Kind auf diese Art verstieß.

»Für meinen Vater war ich gestorben«, meinte Alex fest. »Ich wollte es so.«

»Und Eure Familie hat Euch nicht gefehlt?«

»Nein.«

Sarah konnte ihn nur fassungslos anstarren. Ihr Vater war gestorben, als sie gerade zehn war, und der Schmerz des Verlustes war bis heute lebendig. Sie konnte nicht verstehen, wie sich jemand freiwillig von seiner Familie lossagen konnte.

»Ihr seht erstaunt aus«, bemerkte Caldern mit einem Lächeln. »Ihr könnt mir nicht erzählen, dass Euch gefällt, wie Euch Eure Cousine behandelt.«

»Nein«, stimmte Sarah zu, »aber ich verstehe sie und wäre unglücklich, wenn ich sie nicht sehen könnte.«

»Vielleicht war Eure Familie liebevoller als meine, aber abgesehen von meinem Bruder Nathan, hatte ich zu niemandem Kontakt.«

»Von einem Nathan Caldern habe ich noch nie gehört.« Sarah wusste nur von einem älteren Bruder Douglas, der vor Jahren gestorben war.

»Nathan Carter. Ihr habt nicht von ihm gehört, weil meine geliebte Stiefmutter Fanny es verbietet, dass man ihn oder meinen Bruder Samuel erwähnt.«

Verwirrt sah Sarah ihn an. »Aber warum?«

»Meine Brüder sind uneheliche Kinder«, erklärte Alex.

»Mein Vater war ein notorischer Schürzenjäger, aber er hat seine Söhne immer gleich behandelt. Bis er Fanny heiratete.«

»Ihr habt Stiefbrüder?«

»Mein Vater zog sie mit uns zusammen auf, bis er wieder heiratete, als ich sechs war. Fanny bestand darauf, dass man sie fortschickte.« Alex blickte auf den Tisch und schwieg einen Moment, bevor er fortfuhr. »Samuel schickten sie auf ein Internat. Nathan und seine Mutter wurden in ein kleines Cottage hier auf dem Besitz ausgesiedelt.«

Plötzlich fiel Sarah die Unterhaltung über Mary vom Frühstück wieder ein. Sollte das die Mary sein, die Lady Caldern gemeint hatte? Das würde ihr Verhalten erklären.

»Lebt Mary immer noch auf dem Besitz?«

»Ja. Sie war unser Kindermädchen und mein Vater zahlte ihr eine Rente.« Alex seufzte und blickte unglücklich zu Boden. »Samuel hatte weniger Glück. Seine Mutter war bei seiner Geburt gestorben, daher kam er auf ein Internat. Nach seinem Abschluss wies mein Vater ihm eine kleine Gemeinde unter der Bedingung zu, niemals wieder nach Caldern zu kommen.«

»Wie schrecklich für ihn.«

Der Marquis sah auf und schaute Sarah so durchdringend an, dass sie das Gefühl hatte, er blicke auf den Grund ihrer Seele. »Es klingt, als meintet Ihr das ehrlich.«

»Natürlich tue ich das«, rief Sarah entrüstet. »Schließlich kann man Eure Brüder doch nicht für ihre Geburt verantwortlich machen.«

»Nein«, stimmte Alex zu. »Viele Frauen würden das jedoch anders sehen. Fanny hatte jedes Recht dazu, von meinem Vater zu verlangen, sie fortzuschicken. Die Gesellschaft hat nicht viel für die Bastarde eines Mannes übrig.«

»Die Gesellschaft ist noch nie besonders zimperlich mit den Schwächeren umgegangen«, erwiderte Sarah. »Deshalb ist es noch lange nicht richtig.«

Der Marquis sah sie an. »Ihr seid eine ungewöhnliche Frau, Sarah. Aber wir haben genug über mich geredet. Erzählt mir, warum Ihr unverheiratet seid.«

»Aber ich bin doch viel zu alt, um zu heiraten!«, stotterte Sarah, die nicht auf den plötzlichen Themenwechsel gefasst gewesen war. »Was sollte Euch an mir interessieren?«

»Ich interessiere mich für vieles«, meinte Alex und hob einen Vorhang auf, den sie ausgebessert hatte. »Tut mir den Gefallen.«

»Es gibt nichts zu sagen«, antwortete Sarah argwöhnisch. »Mein Mann starb und mein Onkel nahm mich wieder bei sich auf.«

»Und wie alt wart Ihr, als Euer Mann starb?«

»Achtzehn.«

»Das ist allerdings ungewöhnlich.« Alex hob den Kopf. »Habt Ihr ihn so sehr geliebt, dass Ihr Euch zu keiner weiteren Heirat überwinden konntet?«

»Geliebt?«, rief Sarah überrascht aus.

»Offensichtlich nicht«, folgerte Alex, der sie die ganze Zeit über nicht aus den Augen ließ.

»Mein Leben muss Euch nicht kümmern, mein Lord«, stellte Sarah klar. »Aber zu Lady Caroline kann ich Euch alle Fragen beantworten. Das muss Euch doch viel mehr interessieren.«

»Warum sollte ich etwas über Lady Caroline wissen wollen?«, fragte der Marquis und beugte sich auf seinem Stuhl nach vorne.

»Ihr zieht in Erwägung, sie zu heiraten. Ich ging davon aus, dass Ihr alles über sie wissen wolltet.«

»Und von Euch könnte ich unvoreingenommene Einsichten erhalten?«, fragte er mit gespielter Unschuld.

»Natürlich«, antwortete Sarah und errötete, als er zweifelnd die rechte Augenbraue hob.

»Ich werde darauf zurückkommen. Dennoch glaube ich, dass ich über Lady Caroline weiß, wie ich wissen muss.«

»Dann habt Ihr Euch entschieden, sie zu heiraten«, bemerkte Sarah mit einem Nicken. Ihre Cousine würde sich freuen, aber aus irgendeinem Grund sank Sarah das Herz bei diesem Gedanken.

»Wir müssen heiraten«, stimmte Alex zu.

Sarah bekam wieder einen trockenen Mund, während Alex sie beobachtete. Er wollte noch etwas sagen, das spürte sie, doch stattdessen langte er über den schmalen Tisch und berührte ihre Hand. Ein Zittern durchlief ihren Arm und in ihren Ohren rauschte das Blut.

»Ihr braucht keine Angst vor mir zu haben«, versicherte er ihr und strich ihr mit den Fingern über die Hand. »Ich sehe, dass Ihr verunsichert seid. Ich denke, wir sollten einen Neuanfang machen, indem wir Freunde werden.«

»Natürlich. Wir werden bald Verwandte sein.« Sarah stockte der Atem, als sie von einer Lähmung erfasst wurde. Alex führte ihre Hand an den Mund und strich zärtlich mit den Lippen darüber, bevor er sie umdrehte.

»Ihr habt wunderschöne Hände.« Calderns Finger fuhren über ihre Handfläche und ein Gefühl der Schwäche überkam Sarah. »So tüchtig und stark. Gibt es irgendetwas, das Ihr nicht könnt?«

»Ich verstehe nicht«, flüsterte Sarah. Nervös fuhr sie sich mit der Zunge über die Lippen. Sie versuchte, wieder Luft zu bekommen, und atmete tief ein, doch der kräftige maskuline Geruch des Marquis kitzelte in ihrer Nase und löste ein leises Flattern in ihrem Unterleib aus.

»Ihr pflegt den Garten, Ihr näht, Ihr heilt. Ihr kümmert Euch um Eure Familie.« Der Marquis sah zu ihr auf und seine Augen leuchteten. »Und Ihr erweckt Verlangen in einem Mann. Eine wirklich bemerkenswerte Frau.«

Sarah schüttelte abwehrend den Kopf. »Ihr solltet nicht so mit mir reden. Ihr heiratet Lady Caroline.«

»Was hat das mit uns zu tun?« Caldern lächelte sie verschmitzt an und ließ ihre Hand los. »Eine Ehe ist eine reine geschäftliche Verbindung, aber Verlangen ist eine andere Sache.«

»Aber Caroline ...«, setzte Sarah an, verstummte jedoch, als ihr das Gespräch vom Morgen einfiel. Sie konnte dem Marquis nicht widersprechen, denn genau das Gleiche hatte Caroline schließlich auch über die Heirat gesagt.

»Sehr weise«, bemerkte Alex trocken. »Eure Loyalität gegenüber Eurer Cousine ehrt Euch, aber noch bin ich nicht verlobt. Noch kann ich tun, was mir gefällt, und Ihr gefallt mir sehr.« Der Marquis stand auf und ging zur Tür. Dort blieb er stehen. »Vielleicht sollte ich Lady Caroline über Euch befragen?«, überlegte er laut, ohne sich umzudrehen. »Ich bin gespannt, ob sie genauso ehrlich ist.«

Ohne ein weiteres Wort ging er und Sarah stieß die Luft aus die sie angehalten hatte. Von dem Marquis musste sie sich ganz eindeutig fernhalten!

Fünftes Kapitel

Die heiße Julisonne brannte auf Sarah herab und trieb sie in den Schatten der Bäume. Die Hitze auf der kleinen Straße, die vom Dorf nach Caldern führte, war unerträglich. Sarah nahm ihre Haube ab und wischte sich ungeduldig die Stirn. Als sie an Mary Carters Haus vorbeikam, verlangsamte sie ihre Schritte.

Im Hof neben dem Cottage grasten zwei große Hengste. Einen davon erkannte Sarah: Es war Alex' Pferd. Sie beschleunigte ihre Schritte, um das Haus möglichst schnell hinter sich zu lassen, doch bald zwang sie die Hitze, wieder langsamer zu gehen. Eine Woche war es nun her, dass Alex sie im Nähzimmer besucht hatte, und seither hatte sich Sarah alle Mühe gegeben, ihm nicht zu begegnen. Er war zu gefährlich.

Das unverkennbare Geklapper eines galoppierenden Pferdes riss sie aus den Gedanken. Sie drückte sich näher an den Waldrand und wollte gerade durch eine Schneise im Gebüsch verschwinden, da brachte sie der ohrenbetäubende Knall aus einer Flinte zum Erstarren.

Sarah riss den Kopf herum und sah, wie sich das Pferd aufbäumte und seinen Reiter abwarf, bevor es an ihr vorbeistob. Ohne nachzudenken, raffte sie ihre langen Röcke und rannte auf den gestürzten Reiter zu.

Sarahs Herz raste, als sie ihn erkannte: Auf der Straße lag der Marquis. Sie ließ sich neben ihm auf die Knie fallen und versuchte, das Zittern ihrer Hände unter Kontrolle zu bringen. Wenn sie in Hysterie ausbrach, wäre ihm das keine Hilfe. Er lag reglos am Boden, die Augen geschlossen. Blut sickerte aus seinem rechten Arm.

Sarah atmete tief durch und legte die Hände unter sein Genick. Vorsichtig fühlte sie nach hervorstehenden Wirbeln. Dann tastete sie Schultern und Rücken ab. Alles schien in Ordnung.

Als Nächstes wollte sie seinen Arm untersuchen, doch die Reitjacke bedeckte seine Wunde. Sarah lehnte sich zurück und zog sanft am Ärmel, als eilige Schritte sie aufhorchen ließen.

»Was zur Hölle ist passiert?«

Sarah sah auf. Vor ihr stand ein Mann, die Hände auf die Knie gestützt, und rang nach Atem. Er war dunkelhaarig und so groß wie Alex und blickte besorgt auf den verletzten Lord Caldern.

»Ich weiß es nicht.« Sarah wandte sich wieder Alex zu. »Wir müssen ihm die Jacke ausziehen.«

Der Mann kniete sich neben sie. »Es sieht schlimm aus. Wie kann ich helfen?«

»Hebt ihn an, während ich den Ärmel abstreife.«

Zusammen kämpften sie mit der engen Reitjacke. Das Hemd darunter war blutdurchtränkt. Sarah beugte sich über ihn und entfernte vorsichtig den Stoff aus der Wunde. Sie blutete heftig, aber ein Einschussloch war nicht zu sehen.

»Die Kugel hat ihn nur gestreift. Gebt mir meinen Korb.«

Der Mann sah sich hastig um und reichte ihr dann den Korb. »Ich bin Nathan Carter.«

Sarah musterte ihn kurz, bevor sie den Korb entgegennahm. »Dann seid Ihr der Bruder des Marquis.«

»Ja.« Er sah sie fragend an. »Und Ihr seid?«

»Mrs. Wellsley.« Sarah stellte den Korb ab.

»Ich habe im Dorf von Euch reden hören.«

Misstrauisch blickte Sarah ihn an, doch in seinen Augen stand lediglich reine Neugier. Sie wandte sich wieder ihren Arzneien zu und zog ein Tuch und eine kleine Whiskyflasche hervor, um die Wunde zu reinigen.

»Haltet seinen Arm fest«, ordnete sie an. Sie beugte sich kniend über den Marquis und goss etwas Whisky über die Wunde. Sofort bäumte er sich protestierend auf.

»Herr im Himmel!«, rief er. »Was zur Hölle treibt Ihr mit mir?«

»Ganz ruhig.« Nathan hielt den Arm seines Bruders noch fester. »Mrs. Wellsley will dich nur verbinden.«

Alex lachte in sich hinein. »Ich hätte mir denken können, dass Ihr das seid, Sarah. Amüsiert Ihr Euch gut?«

Sarah schoss die Röte in die Wangen, als Nathan sie mit hochgezogener Braue musterte. »Unsinn, mein Lord.« Sie senkte den Kopf und fuhr fort, die Wunde des Marquis zu reinigen, bis sie zufrieden war. »Ihr hattet Glück.«

»Das nennt Ihr Glück?«

»Die Kugel hat Euch verfehlt.«

»Die Kugel?«, rief der Marquis überrascht. Er versuchte sich aufzusetzen, aber Nathan hielt ihn fest. »Ich erinnere mich nur noch, wie Fury mich abwarf.«

»Ich war auf dem Weg nach Caldern, als ich den Schuss hörte.« Sarah hielt den Kopf gesenkt, während sie dem Marquis geschickt den Verband anlegte. »Euer Pferd ging durch und warf Euch ab. Mehr weiß ich auch nicht.«

»Den Schuss habe ich auch gehört, Alex. Ich war im Haus und als ich die Straße herunter sah, lagst du am Boden.« Nathan ließ seinen Bruder los, stand auf und klopfte sich den Staub von den ledernen Kniebundhosen. »Ich rannte los, aber Mrs. Wellsley war bereits da.«

»Wo ist Fury?«

»Mittlerweile wahrscheinlich schon im Stall.« Nathan hielt Alex die Hand hin. »Kannst du aufstehen?«

Alex schob Nathans Hand zur Seite und setzte sich auf. »Ich bin kein Invalide.« Um seine Worte zu belegen, stützte er sich auf den verletzten Arm und stieß einen kleinen Schmerzensschrei aus. »Verdammt«, entfuhr es ihm.

»Du wusstest noch nie, wann du Hilfe annehmen solltest«, bemerkte Nathan trocken. Er griff seinem Bruder unter die Achseln und hievte ihn hoch. »Du bist schwerer geworden.«

»Es ist zwanzig Jahre her.«

»Das ist keine Entschuldigung«, entgegnete Nathan. »Ich dachte, die Marine würde dich abhärten.«

»Aber natürlich«, stimmte der Marquis zu. »All die Muskeln machen das Gewicht aus.«

Nathan lächelte. »Vielleicht einen Teil davon.«

»Das musst du gerade sagen.« Alex strich sein Hemd glatt und bückte sich nach der Jacke. »Auch du hast zugelegt.«

Leichte Eifersucht überkam Sarah, als sie den beiden

Brüdern zusah. Selbst nach so vielen Jahren der Trennung herrschte eine spielerische Kameradschaft zwischen ihnen. Wie sehr hätte sie sich eine Schwester gewünscht, oder auch nur eine enge Freundin, aber es hatte keine gegeben. Caroline hatte sie nie freundlich behandelt und der Einzige, dem sie nahestand, war ihr Cousin Jack, Carolines großer Bruder. Doch das war nicht das Gleiche wie eine Schwester.

Die empörte Stimme des Marquis unterbrach ihre Gedanken. »Was zum Teufel habt Ihr mit meiner Jacke angestellt? Ich hatte sie heute zum ersten Mal an. Mein Kammerdiener reißt mir den Kopf ab, wenn ich sie in diesem Zustand zurückbringe.«

Nathan deutete auf Sarah. »Mrs. Wellsley hat verlangt, dass wir sie ausziehen.«

Alex wandte sich an Sarah, ein Lächeln umspielte seine Lippen. »Ihr konntet Euch wohl nicht zurückhalten?«

Sarah errötete. »Das war es nicht, mein Lord. Ich musste an Eure Wunde kommen.«

Alex senkte leicht den Kopf und zwinkerte. »Ich sehe schon, ich muss eine andere Erklärung für Hobson finden. Ich möchte Euren Ruf nicht ruinieren.«

»Lass es gut sein«, knurrte Nathan. »Mrs. Wellsley findet deine Witzeleien nicht komisch, Alex.«

»Du hast recht. Wir haben andere Sorgen.« Alex schlüpfte in die Jacke und verzog dabei das Gesicht, dann hielt er Sarah die Hand hin. »Darf ich Euch aufhelfen?«

Sarah legte ihre Hand in seine und musste einen kleinen Schreckensschrei unterdrücken, als ihr ganzer Arm zu prickeln begann. Sie sah zu ihm auf, doch seine Miene war unergründlich. Schnell stand sie auf und wandte das Gesicht ab, um ihre Verwirrung zu verbergen.

»Danke, mein Lord.« Sarah machte sich daran, den Inhalt ihres Korbs einzusammeln.

»Habt Ihr irgendetwas bemerkt, Sarah?«

Sarah schüttelte den Kopf. »Leider nein. Ich wollte auf die Felder einbiegen, als ich den Schuss hörte. Als ich an der Straße ankam, lagt Ihr bereits am Boden und niemand war zu sehen.«

Alex nickte und wandte sich dann an seinen Bruder. »Und du, Nathan?«

»Ich war schon fast an der Haustür, als ich den Schuss hörte. Erst dachte ich, es sei ein Wilderer, doch dann hörte ich Fury davongaloppieren. Als ich ankam, war Mrs. Wellsley bereits bei dir.«

Alex blickte sich nach dem Häuschen um und sah dann zum Wald. »Jemand muss im Wald geschossen haben.« Er machte ein paar Schritte auf die Bäume zu und schüttelte den Kopf. »Es ist kompletter Wahnsinn, über die Straße zu schießen.«

Nathan nickte zustimmend. »Das war wirklich gefährlich.«

Alex setzte zum Sprechen an, da fiel sein Blick auf Sarah. Er lächelte sie kurz an. »Ihr braucht Euch keine Gedanken zu machen, Sarah. Wart Ihr nicht gerade auf dem Heimweg?«

Sarah verstand den Wink. »Ja, mein Lord. Zurück in Caldern, solltet Ihr den Verband wechseln, damit es sich nicht entzündet.«

»Ich gehöre nicht zu Euren Patienten«, wehrte Alex ab. »Es ist nur ein Kratzer.«

»Mag sein«, lenkte Sarah ein. »Ich mache mir auch eher Sorgen um Euren Kopf. Es war ein böser Sturz, und damit sollte man nicht scherzen.«

»Ich bin schon oft im Leben gestürzt«, meinte Alex grinsend. »Danke für Eure Anteilnahme. Ich werde selbst auf mich aufpassen.«

Sarah bedachte ihn mit einem langen Blick, entschied dann aber, nichts zu sagen. Er war ein erwachsener Mann. »Wie Ihr wünscht, mein Lord. Ich muss zurück nach Caldern.« Mit einem kleinen Knicks in Richtung der beiden Gentlemen machte sich Sarah auf den Weg zum Herrschaftshaus.

Sie schlüpfte durch die Schneise im Gebüsch und setzte die Haube wieder auf. Sie würde schon wieder zu spät zum Tee kommen. Je schneller sie Alex vergaß, desto besser. Seit Caroline den Marquis getroffen hatte, war sie entschlossener denn je, ihn zu heiraten.

Sechstes Kapitel

Mit gemischten Gefühlen blickte Alex Sarah hinterher. Er hatte seit fast einer Woche nicht mit ihr gesprochen. Zwar erschien sie jeden Abend zum Abendessen, aber sie mied ihn und war nie im Salon, wenn die Männer sich zu den Damen gesellten. Er nahm an, dass es an ihm lag.

Er hatte viel über sie von seinen Pächtern gehört. Viele sahen in ihr einen Engel des Himmels, der ein Ohr für ihre Belange hatte und sich ihrer annahm. Sie war eine bemerkenswerte Frau. Sie hatte seine Wunde behandelt und war gegangen, als er darum bat. Keine Fragen, kein unentwegtes Gerede. Auch keine Tränen oder Hysterie.

Als Sarah zwischen den Büschen verschwand, musste er sich zwingen, in die andere Richtung zu blicken. Er hatte andere Sorgen. Er wandte sich wieder an Nathan, der die Straße hinuntersah.

»Was denkst du?«, fragte Alex stirnrunzelnd.

Sein Bruder sah ihn an und schaute dann in das Waldgebiet hinter ihm. »Du warst längst an dem Wäldchen vorbei, als dich der Schuss traf. Der Winkel des Schusses lässt darauf schließen, dass der Schütze nahe an der Straße stand.«

Alex verzog das Gesicht. »Das Gleiche habe ich auch gedacht. Wer in diese Richtung zielt, ist entweder ein miserabler Jäger, oder er wollte mir absichtlich Angst einjagen.«

»Gibt es denn einen Grund, warum du gewarnt werden solltest?«

»Nicht, dass ich wüsste.« Alex ging auf das Wäldchen zu. »Ich will herausfinden, wo er stand.«

Nathan ging neben ihm her. »Du hast Mrs. Wellsley absichtlich gequält.«

Alex sah seinen Bruder schuldbewusst an. »Nicht gerade die feine Art, das gebe ich zu. Aber ich kann es einfach nicht lassen.«

»Ihr zwei scheint euch gut zu kennen.«

»Wir sind uns unter ungewöhnlichen Umständen begegnet.«

»Erzähle.«

Alex schüttelte den Kopf. »Als Gentleman verbietet es sich mir, mehr zu verraten. Ich kann nur sagen, dass die stille Mrs. Wellsley nicht ist, was sie scheint.«

»Jetzt hast du mich aber neugierig gemacht.«

»Es ist nichts Schlimmes, so viel kann ich verraten.« Alex blieb stehen und sah seinen Bruder an. »Vermutlich musste sie ihre Gefühle so viele Jahre verbergen, dass jetzt nur noch wenige an die Oberfläche kommen.«

»Heute Morgen sagtest du noch, du wärst dir so gut wie sicher, dass du und Lady Caroline Hart gut zusammenpasst.« Nathan sah ihn eindringlich an, in seinen Augen standen Fragen. »Ich hoffe, du weißt, was du tust.«

»Ich habe meine Meinung nicht geändert. Ich brauche eine Frau, und Lady Caroline wird eine wundervolle Zierde für das Anwesen sein.«

»Aber du brauchst auch eine Vertraute«, mahnte Nathan. »Du wirst viele Jahre verheiratet sein. Such dir keine Frau aus, die dich nicht glücklich macht.«

»Sind denn nicht alle Ehen gleich?«, fragte Alex zynisch. »Ich erwarte nicht, glücklich zu sein, ich will lediglich legitime Nachfahren.«

Nathan schüttelte den Kopf. »Du kannst deine Pflicht erfüllen und gleichzeitig glücklich werden. Gib dich nicht mit weniger zufrieden.«

»Ich habe nicht die Zeit.« Alex klopfte seinem Bruder auf die Schulter. »Mach dir keine Sorgen.«

Sie blieben am Waldrand stehen und Nathan bedachte ihn mit einem zweifelnden Blick. »Bist du dir sicher?«

»Das bin ich.« Alex blickte in den Wald. »Fällt dir hier irgendetwas auf?«

Nathan blieb neben ihm stehen. »Ich weiß nicht, ob ich hier von großem Nutzen sein kann. Ich bin erst seit zwei Monaten wieder im Land.«

»Das sind zwei Monate länger als ich. Wir müssten doch herausfinden können, von wo der Schuss abgefeuert wurde.«

»Vielleicht sollten wir Jerkins bitten, sich die Sache einmal anzusehen.«

»Ich zweifele an Jerkins Wildhüterfähigkeiten. Die Wilderer tun, was sie wollen.« Alex teilte das lange Gras mit dem Fuß und trat in den Wald. Hier war es kühl, denn die Bäume hielten das Sonnenlicht ab.

Er blieb kurz stehen, bis sich seine Augen an die Dunkelheit gewöhnt hatten. »Kommst du?«

»Ja.« Nathan blieb ein paar Schritte zurück. »Hier

rechts sieht es aus, als wäre das Unterholz abgeknickt worden.«

Alex' Blick folgte Nathans ausgestrecktem Zeigefinger. Er nickte. Sein Bruder hatte scharfe Augen. Der Untergrund war trocken, aber an einem Fleck war das Gras flach gedrückt, als hätte dort etwas gelegen. Alex kniete sich hin und untersuchte die Stelle genauer.

Sanft ließ er die Finger über den Boden gleiten und hielt inne, als er eine kleine Mulde ertastete. »Ich glaube, hier lag der Schaft des Gewehrs.« Er blickte seinen Bruder fragend an. »Warum sollte man ausgerechnet hier lauern?«

»Weil man auf etwas oder jemand wartet«, schlug Nathan vor.

Alex stand auf und blickte auf die Straße. Die Stelle war ein idealer Aussichtspunkt. Die Zweige der Bäume und das Unterholz schützten vor neugierigen Blicken und gleichzeitig hatte man gute Sicht auf die Straße und das, was dahinterlag.

»Ich glaube, es ist das Beste, wenn wir niemandem davon erzählen.«

»Das ist nicht dein Ernst?«, fragte Nathan ungläubig. »Du kannst doch nicht zulassen, dass hier jemand auf dem Anwesen herumläuft, der auf dich schießt.«

»Aber ich weiß doch gar nicht, ob der Schuss mir galt«, beschwichtige Alex ihn. »Vielleicht hat er auf etwas auf der anderen Straßenseite gezielt.«

»Unsinn.« Nathan schüttelte den Kopf und stemmte die Hände in die Hüften.

»Egal, was du glaubst«, bemerkte Alex ruhig, »ich

erwarte, dass du dich an meine Bitte hältst. Es ist nicht nötig zu erwähnen, dass auf mich geschossen wurde.«

»Und was ist mit Mrs. Wellsley?«

»Überlass Sarah mir.« Alex ging in Richtung Straße. »Ich glaube, wir sollten jetzt zurück zum Haus gehen.«

»Ich bin wohl kaum angemessen für einen Besuch gekleidet.« Nathan folgte seinem Bruder.

»Ich erwarte dich heute Abend zum Dinner. Enttäusche mich nicht.«

»Ich werde da sein, wie versprochen.« Nathan sah seinen Bruder zweifelnd an. »Was wirst du wegen heute unternehmen?«

»Erst einmal gar nichts«, meinte Alex. »Ich möchte abwarten, was passiert.«

»Du hast schon immer Unglück angezogen.« Nathan wandte sich zurück zum Cottage. »Mit Fanny und den Veränderungen am Anwesen hast du doch schon genug am Hals. Lass jemand anderen den Vorfall mit dem Schuss untersuchen.«

»Ich werde über deinen Vorschlag nachdenken.«

»Aber du wirst ihn nicht befolgen.« Nathan lächelte seinen Bruder an und schüttelte den Kopf. »Würde ich dich nicht besser kennen, würdest du mich zur Verzweiflung bringen. Du freust dich sicher jetzt schon, Fanny heute Abend mit mir zu überraschen.«

»Du tust mir unrecht, Bruder.« Alex legte die Hand in gespielter Entrüstung an die Brust. »Ich würde meiner Stiefmutter doch niemals absichtlich Kummer bereiten.«

»Aber du wirst dich ihrem Verständnis gesellschaftlicher Ordnung widersetzen.«

»Ich habe über zehn Jahre unter ihrem Verständnis der gesellschaftlichen Ordnung gelitten. Das war einer der Gründe, warum ich Caldern verlassen habe«, erklärte Alex. »Jetzt ist es mein Zuhause und ich bestimme, was geschieht. Unser Vater hat Fanny nicht mittellos hinterlassen. Sie kann ins Witwenhaus ziehen, wenn sie es wünscht, oder sich überall ein Haus mieten, wo es ihr gefällt.«

»Du weißt, dass Fanny Caldern niemals freiwillig verlassen wird. Es bedeutet ihr alles.«

»Es fällt mir schwer, das zu glauben. Sie hat es schrecklich verwahrlosen lassen.« Alex blickte die Straße hinunter und fuhr sich zerstreut mit der Hand durchs Haar. »Ich bin froh, dass du mir geschrieben hast, Nathan. Sonst wäre ich vielleicht nicht gekommen.«

»Du wirst hier gebraucht, Alex. Die Leute haben sich immer auf die Besitzer von Caldern verlassen. Lass sie nicht im Stich.«

Alex blickte seinen Bruder noch einmal an und nickte. »Das werde ich nicht.«

»Ich weiß, es war schwer für dich zurückzukommen, aber du gehörst hierher.«

»Danke, Nathan.« Alex seufzte tief. »Ich muss nach Hause. Wir sehen uns beim Dinner.«

Alex wandte sich um und ging die Straße hinunter. Er schlüpfte durch die gleiche Lücke im Gebüsch wie Sarah. Tausende Mal hatte er sie in seiner Jugend benutzt, wenn er bei Mary Carters Cottage Zuflucht gesucht hatte.

Mary war die einzige Mutter, die er je gehabt hatte. Sie gab ihm die Geborgenheit, die er nach der zweiten

Heirat seines Vaters brauchte. Fannys Reglement war erdrückend, und sein Vater war meist zu beschäftigt, um sich um den Verbleib seines Sohnes zu kümmern. Nathan und er verbrachten ihre Tage zusammen und oftmals auch die Nächte.

Alex betastete seinen Hinterkopf und fuhr zusammen. Der Sturz hatte mehr als nur seinen Stolz verletzt, aber er würde niemandem davon erzählen. Schlimm genug, dass Sarah den Unfall gesehen hatte. Er musste sicherstellen, dass sie niemandem davon erzählte.

Eine Viertelstunde später kam Alex bei den Ställen an und war überrascht von der aufgeregten Betriebsamkeit, die dort herrschte. Mehrere Pferde standen im Hof schon mehr oder weniger gesattelt. Sein eigenes Pferd, Fury, wurde soeben von einem seiner Stallburschen weggeführt.

»Was zum Donner ist denn hier los«, verschaffte sich Alex über den Tumult Gehör.

Alles erstarrte und blickte ihn mit großen Augen an. »Mein Lord!«, rief Jacobs, sein Stallbursche. »Wir wollten uns gerade auf die Suche nach Euch machen. Wir wussten nicht, was wir denken sollen, als Fury ohne Euch hier ankam.«

»Fury hat mich abgeworfen«, gestand der Marquis mit einem Grinsen. »Er hat sich erschreckt und ging durch. Das nächste Mal werde ich besser vorbereitet sein.«

»Seid Ihr verletzt, mein Lord?«

»Nur mein Stolz. Bringt diese Pferde zurück in ihre Ställe.«

Jacobs nickte und forderte die Stallburschen auf, mit anzupacken. Alex sah zu, bis das letzte Pferd in den Stall geführt wurde. Als er zurück zum Haus ging, rief ihn eine Stimme.

»Alex?«

Der Marquis drehte sich um. Ein Mann in schwarzem Mantel, ungefähr so groß wie Alex, aber dünner, kam auf ihn zu. Alex runzelte die Stirn und versuchte sich an seinen Namen zu erinnern.

»Es ist zu lange her«, erklärte der Besucher. »Ich hätte dich nie wiedererkannt.«

In dem Moment ging Alex ein Licht auf. »Samuel!«, begrüßte er seinen Stiefbruder voller Freude. »Wir haben uns nicht gesehen, seit ich sechs war. Es ist unglaublich, wie anders und doch gleich du aussiehst.«

»Du bist aber auch gewachsen, kleiner Bruder.« Samuel schloss Alex in die Arme und ließ ihn wieder los. »Danke für die Einladung. Ich hatte mich danach gesehnt, Caldern wiederzusehen.«

»Ich bin froh, dass du gekommen bist.« Alex fasste seinen Bruder um die Schulter und führte ihn von den Stallungen weg. »Wir müssen uns beeilen, um nicht zu spät zum Tee zu kommen. Fanny hat es immer noch mit ihren Regeln.«

»Ich bin erstaunt, dass ich euch besuchen darf. Wie hat Lady Caldern reagiert?«

»Das werden wir bald herausfinden«, gestand Alex. »Ich habe es ihr noch nicht eröffnet.«

Samuel blieb stehen und starrte seinen Bruder an. »Wie konntest du sie nicht vorher unterrichten?«

»Das Gleiche wollte ich auch gerade fragen«, meldete sich eine mürrische Stimme hinter ihnen. Die Männer drehten sich um. Vor ihnen stand Lord Bryan Norward.

»Bryan.« Der Marquis bedachte ihn mit einem kurzen Nicken. Sein Blick fiel auf die dreckverkrusteten Schuhe seines Bruders, die Jägerkluft und das Gewehr. »Wo kommst du denn her?«

Lord Bryan funkelte Alex an und hob dann das Gewehr leicht an. »Jagen. Laut Jerkins nehmen die Kaninchen im Nordwald überhand.«

»Und? Was erwischt?«

»Nein«, antwortete Bryan missmutig.

»Ich glaube, du kennst deinen Bruder Samuel Black noch gar nicht.« Alex deutete mit dem Kopf in Samuels Richtung.

»Nein, ich hatte noch nicht das Vergnügen.« Bryan blickte den Marquis gereizt an und ignorierte die Hand, die Samuel ihm entgegenstreckte. »Ich glaube nicht, dass Mutter das billigen wird.«

»Deine Mutter hat hier nichts zu billigen«, erklärte Alex unterkühlt. »Caldern ist mein Zuhause und ich kann einladen, wen ich will.«

»Wie kannst du dich zu einer solchen Verwandtschaftsbeziehung bekennen?«, empörte sich Bryan. »Er ist ein Bastard.«

Bei diesem Wort zog sich Alex der Magen zusammen. Seine Abneigung wandelte sich in Wut. »Er ist auch dein Bruder«, fauchte er. »Samuel ist mein Gast in Caldern, und ich erwarte, dass er mit Respekt behandelt wird.«

»Das ist nicht dein Ernst«, erwiderte Bryan. »Mutter wird es nicht zulassen.«

»Deine Mutter hat in dieser Sache nichts zu bestimmen«, meinte Alex. »Caldern ist mein Zuhause, nicht ihres. Ich bestimme hier, wer eingeladen wird und wer nicht.«

Bryan blickte ihn mehrere Sekunden lang mit offenem Mund an, bevor er an den beiden Männern vorbeistürmte. »Das wirst du bereuen«, rief er über die Schulter zurück und verschwand um die Ecke des Hauses.

»Ich muss mich entschuldigen.« Alex seufzte und ergriff Samuels Schulter. »Das hätte ich nicht von Bryan erwartet.«

»Vielleicht sollte ich lieber ein andermal kommen?«

Alex schüttelte den Kopf. »Nein. Wir waren zu lange getrennt.«

Samuel sah ihn einige Momente lang forschend an und nickte dann. »Ich bleibe. Ich hoffe nur, du bereust es nicht irgendwann, Lady Caldern verärgert zu haben.«

Insgeheim stimmte Alex zu, aber er lächelte. Fanny würde das gewiss nicht schmecken, aber das konnte er nicht ändern. Er war entschlossen, einiges in Caldern zu ändern. Und dazu gehörte, dass Nathan und Samuel endlich anerkannt wurden. Das würde er auch gegen seine Stiefmutter durchsetzen.

Siebtes Kapitel

Sarah blickte aus dem Schlafzimmerfenster, ganz verzaubert von der Schönheit des klaren Nachthimmels. Die Sterne funkelten und eine leichte Brise trug den Duft von Rosen in ihr Zimmer. Wo Sarah auch hinblickte, herrschte Frieden, aber ihr Magen zog sich nur noch fester zusammen.

Sie war nach Caldern zurückgekehrt und hatte sich in den Destillierraum zurückgezogen, um sich ihren Kräutern zu widmen. Das war stets ihr Zufluchtsort vor der Welt gewesen, doch heute hatte sie dort keine Ruhe gefunden. Ständig musste sie an den Marquis denken, wie er totenbleich und mit blutendem Arm auf der Straße gelegen hatte.

Die Sache wurde noch dadurch verschlimmert, dass Alex' Einladung seiner Brüder zum Dinner das einzige Gesprächsthema des Personals zu sein schien. Das ganze Haus befand sich in heller Aufregung. Lady Caldern hatte sich auf ihr Zimmer zurückgezogen, doch Alex bestand darauf, dass sie zum Essen erschien. Ihre Kammerzofe Hilda mahnte, dass die Aufregung ihre Herrin noch umbrächte.

Sarah trat vom Fenster zurück, ihr weißes Nachthemd bauschte sich hinter ihr, als sie zum Schreibtisch ging. Sie hob ein Blatt Papier auf und ließ es wieder sinken.

Kurz war ihre Hand über dem Tintenfass, doch dann entschied sie sich für das Buch, das sie gerade las. Sie klappte es auf, schlug es jedoch gleich wieder zu.

Mit der flackernden Kerze in der Hand ging sie zum Bett. Es war lächerlich, sich Sorgen um den Mann zu machen. Sie wollte früh aufstehen, um Lavendel zu sammeln, sie sollte längst im Bett sein. Sie stellte die Kerze auf das Nachttischchen, aber gerade, als sie die Decken zurückschlug, flog die Tür auf.

»Ich kann einfach nicht fassen, was heute Abend passiert ist!« Sarah sah Carolines verschränkte Arme und den Schmollmund und wusste, dass an Schlaf erst mal nicht zu denken war.

»Was ist denn passiert?«

»Caldern hat seine Brüder zum Dinner geladen.« Caroline setzte sich auf das Bett. »Schlimmer noch, einen hat er sogar eingeladen, hier zu übernachten.«

»Aber daran ist doch nichts falsch.« Sarah schloss die Tür.

»Du hast zu viel Zeit bei den Leuten im Dorf verbracht. Der Mann beleidigt mich.«

»Es ist sein Haus«, beschwichtigte Sarah sie. »Sicher hat er nicht an dich gedacht, als er sie eingeladen hat.«

»Dabei sind es nicht mal seine richtigen Brüder.« Caroline schlug mit der Faust aufs Bett. »So etwas werde ich nicht dulden, wenn wir verheiratet sind.«

»Du würdest seiner Familie einen Besuch verweigern?«

»Sie gehören nicht zu seiner Familie«, erwiderte Caroline. »Es sind Stiefgeschwister.«

»Es sind seine Brüder und er erkennt sie an«, erwiderte

Sarah. Sie setzte sich an ihren Schreibtisch. »Ich glaube, dir wird es leichter, wenn du dich damit abfindest.«

»Ich lasse nicht zu, dass man in der Gesellschaft über mich lacht.«

»Findest du nicht, dass er ein Recht hat, sie zu sehen?«

»Nicht, wenn es mich stört.« Caroline stand ungeduldig auf. »Für dich ist es einfach, verständnisvoll zu sein. Du wirst nie eine gesellschaftliche Stellung zu verlieren haben.«

Sarah seufzte und blickte auf ihre verschränkten Finger herab. Vielleicht hatte Caroline recht. Sie konnte sich Verständnis leisten. »Und was wäre, wenn sie nur seine Freunde wären? Könntest du sie dann annehmen?«

Caroline unterbrach ihr Auf- und Abgehen und blickte Sarah mit zusammengekniffenen Augen an. »Das ist nicht dasselbe.« Sie zog eine Grimasse. »Diese Feinheiten wirst du nie verstehen.«

»Es sind Männer, Caroline.« Sarah stand auf und ergriff die Hand ihrer Cousine. »Er will sie sehen. Wenn du seine Frau werden möchtest, musst du seine Wünsche akzeptieren.«

»Darauf hat mich Vater nicht vorbereitet.« Caroline entzog Sarah ihre Hand. »Er hätte mich warnen sollen.«

»Vielleicht wollte er deine zarten Gefühle nicht verletzen«, meinte Sarah unschuldig.

Caroline funkelte sie an. »Deine Zunge wird dich eines Tages noch um Kopf und Kragen bringen.«

Sarah lächelte. »Es ist spät geworden, und wir sollten zusehen, dass wir etwas Schlaf bekommen.«

»Das ist nicht der einzige Grund, warum ich hier bin.

Caldern besteht darauf, dass du nach dem Essen im Salon bleibst«, verkündete Caroline.

Sarah errötete. Schnell wandte sie sich ab und ging zum Fenster, um die Wirkung der Worte vor ihrer Cousine zu verbergen.

»Warum sollte er das tun?«

»Ich weiß es auch nicht. Anscheinend denkt er, dass ich an deinem Fernbleiben schuld bin.« Caroline nahm ein Buch, wog es in der Hand und schmetterte es dann auf den Tisch. »Aber ich hoffe, diesmal verhältst du dich etwas schicklicher!«

»Ich habe nichts Falsches getan«, verteidigte sich Sarah und hielt dem bohrenden Blick ihrer Cousine stand. »Dein Verhalten macht alles noch schlimmer.«

Caroline sah sie mit zusammengekniffenen Augen an. »Wovon redest du?«

»Du bist ständig mit Mr. Stanton zusammen und zeigst sehr offen, dass du dich nicht mit Caldern abgeben willst.«

»Das ist nicht wahr!«, entrüstete sich Caroline.

»Du willst Caldern dazu bringen, zu spuren, aber dein Plan geht nicht auf.«

»Und selbst wenn es so wäre, brauchst du dich dem Mann nicht an den Hals zu werfen. Lady Caldern wird deine Anmaßungen nicht länger dulden«, höhnte Caroline. »Du bist hier als meine Begleitung. Also verhalte dich auch so.«

»Meines Wissens habe ich mich immer anständig verhalten«, versicherte Sarah. »Dein Vater bestand darauf, dass ich dich begleite, weil er sich Sorgen um dein Benehmen machte.«

Sarah warf den Kopf in den Nacken und stolzierte zur Tür. Die Hand auf der Klinke, sagte sie: »Es gibt nichts, wofür ich mich schämen müsste.«

»Ich auch nicht«, erwiderte Sarah ruhig.

»Halte dich fern von Caldern. Er hat seltsame Ansichten von Leuten und Umgangsformen.« Caroline öffnete die Tür. »Es muss die lange Zeit in Indien gewesen sein, aber ich werde ihm den Kopf schon zurechtrücken, wenn wir erst einmal verheiratet sind.«

Und damit verschwand Caroline. Sarah schüttelte nur den Kopf. Sie glaubte nicht, dass ein Mann wie der Marquis sich von einer Frau ändern ließe. Caroline würden ihre fruchtlosen Bemühungen bald entmutigen.

Sarah ging zu ihrem Bett, schlug die Decke zurück, ließ ihren Morgenmantel am Fuß des Betts herabgleiten und legte sich hin. Sich um Caroline zu sorgen war zwecklos. Sarah brauchte ihren Schlaf. Sie zog sich die Decke über die Schulter und blies die Kerze aus.

Doch Sarah fand keinen Schlaf. Sie wälzte sich von einer Seite auf die andere, dämmerte aber immer nur leicht ein. Die Verletzung des Marquis ging ihr nicht aus dem Kopf. Schließlich schlug sie verzweifelt die Decke zurück. Die Standuhr im Gang hatte dreimal geschlagen. An Schlaf war nicht zu denken, bevor sie nicht wusste, wie es dem Marquis ging. Er war ihr Patient, redete sie sich ein. Es war ihre Pflicht.

Sarah zündete die Kerze an ihrem Bett an und warf sich den Morgenmantel über. Dann nahm sie ihren Arzneikorb und machte sich auf den Weg. Bald war sie am Schlafzimmer des Marquis, einem der vielen Zimmer, das seit Generationen die Hausherren bewohnten.

Daran angeschlossen lagen die Zimmer der Hausdame. Caroline hatte bereits Pläne für ihre Umgestaltung.

Behutsam drückte Sarah die Klinke herunter und öffnete die Tür einen Spalt, um hineinzusehen. Das Zimmer lag im Dunkeln, doch im Licht ihrer Kerze konnte sie Bett und den darin Liegenden ausmachen. Sie trat in das Zimmer und schloss leise die Tür.

Sie atmete tief durch und zwang sich, zum Bett zu gehen. Obwohl sie sich um Alex' Wunde sorgte, zögerte sie. Sie war sich nicht sicher, ob Alex ihre Fürsorge begrüßen würde.

Mit jedem Schritt, mit dem sich Sarah dem großen Himmelbett näherte, umhüllte sie die Dunkelheit mehr. Jetzt erkannte sie, wie sich Calderns großer Brustkorb hob und senkte. Sie hielt den Atem an und zuckte bei jeder knarrenden Diele zusammen, ging aber weiter. Sie musste einfach sicherstellen, dass seine Kopfverletzung nichts Ernsthaftes war.

Am Bett angekommen, stellte sie die Kerze auf den Nachttisch und beugte sich über den Marquis. Angespannt lauschte sie, ob sein Atem regelmäßig war, bevor sie seinen Verband untersuchte. Als sie sich sicher fühlte, streckte sie die Hand nach seinem Arm aus.

Da packte sie der Marquis mit eisernem Griff. Schmerz fuhr in ihren Arm, und sie verzog das Gesicht. Ehe sie es sich versah, hatte er sie an sich gezogen und sie spürte sein pochendes Herz und sein heißer Atem streifte ihr Gesicht.

»Was zur Hölle habt Ihr hier zu schaffen?« Caldern sprach ruhig, doch der Ton war bedrohlich.

»Ihr tut mir weh.« Sarahs Herz schlug wie verrückt und sie versuchte, seine Finger von ihrem Arm zu lösen, doch es gelang ihr nicht.

»Beantwortet meine Frage.«

Sarah blickte in die stahlgrauen Augen. Er hatte nicht vor, sie freizulassen. Sie wollte nicht zugeben, dass sie sich Sorgen gemacht hatte, aber ihr blieb keine Wahl. »Ich wollte Euch sehen.«

»Also schleicht Ihr in mein Schlafzimmer?«

»Ich bin nicht geschlichen«, wehrte sich Sarah heftig. Ihre Angst verwandelte sich in Wut.

Caldern sah sie argwöhnisch an. Sarah fühlte, wie sie rot wurde und wehrte sich gegen seinen festen Griff. Doch anstatt freizukommen, wurde sie plötzlich hochgehoben und fand sich in einer engen Umarmung wieder. Sie versuchte, sich herauszuwinden, doch er hielt sie nur noch fester.

»Ich dachte, Ihr wärt nicht an einer Affäre interessiert?«, flüsterte er ihr ins Ohr und sein Atem kitzelte sie. Sie sog seinen moschusartigen Duft ein und ein Schauer der Erregung durchfuhr sie. Sie öffnete den Mund, um sich zu verteidigen, doch bevor sie einen Ton herausbrachte, verschloss er ihre Lippen mit einem heißen Kuss.

Sarah versuchte ihn aufzuhalten, aber er überwältigte sie mit seiner zügellosen Leidenschaft. Seine Zunge strich neckend und lockend um ihre, bis sich ein Prickeln von ihren Lippen aus durch ihren ganzen Körper ausbreitete und Sarah bald vor Erregung bebte. Ihr Widerstand schmolz dahin und sie ergab sich ihm.

Alex schloss sie fester in die Arme und zog sie näher an

sich. Sarah spürte die harten Muskeln und in ihr erwachte ein Verlangen, wie sie es noch nie erlebt hatte. Binnen Sekunden hatte sie ihre Hemmungen verloren und antwortete auf sein stilles Drängen und bewegte sich rastlos in seinen Armen.

Seine Hände nestelten an dem dünnen Stoff ihres Nachthemds, bis sie die zarte Haut darunter berührten. Sarah seufzte überrascht, als es sie wie ein elektrischer Schlag durchzuckte. Seine zitternde Hand strich sanft über die nackte Haut an ihrem Rücken. Mit einer Leichtigkeit, die ihr den Atem raubte, hob Alex sie hoch und drehte sie in einer Bewegung, so dass sie rücklings auf der Matratze lag. Nun sah sie in seine funkelnden Augen.

»Ihr macht Euch gut in meinem Bett. Ich wusste, dass Ihr nicht widerstehen konntet, zu mir zu kommen.«

Seine Worte drangen nur langsam durch den Nebel in ihrem Kopf. »Ihr irrt«, stammelte sie.

»Unsinn«, sagte er mit zufriedenem Lächeln. »Ihr müsst Euch nicht erklären. Wir sind beide alt genug, um zu wissen, was wir wollen.«

»Ihr glaubt, ich bin gekommen, weil ich Euch begehre?« Sarah schüttelte abwehrend den Kopf.

»Eure Lippen sagen mir alles, was ich wissen muss.«

»Ihr habt mich überrumpelt.« Sarah versuchte, sich aufzusetzen, aber sein Körper hinderte sie daran.

»Ihr könnt nicht bestreiten, dass Euch das Küssen gefällt.« Caldern streifte mit den Lippen über ihre und biss sie zärtlich.

»Ich sagte Euch bereits, dass ich nicht interessiert bin.« Sarahs Stimme zitterte. Sie schlug mit der Faust gegen Calderns Brust. »Lasst mich aufstehen.«

Calderns Augen blickten hart und Sarah unterdrückte einen Schauder. Er rückte von ihr ab und sie setzte sich auf. Sie konnte sich nicht erlauben, sich seiner Verführungskunst hinzugeben. Er würde ihre Cousine heiraten.

»Wie es scheint, habe ich die Situation schon wieder falsch eingeschätzt.« Caldern lehnte an seinen Kissen. Seine Stimme war bar jedes Gefühls und seine ganze Körperhaltung drückte den Ärger aus.

»Ich hätte heute Nacht nicht kommen dürfen.«

»Warum habt Ihr es dann getan?«

Sarah wollte gerade antworten, als sie ein Geräusch im Flur verstummen ließ. Sie lauschte gebannt auf das leise, schlurfende Geräusch. Caldern packte sie am Arm und machte ihr ein Zeichen, ruhig zu sein.

Das Geräusch kam näher und verstummte vor seiner Tür. Caldern schob Sarah von seinem Bett weg und bedeutete ihr, sich im Ankleidezimmer zu verstecken. Sarah beeilte sich. Das Letzte, was sie wollte, war in einer kompromittierenden Situation mit dem Marquis erwischt zu werden. Sie öffnete die Tür und schlüpfte, mit kurzem Blick zurück zu Caldern, in den Ankleideraum.

Er hatte sich wieder ins Bett gelegt, die Laken hochgezogen und die Kerze ausgeblasen. Für einen Außenstehenden sah es aus, als schliefe er. Sarah lugte durch einen kleinen Spalt und beobachtete, wie sich die Schlafzimmertür langsam öffnete.

Achtes Kapitel

Alex lag im Bett und zwang sich, gleichmäßig zu atmen. Das war nun das zweite Mal, dass er sich in dieser Nacht schlafend stellte, aber er bezweifelte, dass der nächste Eindringling auch nur annähernd so bezaubernd wäre wie der erste. Mit geschlossenen Augen lauschte er, bis die Schritte vor seinem Bett haltmachten. Alex' Herz schlug heftig vor Erwartung.

Eine Hand zog die Laken zurück und Alex ergriff sie. Der erstickte Schrei und das erschrockene Gesicht seines Kammerdieners Hobson begrüßten ihn. »Verflucht!«

»Mein Herr!«, rief Hobson. »Ihr habt mich erschreckt.«

»Was zur Hölle machst du hier?« Alex funkelte seinen Kammerdiener an und beugte sich herüber, um Sarahs Kerze an der Kerze anzuzünden, die Hobson mitgebracht hatte.

Er hatte Hobson bei sich, seit er vor ungefähr einem Jahr nach England zurückgekehrt war. Der Mann hatte tadellose Referenzen vorgewiesen, und bis zu diesem Zeitpunkt hatte Alex nichts an ihm auszusetzen gehabt, bis vielleicht auf sein beharrliches Bestehen auf Schmuck. Alex hasste es, mehr als seinen Siegelring und eine Krawattennadel zu tragen und Hobson bedrängte ihn permanent, sich mit edelsteinbesetzten Uhren, Ringen und Ketten zu behängen.

»Ich habe mich um Euch gesorgt.« Hobson trat einen Schritt vom Bett zurück und strich sein Hemd glatt. »Ihr habt eine hässliche Beule von dem Sturz heute Nachmittag.«

»Ich bin durchaus in der Lage, für mich selbst zu sorgen.« Alex setzte sich auf, die Laken rutschten zur Hüfte herunter. Schweigend betrachtete er Hobson. Er war ein untersetzter, dunkelhäutiger Mann, ordentlich gekleidet in schwarzen Hosen, weißem Hemd und grauer Weste. »Ich schätze deine Besorgnis, aber sie ist unnötig.«

»Ich sehe, dass es Euch gut geht«, stimmte Hobson zu. »Ich wollte Euch nicht beim Schlafen stören.«

»Natürlich nicht.« Alex winkte Hobson hinaus.

Hobson verbeugte sich und wandte sich zum Ankleidezimmer.

»Wo gehst du hin?«, fragte Alex barsch.

»Ich glaube, es ist am besten, wenn ich heute Nacht auf der Liege im Ankleidezimmer schlafe«, erklärte Hobson. »Ihr scheint nicht bei Euch zu sein.«

Alex verdrehte die Augen und seufzte tief. »Es geht mir blendend.«

»Vergebt mir meine Bemerkung, aber Ihr scheint sehr reizbar, mein Lord. Das ist kein gutes Zeichen.«

»Du hast mich aus dem Tiefschlaf gerissen. Wie zum Donner meinst du, dass ich da reagieren soll?«

Hobson neigte den Kopf und sah Alex prüfend an. »Seid Ihr sicher, mein Lord?«

»Ganz sicher.«

»Wie Ihr wünscht.« Hobson machte eine kleine Verbeugung mit dem Kopf und ging. Das Klicken der Tür hallte durch das Zimmer.

Alex ließ sich auf die Kissen zurücksinken und zog die heruntergerutschten Laken hoch und steckte sie unter den Achseln fest. Misstrauisch schielte er zur Tür. Vielleicht hatte Hobson die Wahrheit gesagt. Zu den Aufgaben des Kammerdieners gehörte es, nach dem Herrn zu schauen. Verwirrender war Mrs. Wellsleys Erscheinen.

Als Alex sie am Arm gepackt hatte, war er sicher gewesen, den Angreifer vom Nachmittag erwischt zu haben. Doch Sarah hätte unmöglich auf ihn schießen können. Nathan hätte gesehen, wenn sie aus dem Wald gerannt wäre.

Als sie ihn mit aufgerissenen blauen Augen und empört verzogenem Mund anstarrte, hatte er impulsiv gehandelt. Alex war nicht auf die Leidenschaft vorbereitet gewesen, die zwischen ihnen aufgelodert war. Er hatte sich beinahe komplett in diesem heißen Kuss vergessen.

Sarahs Zurückweisung war wie ein Eimer kaltes Wasser gewesen. Erneut hatte er ihre Absichten fehlgedeutet. Verflucht. Allein bei dem Gedanke an sie entflammten seine Lenden. Es war lange her, seit eine Frau das vermocht hatte. Wenn er ehrlich war, musste er sich reumütig eingestehen, hatte noch nie jemand eine derartige Wirkung auf ihn gehabt.

»Ich bin wieder allein«, rief er Sarah zu. »Ihr könnt wieder herauskommen.«

Sarah hatte in dem kleinen dunklen Zimmer die Luft angehalten und gewartet, dass Hobson wieder verschwand.

Vorsichtig öffnete sie jetzt die Tür und äugte durch den Spalt. Caldern saß im Bett, doch das Licht ihrer Kerze reichte nicht aus, um die Schatten um das Bett zu beleuchten.

»Er ist weg«, versicherte ihr der Marquis.

»Man darf mich nicht bei Euch entdecken.«

»Nein«, stimmte Caldern zu. »Warum habt Ihr das Wagnis unternommen, hierher zu kommen?«

»Ich konnte nicht schlafen«, erklärte Sarah. Sie kam aus dem Ankleideraum und schloss die Tür.

»Und doch schlagt Ihr meinen Vorschlag zur Lösung des Problems aus.«

Sarah fühlte, wie ihr die Röte in die Wangen stieg. Sie schluckte und raffte ihren Morgenmantel noch enger zusammen. »Ihr habt meine Absichten falsch gedeutet.«

»So viel habe ich verstanden«, antwortete Caldern trocken. »Vielleicht könntet Ihr Euch erklären?«

»Ich habe mir um Euch Sorgen gemacht.«

»Ah«, meinte Caldern. »Anscheinend habe ich diese Wirkung auf Leute. Sowohl Hobson als auch Ihr hielten es für nötig, mir Euren Schlaf zu opfern.«

»So war es nicht«, widersprach Sarah und trat ans Bett. »Ich habe geschlafen.«

Der Marquis hob fragend eine Braue. »Dann bin ich Euch im Traum erschienen?«

Sarah wurde feuerrot. »Müsst Ihr mich mit jedem Satz in Verlegenheit bringen?«

Caldern nahm ihre Hand. »Vergebt mir«, bat er zerknirscht.

Sarah sah ihn prüfend an. Es schien ernst gemeint. Die Wärme seiner Hand strahlte bis in ihren Arm hinauf. Sie konnte seine Bitte nicht abweisen und nickte.

»Fahrt fort«, bat Alex.

»Ihr seid mein Patient«, erklärte Sarah. Sie hob ihr Arzneikörbchen vom Nachttisch und stellte es auf das Bett. »Ich konnte nicht schlafen, ehe ich nicht wusste, wie es Euch geht.«

»Mir geht es gut.«

»Eure Kopfverletzung scheint keine bleibenden Schäden hinterlassen zu haben«, stimmte Sarah zu. »Aber den Verband am Arm muss ich wechseln.«

»Es ist doch nur ein Kratzer.«

»Mag sein, aber ich hatte keine Möglichkeit, ihn anständig zu reinigen. Es dauert nur ein Minute.«

Alex sah sie schweigend an und seufzte dann tief. »Wenn Ihr darauf besteht.« Er streckte ihr den verletzten Arm hin.

»Könntet Ihr Euch vielleicht auf die Bettkante setzen?«

»Könnte ich, aber ich fürchte, das würde Euch nur noch mehr in Verlegenheit bringen.«

Sarah sah Caldern verdutzt an. Seine Augen funkelten und ein Lächeln umspielte seine Lippen. Verwirrt schüttelte sie den Kopf.

»Habt Ihr schon vergessen«, neckte er sie, »unter diesen Laken habe ich nichts an.«

Sarah hielt sich erschrocken die Hand vor den Mund. Jetzt erst bemerkte sie die nackte Brust. Beim Aufsetzen war das Laken verrutscht und hatte eine breite muskulöse, dunkel behaarte Brust entblößt. »Bitte bleibt, wo Ihr seid.«

Alex drückte ein Laken an die Brust und streckte ihr den Arm hin. »Ich hätte angenommen, dass Ihr den Anblick nackter Männer gewöhnt seid.«

»Die meisten Männer sind sittsamer als Ihr.« Sarah nahm den alten Verband ab.

»Es fällt mir schwer, das zu glauben«, sagte Caldern heiser. »Ihr seid eine wunderschöne Frau.«

Sarah unterbrach ihr Wickeln und sah zu Alex auf. In seinen Augen schwelte ein Feuer und ihre Kehle schnürte sich zusammen. In seinem Blick lag Verlangen. Sie schüttelte abwehrend den Kopf. »Ihr irrt, mein Lord.«

»Alex«, verbesserte er. »Warum glaubt Ihr mir nicht?«

»Mein verstorbener Gatte verdeutlichte mir sehr eindringlich, dass mich kein Mann je begehren könnte.« Sarah knüllte den alten Verband zusammen und besah sich die Wunde.

»Er war ein Narr.«

»Er war ein äußerst gebildeter Mann und von seiner Gemeinde hoch angesehen.« Sarah ließ den Arm sinken. »Es sieht aus, als würde die Heilung gut verlaufen. Ich würde trotzdem gerne etwas Beinwell draufgeben, um sicherzugehen.«

»Wie Ihr meint.« Alex spannte ein paar Mal die Muskeln in seinem Arm an, bevor er Sarah weitermachen ließ. »Auch gebildete Männer können irren.«

Sarah verzog das Gesicht und strich etwas Salbe auf die Wunde. »Mein Onkel versicherte mir, dass das auf Mr. Wellsley nicht zutraf. Das war der Hauptgrund, warum er diese Heirat wünschte.«

»Und wie stand es mit Euch? War die Heirat auch Euer Wunsch?«

Sarah stellte den Tiegel mit der Salbe zur Seite und zog einen frischen Verband aus ihrem Korb.

»Ich war erst siebzehn und hatte keine Mitgift.«

»Ihr wurdet nicht gefragt.«

Sarah blickte auf und begegnete dem durchdringenden Blick aus seinen grauen Augen. Mitgefühl strahlte ihr daraus entgegen. »Ihr habt recht. Ich hatte keine Wahl.«

»Lasst nicht zu, dass Eure Meinung von Männern von einem einzigen geprägt wird.«

Sarah legte den neuen Verband an und verknotete ihn. »Sollte ich Männer nach Eurem Verhalten beurteilen?«

»Wenn es sein muss, ja.« Caldern zog seinen Arm weg und lehnte sich wieder in die Kissen. »Wenigstens erkenne ich, was für eine Frau Ihr seid.«

»Dazu kennt Ihr mich nicht lange genug.«

»Ihr irrt. Vom ersten Moment an, als ich Euch sah, wusste ich alles.«

»Das ist unmöglich.« Sarah nahm ihren Korb und wandte sich zum Gehen. Der Mann musste verrückt sein, auf diese Art mit ihr zu sprechen.

»Ich sah eine begehrenswerte sinnliche Frau, die das Leben genoss und nicht scheute, sich auf ein Wagnis einzulassen. Seitdem habe ich nichts gesehen, was mich von meiner Meinung abgebracht hätte.«

»Wie könnt Ihr so von mir denken?« Sarah drehte sich zu Alex um. »Ich habe mich noch nie auf Wagnisse eingelassen.«

»Im See zu baden war gewagt«, hielt der Marquis dagegen. »Es nackt zu tun war sinnlich, und dass Ihr es genossen habt, war offensichtlich.«

Sarah fummelte am Deckel ihres Körbchens herum,

dann strich sie sich eine störrische Strähne aus der Stirn. »Bitte versprecht mir, nicht mehr davon zu reden.«

Der Marquis bedachte sie mit einem ernsten Blick. »Dafür müsst Ihr Euch nicht schämen.«

»Es geziemt sich nicht für eine Dame.«

»Wohl aber für eine Frau.«

»Es war nicht sehr damenhaft.«

»Wohl aber weiblich.«

Sarah sah ihn missbilligend an. »Dennoch war es falsch.«

Alex schüttelte den Kopf. »Ich sehe schon, heute Nacht werde ich Euch nicht mehr überzeugen.«

Sarah lächelte ihn an. »Ihr solltet schlafen. Die Einladung Eurer Brüder hat das ganze Haus in Aufruhr versetzt und Ihr werdet morgen Eure ganze Kraft brauchen. Lady Caldern ist nicht gerade erfreut.«

Caldern vergrub das Gesicht in den Händen und stöhnte. »Das hatte ich fast vergessen.«

Sarah runzelte die Stirn und ging noch einmal zum Bett. »Wenn es so eine Anstrengung ist, warum habt Ihr Mr. Black dann ins Haus eingeladen?«

»Es ist mein Haus.«

»Das verstehe ich, aber Ihr könntet doch warten, bis Eure Stiefmutter Caldern verlassen hat.«

Alex schüttelte den Kopf. »Das wird sie nicht. Ohne Caldern wäre Fanny verloren. Es ist ihr Ein und Alles.«

»Aber warum kümmert sie sich dann nicht anständig darum?« Sarah riss die Augen auf, als ihr die Impertinenz ihrer Bemerkung bewusst wurde. »Vergebt mir. Das hätte ich nicht sagen sollen.«

»Die Wahrheit darf ruhig ausgesprochen werden«, beruhigte Alex sie. »Fanny macht sich zu viele Gedanken um Geld. Es wäre teuer gewesen, das Anwesen besser zu erhalten.«

»Dann war es also ein finanzielles Problem?«

Caldern blickte sie forschend an. Sarah richtete sich kerzengerade auf und wich vom Bett zurück. Sie hatte die Grenzen überschritten und Caldern hatte jedes Recht, ihre Frage zu übergehen.

»Das versuche ich noch herauszufinden«, antwortete Caldern schließlich.

»Ich muss auf mein Zimmer.« Sarah fingerte wieder am Deckel ihres Korbes herum und zwang sich, auf den Boden zu blicken. Das Schweigen des Marquis machte sie nervös. Sie war ohnehin schon zu lange geblieben.

»Haben wir es eilig wegzukommen?«

Sarah warf ihm einen kurzen Blick zu. Caldern lag in die Kissen gebettet und die Laken waren wieder auf die Hüften gerutscht. Er schien völlig entspannt, doch als Sarah in seine Augen sah, überliefen sie Schauer. Sie waren verschlossen und verrieten keinerlei Gefühl.

»Es ist besser so.« Sarah wandte sich um und ging zur Tür.

»Habt Ihr mit Lady Caroline gesprochen?«

Sarah hielt inne. »Ich sah sie heute Abend«, sagte sie, ohne sich umzudrehen.

»Dann wisst Ihr auch, dass ich wünsche, dass Ihr nach dem Dinner im Salon bleibt?«

»Ja, mein Lord.«

»Alex«, erinnerte sie der Marquis.

»Ja, Alex.« Sarah streckte die Hand nach der Klinke aus.

»Ich möchte, dass Ihr meinen Bruder Samuel besser kennenlernt.«

Sarah blickte den Marquis über die Schulter hinweg an. Er lächelte leicht, aber sonst gab es keinen Hinweis darauf, wie diese letzte Bemerkung zu verstehen war. »Gibt es dafür irgendeinen besonderen Grund?«

Alex schüttelte erneut den Kopf. »Keinen. Aber er ist Pfarrer. Vielleicht habt Ihr ja etwas mit ihm gemeinsam?«

»Wollt Ihr etwa Heiratsvermittler spielen?« Sarah starrte Caldern mit offenem Mund an.

»Wäre das so schlimm?«

»Euer Bruder ist Pfarrer. Eine Frau wie mich würde er doch niemals wollen.«

»Er könnte sich glücklich schätzen, wenn er Euch bekäme.« Alex beugte sich im Bett nach vorn. »Ihr seid nicht nur schön und begehrenswert, Ihr kümmert Euch um die Leute.«

»Ich habe nicht die Absicht, wieder zu heiraten.«

Lord Caldern runzelte die Stirn. »Niemals?«

Sarah schüttelte den Kopf. »Ich heirate kein zweites Mal. Das ist nichts für mich.«

»Und was ist mit Liebe?«

»Bis jetzt habe ich auch ohne überlebt. Mit meiner Arbeit bin ich mehr als genug beschäftigt.«

»Und dennoch lasst Ihr Euch nicht auf eine Affäre mit mir ein. Ihr könnt Euch nicht von den Männern lossagen.«

»Warum nicht?« Sarah rang die Hände. »Männer kümmern sich nicht um die Bedürfnisse der Frauen. Warum sollte ich ihnen also einen Platz in meinem Leben einräumen?«

»Es ist gegen die Natur, allein zu leben, besonders für einen so sinnlichen und aufgeschlossenen Menschen wie Euch.« Alex langte über die Laken und angelte sich einen Morgenmantel vom Bettende. Hastig zog er ihn über und schlug dann die Decke zurück. »Was hat Euch zu dieser Überzeugung gebracht?«

»Männer«, antwortete Sarah knapp. »Es ist nicht nötig, dass Ihr das Bett verlasst. Ich gehe.«

»Nicht bevor ich Euch verstanden habe.«

»Was gibt es da zu verstehen?« Sarah seufzte. Alex würde sich nicht zufrieden geben, bevor er eine Antwort hatte. Sie trat zurück in das Zimmer. »Ich will nicht, dass jemand über mich bestimmt. Das könnt Ihr doch sicher verstehen?«

Alex stand auf und kam auf sie zu. »War es so in Eurer Ehe?«

Sarah nickte und setzte sich in einen dunklen Brokatsessel. »Stephen wusste immer, was das Beste für mich war. Meine Wünsche zählten nicht.«

»Nicht alle Ehen sind so.«

»Aber die meisten.« Sarah umklammerte ihr Körbchen. »Nach Stephens Tod habe ich mir geschworen, mich nie mehr in diese Lage zu bringen. Ich behalte meine Freiheit, solange ich nicht wieder heirate.«

»Ein Ehemann, der Euch liebt, würde Euch Eure Freiheit lassen.«

Sarah schüttelte den Kopf. »Ich müsste immer erst seine Bedürfnisse erwägen.«

Alex zog sich einen Sessel heran, setzte sich ihr gegenüber und ergriff ihre Hand. »In einer Ehe mit Liebe und Fürsorge teilt man. Nicht alle Männer sind selbstsüchtig.«

Sarah hob eine Braue. Das glaubte er doch nicht etwa ernsthaft? »Ist das Eure Erfahrung?«

Alex schwieg einen Moment. »Nein«, gestand er schließlich, »aber ich bin sicher, dass es so etwas gibt. Ich habe Männer getroffen, die für ihre Frauen gestorben wären.«

»Aber würden sie ihren Frauen die Freiheit geben, ihre Träume zu verwirklichen?«

Alex schüttelte verwirrt den Kopf. »Wovon redet Ihr?«

Sarah blickte zur Seite und seufzte tief. Er war auch nicht anders als die anderen Männer, denen sie begegnet war. »Wenn ich verheiratet wäre und ein Patient bräuchte meine Hilfe, glaubt Ihr, ein Mann würde verstehen, wenn ich aus dem Haus ginge?«

»Natürlich würde er das.«

»Auch, wenn ich deswegen nicht an einer wichtigen Abendgesellschaft, zu der er geladen hat, teilnehmen könnte?«

Alex öffnete den Mund, um zu antworten, klappte ihn dann aber wieder zu. Angestrengt kniff er die Augen zusammen, dann schüttelte er den Kopf. »Nein, er würde auf ihre Anwesenheit bestehen. Es ist die Pflicht seiner Frau.«

»Aber ist sie nicht auch verpflichtet, sich selbst treu zu sein?«

»Ja«, antwortete Alex verzweifelt. »Aber sicher ließe sich doch ein Kompromiss finden.«

»Warum kann der Mann nicht hinnehmen, dass seine Frau nicht dabei sein kann?«

»Ihr sagtet, es ginge um einen wichtigen Anlass, natürlich will er sie dabeihaben.«

»Meine Kranken wären mir aber genauso wichtig.«

Alex stand auf und ging zum Fenster. Er schob den Vorhang zur Seite und blickte eine Zeit lang hinaus. »Ich verstehe, was Ihr sagen wollt. Ihr glaubt, ein Mann würde Eure Freiheiten einschränken. Aber wenn eine Frau ihren Mann liebt, sollte sie seine Bedürfnisse gerne vornan stellen.«

»Aber der Mann muss die seiner Frau nicht vornan stellen?«

Alex wandte sich vom Fenster ab. »Wenn er ihr erlaubt, sich um ihre Kranken zu kümmern, stellt er ihre Bedürfnisse doch vornan.«

»Solange sie seinen Plänen nicht in die Quere kommen.«

»Bei Euch klingt das so herrschsüchtig und gemein.« Caldern kratzte sich am Kopf. »Ihr dreht mir die Worte im Munde herum und konstruiert unmögliche Situationen.«

Sarah schüttelte den Kopf. »Ich wünschte, so wäre es. Wie oft musste ich Patienten leiden lassen, weil Stephen mich nicht aus dem Haus ließ. Manchmal aus dem einfachen Grund, dass er es nicht wünschte.«

»Verstehe.« Alex seufzte. »Dann war er ein grausamer Mann.«

»Nein«, widersprach Sarah ruhig. »Er war nicht anders als die meisten. Seine Bedürfnisse standen an erster Stelle, und er hatte geheiratet, damit sich seine Frau um diese Bedürfnisse kümmerte.«

»Nicht alle Männer heiraten aus diesem Grund.«

»Richtig«, stimmte Sarah zu. Sie presste ihr Körbchen noch fester an sich und holte tief Luft, bevor sie fortfuhr.

»Ihr heiratet, weil Ihr einen Erben wollt, aber werdet Ihr Caroline mit mehr Respekt behandeln, als mir zuteil geworden ist?«

Der Marquis war wie erstarrt. Seine Augen färbten sich dunkelgrau und unterhalb seiner Narbe arbeitete sein Kiefer. Sarah umklammerte ihr Körbchen und hielt die Luft an.

»Ich glaube, Ihr habt vergessen, mit wem Ihr sprecht.« Caldern stieß die Worte in einem kalten gefühllosen Ton aus. Seine Lippe verzog sich. Er ballte die herabhängenden Hände zu Fäusten.

»Nein, mein Lord.« Sarah stand auf und wich zurück. »Lady Caroline ist meine Cousine, und ich sorge mich um ihr Wohlergehen. Ihr heiratet nicht aus Liebe, werdet Ihr also ihre Bedürfnisse respektieren?«

»Ihr habt mehr als genug gesagt, Mrs. Wellsley.« Caldern wandte sich wieder zum Fenster. »Seid so freundlich und geht.«

»Wie Ihr wünscht, mein Lord.« Sarah ging eilig zur Tür. Draußen atmete sie erst einmal erleichtert auf. Erst dann bemerkte sie, dass sie ihre Kerze vergessen hatte und nun im Dunkeln auf ihr Zimmer zurückfinden musste.

Sie hatte den Marquis absichtlich in der Frage der Ehe provoziert und sie bereute es nicht. Seine naive Einstellung war unerträglich gewesen. Er war ein Mann, für ihn galten andere Regeln als für Frauen. Er würde nie verstehen, wie machtlos sie sich in ihrer Ehe gefühlt hatte.

Neuntes Kapitel

Alex blickte stirnrunzelnd aus dem großen Fenster der Bibliothek. Eine Woche war er nun schon in Caldern und noch immer hatte er sich nicht an den verwahrlosten Zustand des Anwesens gewöhnt. Zur Zeit seines Vaters war stets alles gepflegt gewesen. Jetzt wucherte Unkraut auf der Auffahrt, der Rasen musste gemäht werden und die Hecken und Büsche waren verwildert.

»Irgendetwas nicht in Ordnung?«, fragte eine vertraute Stimme.

Lächelnd wandte sich Alex um. »David.«

»Das ist das erste Mal seit Tagen, dass ich dich allein antreffe.« David Stanton ging zu dem abgewetzten Lederstuhl am Schreibtisch und ließ sich mit einem Seufzer nieder. »Kommst du weiter?«

Alex schüttelte den Kopf. »Ist es zu glauben, wie weit meine Stiefmutter alles herunterkommen ließ? Allein um die Gärten wieder in Schuss zu bringen, wird es Jahre und ein Heer von Arbeitern brauchen.«

»Das Anwesen und das Haus sind in einem erbärmlichen Zustand, aber das bekommst du im Nu wieder hin«, tröstete David. »Zum Glück haben wir in Indien einigen Reichtum erworben.«

Alex setzte sich an seinen Schreibtisch. »Das ist ja das

Ungeheuerliche. Es war gar nicht nötig, Caldern verwahrlosen zu lassen.«

David beugte sich mit fragendem Blick nach vorne. »War es denn kein finanzielles Problem?«

»Nein«, antwortete Alex und lächelte gequält. »Fanny ist es gelungen, das Familienvermögen im Laufe der Jahre erheblich zu vermehren. Caldern benötigt mein Geld überhaupt nicht.«

»Alles fällt auseinander«, rief David ungläubig. »Bei den Häusern der Pächter kann ich das ja noch verstehen, aber sein eigenes Haus verfallen zu lassen ist doch widersinnig.«

»Ich kann es auch kaum glauben.« Alex stützte die Arme auf den Tisch. »Am Westflügel kommt das Dach herunter. Ganze Räume wurden abgesperrt, und auf dem Mobiliar liegt der Putz, der von der Decke fällt. An allen Ecken bröckelt es. Die einzig funktionstüchtigen Räume sind die Empfangsräume im Erdgeschoss und die Schlafzimmer der Familie. Es scheint, als hätte Fanny der Rest nicht gekümmert.«

»Vielleicht wollte sie den schrecklichen Zustand vor deinem Vater verbergen?«

»Auch möglich«, murmelte Alex. »Du hast recht. Selbst krank hätte Vater nicht zugelassen, dass dieses Haus verfällt. Ich nehme an, auf diese Weise hat Fanny letztendlich doch noch ihre Rache bekommen.«

»Inwiefern?«

»Weil Ihrem geliebten Sohn Bryan nichts davon zukommen sollte.« Alex lehnte sich zurück und seufzte. »Vater vermachte ihm einen kleinen Besitz im Süden, aber das ist nichts im Vergleich zu Caldern.«

»Unsinn«, meinte David. »Lady Caldern wusste, worauf sie sich einließ, als sie deinen Vater heiratete. Zumindest hat Bryan überhaupt etwas geerbt. Das war mehr, als er für dich vorgesehen hatte.«

»Auch wahr«, stimmte Alex zu. »Aber ich wollte nie etwas von ihm.«

David nickte und lehnte den Kopf an die Sessellehne. »Du kamst ohne seine Hilfe zurecht. Ich bin mir nicht sicher, ob man das Gleiche von Bryan sagen kann.«

Alex lächelte spitzbübisch. »Bryan stand zu lange unter der Fuchtel seiner Mutter. Aber ich würde ihn nicht unterschätzen, auch er ist der Sohn meines Vaters.«

»Ich werde es mir merken«, versprach David. »Was hast du jetzt vor?«

»Ich mache mich an die Reparaturen«, meinte Alex grimmig. »Es war dumm von mir, die Heimkehr ein Jahr hinauszuschieben, aber das lässt sich jetzt nicht mehr ändern.«

»Du warst in Indien, als du erfuhrst, dass Douglas tot war und du den Titel geerbt hattest. Wir mussten unsere Geschäfte zu Ende bringen und hatten einen langen Heimweg.«

»Wahrscheinlich hast du recht.« Alex seufzte und schob den Stuhl vom Tisch zurück. Was David sagte, stimmte, aber Alex plagten noch immer Schuldgefühle wegen des Jahres in London. Hätte Nathan ihn nicht gebeten zurückzukommen, wäre er wohl heute noch dort.

»Caldern kann saniert werden. Aber dich bedrückt doch noch etwas anderes«, bemerkte David.

Alex stand auf und trat ans Fenster. Er ließ die Stirn an

die Scheibe sinken und blickte hinaus. »Dir konnte ich noch nie etwas vormachen.«

»Dafür kennen wir uns zu lange.«

Alex blickte eine Weile schweigend aus dem Fenster, dann wandte er sich wieder an seinen Freund. »Ich habe über meine Heirat nachgedacht.«

»Willst du es dir noch einmal überlegen?«

Alex schüttelte den Kopf. »Das nicht. Ich muss heiraten. Caldern braucht einen Erben.«

»Du hast einen Erben. Bryan wird deinen Platz nur zu gerne einnehmen.« David trommelte mit den Fingern auf die Stuhllehne. »Beängstigt dich der Gedanke, die hübsche Lady Caroline zu heiraten?«

»Wieso sollte es?« Alex grinste seinen Freund an. »Sie ist ideal. Ich kann mir keine schönere Marquise vorstellen.«

»Sie ist bezaubernd«, bestätigte David gelassen. »Aber bist du dir sicher, dass ihr zusammenpasst?«

Alex musterte seinen Freund mit gerunzelter Stirn. David gab sich unbeteiligt, aber er spürte eine innere Anspannung. »Warum?«

»Weil du sie ständig mir anvertraust.« David strich sich einen Fussel von der Hose. »So verhält sich doch kein Mann, der ans Heiraten denkt.«

»Ich muss und werde heiraten.« Alex ging zum Schreibtisch und lehnte sich an die Kante.

»Was ist mit Lady Caroline? Wird sie in dieser Ehe glücklich sein?«

Alex verschränkte die Arme und musterte seinen Freund argwöhnisch. »Sie wünscht sich einen Mann mit Titel und Vermögen.«

»Und was ist mit Liebe?«

»Für Liebe ist in einer solchen Ehe kein Platz.« Alex biss die Zähne zusammen, um zu verbergen, wie ungehalten er war. Davids Worte spiegelten exakt das wider, was Sarah in der letzten Nacht gesagt hatte.

»Schon mal darüber nachgedacht, ob sich Lady Caroline hier in Nordengland wohlfühlen wird?«

»Ich habe nicht vor, Caldern zu verlassen. Ich musste neunzehn Jahre im Exil verbringen, doch das ist jetzt vorbei.«

David nickte verständnisvoll. »Ich weiß, wie sehr du an diesem Ort hängst.«

»Ich werde mein Leben nicht für sie ändern«, sagte Alex bestimmt.

»Du überraschst mich, Alex.« David streckte die Beine aus. »Normalerweise bist du so rücksichtsvoll.«

»Vorher habe ich aber noch nie an Heirat gedacht.« Das Bild von Sarah, wie sie aus dem Wasser stieg, tauchte plötzlich vor seinem geistigen Auge auf. Er verspannte sich.

»Diese Frau wirst du für den Rest deines Lebens jeden Tag ertragen müssen. Sie wird ihre eigenen Wünsche und Bedürfnisse mitbringen.«

»Sie wird einen Mann haben, der für sie sorgen kann.«

»Aber reicht das aus?«

Mit einem Seufzer ließ sich Alex in den Sessel fallen. Vergeblich rieb er sich die Augen, um Sarahs Bild zu verscheuchen. »Du hältst mich für einen Egoisten. Was ist mit Lady Caroline? Ist sie nicht genauso egoistisch?«

David schüttelte nachdenklich den Kopf. »Sie hat nicht die gleichen Möglichkeiten wie du.«

»Deswegen sind ihre Motive noch lange nicht edler.« Alex zerknüllte ein Stück Papier auf seinem Schreibtisch und schob es zur Seite. Sarahs Worte hatten den ganzen Morgen in seinem Kopf nachgehallt und ihn gezwungen, noch einmal über seine Heiratsabsicht nachzudenken.

»Nein«, sagte David fest. »Frauen suchen Schutz bei Männern. Ich bin sicher, ihr Vater hat auf dieser Ehe bestanden.«

Alex sah seinen Freund eine Weile lang an und brach dann in Gelächter aus. »Das glaubst du doch nicht allen Ernstes?«

»Eine Frau hat wenig Wahl bezüglich ihrer Ehe.«

»Lady Caroline ist ein verzogenes junges Frauenzimmer. Ich bezweifle, dass ihr Vater sie zu irgendetwas zwingt.« Alex schob seinen Stuhl zurück. »Sie ist kein armes Opfer.«

David seufzte. »Nein, das ist sie nicht.«

»Ich sehe wirklich keine andere Möglichkeit.« Alex hatte die halbe Nacht darüber wach gelegen. Sarahs harsche Kritik hatte ihm zu denken gegeben.

»Glaubst du denn, du könntest lernen, Lady Caroline zu lieben?«

Alex schüttelte den Kopf und senkte den Blick. Sie sah umwerfend aus, aber sie löste keine Gefühle in ihm aus. Die Ehe mit ihr wäre reine Pflicht. »Ich bin mir nicht sicher.«

»Sie ist eine bildhübsche Frau und trotz ihres Benehmens ganz bezaubernd.« David musterte Alex. »Verbring mehr Zeit mit ihr und finde heraus, ob ihr zusammenpasst.«

»Ich muss heiraten, David.« Alex verzog das Gesicht.

Die Erinnerung daran, wie Sarah in seinen Armen lag und ihre Lippen an seine presste, ließ ihn erschauern.

»Überstürze es nicht«, mahnte David.

Alex nickte geistesabwesend. Er bezweifelte, dass er Lady Caroline durch mehr Zeit noch lieb gewänne. »Genug davon«, sagte er abschließend. »War das Dinner gestern Abend nach deinem Geschmack?«

»Es war äußerst unterhaltsam.« David räkelte sich grinsend in seinem Sessel. »Und was hast du für heute Abend vorgesehen?«

»Ich habe darauf bestanden, dass Mrs. Wellsley nach dem Dinner im Salon bleibt. Ich könnte mir vorstellen, dass sie und Samuel ausgezeichnet zusammenpassen.« Der Gedanke versetzte Alex einen leichten Stich. Sarah war nicht für ihn bestimmt.

»Dann bleibt Samuel also noch eine Weile?«

»Ja. Wir wollen doch, dass Fanny sich gut amüsiert.«

»Treib es nicht zu weit.« David Stanton seufzte und erhob sich. »Kommst du heute Nachmittag mit zum See? Lady Caldern lädt zum Picknick.«

Alex schüttelte den Kopf. »Ich habe Nathan und seiner Mutter versprochen, sie zu besuchen.«

David lächelte und wandte sich zur Tür. »Grüß ihn von mir.«

»Mach ich. Amüsier dich gut.«

David drehte sich lächelnd um. »Ein ganzer Nachmittag mit der entzückenden Lady Caroline. Was könnte mehr Vergnügen bereiten?«

David verschwand und Alex schüttelte den Kopf. Sein Freund war auf dem besten Wege, Lady Carolines Charme zu erliegen. Doch so wohlhabend David auch war, ihm fehlte der Titel. Alex bezweifelte, dass Caroline an ihm interessiert wäre.

Alex wandte sich wieder dem Fenster zu und blinzelte in die Sonne. Es wurde langsam spät und er hatte Mary versprochen, sie zu besuchen. Sie war die einzige Mutter, die er je gehabt hatte, und er konnte ihr nichts abschlagen. Auch Nathan würde da sein. Seufzend wandte er sich vom Fenster ab und schlug das Hauptbuch auf dem Schreibtisch zu. Um die Fragen Caldern betreffend würde er sich später kümmern.

Ein paar Minuten später saß Alex im Sattel und galoppierte auf der kleinen Straße in Richtung Carter-Cottage. Als er ein anderes Pferd auf sich zukommen sah, zügelte er Fury und grinste, als er Nathan erkannte.

»Dachtest du, ich würde es vergessen?«

»Nein, aber Mutter sagte, ich solle nach dir sehen.« Nathan wendete sein Pferd und trabte neben Alex her. »Für den Fall, dass du dich nicht von deinen Caldern-Geschäften lösen kannst.«

»So war es.« Alex spürte, wie die Anspannung von ihm abfiel. Auch nach neunzehn Jahren kannte ihn Mary genau. Es war wundervoll, wieder unter Menschen zu sein, die einen liebten. Zum ersten Mal seit seiner Rückkehr nach Caldern hatte Alex das Gefühl zu Hause zu sein, da wo er hingehörte.

»Und welches wichtige Geschäft hat dich aufgehalten?«

»Meine Heirat.«

Nathan musterte ihn von der Seite und blickte dann wieder auf die Straße. »Hast du es schon offiziell gemacht?«

»Noch nicht. David lauerte mir in der Bibliothek auf und wir plauderten über die Vorzüge der Ehe.«

»Dann bin ich überrascht, dass du dich nicht noch mehr verspätet hast.« Nathan bedachte seinen Bruder mit einem ernsten Blick. »Die Ehe kann man nicht in ein paar Minuten abhandeln. Sind dir Zweifel gekommen?«

»Nicht bezüglich der Ehe an sich«, verneinte Alex. »David meinte nur, ich solle meine Wahl noch einmal überdenken. Was ist dein Eindruck von Lady Caroline?«

»Sie ist eine bildhübsche Frau«, sagte Nathan vorsichtig.

»Das klingt ja wie eine Verurteilung.«

»Sie scheint sich nicht für das Anwesen zu interessieren.« Nathan ließ den Blick über die Wälder schweifen. »Nie sieht man sie draußen, und die Leute stellen Fragen.«

»Ich glaube, das Landleben liegt ihr nicht besonders.«

»Dann werdet ihr also in London leben?«

»Nein.« Alex schüttelte entschieden den Kopf und seufzte. »Ich verlasse Caldern nicht noch einmal.«

»Verstehe.« Nathan zügelte sein Pferd. Sie waren beim Cottage angekommen, doch anstatt in den Stall zu gehen, sah er seinen Bruder an. »Das könnte für Schwierigkeiten sorgen.«

Alex nickte. »Dasselbe denkt David auch.«

»Und liebst du sie?«, fragte Nathan.

»Nein, es ist keine Liebesangelegenheit.«

»Dann warte«, riet Nathan.

»Ich bin fünfunddreißig. Es ist höchste Zeit.« Alex sah seinen Bruder an. Er spürte, dass Nathan ihm etwas vorenthielt. »Was weißt du von der Liebe?«

Nathan lächelte gequält und sein Blick schweifte zum Stall. »Ich dachte, wir reden über dich.«

Alex seufzte und saß ab. Gemeinsam gingen sie zum Stall. Dort band er Fury an einen Pfosten und blickte seinen Bruder noch einmal forschend an. So viel hatten sie in ihrer Kindheit gemeinsam durchlebt, doch jetzt trennten sie neunzehn Jahre. Jeder hatte in der Fremde sein Vermögen gemacht, er in Indien, Nathan in Amerika. Vielleicht hatte sein Bruder das Gefühl, sich ihm nicht mehr anvertrauen zu können.

Nathan hob den Sattel von seinem Pferd und brachte das Tier in seinen Stall. Als er zurückkam, trat er ungehalten in den Staub und schlug sich mit der Reitrute ans Bein. »Ich liebte einmal eine Frau«, begann er zögerlich. »Ich wollte sie heiraten, dachte aber, ich bräuchte mehr Geld, um für sie sorgen zu können. Sie hatte das Beste im Leben verdient.«

»Was passierte?«

»Sie heiratete einen anderen. Aber auch er konnte nicht für sie sorgen«, stieß Nathan bitter hervor. »Sie musste sich ein Zugeld verdienen und ging für andere putzen. Doch sie war zu zart für diese Arbeit. Zwei Jahren später starb sie an Lungenentzündung.«

Alex zog sich der Magen zusammen, als er das Leid in der Stimme seines Bruders hörte. »Es war nicht deine Schuld.«

»Es vergeht kein Tag, an dem ich mir keine Vorwürfe mache.« Mit brennenden Augen sah Nathan zu Alex auf. »Ich hätte besser für sie gesorgt. Stattdessen tat ich, was ich für vernünftig hielt, und habe sie verloren. Endgültig.«

»Das tut mir leid«, sagte Alex leise. Er hatte das Gefühl, den Schmerz seines Bruders nicht einmal erahnen zu können.

»Vernunft ist nicht immer die beste Entscheidung.« Nathan legte die Hand auf die Schulter seines Bruders. »Wenn dir die Liebe begegnet, halte sie fest, egal, wo du sie findest.«

Alex nickte. Er machte sich keine Hoffnung auf Liebe. Als Junge hatte er sie aufgegeben und glaubte nicht, dass jemand seine Meinung heute noch einmal ändern könnte.

»Komm«, drängte Nathan. »Mutter wartet.«

Alex lächelte und schob die Heiratsgedanken beiseite. Ihm blieb immer noch Zeit zu entscheiden, und jetzt wollte er sich angenehmen Dingen zuwenden. Alex kam zuerst beim Haus an und riss fröhlich die Küchentür auf.

»Da sind wir«, rief er und wartete, bis sich seine Augen an die Dunkelheit gewöhnt hatten.

Nathan schob ihn durch die Tür. Alex schloss die Augen und atmete den Duft von frischgebackenem Brot und Gewürzen ein, die zum Trocknen von den Deckenbalken hingen. Eine Flut von Kindheitserinnerungen überschwemmte ihn. Er öffnete die Augen in Erwartung von Mary, doch als er sah, wer am Küchentisch saß, gefror sein Lächeln und er wäre fast gestolpert. Es war Sarah.

Zehntes Kapitel

Sarah stand auf und musste sich am Eichentisch festhalten. Als Nathan sie zum Mittagessen eingeladen hatte, wäre sie nie auf die Idee gekommen, dass auch Lord Caldern zu Besuch käme. Jetzt gab es kein Entrinnen mehr. Seine breite Gestalt füllte den Türrahmen aus und der Kopf stieß fast an die geschwärzten Deckenbalken. Sie saß in der Falle.

»Alex!«, rief Mary und stürzte auf ihn zu. »Ich hatte schon befürchtet, du würdest es nicht schaffen.«

»Ich sagte doch, dass ich komme.« Alex schloss Mary in die Arme, hob sie hoch und wirbelte sie herum. »Du traust mir doch?«

»Natürlich.« Mary klopfte ihm auf den Rücken. »Aber ich weiß, wie sehr dich Caldern beansprucht.«

»Aber deshalb würde ich doch keine Einladung zum Essen bei dir ausschlagen.« Alex setzte Mary ab und trat zur Seite, um Nathan hereinzulassen.

»Alex war schon auf dem Weg, Mutter.« Nathan legte seine Reitgerte auf die Holzkommode neben der Tür. »Mrs. Wellsley, ich hoffe, es stört Euch nicht, Euer Mittagessen mit Alex zu teilen?«

Sarah machte einen höflichen Knicks. »Es ist mir ein Vergnügen.« Was blieb ihr übrig. Zu gehen wäre äußerst unhöflich gewesen.

Alex neigte den Kopf und bedachte sie mit einem unterkühlten Blick. Sarah krallte sich an die Tischkante und holte tief Luft. Er war noch immer wütend wegen der vergangenen Nacht.

»Und was führt Euch hierher?«, fragte der Marquis nonchalant. »Ich dachte, Ihr kümmert Euch um die Kranken im Dorf.«

Nathan lächelte eisig und führte seinen Bruder zum Tisch. »Mrs. Wellsley tut auch noch andere Dinge.«

Sarah spürte den Tadel in Nathans Worten und war ihm für den Beistand dankbar. »Mr. Carter bat mich zu bleiben. Mary ist hoch angesehen unter den Pächtern und den Leuten im Dorf.«

»Danke, Kind.« Mary eilte zum Herd und hob den Deckel eines Topfes. Sofort wurde der Raum vom Duft eines Eintopfs erfüllt.

Alex zog die Reitstiefel aus. »Das riecht ja himmlich.«

»Es ist dein Lieblingsessen.« Mary blickte über die Schulter. »Kanincheneintopf.«

»Keiner kocht wie du, Mary.« Alex legte Handschuhe und Reitgerte neben Nathans auf die Kommode und trat zum Herd. Er beugte sich über den Topf und sog den Duft ein. »In meinem ersten Jahr auf See träumte ich beim Schlafengehen von deinen Eintöpfen.«

»Du hättest nicht gehen sollen.«

»Ich musste.« Alex legte Mary den Arm um die Schulter und drückte sie. »Wann gibt's Essen?«

»Bring den Topf zum Tisch, dann können wir anfangen.«

Sarah beobachtete, wie Alex Mary anlächelte und dann den schweren Eisentopf vom Herd hievte. Die Anspannung war aus seinem Gesicht gewichen und er schien um Jahre jünger auszusehen. Es war erstaunlich, wie schnell sich die Verwandlung vollzogen hatte.

»Kommt, setzt Euch.« Nathan berührte sie sanft am Arm.

Sarah zuckte zusammen und riss die Blicke von Alex los. Nathan lächelte und sah sie verständnisvoll aus sanften blauen Augen an. Sarah errötete. Es war nicht ihre Absicht gewesen, den Marquis so lange anzustarren. Gesenkten Kopfs ließ sie sich zu einem Platz am Tisch führen.

»Alex hat sich gut von seiner Verletzung erholt«, bemerkte Nathan und zog einen Stuhl für Sarah hervor.

»Sie scheint ihn gar nicht zu beeinträchtigen.« Sarah setzte sich.

Nathan setzte sich neben sie. »Er ist zäh. Das war er schon als Kind.«

»Redet ihr von mir?« Alex stellte den Topf auf den Tisch.

»Nur über deine Gesundheit.« Nathan bedachte seinen Bruder mit einem mahnenden Blick. »Du hast dich erstaunlich schnell erholt.«

»Es war nur ein Kratzer.« Alex zog sich einen Stuhl ihnen gegenüber hervor und wartete auf Mary, bis auch er sich setzte.

Mary saß am Kopfende und teilte den dampfenden Eintopf aus. Dann senkten alle die Köpfe und sprachen ein kurzes Tischgebet.

»Das schmeckt köstlich«, lobte Sarah. Das Kaninchen ergab eine gehaltvolle Brühe und passte hervorragend zum Wurzelgemüse.

»Mutter konnte schon immer gut kochen«, stimmte Nathan zu. »Eigentlich hätte sie in die Küche und nicht in die Kinderstube gehört.«

»Da muss ich widersprechen.« Alex lächelte Mary verschwörerisch zu. »Es wäre ein herber Verlust gewesen.«

»Wie das?«, wollte Nathan wissen, den Löffel am Mund.

Alex riss sich ein Stück Brot ab. »Dank Mary erfuhr Vater nur die Hälfte von dem, was ich anstellte.«

Nathan hob eine Augenbraue. »Soweit ich mich entsinne, hat Vater dich oft eingesperrt.«

»Das stimmt, aber hätte mich Mary nicht in Schutz genommen, wäre es viel schlimmer gewesen.« Alex drückte Marys Hand. »Dafür bin ich dir bis heute dankbar.«

»Redet keinen Unsinn.« Mary rutschte unbehaglich auf ihrem Stuhl hin und her, die Wangen vor Verlegenheit gerötet. »Ich habe getan, was jede anständige Mutter tun würde.«

»Das hast du«, stimmte Alex leise zu. »Du warst die einzige Mutter, die ich je hatte.«

Sarah blickte in ihre Suppenschüssel. Sie hatte das Gefühl, als Eindringling an einem traulichen Familiengespräch teilzunehmen. Der Marquis schien gelöst und voller Wärme, ganz anders als in Caldern. Er war wie verwandelt.

Neben ihr räusperte sich Nathan. »Wie ich höre, seid Ihr nun auch außerhalb der Ländereien im Dorf tätig, Mrs. Wellsley.«

Sarah blickte auf. Nathan lächelte sie an, aber ihr gegenüber verzog der Marquis das Gesicht. »Auch dort wird meine Hilfe gebraucht.«

»Ihr beschränkt Euch nicht mehr auf die Ländereien?«, fragte Alex in scharfem Ton. Er legte den Löffel ab und lehnte sich zurück. »Das ist unvorsichtig.«

»Wo liegt die Gefahr?« Unter dem Tisch ballte Sarah eine Faust. Der Mann hatte doch keine Ahnung von ihrer Arbeit.

»Hier steht Ihr unter Schutz, weil Ihr Gast seid.« Caldern tippte mit dem Finger auf den Tisch. »Im Dorf sieht man Euch mit anderen Augen.«

»Ich mache diese Arbeit seit Jahren«, erklärte Sarah geduldig. »Und noch nie hat jemand versucht, mir etwas anzutun.«

»Ihr hattet eben Glück!«, meinte Caldern. »Wenn Ihr darauf besteht, Leute im Dorf zu besuchen, müsst Ihr einen Diener mitnehmen.«

Sarah starrte den Marquis mit offenem Mund an. Ihr fehlten die Worte. Der Mann hatte nicht das Recht, sich auf diese Weise einzumischen. Für sie bestand keine Gefahr.

»Ihr werdet tun, was ich sage, oder Ihr geht nicht mehr ins Dorf.« Alex blickte ihr eiskalt in die Augen.

»Aber das ist doch lächerlich.«

»Dennoch werdet Ihr Euch daran halten.«

»Ich will aber nicht, dass mich jemand begleitet.« Sarah saß kerzengerade auf ihrem Stuhl. »Oft werde ich zu den unmöglichsten Zeiten gerufen.«

»Auch zu ungünstigen Zeiten stehen Diener zur Verfügung.« Der Marquis schlug mit der flachen Hand auf den Tisch. »Ihr steht unter meinem Schutz, und ich bestehe darauf, dass Ihr Euch an meine Regeln haltet.«

»Vielleicht ist es besser«, mischte sich Nathan nervös

ein. »Ihr habt noch nie im Norden gearbeitet. Hier kochen leicht mal die Gefühle hoch.«

Sarah fuhr herum, sah aber nur echte Besorgnis in Nathans Augen. Sie wandte sich wieder an den Marquis und nickte. »Ich halte es dennoch für unnötig. Keiner würde mir etwas zuleide tun.«

»Zumindest wird es Euch von unvernünftigen Wagnissen abhalten.« Caldern bedachte sie mit einem süffisanten Lächeln. Sarah errötete. Er glaubte doch wohl nicht ernsthaft, dass sie sich nach dieser Blamage noch einmal in den See wagen würde?

»Es kann nicht schaden«, bestätigte Mary Carter sanft.

Sarah atmete tief durch und kämpfte um eine feste Stimme, brachte aber nur ein Kopfnicken zustande.

»Ein Mann, der einem die Sachen trägt, kann sehr nützlich sein«, fügte Mary hinzu. »Eure Kräuter und Arzneien sind bestimmt schwer. Denkt doch nur, wie leicht Euer Gepäck sein wird.«

Sarah lächelte Mary an. »Langsam beginne ich, die Vorteile zu sehen.«

»Gut.« Caldern wandte sich wieder seinem Essen zu. »Wie ungern würde ich Euch Hausarrest erteilen.«

Sarah wollte etwas auf Calderns unerhörte Bemerkung erwidern, doch Nathan drückte ihr sanft die Hand. »Alex, ich glaube, du solltest mit deinen Späßen aufhören.«

»Wer sagt, dass ich spaße?«

»Mrs. Wellsleys Arbeit ist so wichtig für die Leute hier.« Nathan ließ Sarahs Hand wieder los. »Und ich weiß doch, dass du alles für sie tun willst.«

Alex sah seinen Bruder argwöhnisch an. »Zweifelst du etwa daran?«

»Kinder«, bat Mary. Sie schob ihren Stuhl zurück und ging zum Herd. »Zum Nachtisch gibt es Kuchen, also hört auf zu streiten.«

Mary stellte einen Erdbeerkuchen auf den Tisch und die Gespräche verstummten, bis er aufgegessen war. Sarah war froh über die Pause. Der Marquis gab sich versöhnlich, doch sie spürte, dass er ihr noch immer böse war. Seine Unterstellung, dass er sie von ihrer Arbeit abhalten könnte, hatte sie wütend gemacht. Wäre Nathan nicht gewesen, hätte sie sich vielleicht zu Worten verleiten lassen, die sie später bereute.

Als der Tisch abgeräumt war, gingen sie in die Stube, einen kleinen Raum mit Kamin. Die Einrichtung war gemütlich, aber abgewetzt und die Wände waren mit den Jahren dunkel geworden. Es war warm und einladend. Sarah entspannte sich sofort.

»Wen werdet Ihr heute Nachmittag besuchen, Mrs. Wellsley?« Alex setzte sich in einen Polstersessel und suchte nach einer angenehmen Haltung für seine langen Beine.

Sarah saß neben Mary auf einem ausgeblichenen blauen Kanapee.

»Mr. Bates braucht meine Hilfe. Danach wollte ich etwas Beinwell sammeln.«

»Ein arbeitsreicher Tag.« Alex beugte sich nach vorne. »Ich werde Euch begleiten.«

Sarahs Magen zog sich zusammen. »Ich brauche keinen Schutz«, erwiderte sie patzig. »Mr. Bates wohnt auf dem Anwesen.«

Alex lächelte. »Ihr versteht mich falsch. Ich muss mit Bates sprechen und heute wäre eine gute Gelegenheit. Habt Ihr etwas dagegen einzuwenden?«

Sarah presste die Hände zusammen und errötete. Der Mann hatte sie absichtlich in die Irre geführt und nun stand sie wie eine Idiotin da. »Selbstverständlich nicht.«

»Alex, ich muss dir etwas in den Ställen zeigen.« Nathan erhob sich aus seinem Sessel und bedeutete seinem Bruder mitzukommen. Caldern stand auf und folgte ihm, nicht aber, ohne sich vorher noch einmal umzudrehen und Sarah zuzuzwinkern.

»Lasst Euch nicht von Alex aus der Fassung bringen«, riet Mary und blickte von ihrer Stopfarbeit auf, als die Brüder verschwunden waren. »Er hat zu viele Jahre damit verbracht, Männer herumzukommandieren.«

Sarah musste ihre Blicke von der Tür losreißen, um sich auf Mary zu konzentrieren. »Er erzählte mir, dass er bei der Marine war, bevor er nach Indien ging.«

»Er ging mit sechzehn.« Marys freundliches Gesicht war voller Sorge. »Als er seinen Entschluss einmal gefasst hatte, konnte ihn nichts auf der Welt mehr davon abbringen.«

»Ich dachte, er wollte zur Marine.« Sarah wusste, dass es für die jüngeren Söhne üblich war, eine Laufbahn beim Militär oder bei der Marine einzuschlagen.

Mary schüttelte den Kopf. »Nein. Ursprünglich hatte er eine diplomatische Karriere geplant.«

»Und warum ging er dann zur Marine?«

»Er hatte Streit mit seinem Vater und ließ sich nicht zum Bleiben überreden. Die Norward-Männer sind ein stures Volk.«

Insgeheim gab Sarah Mary recht, hielt es aber für klüger, es für sich zu behalten. »Das muss sehr schwer für Euch gewesen sein.«

Mary nickte langsam und sprach mit gesenktem Kopf. »Ich wusste, dass er eines Tages gehen würde, aber ich hatte nicht erwartet, dass es so früh sein würde. Sein Vater, der Marquis, hatte Alex sehr streng erzogen. Nur wenn er zur Schule ging, hatte er ein bisschen Freiheit.«

Sarah versuchte sich den abweisenden arroganten Marquis als kleinen Jungen vorzustellen, doch es wollte ihr nicht recht gelingen. »Das war sicher nicht einfach für Lord Caldern.«

»Nein.« Mary blickte aus dem Fenster. »Ich wusste, dass meine Jungen irgendwann gehen würden, doch es ging so schnell. Ich war nicht auf die Einsamkeit vorbereitet.«

»Hattet Ihr sonst keine Familie hier auf den Ländereien?«

»Ich war Einzelkind. Als ich vierzehn war, starben meine Eltern.« Mary schaute Sarah an. Ein trauriges Lächeln umspielte ihre Lippen. »Damals fing ich an, im großen Haus zu arbeiten. Erst machte es mir Freude, mich um Douglas und Samuel zu kümmern und Lady Caldern war so eine reizende Frau. Ich wünschte, es wäre so geblieben.«

»Was ist geschehen?«

»Der alte Marquis«, Mary seufzte und ihre Finger spielten geistesabwesend mit dem Stopfgarn. »Eines Tages warf er ein Auge auf mich und das war das Ende meines unbeschwerten Daseins.«

Sarah ergriff Marys rastlose Hände. »Das war sicher schlimm. Ihr wart so jung.«

Mary nickte. »Die anderen Bediensteten schlossen mich aus. Ich nehme an, sie waren froh, dass es sie nicht selbst getroffen hatte. Es gab kein Entrinnen vor ihm.«

»Das gibt es nie«, flüsterte Sarah. »Sie bestimmen.«

Mary warf ihr einen kurzen Blick zu. »Ihr versteht.«

Sarah nickte. »Mein seliger Mann erinnerte mich stets daran, dass ich ihm unterstand.«

»Wenigstens hat er Euch geheiratet.«

»Das ist richtig«, stimmte Sarah zu. »Ein schwacher Trost für all den Schmerz, den er mir zufügte.«

»Der alte Marquis ließ mich in Frieden, als ich schwanger wurde, und das war ein Segen.« Mary schluchzte auf. »Meine Herrin war am Boden zerstört. Sie hat sich nie ganz davon erholt.«

»Sie starb bei der Geburt?«

Mary hielt sich die Hand vor den Mund und nickte. »Drei Tage danach. Sie hielt lange genug durch, um zu sehen, dass Alex mich akzeptierte, dann nahm sie mir das Versprechen ab, mich um ihre Jungen zu kümmern. Als ich ihr zusagte, lächelte sie und erklärte, dass sie mir nie die Schuld am Betrug ihres Mannes gegeben hatte. Dann schloss sie für immer die Augen.«

Sarah blinzelte durch Tränen. Wie schrecklich für Alex. Der Gedanke, die eigene Mutter nie kennenzulernen, ließ Sarah erschaudern. Wenigstens hatte sie ihre in der Kindheit gehabt. »Also wurdet Ihr Lord Calderns Mutter.«

»Jemand anderen gab es nicht für ihn, aber er war so ein vorbildliches Kind.« Mary wischte sich die Tränen weg und ihre Augen leuchteten voller Stolz. »Nie hat er mir Kummer gemacht, er war immer hilfsbereit und wissbegierig. Die ersten sechs Jahre waren wundervoll, doch alles änderte sich, als ihre Ladyschaft nach Caldern kam.«

»Ihr meint Lord Calderns Stiefmutter?«

»Ja.« Mary schüttelte den Kopf. »Sie hatte ihre eigenen Vorstellungen, wie das Haus zu führen sei und wer dort zu wohnen hätte. Der alte Marquis wollte uns in Schutz nehmen, aber sie war eine starke Frau. Nathan und ich hatten Glück, wir bekamen dieses Cottage.«

»Es war sicher wundervoll, etwas Eigenes zu haben.« Fast beneidete Sarah Mary um ihre Freiheit.

»Das große Haus fehlte mir, aber Alex war fast jeden Tag bei uns.« Mary blickte eine Weile schweigend aus dem Fenster. »Auch Master Douglas kam regelmäßig zu Besuch. Er fing an, den alten Marquis zu hassen. Er ging nach London und verbrachte den größten Teil seiner Zeit damit, Frauen nachzustellen, zu trinken und zu spielen. Sein Tod war ein Schock.«

Sarah nickte verständnisvoll. Wäre Alex' Bruder nicht ohne Erbe gestorben, hätte man sie nie nach Caldern geschickt. Caroline würde in London einem anderen Mann nachjagen. Sarah war überrascht, wie traurig sie der Gedanke stimmte, sie könnte Alex nie getroffen haben.

Eine Uhr schlug zwei und Sarah fuhr zusammen. Der Nachmittag verging wie im Fluge und sie hatte noch so viel zu erledigen. Sie erhob sich und strich ihr Musselinkleid glatt. »Ich danke Euch für die Bewirtung, aber jetzt muss ich mich auf den Weg machen.«

»Natürlich, Kind. Ich bin ins Plaudern gekommen.«

Mary stand auf und führte Sarah in die Küche. »Ich habe Euch etwas Essen für Bates eingepackt.«

»Danke.« Sarah nahm das in ein Tuch gewickelte Paket und ging zur Tür.

Mary umarmte Sarah zum Abschied. »Besucht mich, wann immer Ihr wollt. Ich bin immer hier.«

»Das werde ich«, versprach Sarah lächelnd. Sie setzte ihren Strohhut auf, nahm ihren Korb und trat ins Freie. Die Sonne strahlte so hell, dass Sarah die Augen zusammenkneifen und sie mit der Hand beschirmen musste, bis sie sich an das Licht gewöhnt hatten.

Der Duft von Rosen und Lavendel hing in der Luft und Sarah sog ihn genussvoll ein. Um Marys kleines Cottage standen Blumen in allen Farben. Sarah schloss die Augen und ließ sich vom Duft in der Nase kitzeln. Sie schlug die Augen wieder auf. Niemand zu sehen. Also ging sie den Weg zur Straße hinunter. Doch auf Höhe der Ställe ertönte plötzlich eine vertraute Stimme.

»Wollt Ihr etwa ohne mich gehen?«

Elftes Kapitel

Sarahs Herz machte einen Satz. Sie zuckte zusammen und wirbelte herum. »Habt Ihr mich erschreckt!«, schimpfte sie.

Caldern machte eine angedeutete Verbeugung. »Ich bitte um Vergebung.«

Sarah ließ die Hand sinken, die ans Herz gefahren war. »Ich dachte, Ihr wärt nach Hause gegangen.«

»Ich habe in den Ställen gewartet«, erklärte Alex. »Ich stehe zu meinem Wort.«

Sarah funkelte den Marquis an. »Da muss ich widersprechen. Ihr sagtet, Ihr würdet mich in Ruhe lassen.«

Alex hob eine Braue und lächelte. »Glaubt Ihr allen Ernstes, ich besuche Bates lediglich, um Euch zu ärgern?«

Sarah schüttelte den Kopf. Seit einer Woche hatte sie die Anwohner über den Marquis reden hören und es klang, als würde er sich ernsthaft um ihre Belange kümmern. »Ihr habt schon viel unternommen, um die Zustände auf dem Anwesen zu verbessern«, gab Sarah zu. »Bates kann es kaum erwarten, Euch zu sehen. Es wäre unrecht, das nicht anzuerkennen.«

»Dann lasst uns für diesen Nachmittag Waffenruhe vereinbaren.« Caldern nahm ihr den Korb ab. »Lasst mich Euch helfen.«

»Ich kann ihn selber tragen.«

»Ich bestehe darauf. Es ist das Mindeste, was ich als Gentleman tun kann.«

Vor Empörung hätte sich Sarah fast verschluckt. »Bei unserer ersten Begegnung habt Ihr Euch aber anders verhalten«, sprudelte es aus ihr heraus.

»Auch Ihr verhieltet Euch nicht gerade wie eine Lady«, erinnerte sie der Marquis selbstgefällig.

Sarahs Wangen glühten. »Ihr seid unausstehlich.«

Caldern schüttelte den Kopf. »Es hat keinen Zweck darüber zu streiten. Was schadet es, wenn ich Euren Korb trage?«

Sarah seufzte resigniert. So ungern sie es sich eingestand, er hatte recht. »Das ist albern. Tragt den Korb, aber denkt daran, ich brauche keinen Mann, der sich in mein Leben einmischt.«

»Das habt Ihr letzte Nacht bereits überdeutlich gemacht.«

Alex bot ihr den Arm an. Sie ignorierte ihn und stapfte los. Bis zu Bates Cottage war es ungefähr eine Meile und sie wollte so früh wie möglich da sein. Sie hatte an diesem Tag schon genug getrödelt. Und jetzt, wo der Marquis sie begleitete, bezweifelte sie, dass sie noch zum Beinwellsammeln käme.

»Was ist in dem Korb? Ihr scheint ihn überall dabeizuhaben.« Der Marquis hatte sein Lauftempo Sarahs angepasst und die glänzenden Reitstiefel waren rasch voller Staub.

»Nur ein paar Kräutertinkturen und Salben, Leinentücher und diverse Kräutertees«, erklärte Sarah geduldig.

»Ich trage ihn bei mir, damit ich für den Notfall ausgerüstet bin.«

»So wie gestern.«

»Genau.« Der Gedanke an das aschfahle Gesicht des Marquis und den blutenden Arm brachte sie zum Stolpern. »Doch so drastische Fälle begegnen mir selten. Üblicherweise behandle ich hartnäckige Erkältungen oder entzündete Wunden.«

»Dann habe ich ja etwas Abwechslung in Euren Tag gebracht«, neckte Alex.

»Auf diese Art der Aufregung können wir wohl beide gut verzichten«, entgegnete Sarah trocken. »Wie geht es Eurem Arm?«

»Es war nur ein Kratzer«, tat Alex mit einem Schulterzucken ab. »Erzählt mir, woher Euer Interesse für die Kräuterkunde kommt.«

»Meine Mutter lehrte sie mich.« Sarahs Ton wurde weicher und ein Lächeln umspielte ihre Lippen.

»Ihr habt sie sehr geliebt«, bemerkte Alex leise. »Wie alt wart ihr, als sie starb?«

»Vierzehn.« Sarah knetete geistesabwesend ihre Finger. »Meine Eltern starben im Abstand von zwei Wochen. Erst Vater, dann Mutter.« Sarahs Blick streifte den Marquis. »Grippe.«

Alex nickte. »Das war sicher ein harter Schlag für Euch.«

Sarah schüttelte zögerlich den Kopf. »Es war das Beste für sie. Ich glaube nicht, dass Mutter ohne Vater hätte weiterleben können. Sie liebten einander zu sehr.«

»Das gibt es selten.«

Sarah warf dem Marquis einen prüfenden Seitenblick

zu, doch seine Miene war ernst. »Mutter heiratete gegen den Willen ihrer Familie. Vater war der jüngere Sohn, der eine geistliche Laufbahn eingeschlagen hatte. Sein Einkommen war gering, aber sie waren glücklich.«

»Und Ihr wart es auch.«

Sarah seufzte. »Sehr.«

Ein paar Minuten gingen sie schweigend nebeneinanderher. Sarah lauschte dem leisen Rauschen der Blätter und dem Grillenzirpen und sog den Duft von frisch gemähtem Hafer ein. Es war ein strahlender Sommertag.

»Ich weiß noch, wie ich diese Straße als Junge auf und ab lief.« Alex blieb stehen und zeigte auf ein Eichenwäldchen. »Zwischen diesen Bäumen spielten Nathan und ich immer Soldaten, bis es Zeit zum Abendessen war.«

Sarah sah den Marquis an und staunte, wie lebhaft sein Gesicht plötzlich war. Er liebte Caldern wirklich. Mit stockendem Atem wurde ihr bewusst, dass es ihr genauso ging. In den paar Wochen ihres Besuchs war es ihr ans Herz gewachsen.

Alex blickte sie durchdringend an. »Ich habe mir stets geschworen, niemals fortzugehen, aber mit sechzehn konnte es mir nicht schnell genug gehen. Jetzt, wo ich zurück bin, weiß ich, dass ich es nie mehr verlassen werde.«

»Es bedeutet Euch zu viel.«

»Es ist nicht nur das Haus oder das Land, es sind auch die Leute.«

»Sie sind Euch treu verbunden.« Das Bild von Caroline blitzte vor ihrem geistigen Auge auf. Ihre Cousine hatte keinen Zweifel daran gelassen, dass sie nicht vorhatte, auf dem Land zu bleiben. Sie kannte Caroline zu gut und wusste, dass sie ihre Meinung nicht mehr ändern würde.

»Ich möchte alles wieder in Ordnung bringen. Es dauert vielleicht ein paar Jahre, aber Caldern soll wieder in altem Glanz erstrahlen.«

»Ihr nehmt Eure Verantwortung sehr ernst.« Sarah schob sich den Strohhut in den Nacken. »Ihr erinnert mich an meinem Onkel John, Lord Hart. Er hat sein ganzes Leben dem Anwesen gewidmet.«

»Das ist die Art von Hingabe, die Caldern braucht.«

»Hat Euer Vater das Anwesen vernachlässigt?«

»Nein.« Der Marquis schüttelte den Kopf. »Mein Vater hat nur seine Familie vernachlässigt.«

Sarah runzelte die Stirn. Sie hatte gedacht, Grund für Alex' Fortgang aus Caldern sei ein Streit mit seinem Vater über das Anwesen gewesen. »Was war mit Eurem Bruder?«

»Douglas weigerte sich, in Caldern zu leben, solange Vater noch am Leben war.« Alex fiel wieder in seinen alten, gemächlichen Schritt. »Douglas vergeudete seine Zeit mit Spielen und Trinken in London. Er hätte heiraten sollen und sich niederlassen.«

»Ist das der Grund, warum Ihr nun so schnell heiraten wollt?«

»Caldern braucht Stabilität und ich brauche einen Erben.«

»Und was ist mit Glücklichsein?«

»Für eine Ehe braucht es Höflichkeit und Respekt, sonst nichts.«

Sarah schüttelte den Kopf. »Mein Mann war immer höflich zu mir, aber nie freundlich. Er hatte meinem Onkel versprochen, sich um mich zu kümmern, aber letzten Endes konnte er meinen Anblick nicht mehr ertragen.«

»Ich kann mir keinen Mann vorstellen, dem es kein Vergnügen bereiten sollte, Euch anzusehen.«

»Stephen hätte nicht heiraten sollen. Er gab mir die Schuld für seine Unzufriedenheit.« Bei der Erinnerung an den Schmerz und die Erniedrigung zog sich Sarahs Herz zusammen.

»Warum?«

Sarah schloss fest die Augen, die Erinnerung an ihre Ehe drohte sie zu überwältigen. Sie schnappte nach Luft und konnte die Worte nur flüsternd hervorpressen: »Er sagte, ich lenke ihn von Gott ab. Ich sei ein Instrument des Teufels und mein Kind würde aus Sünde geboren.«

Sarah öffnete die Augen. Der Marquis betrachtete sie mit teilnahmslosem Gesicht, doch seine Augen hatten sich fast ins Schwarze verdunkelt. Ihr Magen verkrampfte sich. So viel hatte sie nicht preisgegeben wollen. »Vergebt mir. Ich hätte Euch das nicht erzählen sollen.«

»Es gibt nichts, wofür Ihr Euch entschuldigen müsstet.« Der Marquis nahm sie beim Arm und drängte sie zum Weitergehen. »Ihr spracht von einem Kind. Was ist aus ihm geworden?«

Sarah wurde von einem Zittern erfasst. Sie musste tief Luft holen, um die Körperbeherrschung wiederzuerlangen. »Das Baby starb bei dem Kutschenunfall, bei dem auch mein Mann ums Leben kam.«

»Das tut mir leid«, sagte der Marquis leise und drückte ihr sanft den Arm.

Sarah hielt sich den Bauch mit einer verkrampften Hand. Sie musste mit aller Macht gegen die aufkommenden Tränen kämpfen. Es war das erste Mal, dass sie offen über die Geschehnisse gesprochen hatte, die sie tief in ihrem Inneren vergraben hatte.

»Die Kutsche überschlug sich und ich geriet unter ein Rad. Als ich einige Tage später wieder zu Bewusstsein kam, hatte ich mein Kind verloren.«

Der Marquis schwieg ein paar Minuten. Tränen rannen über Sarahs Wangen, doch in ihrem Schmerz bemerkte sie es nicht einmal. Als Alex endlich sprach, war seine Stimme voll Zärtlichkeit und Verständnis. »Euer Kind war noch nicht geboren?«

Sarah schüttelte den Kopf und wischte sich die Tränen aus den Augen. »Stephen hatte sich sehr aufgeregt, als er von meiner Schwangerschaft erfuhr. Auf diese Weise hat er wohl letztlich seinen Willen bekommen.«

»Unsinn«, tadelte Alex. »Es klingt, als sei der Mann nicht ganz bei Sinnen gewesen. Ihr wart zu jung, um mit seinen Problemen fertig zu werden.«

Auch Sarah war zu dieser Erkenntnis gekommen. Sie erinnerte sich, wie Stephen sich oftmals wochenlang in seinem Studienzimmer einschloss und nur abends herauskam, um sein eheliches Recht einzufordern. Er konnte sich nicht von seiner Begierde befreien, doch am Morgen wandte er sich angewidert von Sarah ab, wusch sich wiederholt die Hände und versuchte, sich von ihrem Geruch zu befreien.

»Ich erbte ein großzügiges Priestergehalt, aber mein Onkel bestand darauf, dass ich zu ihnen zurückkehre.« Bei dem Gedanken an das fassungslose Gesicht ihres Onkels, als sie erklärte, dass sie allein leben wollte, musste sie lächeln. Sie hatte erst zugestimmt wieder zu ihm zu ziehen, als er versprach, sie niemals zu einer zweiten Heirat zu zwingen.

Sarah fühlte sich erschöpft, aufgewühlt von den schmerzvollen Erinnerungen. Schweigend lief sie neben dem Marquis her, bis sie ein kleines Cottage erreichten. Der Pfad zur Tür war von Unkraut überwuchert, der Garten vernachlässigt. Roter Mohn stand auf der Wiese, während Stockrose und Fingerhut sich zwischen dem Unkraut ans Licht zu drängen versuchten.

»Bates war dieses Jahr zu krank, um das Haus zu verlassen.« Sarah ging zur Tür. »Ich glaube, er kann sich schon seit Jahren nicht mehr um den Garten kümmern.«

Der Marquis blickte sich kopfschüttelnd um. »Ich werde die Gärtner vom Haus schicken, um den Garten in Ordnung bringen zu lassen.«

Sarahs Hand erstarrte über dem Türgriff. Die Großzügigkeit des Marquis kam überraschend und überwältigte sie. »Das wird Bates sicher freuen«, sagte sie leise.

»Nun macht kein so erschrockenes Gesicht. Ich habe einen großen Teil meines Lebens mit Personal und Anwohnern verbracht. Ich wäre äußerst selbstsüchtig, wenn sie mir nicht am Herzen lägen.« Alex stand auf halber Höhe des Pfads, die Hände in den Hüften, den Kopf geneigt. »Bates hat sich sein ganzes Leben um die Gärten von Caldern gekümmert. Es ist nur angemessen, wenn sein Garten nun für ihn in Schuss gehalten wird.«

Sarahs Herz schlug voll Mitgefühl für den einsamen kleinen Jungen, der der Marquis einmal gewesen war. Diese Seite hatte sie noch nie an ihm gesehen, und es erstaunte sie, wie ein so strenger und entschlossener Mann so einfühlsam gegenüber den Bedürfnissen anderer sein konnte.

»Ein ordentlicher Garten trägt wahrscheinlich mehr zu seiner Genesung bei als all meine Tees.«

»Wollen wir es hoffen.« Der Marquis bedeutete ihr anzuklopfen.

»Herein«, krächzte eine heisere Stimme.

Die beiden traten in das dunkle Häuschen. Feuchte Kälte schlug ihnen entgegen. Sarah wartete ein paar Sekunden, bis sich ihre Augen an die Dunkelheit gewöhnt hatten.

»Es tut mir leid, dass ich so spät bin, aber ich habe Besuch mitgebracht«, erklärte sie. Sarah nahm dem Marquis den Korb ab und stellte ihn zwischen das Durcheinander auf den Tisch an der Feuerstelle.

Bates blickte zum Eingang und ein Lächeln breitete sich in seinem Gesicht aus, als er den Marquis erkannte. »Master Alex!« Bates versuchte, sich im Bett aufzurichten, wurde jedoch von einem Hustenanfall heimgesucht.

Alex ging zu ihm und legte ihm beruhigend eine Hand auf die Schulter. »Du bist zu krank, Bates. Bleib liegen.«

Bates nickte und legte sich zurück, bis der Anfall vorüber war. »Ja, ist wohl besser so.«

Alex zog einen Stuhl ans Bett und setzte sich. »Ich hoffe, Mrs. Wellsley hat sich gut um dich gekümmert.«

»Sehr gut«, bestätigte Bates. »Ihre Medizin hilft etwas und ihr hübsches junges Gesicht erfreut mein Herz.«

Alex musste lächeln. »Ich stimme zu. Doch das behalten wir besser für uns.«

»Ja«, gluckste Bates. »Ihr hattet schon immer ein Auge für die Frauen.«

»Und du hast mich auf sie aufmerksam gemacht.«

»Wir waren ein gutes Gespann.« Bates setzte sich langsam auf und Alex stopfte ihm Kissen in den Rücken, bis er gemütlich saß. »Wie ich sehe, hat Euch die Marine nicht geschadet.«

»Ich habe eine Menge gelernt«, stimmte Alex zu. »Ich bereue nur, Caldern verlassen zu haben.«

»Keine Reue, Master Alex.« Bates räusperte sich. »Jetzt seid Ihr hier und das keinen Tag zu früh.«

»Ich weiß«, sagte Alex leise. »Ich gehe nicht mehr fort.«

»Das braucht Ihr mir nicht zu sagen. Schließlich kenne ich Euch, seit Ihr laufen könnt.«

Alex lachte. »Das ist es ja, was mir Sorgen bereitet. Du kennst zu viele meiner Geheimnisse.«

»Macht Euch meinetwegen keine Gedanken. Kümmert Euch lieber darum, dass sie die Gärten richten. Was ihre Ladyschaft mit ihnen angestellt hat, bricht einem das Herz.«

»Ich arbeite daran. Bald wird alles wieder in Ordnung sein.«

Bates räusperte sich lautstark und lehnte sich in die Kissen zurück. »Ich bin zu alt, um Zeit zu verschwenden. Je früher diese Gärten in Ordnung kommen, desto besser wird es mir gehen.«

Sarah lauschte vom Kamin aus, wo sie ein kleines Feuer entzündete und einen Wasserkessel erhitzte. Bei Bates' Bemerkungen musste sie lächeln. Selbst zehn Jahre nach seiner Pensionierung betrachtet er die Gärten noch als sein Gebiet.

»Ich versuchte Lady Caldern zu überzeugen, diese

Männer nicht einzusparen, aber sie wollte nicht auf mich hören.« Bates schüttelte angewidert den Kopf. »Ich bin nur froh, dass Ihr endlich heimgekommen seid, Master Alex.«

»Das bin ich auch.« Alex tätschelte Bates Hand. »Jetzt kommt alles in Ordnung. Ich habe dreißig zusätzliche Mann allein für den Garten angestellt.«

»So viele braucht es mindestens. Der Rosengarten ist eine Schande.«

Sarah hatte einen Holunderblütentee gebraut und brachte Bates eine Tasse. »Trinkt das hier«, sagte sie, indem sie ihrem Patienten die Tasse in die knorrige Hand drückte. »Ich habe genug Tee für die nächsten Tage gekocht.«

»Danke.« Bates blies in die heiße Flüssigkeit, bevor er einen Schluck nahm. Er verzog das Gesicht. »Ich wünschte, es würde nicht so scheußlich schmecken.«

Sarah lächelte mitfühlend. Viele ihrer Arzneien schmeckten streng, aber dass sie helfen, macht es wett. »Mary Carter schickt etwas Essen und ich habe etwas Suppe aus dem Haupthaus mitgebracht. Das sollte den Geschmack überdecken.«

Der Marquis stand auf und strich seine Reitjacke glatt. »Tu du, was immer nötig ist, damit es dir besser geht, Bates. Ich erwarte, dich bald wieder draußen zu sehen.«

»Ich versuche es.« Bates trank noch einen Schluck von dem Tee.

Der Marquis nahm Sarahs Korb vom Tisch. »Bald sehe ich wieder nach dir. In Kürze sollten die Arbeiter mit den Reparaturen am Haus fertig sein, dann wird es einfacher für dich.«

»Vielen Dank, Master Alex.« Bates lehnte sich zurück. »Jetzt werde ich ein bisschen schlafen.«

Sarah nahm ihm den Becher aus der Hand und stellte ihn auf den Nachttisch. Dann baute sie das Essen daneben auf und deckte ihn zu. »In zwei Tagen komme ich wieder.«

Bates nickte und schloss die Augen. Sarah wandte sich ab und folgte dem Marquis aus dem Haus. Draußen nahm sie einen tiefen Zug der frischen Luft, bevor sie die Tür schloss. Dann trat sie zum Marquis auf die Straße.

»Er sieht schlechter aus, als ich erwartet hatte.« Alex blickte auf das Cottage und dann die Straße hinunter. »Er war ein alter Mann, als ich von Caldern wegging, aber irgendwie war ich nicht darauf vorbereitet, ihn in diesem Zustand anzutreffen.«

»Es geht ihm schon viel besser als damals, als ich hier ankam.« Sarah machte sich auf den Weg zurück nach Caldern.

»Dafür danke ich Euch.« Der Marquis lief neben ihr her. »So vieles hat sich verändert.«

Sarah nickte verständnisvoll. »Ihr hattet erwartet, Caldern so vorzufinden, wie Ihr es verlassen habt.«

»Töricht, ich weiß, aber ich hatte nicht gedacht, dass alles so anders wäre.«

»Ihr wart lange Zeit fort«, bemerkte Sarah leise. »Aber bald schon werdet Ihr alles wieder so geregelt haben, wie Ihr es wollt.«

Alex nickte und gemeinsam gingen sie schweigend zu Mary Carters Cottage zurück. Es war angenehm, an diesem warmen Tag spazieren zu gehen, und Sarah freute sich über ihre neuen Einsichten in den Charakter des

Marquis. Er mochte seinen Willen entschieden durchsetzen, doch es schien ihm wichtig, wie andere Menschen seine Entscheidungen aufnahmen.

Auf Höhe des Cottages machte der Marquis halt und wandte sich an Sarah. »Ich habe noch einen weiteren Besuch zu absolvieren, bevor ich heimkehre. Es war mir ein Vergnügen, Euch zu begleiten.«

Sarah rückte ihren Strohhut zurecht und streckte die Hand nach ihrem Korb aus. »Es war ein äußerst erhellender Nachmittag.«

Alex hob eine Braue. »Wie darf ich das verstehen?«

Sarah zuckte mit den Schultern und wich seinem prüfenden Blick aus. »Ihr wart ehrlich besorgt um Bates. Das hatte ich nicht erwartet.«

»Für was für einen Menschen haltet Ihr mich eigentlich?«

Sarah blickte in das unergründliche Gesicht des Marquis und spürte, wie sich ihr Magen zusammenzog. Irgendwie hatte sie ihn erzürnt. »Ich hatte keine feste Meinung«, erklärte sie zögerlich. »Aber bis heute wusste ich nur, wie Ihr Euch gegenüber Lady Caldern und meiner Cousine verhaltet.«

»Und Euch gegenüber natürlich«, schloss der Marquis.

Sarah nickte. »Bisher habt Ihr selten Geduld gezeigt.«

»Ich hoffe, das heißt, dass Ihr nun eine bessere Meinung von mir habt.«

»Ich halte es für das Beste, wenn ich mich in Eurer Gesellschaft in Acht nehme, aber an Eurer Hingabe zu Caldern werde ich nicht mehr zweifeln.«

Der Marquis lächelte. »Mir selbst gegenüber bleibt ihr

also skeptisch. Ich werde Euch beweisen müssen, dass ich nur die ehrbarsten Absichten hege.«

»Ich nehme Euch beim Wort, mein Lord.«

»Sehr weise, Sarah.« Der Marquis streckte die Hand aus und fuhr das blaue Band ihres Strohhuts nach. »Ich würde Euch nur ungern einen Grund geben, mir zu misstrauen«, sagte er vieldeutig.

Sarahs Herzschlag beschleunigte sich und ein flaues Gefühl überkam sie. Die Worte blieben ihr im Halse stecken und sie konnte nur noch nicken und zusehen, wie es in seinen Augen kurz aufflackerte. Er beugte sich zu ihr herab, so dass sein Atem ihre Wange streifte. Sarah versteifte sich in Erwartung des Kusses, doch stattdessen räusperte er sich und richtete sich wieder auf.

Dann wandte er sich zum Gehen, blickte aber noch einmal über die Schulter zurück. »Ich glaube, Ihr werdet gut zu meinem Bruder Samuel passen.«

Sarah konnte dem Marquis nur ungläubig nachstarren, als er in Richtung der Ställe verschwand. Die Dreistigkeit dieses Mannes war nicht zu fassen! Sie hatte ihm von ihrer entsetzlichen Ehe erzählt und trotzdem glaubte er, sie mit seinem Bruder verkuppeln zu können. Sie kochte vor Wut über seine Taktlosigkeit. Sie hatte nicht die Absicht, noch einmal zu heiraten.

Zwölftes Kapitel

Sarah ließ die Schultern kreisen und versuchte, den verspannten Nacken zu lockern. Sie bewegte die steifen Finger und nahm dann wieder ihre Stickarbeit auf. Den ganzen Abend saß sie nun schon in der Ecke des Salons, seit sich der weibliche Teil der Gesellschaft nach dem Dinner zurückgezogen hatte. Die Kerze spendete nur spärliches Licht, aber wenigstens entging sie auf diese Weise den vernichtenden Blicken von Lady Caldern. Als sie sich gerade wieder über ihre Arbeit beugen wollte, wurde sie durch die schneidende Stimme ihrer Cousine unterbrochen und blickte auf.

»Ich halte nicht besonders viel von Mr. Black, Sarah.« Caroline hatte sich mit verschränkten Armen vor ihr aufgebaut und verzog den Mund zu einer Grimasse. »Aber wenn du es auf ihn abgesehen hast, hält dich das wenigstens von Lord Caldern fern.«

»Ich habe es nicht auf ihn abgesehen.« Sarah legte ihre Stickerei beiseite. »Der Platz neben ihm am Tisch wurde mir zugewiesen. Es wäre unhöflich gewesen, mich nicht mit ihm zu unterhalten.«

»Es gibt Schlimmeres, als unhöflich zu sein«, entgegnete Caroline. »Ich fürchte zwar, dass wir den Mann anerkennen müssen, aber ich habe bereits mit Lady Caldern über die Veränderungen gesprochen, die ich einzuführen gedenke, wenn ich erst einmal mit dem Marquis verheiratet bin.«

Sarah blieb eine Antwort erspart, da gerade die Herren den Salon betraten. Caroline strich ihr Kleid glatt und empfing sie mit einem strahlenden Lächeln. »Es scheint eine Ewigkeit, seit wir Euch im Speisesaal verließen«, schmollte sie.

»Unsinn«, entgegnete Mr. Stanton. »Von Euch können wir doch nie lange getrennt sein.«

Sarah musterte die Gesichter der Männer, bis ihr Blick auf den Marquis fiel. Er sah nachdenklich aus, bemerkte jedoch sofort, dass sie ihn ansah und hob fragend eine Braue. Sarah wurde heiß. Sie konnte die Blicke nicht mehr von ihm lösen, während ihr Mund trocken wurde und ihr Herz zu rasen begann. Er sah sie, ohne zu blinzeln, an, bis Mr. Stanton seine Aufmerksamkeit beanspruchte.

Caroline gesellte sich zu den Gentlemen, wandte sich jedoch noch einmal zu Sarah um. »Vergiss nicht, dass du heute den Tee servierst. Lady Caldern besteht darauf.«

Und damit verschwand Caroline in einem Wirbel aus Seide, und Sarah seufzte schwerfällig. Sie nahm ihre Stickarbeit wieder auf, doch als sie das Garn in die Nadel einfädeln wollte, zitterte ihre Hand zu stark. Noch immer spürte sie den durchdringenden Blick des Marquis.

»Ich habe nie verstanden, wie Frauen diese kleinen Öhre sehen können.«

Sarah zuckte zusammen. Vor ihr stand Samuel Black, die Hände auf dem Rücken. Er trug die schwarze Robe der Geistlichen, und das Grau in seinem dunklen Haar unterstrich den seriösen Eindruck.

»Ihr habt mich erschreckt, Mr. Black. Ich habe Euch nicht kommen hören.« Sarah spürte, wie sie vor Scham errötete und war froh, dass er ihre Gedanken nicht lesen konnte.

»Völlig in die Arbeit vertieft, nehme ich an.« Samuel Black nahm sich einen Stuhl und setzte sich zu ihr. »Ich hoffe, ich störe nicht.«

»Ganz und gar nicht.« Sarah stach ihre Nadel in die Stickerei und steckte diese in ihren Beutel. Samuel blickte sich im Salon um. Sarah folgte seinen Blicken bis zu Caroline.

»Eine weise Entscheidung von meinem Bruder zu heiraten«, bemerkte er unverhofft. »Caldern braucht eine Frau, um den Wiederaufbau zu unterstützen.«

Sarah schaute ihn an und war sich nicht sicher, was sie darauf antworten sollte. Seine Augen waren halb geschlossen und die Stirn in Falten gelegt. »Ich bin sicher, Caroline wird alles tun, um dieser Rolle gerecht zu werden«, sagte sie vorsichtig.

»Meint Ihr?«, fragte er nachdenklich. »Sie ist eine der hübschesten Frauen, die ich je getroffen habe.«

Sarah verschränkte die Hände im Schoß. Aus Mr. Blacks Mund klang dieses Kompliment beinahe wie eine Beleidigung. »Habt Ihr etwas an Ihrer Schönheit auszusetzen?«

»Nicht im Geringsten.« Samuel Black lehnte sich zurück und streckte die Beine aus. »Ich wundere mich nur über die Wahl meines Bruders. Er braucht eine starke Frau. Eine, die ihn unterstützt und versteht.«

»Caroline wird ihr Bestes versuchen.«

Mr. Black blickte Sarah von der Seite an und lächelte

verlegen. »Ich will Eure Cousine nicht beleidigen, aber sie scheint mir nicht die Sorte Frau zu sein, die sich für die Bedürfnisse anderer interessiert.«

Sarah biss sich auf die Lippe und wandte den Blick ab. Mr. Black hatte Carolines Schönheit durchschaut. »Meine Cousine wirkt vielleicht etwas eigensinnig, aber ich bin überzeugt, das wird sich ändern, wenn sie erst einmal sesshaft geworden ist.«

Samuel Black schüttelte den Kopf. »Meiner Erfahrung ändern sich Menschen nicht durch Heirat. Eure Cousine braucht einen Mann, der sie bewundert und verwöhnt. Damit kann Alex nicht aufwarten.«

Sarah hegte die gleichen Bedenken. »Vielleicht ändert sich das ja, wenn sie verheiratet sind?«, schlug sie wenig überzeugt vor.

»Nein.« Samuel rutschte auf seinem Stuhl hin und her und sah ihr in die Augen. »Mein Bruder braucht eine Frau, die er respektiert und auf die er sich verlassen kann. Er braucht eine Frau, die er lieben kann.«

Samuel schaute sie so eindringlich an, dass Sarahs Herz schneller schlug. Er schien bis auf den Grund ihrer Seele zu blicken und ihre tiefsten Geheimnisse zu ergründen. Sie räusperte sich und versuchte zu sprechen. »Die wenigsten Ehen gründen auf Liebe.«

»Richtig, aber genau das braucht Alex.«

»Warum ist er dann bereit, sich auf eine Verbindung ohne Liebe einzulassen?«

»Er hat Angst. Unser Vater gefiel sich darin, Alex' Verständnis von Liebe und Frauen zu widerlegen. Alex wurde zum Zyniker, doch hinter der Maske ist er immer noch der idealistische Junge, der sich nach Liebe sehnt.«

»Und wie ist es Euch in Eurer Kindheit ergangen, Mr. Black?«, fragte Sarah sanft, neugierig, ob er aus dem gleichen Grund Junggeselle geblieben war. »Hat Euer Vater auch Eure Einstellung zur Ehe beeinflusst?«

Samuel gluckste und blickte wieder zu Lady Caroline. »Dafür habe ich meinen Vater nie oft genug gesehen.«

»Dann wart Ihr sicher wütend auf ihn.«

Samuel sah sie überrascht an. »Aber ganz im Gegenteil«, rief er aus. »Dass ich hier weggeschickt wurde, war das Beste, was mir passieren konnte.«

Sarah hatte angenommen, Samuel sei verbittert, weil man ihn in so jungen Jahren von zu Hause weggeschickt hatte. »Fühltet Ihr Euch nicht alleingelassen?«

»Ich war einfach nur froh«, gestand er leise. »Unser Vater kehrte immer nur die Unterschiede zwischen uns heraus und machte uns gegenseitig voreinander schlecht. Ich nehme an, dass er uns damit zu Ehrgeiz und Wettkampf anstacheln wollte, doch es vergällte uns lediglich die Lebensfreude.«

Sarah konnte nicht fassen, wie ein Vater seine Kinder so herzlos behandeln konnte. Es war das genaue Gegenteil von der liebevollen Erziehung, die ihr zuteil geworden war. »Wie schrecklich.«

Samuel nickte und seufzte. »Ich entkam, aber Douglas und Alex hatten keine Wahl. Sie mussten seine Grausamkeiten ertragen.«

»Mir war nicht bewusst, dass der alte Marquis ein so schwieriger Mann war«, sagte Sarah flüsternd. »Von den Pächtern habe ich nur Gutes gehört.«

»Mein Vater hatte viele Gesichter. Ich glaube, er ertrug den Gedanken nicht, dass einer seiner Söhne Caldern einmal erben würde. Ich weiß, das klingt absurd.« Samuel lächelte Sarah unglücklich an. »Aber mal zeigte er mir stolz die Ländereien und dann erinnerte er mich wieder daran, dass ich sie nie besitzen würde. Ich war der Älteste, und er sorgte dafür, dass ich die Umstände meiner Geburt nie vergaß.«

Sarah wurde ganz eng um die Brust und ihre Augen füllten sich mit Tränen, als sie an den Schmerz und die Enttäuschung dachte, die der junge Samuel erfahren haben musste. Sie ergriff seine Hand und drückte sie teilnahmsvoll. »So etwas darf man doch keinem Kind antun.«

»Danke für Euer Mitgefühl, aber ich habe ihm schon lange verziehen. Ich war jung genug, als man mich fortschickte, so dass ich nicht bleibend geprägt wurde. In der Schule konnte ich mich von ihm loslösen. Er verlor die Macht, mich zu verletzen.«

»Es muss schmerzen, zurück in Caldern zu sein.«

Samuel schüttelte den Kopf und lächelte. »Caldern hat keinen Einfluss auf mich, und das Leben hat es gut mit mir gemeint. Ich liebe meine Berufung und meine Gemeinde.«

Sarah sah Samuel ein paar Sekunden forschend an und las in seinen Augen, dass er die Wahrheit sagte. Er hatte seinen Frieden mit der Vergangenheit geschlossen. »Fast beneide ich Euch.«

»Warum?«

»Ihr seid nicht hasserfüllt oder niedergeschlagen wegen der Dinge, die Euch widerfahren sind. Ihr müsst sehr tapfer sein.«

»Nicht tapferer als Ihr, Mrs. Wellsley.« Samuel hob ihre Hand an den Mund und küsste sie sanft, bevor er sie wieder losließ. »Ihr müsst nur Eure Angst überwinden, jemand anderem zu vertrauen.«

Sarah seufzte tief. »Ich halte es für sicherer, niemandem zu trauen. Dann ist man nicht so verletzlich.«

»Aber auch sehr einsam. Ich bin da, wenn Ihr mit jemandem reden wollt.«

Sarah sah Samuel misstrauisch an, doch in seinen Augen spiegelte sich nur Verständnis und Mitgefühl. »Danke.«

»Störe ich?«

Sarah zuckte zusammen, als die kalte, teilnahmslose Stimme des Marquis die Luft durchschnitt. Sofort stieg ihr die Röte in die Wangen und ihr Herz begann zu rasen. Sie blickte auf und begegnete einem bohrenden granitgrauen Blick. Seine Lippen waren ein dünner Strich und an der Schläfe pulsierte hektisch eine Ader. Ihr erster Impuls war Flucht, doch stattdessen straffte sie die Schultern und hielt seinem Blick stand.

»Wie ich sehe, seid Ihr beiden Euch nähergekommen. Fanny fragt nach Eurer Hilfe am Teetablett, Sarah.« Und mit einer leichten Verbeugung machte er auf dem Absatz kehrt und verschwand.

»Urteilt nicht zu hart über ihn«, bat Samuel. »Er war fast noch ein Junge, als er loszog und sich allein in der Welt zurechtfinden musste.«

»Das entschuldigt nicht sein Benehmen.« Sarah strich sich die Rockschöße glatt und stand auf. »Es ist nicht nötig, dass Ihr mich vor dem Marquis warnt. Wir haben eine Vereinbarung getroffen.«

»Und die wäre?«, fragte Samuel mit hochgezogener Braue und erhob sich ebenfalls.

»Ich kümmere mich um die Belange seiner Pächter und er lässt mich in Frieden.«

Samuel kicherte leise. »So, wie Alex Euch gerade angefunkelt hat, glaube ich, dass er andere Pläne hat.«

Sarah blickte nervös über die Schulter, aber der Marquis unterhielt sich mit Caroline. »Er hat mir sein Wort gegeben.«

»Das wird ihn nicht davon abhalten, es zu versuchen.«

Diese Andeutung ließ Sarah erröten. Samuel lächelte sie verständnisvoll an. »Ich habe nicht die Absicht, mich überzeugen zu lassen.«

»Mein Bruder war schon immer stur, wenn er sich etwas in den Kopf gesetzt hatte. Vielleicht findet er ja dieses Mal, was er braucht«, meinte er. »Seinetwillen hoffe ich, dass Ihr wieder lernt zu vertrauen.« Samuel Black verbeugte sich knapp und ging zu Mr. Stanton am Kamin.

Sarah atmete tief durch und wartete, bis sich ihr Herzschlag wieder normalisiert hatte, bevor sie zu der Couch ging, an der Johnson das Teetablett abgestellt hatte. Lady Caldern bedeutete ihr, neben ihr Platz zu nehmen.

»Ich schätze es nicht, auf Euch warten zu müssen«, zischte sie leise. »Euer Verhalten heute Abend ist unverzeihbar.«

Sarah setzte sich. »Was habe ich denn getan?«

»Keine Dame von Anstand würde sich freiwillig mit einem Subjekt wie Mr. Black abgeben.«

Sarah blickte Lady Caldern verwundert an. Das Gesicht der Frau war voll Abscheu verzogen und die Augen wütend zusammengekniffen. Mit ihr zu streiten wäre sinnlos. Stattdessen fragte Sarah unschuldig: »Ihr meint, ich soll mit keinem Pfarrer reden?«

»Das meine ich nicht«, blaffte Lady Caldern wütend. »Ihr solltet Eure Zunge hüten. Ich durchschaue Euch. Hätte Alex nicht darauf bestanden, dass Ihr am Dinner teilnehmt, hätte ich Eure Spielchen längst unterbunden.«

»Ich habe mir nichts zuschulden kommen lassen«, beharrte Sarah. Sie wandte sich ab und begann, den Tee in die Tassen zu schenken. Während sie das dünne Porzellan verteilte, dachte sie an die Worte von Mr. Black. Seine Darstellung des alten Marquis war ein Schock gewesen. Dass er ein Schürzenjäger gewesen war, wusste sie, aber das war in Adelskreisen schließlich nichts Ungewöhnliches.

Ihr taten die Jungen leid, die mit einem solchen Vater aufgewachsen waren. Sie warf einen verstohlenen Blick auf den Marquis, der immer noch bei Caroline stand, und fühlte einen Stich im Herzen. Doch so rau die Bedingungen seiner Kindheit auch gewesen sein mochten, nichts entschuldigte sein Verhalten ihr gegenüber.

Ihr Kopf drehte sich, wenn sie an all die verschiedenen Seiten dachte, die sie an Alex kennengelernt hatte. Mal verspottete er sie und im nächsten Moment war er um ihr Wohlergehen bemüht. Noch am Nachmittag hatte er sich offen mit ihr unterhalten, doch jetzt hatte er nur eiskalte Blicke für sie übrig, fast so, als sei er auf sie wütend. Sie hatte sich mit seinem Bruder angefreundet, aber anstatt dafür dankbar zu sein, wurde sie mit Abneigung belohnt.

Sarah teilte die letzte Tasse aus und lehnte sich zurück in die Kissen. Sie hatte schon vor langem aufgegeben, Männer zu verstehen. Seit sie Alex getroffen hatte, plagten sie permanent Magenschmerzen. Was sie auch tat, schien falsch zu sein. Sarah rieb sich die Schläfen und seufzte. Es war wirklich sicherer, sich in die Heilkunde zu vergraben.

»Was quält Euch nun schon wieder?«, wollte Lady Caldern wissen. Sarah zwang sich, ihre Gastgeberin anzusehen. »Ich habe Kopfweh. Würde es Euch etwas ausmachen, wenn ich mich für heute zurückzöge?«

»Nicht im Geringsten.« Lady Caldern wedelte mit der Hand. »Man wird Euch nicht vermissen.«

Sarah stand auf und verließ den Salon, ohne einen Blick zurück. Draußen lehnte sie sich ein paar Sekunden gegen die Tür. Der quälende Abend war überstanden. Müde schleppte sie sich zur Treppe und stieg langsam hinauf. Sie ging durch die Flure des alten Hauses bis zu ihrem Zimmer, doch gerade, als sie die Hand nach der Türklinke ausstreckte, ließ sie die Stimme des Marquis erstarren.

»Wir müssen reden.«

Ihr Herz machte einen Satz und verfiel dann in einen wilden Galopp. Langsam drehte sie sich um. Sein Gesichtsausdruck war hart und die Augen gefährlich zusammengekniffen. »Es gibt nichts zu bereden.« Sie zwang sich, ruhig zu sprechen.

»Flirtet Ihr mit jedem Mann, der Euch über den Weg läuft?«, blaffte Alex wütend.

Sarah runzelte die Stirn und rieb sich den schmerzenden Kopf. »Wovon redet Ihr?«

»Über Euch und Samuel.«

Sarah sah ihn verständnislos an und versuchte sich an etwas zu erinnern, das seine Wut erregt haben könnte.

Sie schüttelte den Kopf. »Ich habe nicht mit ihm geflirtet.«

»Und warum habt Ihr dann seine Hand gehalten?« Alex stützte einen Arm an die Tür neben sie. Sarah wich zurück und presste sich gegen die Mauer.

»Ich habe seine Hand nicht gehalten«, protestierte sie. »Wer gibt Euch das Recht zu kritisieren, was ich tue?«

»Ich bin Euer Gastgeber«, knurrte Alex. »Ich erwarte, dass Ihr Euch schicklich benehmt, solange Ihr Euch unter meinem Dach aufhaltet.«

»Aber Ihr wolltet doch, dass ich Euren Bruder besser kennenlerne. Wir sprachen über seine Kindheit.«

»Ist das der Grund, warum Ihr seine Hand hieltet?«, fragte Alex drohend.

»Ja«, verteidigte sich Sarah. »Ich drückte ihm mein Mitgefühl aus.«

»Mitgefühl«, höhnte Alex. »Und warum hat er Euch dann geküsst?«

»Er küsste mir die Hand«, rief Sarah entrüstet. »Wie könnt Ihr wagen, etwas anderes anzudeuten?«

»Und warum sollte Samuel Euer Mitleid brauchen?«

Sarah seufzte und schüttelte den Kopf. Alex schaute immer noch skeptisch, aber sein Ton war nicht mehr ganz so rau. »Wir sprachen von Eurem Vater.«

Alex blickte sie prüfend an, dann schloss er die Augen und wandte sich ab. »Es tut mir leid, wenn ich falsche Schlüsse gezogen habe. Unsere Kindheit war in der Tat ziemlich unerfreulich.«

Sarah ließ den Kopf an die Wand sinken und traute sich endlich wieder auszuatmen. Alex stand immer noch direkt vor ihr, aber seine Haltung wirkte nun nicht mehr bedrohlich. »Es war eine völlig unschuldige Unterhaltung. Wie konntet Ihr etwas anderes vermuten?«

»Das war dumm von mir«, gestand Alex. Er blickte ihr ins Gesicht. »Hätte ich darüber nachgedacht, wäre mir das klar geworden.«

»Euer Bruder war freundlich und offen, und ich wollte ihm zeigen, dass ich seinen Schmerz nachempfinden kann.«

Alex nickte, rückte aber nicht von Sarah ab. Sie zwang sich, ihn weiterzubetrachten. Seine Züge waren weicher geworden, die Muskeln entspannt und er lächelte leicht. Doch noch immer hatte er die Lider niedergeschlagen, so dass ihr die Augen verborgen blieben. Sarah holte tief Luft und atmete seinen männlichen Geruch ein.

»Zeigt mir das gleiche Mitgefühl«, flüsterte Alex heiser.

Sarah stockte der Atem. Wie verletzlich er klang! Nervös hob sie die zitternden Finger an seine Wange und streichelte ihn sanft. Er schmiegte sich in ihre Hand, drehte dann den Kopf und küsste sie in die Handfläche. Sarah bekam weiche Knie. Die Berührung seiner Lippen sandte ein leises Prickeln durch ihren Arm.

Mit glühenden Blicken sah Alex zu ihr auf. »Ihr verschenkt Euch so großzügig an andere. Verwehrt Euch nicht mir gegenüber.«

Alex streifte ihren Mund mit den Lippen, und wohlige Schauer überliefen Sarahs Rücken. Sie wusste, dass sie ihn zurückhalten sollte, bevor es zu weit ging, aber als sie Anstalten machte, sich von ihm zu lösen, legte Alex die andere Hand an die Wand, so dass sie zwischen seinen Armen gefangen war.

»Bleibt«, bat er. »Ihr könnt nicht abstreiten, dass zwischen uns etwas ist.«

Sarah fuhr sich mit der Zunge über die trockenen Lippen und wand sich unter seinem bohrenden Blick. Alex wollte sie. Die Anziehung zwischen ihnen ließ sich nicht leugnen, doch das Risiko war zu hoch. Sarah konnte es sich nicht leisten, ihre Freiheit an einen Mann zu verlieren, besonders nicht an den zukünftigen Gatten ihrer Cousine.

»Das dürfen wir nicht«, flüsterte sie.

»Es ist zu spät.« Alex' Kopf kam näher und Sarah schloss die Augen, als sein warmer, nach Brandy duftender Atem sie umfing.

Er küsste sie und schob mit der Zunge sanft ihre Lippen auseinander. Eine wundervolle Trägheit nahm von Sarah Besitz. Sie gab sich seinem Kuss hin und ließ sich in dem Netz der Verführung einwickeln, das er für sie wob. Sie hing mit den Lippen an ihm und schmiegte sich an seinen starken Körper, als er sie in die Arme schloss.

Alex' zarte Entdeckungsreise mit der Zunge versetzte sie in einen Zustand der Verzückung. Er neckte sie sanft mit den Lippen, biss sie zärtlich und versöhnte sie dann mit der Zunge. Sarah ließ sich von seinem Spiel davontragen, bis nach und nach ein zehrendes Verlangen in ihr erwachte. Bald schon sehnte sie sich mit jeder Faser ihres Körpers nach ihm und wand sich in seinen Armen.

Er hielt sie fest umschlossen, während ihr Kuss immer heftiger und sein Drängen fordernder wurde. Sein offen gezeigtes Verlangen hatte eine berauschende Wirkung auf Sarah. Bald schon stand sie vollends in Flammen für diesen Mann, der sie in seinen kräftigen Armen hielt. Sie waren eins, gefangen in einem Netz der Verzückung.

Doch eine kleine Kopfbewegung, ein kurzes Luftholen und der Bann war gebrochen. Sarah war wie betäubt. Alex sah sie mit glühenden Blicken an, sein Atem ging stoßweise und seine Brust hob und senkte sich unregelmäßig. Er schüttelte den Kopf und löste die Umarmung.

Sarah sank an die Wand zurück, zu schwach, um auf eigenen Beinen zu stehen. Alex strich ihr eine störrische Strähne aus der Stirn und ließ seinen Finger zu ihrem Mund herabgleiten. Dort verharrte er einen Moment, bevor er die Linie ihrer Lippen nachzeichnete. Zwischen seinen Augen bildete sich eine Falte, während er versuchte, ihr Gesicht zu ergründen.

»Vergib mir«, flüsterte er.

Sarahs Augen weiteten sich. Ungläubig blickte sie ihm nach, als er sie stehen ließ und davonging. Noch immer zitterte sie am ganzen Leib. Tränen liefen ihr über die Wangen, aber sie wischte sie fort. Es war besser so. Alex war vergeben und sie wollte sich nicht auf einen Mann einlassen.

Dreizehntes Kapitel

»Warum hast du so lange gebraucht?«, keifte Caroline. Die Morgendämmerung kündigte einen neuen Tag an. »Du musst Nellie helfen, diese Reitgarderobe zu reparieren.«

Sarah sah sich in Carolines Zimmer um und musste einen überraschten Aufschrei unterdrücken. Überall lagen Kleider verstreut. »Aber was machst du denn?«

»Ich kleide mich für den Morgenausritt«, entgegnete Caroline patzig. »Man sollte meinen, der Marquis könnte sich eine christlichere Zeit dafür aussuchen.«

»Er reitet immer so früh aus«, antwortete Sarah, ohne nachzudenken. Sie steckte eine lose Strähne hinters Ohr und bückte sich nach einem blauen Morgenkleid, um es über eine Stuhllehne zu hängen. Carolines Ruf hatte sie unvorbereitet ereilt und sie hatte sich nur schnell ein altes braunes Arbeitskleid übergeworfen, sich einen zerrissenen Baumwollschal umgelegt und das Haar mit einem Band hochgebunden. In der Eile hatte sie keine Haube gefunden, um den Kopf zu bedecken.

»Ich wusste gar nicht, dass du so mit den Gepflogenheiten des Marquis vertraut bist.« Caroline funkelte Sarah an und hielt dann ein smaragdgrünes Kleid in die Höhe. »Das ist das einzig anständige Reitkleid, das ich besitze, und es hat einen Riss im Saum.«

Sarah nahm ihrer Cousine das Kleid ab und betrachtete es. Unten hatte es einen langen Riss und der Saum war auf beiden Seiten offen. Das zu flicken würde dauern. »Wo ist das Nähzeug?«

»Nellie!«, rief Caroline ungeduldig.

Nellie erschien in der Tür des Ankleidezimmers. »Ich verstehe nicht, warum Ihr nicht das Schwarze anzieht, meine Lady.«

»Es macht mich so blass. Reparier mir das hier, und zwar schnell«, blaffte Caroline.

»Aber der Marquis wird doch sicher auf dich warten«, meinte Sarah.

»Er weiß noch gar nicht, dass ich ihn zu begleiten gedenke.« Caroline warf das Kleid über ihr Bett. »Diesmal werde ich ihm nicht die Chance geben, Ausflüchte zu finden, ohne mich aufzubrechen.«

»Das würde er nicht tun, meine Lady.« Nellie verknotete den Faden und fing an, den Riss zu nähen.

»Er ist mir die ganze letzte Woche aus dem Weg gegangen«, rief Caroline schrill. »Er ist jetzt seit zwei Wochen hier und noch immer nicht die Andeutung eines Antrags.«

»Er ist sehr beschäftigt«, beschwichtigte Sarah.

»Er rennt davon, wenn er mich sieht!« Carolines Mund war ein entschiedener, schmaler Strich. »Aber diesmal entkommt er mir nicht.«

Sarah schüttelte den Kopf und hielt das Kleid für Nellie zum Nähen. Caroline übertrieb nicht. Tagsüber war Alex meist unterwegs und nach dem Abendessen schloss er sich in seinem Arbeitszimmer ein. Auch Sarah mied er.

Aber er beobachtete sie. Sarah wusste nicht genau, warum er ihr misstraute, aber es machte sie nervös. Sie sah ihn nur abends bei Tisch, aber immer, wenn sie aufblickte, waren seine Blicke auf sie geheftet. Seine Augen waren dunkel und schienen zu glühen. Dabei lief es ihr dann jedes Mal eiskalt über den Rücken. Das war der einzige Kontakt, den sie seit über einer Woche mit ihm hatte.

»Ich verstehe nicht, warum Lord Caldern so schwierig ist.« Caroline knallte ihre Bürste auf die Frisierkommode.

Sarah ließ das Kleid in Nellies Schoß fallen und ging zu ihrer Cousine. »Hast du überhaupt schon mit ihm geredet?«

Caroline schüttelte den Kopf und funkelte Sarah über den Spiegel an. »Er ignoriert mich komplett! Ich glaube, mit dem Mann stimmt etwas nicht.«

»Unsinn. Es muss einen Weg geben, ihn anzusprechen.« Sarah nahm die Haarbürste und fing an, Carolines Locken zu frisieren.

»Das ist der einzige Weg.« Caroline drehte an dem zierlichen Rubinring, den sie am kleinen Finger trug. »Der Mann muss mich zur Kenntnis nehmen.«

»Ich bin sicher, er wartet nur auf den geeigneten Moment, um mit dir zu reden.«

»Er sollte sich besser beeilen, denn ich habe Vater geschrieben.«

Sarah unterbrach ihr Bürsten. »War das klug?«

»Wem sonst hätte ich es erzählen sollen?« Caroline seufzte verärgert. »Ehrlich, Sarah, manchmal habe ich den Eindruck, du vergisst, dass wir nicht ohne Schutz sind. Vater wird den Marquis dazu bringen, sich an sein Heiratsversprechen zu halten.«

»Ich wusste gar nicht, dass es so ein Versprechen gab.«

Caroline runzelte irritiert die Stirn und blickte Sarah argwöhnisch an. »Verteidigst du etwa Lord Calderns Verhalten?«

»Ich versuche nur, gerecht zu sein«, erklärte Sarah. Sie arrangierte ein paar Kringellöckchen und steckte sie fest. »Unser Besuch hier sollte euch beiden die Möglichkeit geben, euch kennenzulernen. Die Verlobung war nicht fest vereinbart.«

»Aber so gut wie«, schnaubte Caroline. »Die öffentliche Bekanntmachung sollte nur noch eine Formsache sein, sonst wäre ich wohl kaum so weit in den Norden gekommen. Der Marquis wird zu seinem Wort stehen müssen.«

Sarah erkannte, dass dieser Streit zu nichts führen würde. Alex hatte keinerlei feste Zusagen gemacht, seine Stiefmutter hatte das Versprechen gegeben. Dennoch hatte Caroline Erwartungen, die Alex nicht ignorieren konnte.

Sarah steckte das letzte Löckchen fest und trat einen Schritt zurück, um ihr Werk zu bewundern. Caroline sah hinreißend aus. Ihr roter Mund und die hellblauen Augen täuschten über den unerschütterlichen Ehrgeiz hinweg, der sich dahinter verbarg. Caroline war wild entschlossen, Marquise von Caldern zu werden, und nichts würde sie von diesem Vorhaben abbringen. Der Gedanke an diese Heirat versetzte Sarah einen Stich, aber sie ignorierte ihn.

Caroline stand auf und begann, im Zimmer auf und ab zu laufen und dabei Kleider mit dem Fuß aus dem Weg zu treten. »Bist du fertig, Nellie?«

Sarah blickte Nellie über die Schulter an und schüttelte den Kopf. »Das wird ein Weilchen dauern.«

»Die Sonne steht bereits am Himmel. Wir haben keine Zeit mehr.« Caroline ging zum Bett und riss Nellie das Kleid aus der Hand. »Sarah, geh nach unten und halte den Marquis auf. Ich trage das Kleid mit den Nadeln drin.«

Sarah zögerte. Ihre Frisur war in Auflösung begriffen und ihr Schal sah aus wie ein Lappen. Ihr Herz begann wie wild zu schlagen, so dass sie fast meinte, Caroline müsse es hören können.

»Worauf wartest du?«, herrschte Caroline sie an. »Nun mach schon.«

Sarah nickte und stolperte aus dem Zimmer. So ungern sie mit Alex sprechen wollte, konnte sie doch die Bitte ihrer Cousine nicht ausschlagen. Caroline wusste, dass dies die einzige Gelegenheit war, Lord Caldern zu überraschen. Sonst war er rund um die Uhr von Dienern umgeben. Der Anstand würde es ihm verbieten, nicht auf Caroline zu warten.

Sarah huschte durch die leeren Flure und die Treppen hinunter, die Vertäfelung und die Gemälde verschwommen im Vorbeieilen zu einem Farbengemisch. Am Hauptportal war sie völlig außer Atem und musste sich erst einmal sammeln, bevor sie die Tür öffnete. Die aufgehende Sonne blendete sie, so dass sie kurz nichts sah und auf dem Treppenabsatz stehen bleiben musste.

Als sie sich an die Helligkeit gewöhnt hatte, fiel ihr

erster Blick auf Alex. Er saß auf seinem Pferd, ihr den Rücken zugewandt, und unterhielt sich mit Mr. Stanton. Nathan Carter kam soeben die Auffahrt heraufgetrabt, war aber noch ein Stück entfernt. David Stanton bemerkte Sarah und machte Alex auf sie aufmerksam.

Sarah bekam einen trockenen Mund, als Alex sich nach ihr umdrehte. Sein weißes Halstuch hob sich leuchtend von der dunklen Kleidung ab. Der schwarze Reitrock und die Reiterhose waren maßgeschneidert für seinen muskulösen Körper. Er neigte leicht den Kopf auf die Seite und als sich ihre Blicke trafen, verdunkelten sich seine grauen Augen. Wie ein Stromschlag durchzuckte es Sarah und ihre Knie wurden weich. Am liebsten wäre sie zurück ins Haus gerannt, aber ihre Beine versagten ihr den Dienst.

»Was kann ich für Euch tun, Mrs. Wellsley?«, tönte seine tiefe Stimme durch die morgendliche Stille und erfüllte sie mit einem Schaudern.

»Ich bitte um Entschuldigung, mein Lord«, begann sie stockend. »Ich bringe eine Nachricht von Lady Caroline.«

»Eine Nachricht?« Alex ritt auf Sarah zu. Sarah betrachtete die langen Finger, die die Zügel hielten. Die gleichen Hände hatten sie an ihn gezogen, erinnerte sie sich, und ein Prickeln breitete sich in ihrem Körper aus.

Drei Meter vor ihr blieb er stehen und beugte sich in seinem Sattel nach vorne. »Was will Eure Cousine?«

Sarah senkte den Blick auf ihre Hände, die den Schal umklammerten und biss sich auf die Lippe. Schon jetzt schien ihn die Störung zu verärgern und sie bezweifelte, dass ihm ihre Nachricht gefiel. Sarah schaute auf, mied aber seinen Blick. »Caroline bittet darum, dass Ihr auf sie wartet.«

Einen Moment lang sah er sie einfach nur an, dann stieß er ein Lachen aus. »Das ist nicht Euer Ernst, hoffe ich?«

Sarah nickte. »Ich weiß, es trifft Euch unerwartet, aber Caroline macht sich fertig, um mit Euch auszureiten.«

»Wir wollen heute Vormittag ein paar der weiter draußen liegenden Höfe besuchen. Das wird kein Vergnügungsausritt.«

»Ich weiß.« Sarah hob den Kopf und der Schal fiel auf ihre Ellbogen herab. Sie blickte Alex in die Augen. »Sie wird nicht mehr lange brauchen, bis sie hier ist.«

»Warum ausgerechnet heute?«

»Sie möchte Zeit mit Euch verbringen«, erklärte Sarah.

Alex seufzte und rief dann über die Schulter: »Reitet schon einmal ohne mich los. Ich komme bald nach.« David Stanton nickte und trieb sein Pferd an, um die anderen Reiter abzufangen. Fury tänzelte ungeduldig, aber Alex hielt ihn fest, bis sie allein waren.

Er sah Sarah an und schüttelte den Kopf. »Verflixt, Sarah. Ich tue, was ich kann.« Plötzlich gab er Fury die Sporen und schoss auf sie zu, doch kurz bevor er sie erreichte, brach um sie herum ein ohrenbetäubender Krach aus.

Steinbrocken stürzten herab und eine Staubwolke hüllte sie ein. Sarah riss schützend den Arm vor die Augen und spürte, wie sie etwas an der Stirn traf. Um sie herum schepperte und rumpelte es, dass es in ihren Ohren dröhnte. Fury wieherte und sie hörte, wie seine Hufe angstvoll auf dem Pflaster tänzelten.

»Ruhig!« Alex' feste Stimme übertönte den Protest des scheuenden Pferdes, doch das Tier ließ sich kaum bändigen.

»Was zur Hölle ist geschehen?«, rief David Stanton über den Tumult hinweg und galoppierte zu ihnen zurück.

Alex hustete. »Etwas ist vom Dach gefallen. Halte die Pferde fern.«

»In Ordnung.« Sarah hörte, wie Stantons Pferd stehen blieb und dann davonsprengte, Sekunden später kamen Schritte auf sie zugerannt.

Sarah spürte etwas Feuchtes an den Händen und nahm sie von den Augen. Beim Anblick des verklebten Blutes überkam sie leichter Schwindel. Sie stolperte rückwärts, bis ihr Rücken kalten Stein berührte und sie sich an die Hauswand lehnen konnte. Sie ließ zu, dass ihr das Blut übers Gesicht lief. Ihre Augen brannten und ihr Mund war voller Staub. Keuchend fing sie an zu husten.

Die Sicht klärte sich langsam und fassungslos starrte Sarah auf das Bild der Verwüstung, das sich ihr bot. Überall lagen rötliche Felsbrocken verstreut. Im Pflaster vor dem Eingang klafften große Löcher. Alles war voller Schutt. Steinbrocken und Pflastersteine ragten in seltsamen Winkeln aus der Erde und die gesamte Auffahrt und der Portikus waren mit Geröll bedeckt.

Langsam erholte Sarah sich von ihrem Schrecken und dachte nun besorgt an ihre Umwelt. Sie sah, wie Fury von David Stanton fortgeführt wurde. Das Pferd schien leicht auf dem rechten Hinterlauf zu hinken. Doch wo war Alex? War auch er verletzt? Sie stieß sich von der Wand ab, aber eine Hand hielt sie zurück.

»Bleibt, wo Ihr seid«, befahl Alex. Er lehnte neben ihr an der Wand. »Seid Ihr verletzt?«

Sarah schüttelte den Kopf und fragte sich verwundert, seit wann er neben ihr stand, doch ihr Kopf schien voller Watte zu sein. In ihren Ohren hallte immer noch der Lärm nach und ihre Stirn schmerzte dumpf. Vorsichtig tastete sie nach der feuchten Stelle an der Schläfe und stöhnte kurz auf.

»Was ist?«, fragte Alex besorgt. Er stellte sich vor sie und verbaute ihr die Sicht auf den Schuttberg, dann nahm er sanft ihre Hand von der Schläfe und fluchte. »Ihr seid verletzt.«

»Es ist nur ein Kratzer«, wehrte Sarah ab, doch ihre Stimme klang schwach. Sie hatte nicht die Kraft, sich Alex zu widersetzen, als er ihr den Schal von den Schultern nahm, ihn zusammenwickelte und gegen ihren Kopf presste.

»Haltet ihn in dieser Position fest.«

Sarah hielt den improvisierten Verband und musterte den Marquis. Er war voller rotem Staub. Der Reithelm fehlte und Gesicht und Haar waren voller winziger Steinsplitter. »Seid Ihr verletzt?«

Er schüttelte den Kopf. »Fury hat einen langen Schnitt im Hinterlauf, aber ich denke, er wird heilen. Die Steine sind genau dort heruntergekommen, wo ich stand, als ich mich mit Euch unterhielt. Gott sei Dank kam ich gerade auf Euch zu.«

Plötzlich wurde Sarah von einem unkontrollierbaren Zittern erfasst. Alex war nur knapp dem Tod entgangen! Fast hätte sie ihn verloren. Ihre Zähne klapperten, und sie musste die Tränen zurückzuhalten.

»Ganz ruhig«, flüsterte Alex. Er zog sie an sich und strich ihr beruhigend über den Rücken. »Alles wird gut.«

»Ihr hättet umkommen können«, krächzte Sarah erstickt. Jetzt waren die Tränen nicht mehr aufzuhalten und sie ließ den Kopf an seine Schulter sinken. Er hielt sie an sich gepresst und rieb sein Kinn sanft an ihrem Haar, während sie hemmungslos schluchzte. Sarah war sich nicht sicher, wie lange sie in seinem Armen gelegen hatte, aber irgendwann wurde es besser. Alex' Wärme übertrug sich auf sie und ihr Zittern ließ nach.

»Danke«, raunte sie, gefolgt von einem Schluckauf.

»Wieder besser?« Alex lächelte schräg und blickte sie aus sanften grauen Augen an. Sarah hatte das Gefühl, in den geheimen Versprechungen dieser Augen zu ertrinken. Als er kurz auf ihre Lippen schielte, hielt sie die Luft an und ihr Herz begann zu rasen. Dann kam sein Kopf langsam näher.

»Es kann losgehen«, erklang eine fröhliche Stimme von der Tür aus.

Ruckartig riss sich Sarah aus Alex' Armen und starrte in die kalten, verächtlich dreinblickenden Augen von Caroline.

Vierzehntes Kapitel

Alex blickte sich nach Caroline um. Sie war das Abbild der würdevollen Empörung. Ihr Mund war verzerrt und ihre Augen zu gefährlichen Schlitzen verengt. Hasserfüllt blickte sie Sarah an. In Alex kochte Wut hoch und drohte ihm die Brust einzuschnüren. Kampfbereit ballte er die Faust. Er atmete tief durch und zwang sich zur Ruhe.

»Wir werden heute Morgen nicht ausreiten«, erklärte er unterkühlt.

Nun richtete sich Carolines Entrüstung auf ihn. »Wie könnt Ihr mir diesen Wunsch ausschlagen? Wisst Ihr denn gar nicht, was sich für einen Gentleman gehört?«

Alex betrachtete die aufgebrachte Schönheit vor ihm mit hochgezogener Augenbraue. Ihr grünes Reitkleid saß wie eine zweite Haut und betonte jede ihrer eleganten Kurven. Selbst in ihrer Wut bewahrte sie eine vornehme, fast hochmütige Haltung. Sie wäre eine ideale Marquise.

Doch der Gedanke, sie zu seiner Braut zu machen, ließ ihn erschaudern. Sie strahlte keinerlei Wärme aus. Er hatte immer gehofft, eine Frau zu heiraten, die er lieben könnte. Die ganze Woche hatte er mit seiner Entscheidung gerungen, doch zu einer Lösung war er nicht gekommen. So sehr ihm bewusst war, dass er heiraten musste, so wenig konnte er sich dazu überwinden, Lady Caroline einen Antrag zu machen.

»Die Regeln des Anstandes gebieten, dass wir unseren Morgenausritt heute ausfallen lassen«, antwortete er gelassen. »Vielleicht ist es Eurer Aufmerksamkeit entgangen, dass Mrs. Wellsley verletzt ist?«

»Und was hat das mit uns zu tun?« Caroline warf den Kopf in den Nacken und raffte ihr Reitkleid seitlich. »Sarah ist durchaus in der Lage, für sich selbst zu sorgen.«

»Selbst wenn dem so wäre«, stieß Alex zwischen zusammengebissenen Zähnen hervor, »würden wir heute Morgen nicht ausreiten. Die Einfahrt wurde zerstört.«

Caroline blickte über Alex' Schulter hinweg und ihr Mund öffnete sich. »Was ist denn passiert?«

Alex fühlte, wie Sarah neben ihm zu zittern begann. Als er sie ansah, bemerkte er, dass jegliche Farbe aus ihrem Gesicht gewichen war. »Später«, blaffte er. »Erst müssen wir uns um Eure Cousine kümmern.«

Plötzlich schwankte Sarah. »Verflucht.« Er fing sie in seinen Armen auf und hob sie hoch. »Macht die Tür auf«, befahl er Lady Caroline.

Caroline starrte ihn einen Moment lang mit offenem Mund an, bevor sie ein empörtes Seufzen ausstieß und seiner Bitte nachkam. Alex verlagerte Sarahs Gewicht in seinen Armen und drückte sie fester an sich. Sie schmiegte den Kopf an seine Schulter und er musste schlucken. Nichts hatte sich jemals so selbstverständlich und gut angefühlt, wie Sarah in den Armen zu tragen.

Johnson, der Diener, kam gerade den Flur heruntergerannt, als sie eintraten. »Mein Lord, was ist geschehen?«, fragte er, und hielt ihnen die Tür zum Salon auf. »Ich hoffe, Mrs. Wellsley ist nicht ernsthaft verletzt?«

»Sie wird sich erholen«, versicherte Alex. »Wir brauchen Wasser und einen Verband.«

Johnson nickte und machte sich in Richtung Küche auf. Alex bettete Sarah sanft auf einem Diwan. Er stützte ihren Kopf mit einem Kissen und löste vorsichtig den blutigen Schal von ihrer Schläfe.

»Ist es schlimm?«, erkundigte sich David Stanton, der nun auch in den Salon gekommen war.

Alex schüttelte den Kopf und setzte sich neben Sarah. »Ich glaube, es ist nur eine kleine Wunde, aber sie blutet so stark, dass man sie nur schwer erkennen kann. Wie geht es Fury?«

»Jacobs kümmert sich bereits um ihn. Aber du wirst ihn eine Weile nicht reiten können.« David blickte über Alex' Schulter.

»Warum blutet es so stark?«

»Das ist normal bei Kopfverletzungen.«

»Wahrscheinlich täuscht sie es nur vor«, tönte Carolines verdrossene Stimme aus einem Sessel in der Ecke.

Alex blickte auf und schüttelte angewidert den Kopf. »Ihr könntet Euch nützlich machen«, schlug er knapp vor.

Bevor Lady Caroline etwas erwidern konnte, erschien Johnson mit dem Verbandszeug. Alex nahm ihm ein Tuch ab und wischte Sarah das Blut von der Stirn. Der Schnitt lag knapp unter dem Haaransatz, hoch oben an der Stirn. Er war mehrere Zentimeter lang, aber nicht tief. Mit geschickten Fingern legte Alex einen Druckverband an. »Es sollte gut verheilen«, bemerkte er.

Sarahs Lider flatterten kurz, hoben sich aber nicht. Ein ängstlicher Stich durchfuhr Alex. Er hatte viele verletzte

Matrosen im Krieg verbunden, doch nie war es ihm so zu Herzen gegangen.

»Sarah«, flehte er. »Öffnet die Augen.«

Sie schüttelte den Kopf und zog eine Grimasse, bevor sie die Augen aufschlug. Sie sah zu ihm auf und lächelte. Alex schmolz innerlich dahin. Einen Moment lang war sie ganz offen gewesen und hatte ihm vertrauensvoll in die Augen geblickt.

»Ich muss in Ohnmacht gefallen sein. Wie bin ich hierher gekommen?«

»Ich habe Euch getragen.« Alex legte die nicht benutzten Verbände auf ein Tischchen. »Geht es Euch besser?«

»Ja.« Sarah setzte sich mühsam auf und Alex erhob sich, damit sie ihre Beine auf den Boden schwingen konnte. Sie befühlte den Verband und zuckte leicht zusammen.

»Der Schmerz wird bald nachlassen.«

Sarah nickte. »Was ist passiert?«

»Das würde ich auch gerne wissen.« Caroline stand auf und kam zu ihnen. »Alles, was ich wollte, war ein kleiner morgendlicher Ausritt, aber du musstest alles verderben.«

»Ihr tut Eurer Cousine unrecht«, schaltete sich David Stanton ein. »Mrs. Wellsley trägt keine Schuld an diesem Unfall. Ihr hattet Glück, dass sie vor Euch kam, sonst hätte es vielleicht Euch getroffen.«

Caroline blickte verwirrt und nachdenklich vor sich hin, schließlich beruhigte sie sich etwas und setzte sich neben Sarah auf den Diwan. »Erklärt mir das.«

In diesem Moment kam Nathan Carter in den Salon.

»Die Pferde sind in den Ställen und den Eingang habe ich mit einem Seil abgesperrt, bis er repariert werden kann.«

»Ich werde die Männer sofort damit beauftragen«, antwortete Alex.

»Ich warte immer noch auf eine Erklärung«, fiel Caroline ihnen ungehalten ins Wort. »Kann mir endlich jemand sagen, was passiert ist?«

Alex drehte sich zu Caroline um. »Mrs. Wellsley brachte mir gerade Eure Nachricht, als ein Teil des Daches neben uns in die Einfahrt stürzte. Es war großes Glück, dass niemand darunter stand.«

Caroline blickte kurz in die Runde von Männern und dann auf Sarah. »Wie schrecklich.«

»Das war es«, stimmte Nathan trocken zu. »Ich denke, wir sollten einen Blick auf das Dach werfen.«

»Einverstanden.« Alex warf einen Blick auf Sarah. Sie war nicht mehr ganz so blass, aber ihm war nicht wohl bei dem Gedanken, sie alleine zu lassen. »Als Erstes müssen wir Mrs. Wellsley auf ihr Zimmer bringen.«

»Ich komme schon zurecht«, protestierte Sarah.

»Unsinn«, fuhr ihr Alex über den Mund. »Ich werde Euch tragen. Wir kommen ohnehin auf dem Weg zum Dach dort vorbei.«

Sarah schüttelte abwehrend den Kopf und versuchte, selbstständig aufzustehen, aber Alex war schneller. Im Nu lag sie wieder in seinen Armen. Als er sah, wie eine zarte Röte in ihre Wangen stieg, zwinkerte er ihr zu. Er lächelte, als sie noch mehr errötete.

Er ging in Richtung Tür, blieb dann aber stehen und sah sich nach Caroline um. »Kommt Ihr?«

»Aber wozu?«, fragte Caroline überrascht.

»Um Euch um Eure Cousine zu kümmern.« Alex blickte seine Zukünftige kalt an und zwang sich, höflich zu sprechen. »Sie sollte jetzt nicht alleine sein.«

Caroline zuckte gleichmütig mit den Schultern. »Ich schicke nach Nellie.«

Aus Angst, seine Stimme könnte ihn verraten, verzichtete Alex auf eine Antwort. Mit einem kurzen Nicken trug er Sarah aus dem Salon. Hinter ihm liefen Nathan und David.

In Sarahs Zimmer legte er sie auf ihr Bett. »Werdet Ihr zurechtkommen, bis Nellie bei Euch ist?«

»Natürlich.« Sarah nickte und vermied seinen Blick. »Danke für Eure Hilfe.«

»Ich will Euren Dank nicht.«

Sarah nickte ihm knapp zu. Im Stillen verfluchte sich Alex für das Misstrauen, das sich nun wieder in ihre Miene geschlichen hatte.

»Schaut mich nicht so an«, flüsterte er. »Ich tue Euch nichts.«

Wieder errötete Sarah und blickte verlegen auf ihre Hände. »Es tut mir leid«, flüsterte sie.

Fast hätte Alex sie gefragt, was genau ihr eigentlich leid tat, doch dann hielt er es für besser, sie in Frieden zu lassen. Hätten Nathan und David nicht in der Tür auf ihn gewartet, hätte er sich zu ihr gesetzt und sie in die Arme geschlossen, bis er ihre Zweifel vertrieben hatte.

Reumütig musste er sich eingestehen, dass es genau das war, wovor sie sich fürchtete. Es schmerzte, sie in solchem Unbehagen zu sehen. Er wusste nicht genau, was er eigentlich von Sarah erwartete, aber er hatte nicht die Absicht, sein Versprechen zu brechen, sich von ihr fernzuhalten.

Der Kuss der letzten Woche war noch immer frisch in seiner Erinnerung. Noch nie hatte er etwas so Schönes erlebt, doch eben das jagte ihm Angst ein. All seine Jugendträume waren wieder erwacht. Damals hatte er von Liebe geträumt, einer Familie, und davon, sein Leben mit einer Frau zu teilen – mit einer Frau wie Sarah.

David Stanton räusperte sich. »Ist alles in Ordnung?«

Alex blickte über die Schulter und nickte, bevor er sich noch einmal an Sarah wandte. »Ich muss jetzt gehen.«

Sarah weigerte sich, zu ihm aufzusehen. Alex zögerte, doch schließlich erhob er sich mit einem Seufzer. Er konnte nichts mehr tun. Als er sich zum Gehen anschickte, kam Nellie in das Zimmer geeilt. Er hörte die mütterliche Fürsorge in ihrer Stimme und der Knoten in seinem Magen löste sich etwas. Sarah war in guten Händen.

Alex führte die Gruppe zum Ende des Flügels und stieg mit ihnen die Treppe zum Dach hinauf. Dieser Teil des Hauses wurde nur noch selten genutzt und die meisten Zimmer waren mit Tüchern verhängt. Er stand auf der Liste der Dinge, um die er sich in den kommenden Monaten kümmern wollte.

Die Treppe endete an einer Tür, die auf das Dach führte. Es war einer der alten Burgtürme, die Caldern in vergangenen Jahrhunderten zur Verteidigung vor seinen Feinden gedient hatten. Dieser Tage kam man nur noch hier hoch, wenn das Dach repariert werden musste.

Sonnenlicht begrüßte sie, als sie die Tür öffneten. Sie traten auf das Dach und ließen die Aussicht auf sich wirken.

»Ich hatte ganz vergessen, wie schön es hier oben ist!«, rief Nathan aus.

Alex nickte. »Ich war nicht mehr hier, seit ich von hier fortging.«

»Es ist genauso vernachlässigt, wie der Rest des Hauses. Kein Wunder, dass sich Steine lösen.« David Stanton schüttelte verächtlich den Kopf. »Dieser Flügel stellt eine Gefahr dar.«

Insgeheim stimmte Alex der Einschätzung seines Freundes zu, aber daran ließ sich jetzt nichts ändern. Nach und nach würde er Caldern wieder in altem Glanz erstrahlen lassen, inklusive dem Dach. »Sehen wir uns an, von wo aus die Brocken gefallen sind.« Auf dem Weg zum Rand des Daches mussten sie über Schutt und Geröll steigen, doch als sie sich der Kante näherten, bemerkte Alex einen Abschnitt, der sauberer zu sein schien, fast, als wäre dort gekehrt worden. Seine Augen folgten dem sauberen Streifen bis hin zu einer Tür im Turm auf der Ostseite. Er runzelte die Stirn und blickte wieder auf die Stelle, von der aus die Steine gefallen waren.

Eine große Lücke klaffte in der Brüstung, über drei Meter breit. Mehrere Zinnen waren herausgebrochen. Die Steinmasse musste ein enormes Gewicht gehabt haben, insbesondere aus einer Höhe von drei Stockwerken. Es war kaum zu glauben, dass die Zerstörung auf dem Vorplatz nicht viel größer war, dachte Alex grimmig.

David schüttelte ungläubig den Kopf. »Es ist das reinste Wunder, dass du rechtzeitig ausgewichen bist.«

Alex nickte. Das Wunder hieß Sarah. Plötzlich hatte es ihn unwiderstehlich zu ihr hingezogen. Sie hatte so verloren ausgesehen, wie sie da auf dem obersten Treppenabsatz stand und sich schutzsuchend an ihrem Schal festklammerte. Der Wind hatte ihr Strähnen des dunklen Haars ins Gesicht geweht und ihr das Aussehen eines ausgesetzten Kindes verliehen. Er hatte sie einfach nur in die Arme schließen wollen. Das war das Wunder gewesen, das ihn bewegt hatte.

»Ich kann nicht glauben, wie baufällig dieses Dach ist.« Alex trat an die Abrisskante und fuhr sie mit der Hand darüber. »Ist es normal, dass sich ein solcher Brocken löst?«

David rieb sich die Nase. »Ich nehme an, wenn er sich löst, kann ihn nichts mehr aufhalten.«

»Aber hat es sich gelöst?«

Alex sah seinen Bruder an. »Was willst du damit sagen?«

»Sieh doch mal, wie wenig Schutt auf dem Dach liegt.« Nathan bückte sich und zeigte auf den Bereich unter dem Loch in der Brüstung. »Hätte bei einem Absturz nicht ein Teil davon aufs Dach fallen müssen?«

»Du solltest froh sein, dass es auf die andere Seite kippte«, meinte David mit einem Schulterzucken. »Mit der Wucht hätte der Stein wahrscheinlich das Dach durchschlagen und die darunterliegenden Stockwerke auch noch eingerissen.«

Alex tauschte Blicke mit seinem Bruder. David wusste nichts von dem Schuss, der Alex vor zwei Wochen in den Arm getroffen hatte. Dieser Unfall mochte Zufall gewesen sein, doch Nathan schien daran zu zweifeln.

Wieder musterte Alex den gekehrten Bereich und dann die Brüstung. Sie war eineinhalb Meter hoch und hier und da bröckelte der Mörtel, aber größten Teils war sie intakt. Natürlich war es möglich, dass man den herabgestürzten Abschnitt bei den Reparaturen übersehen hatte, überlegte Alex.

Er ließ sich auf ein Knie nieder und suchte das Dach nach herabgefallenem Mörtel ab. Ein paar Bröckchen lagen herum, aber nicht genug, um den Fall eines ganzen Mauerabschnitts zu erklären.

Er stand auf und klopfte sich den Staub von der Hose. Nathan sah ihm schweigend zu. Alex erriet die Gedanken seines Bruders, wollte aber nicht vor David darüber reden. Es war besser, wenn sonst niemand davon wusste.

Warum hatte jemand hier gekehrt, aber nicht erwähnt, dass Reparaturen fällig waren? Oder war diese Person nur wegen der Aussicht gekommen? Alex ließ den Blick über die Zinnen schweifen. Im Umkreis von Meilen gehörte alles zu Caldern, die sanften Hügel und Täler, die Pachthöfe und die weitläufigen Wälder. All das war sein Erbe.

Die Aussicht über die Ländereien erfüllte Alex' Herz mit Stolz. Seit seiner Heimkehr hatte er sich nicht gestattet, darüber nachzudenken, was es eigentlich hieß, Marquis von Caldern zu sein. Er war zu sehr damit beschäftigt gewesen, auszubessern, was Fanny vernachlässigt hatte. Doch als er jetzt auf seine Ländereien blickte, wurde er von überwältigender Ehrfurcht ergriffen.

Caldern gehörte ihm. Er hatte es nie für möglich gehalten, nicht in seinen verwegensten Träumen. Nie mehr würde er es verlassen müssen. Alex atmete tief durch und sah wieder auf das Bild der Zerstörung unter sich. Wut kochte in ihm hoch. Es würde Wochen dauern, diesen

Schaden zu beheben. Doch das war nebensächlich im Vergleich zu der Tatsache, dass jemand absichtlich versucht hatte, ihn umzubringen.

»Wir sollten runtergehen.« Alex bedeutete David und Nathan, ihm zu folgen. »Hier oben können wir nichts ausrichten.«

David ging als Erster und Alex wollte ihm gerade folgen, doch Nathan hielt ihn zurück.

»Ich hoffe, du wirst dir diese Sache ernsthaft ansehen.«

»Ich nehme meine Verantwortung ernst.«

»Du weißt, was ich meine«, zischte Nathan. »Ich glaube nicht, dass das ein Unfall war.«

»Du hast vielleicht recht«, stimmte Alex zu. »Aber im Moment können wir nichts dagegen unternehmen.«

»Finde heraus, wer hier oben war.«

»Irgendwie habe ich das Gefühl, dass das nicht so leicht sein wird.« Alex stieg die Treppen hinunter.

»Ich werde die Augen offenhalten«, flüsterte Nathan.

»Das werde ich auch«, flüsterte Alex zurück. Er hatte keinerlei Bedürfnis, schon jetzt zum ehemaligen Marquis von Caldern zu werden.

Fünfzehntes Kapitel

Sarah schob die Haube zurück und betastete vorsichtig ihre Stirn. Fünf Tage war es nun her, dass das Dach eingestürzt war, und ihre Wunde war fast verheilt. Heute war sie ins Dorf geeilt, um nach einem kranken Kind zu sehen, und hatte das Haus ohne Frühstück verlassen.

Als sie am Hickory House, der Dorfgaststätte, vorbeikam, fing ihr Magen an zu knurren. Der Duft von frisch gebackenem Brot wehte ihr entgegen. Sarah zögerte einen Moment, dann machte sie kehrt und ging zum Gasthaus. Sie würde sich etwas Proviant für den Heimweg holen.

Im Gasthaus war es schummrig, und Sarah blieb kurz im Eingang zur Gaststube stehen. Sie war erst einmal hier gewesen, um Ale für eine ihrer bettlägerigen Patienten zu holen. Plötzlich ging die Küchentür auf und eine große kurvenreiche Frau kam in den Raum. »Mrs. Wellsley«, sagte sie überrascht und steckte sich eine ergraute Strähne hinter das Ohr. »Ich habe gar nicht mitgekriegt, dass jemand hier ist.«

»Ich bin gerade erst gekommen, Mrs. Weaver«, erklärte Sarah. »Könnte ich wohl etwas Brot und Käse zum Mitnehmen haben?«

»Aber natürlich.« Die Wirtin machte die Tür hinter sich auf und gab die Bestellung weiter, bevor sie sich wieder an Sarah wandte. »Möchtet Ihr in der Gaststube warten?«

Sarah blickte in dem Raum, in dem eine Reihe rustikaler Tische und Bänke standen. Es gab auch ein paar kleine Nischen an den Fenstern, in denen man Ruhe zum Essen finden konnte. Der Raum wirkte sauber, aber in der Luft hing der Geruch von abgestandenem Bier und Wein.

Sarah schüttelte dankend den Kopf. »Ich warte hier.«

»Wie Ihr wünscht.« Mrs. Weaver schob Sarah einen kleinen Hocker hin. »Ich habe Gutes von Eurer Arbeit gehört. Es ist höchste Zeit, dass sich mal jemand um die Leute kümmert.«

»Es ist das Mindeste, was ich tun kann.« Sarah hatte noch nie richtig mit Mrs. Weaver gesprochen. Sie hatte gehört, dass sie vor fast zwanzig Jahren geheiratet und das Gasthaus übernommen hatte, nachdem ihr Mann verstorben war.

»Nun, die Leute wissen es zu schätzen. Der Herrgott weiß, wann seine Lordschaft sich herablassen wird, die Dinge endlich wieder in Ordnung zu bringen.«

Die Entrüstung schnürte Sarah die Kehle zusammen. »Der Marquis tut, was er kann«, verteidigte sie ihn.

»Ich versuche es zumindest«, unterbrach sie eine tiefe Stimme von der Tür aus.

Sarah wirbelte herum und sah, wie der Marquis in die Gaststube geschlendert kam. Sofort begann ihr Herz zu rasen. Es war das erste Mal, dass sie ihn seit dem Morgen des Unfalls sah. Am Nachmittag nach dem Dacheinbruch war Alex geschäftlich nach Carlisle gereist.

»Was für eine Überraschung.« Mrs. Weaver stemmte

eine Hand in die Hüfte und nickte Alex zu. »Es ist viele Jahre her, dass ich Euch das letzte Mal sah.«

»Mindestens neunzehn«, stimmte Alex trocken zu. »Wie ich sehe, hältst du dich gut, Rachael.«

»Mehr als das, aber das wusstet Ihr.«

»Ich wusste, dass du Geld von meinem Vater annahmst, aber nicht, was du damit vorhattest.«

»Der alte Tom benötigte ein wenig Kleingeld fürs Geschäft und wir sind übereingekommen.«

»Eine Ehe, meinst du.«

Rachael gluckste, was ihre üppige Figur zum Beben brachte. »Wie ich höre, wisst Ihr auch das eine oder andere zu diesem Thema zu sagen.«

»Ein Mann in meiner Position muss sich um seine Familie Gedanken machen.«

»Wer hätte gedacht, dass Ihr einmal Marquis sein würdet. Vielleicht hätte ich Euer Angebot damals annehmen sollen.«

»Ich sagte doch, dass du es eines Tages bereuen wirst.«

»Ich bin ganz glücklich mit meinem Gasthaus. Und es sieht so aus, als wärt Ihr auch ohne mich zurechtgekommen.« Rachael legte den Kopf schräg und musterte den Marquis vom Scheitel bis zur Schuhspitze.

Sarahs Augen weiteten sich bei Rachaels Bemerkung, aber als sie Alex ansah, war sein Gesicht ausdruckslos. Er blickte Mrs. Weaver durch halb geschlossene Lider an und wandte sich dann an Sarah.

»Was treibt Euch hierher?«

»Ich war den ganzen Vormittag bei den Dodds und

ihrem Baby. Mrs. Weaver besorgt mir etwas Brot und Käse.«

»Ich werde Euch begleiten. Kommt.«

Sarah schüttelte den Kopf. »Das ist nicht nötig.«

Alex seufzte ungeduldig. »Ihr seid seit dem Unfall nicht aus Eurem Zimmer gekommen. Demnach darf man annehmen, dass Ihr Euch noch nicht ganz erholt habt.«

Sarah spürte, wie sie errötete. Seit Alex in Carlisle war, hatte sie ihre Verletzung vorgeschützt, um die anderen zu meiden. Die Stimmung in Caldern war gespannt und Carolines schneidende Kommentare verletzend. Es war angenehmer, sich abzusondern.

»Ihr zogt es vor allein zu sein«, erriet Alex.

»Es war das Einfachste«, gestand Sarah. »Bitte redet nicht mehr davon.« Sie warf einen verstohlenen Blick auf Mrs. Weaver, die interessiert lauschte.

Die Wirtin wedelte abwehrend mit der Hand »Kümmert Euch nicht um mich. Ich weiß ohnehin schon alles, was im großen Haus passiert.«

»Tatsächlich?« Alex klopfte mit der Reitgerte auf einen der Tische. »Vielleicht kannst du mich aufklären?«

»Jetzt kehren wir den großen Lord heraus, was?« Rachael verschränkte die Arme über der mächtigen Brust. »Es gibt ziemlich wenig hier in der Gegend, von dem ich nicht erfahre. Wie zum Beispiel von Eurem kleinen Unfall.«

Alex hob verächtlich eine Braue. »Ich bin überzeugt, das hat sich wie ein Lauffeuer herumgesprochen. Du vergisst, Rachael, ich bin in Caldern aufgewachsen. Ich weiß, wie sich Gerüchte verbreiten.«

»Wie könnte ich das vergessen, Schätzchen«, sagte Rachael mit einem nicht zu übersehenden Zwinkern. »Ihr seid ein stattlicher Mann geworden. Heute würde ich mich glücklich schätzen, wenn Ihr mir Versprechungen machtet wie in den alten Tagen.«

»Bei mir bekommt keine Frau eine zweite Chance«, meinte Alex unterkühlt. »Wenn es das ist, was du mir zu sagen hast, betrachte ich unsere Unterhaltung als beendet.«

Er machte ein paar Schritte auf Rachael zu und Sarah hielt die Luft an, als sie seine versteinerte Miene bemerkte. Sie sprang auf, um ihm den Weg zu versperren, aber anstatt auf Rachael loszugehen, ergriff er Sarah beim Arm.

»Das hier ist kein Ort für eine Lady«, sagte er, und führte sie aus dem Gasthaus.

Sarah versuchte sich ihm zu entwinden, aber sein Griff war zu fest. Sie zuckte zusammen, als sie Rachaels Lachen von der Tür aus hörte und ihre Brust schnürte sich vor Wut zusammen. Wie konnte er es wagen, sie so zu behandeln.

»Lasst mich los!«, fauchte sie.

Er führte sie zu seinem Pferd und drehte sie herum. »Ich will nicht, dass Ihr mit dieser Person verkehrt.«

Sarah ballte die Fäuste und blickte wütend in Alex' erbittertes Gesicht. »Warum?«

»Weil ich darauf bestehe.«

»Weil Ihr darauf besteht?« Sarah traute ihren Ohren nicht. »Ihr habt nicht über mich zu bestimmen.«

»Ich bin Euer Gastgeber.«

»Das gibt Euch noch lange nicht das Recht dazu. Ich sagte bereits, dass ich mir von keinem Mann vorschreiben lassen will, was ich zu tun und lassen habe.«

Alex seufzte tief und lehnte einen Arm an das Pferd. »Bitte tut mir den Gefallen, Sarah.«

In diesem Moment rief Mrs. Weaver: »Wollt Ihr Euer Proviantpaket noch?«

Sarah nickte und ging zurück zum Gasthaus. Mrs. Weaver gab ihr ein säuberlich in Leinen eingewickeltes Paket. »Danke.«

»Er hat sich nicht zum Besseren entwickelt«, kommentierte Rachael mit einem Nicken in Richtung Alex. »Er ist genauso geworden wie sein Vater. Einen arroganteren Mann trifft man selten.«

Sarah biss sich auf die Zunge. Es hatte keinen Zweck, den Marquis vor dieser Frau zu verteidigen. Sarah gab Mrs. Weaver ein paar Münzen und fragte sich, was sie gegen ihn hatte. Sie war der erste Mensch in Caldern, der Alex kritisierte.

Alex wartete noch immer neben seinem Pferd. »Seid Ihr fertig?«, fragte er knapp.

Sarah nickte und marschierte dann an ihm vorbei. Sie wickelte das kleine Paket aus und hob das frische Butterbrot an die Nase. Genussvoll schnupperte sie daran, bevor sie hineinbiss.

»Ihr seht aus, als wärt Ihr am Verhungern.«

Sarah zuckte zusammen, als Alex' Stimme neben ihr ertönte. Sie hatte nicht damit gerechnet, dass er ihr folgte. »Das bin ich auch. Ich bin ohne Frühstück aus dem Haus gegangen.«

»Ich werde Euch begleiten.« Bevor Sarah etwas einwenden konnte, ergriff er sein Pferd beim Zügel und führte es neben sich her.

»Ich brauche Eure Hilfe nicht«, protestierte Sarah.

»Ich bat Euch, einen Diener mitzunehmen«, erinnerte Alex. »Wo ist er?«

Sarah seufzte. »Ich wollte niemanden bemühen.«

»Gut, dann werde ich mich eben darum kümmern.«

»Das ist nicht nötig.«

»Und warum hat Euch Rachael dann wie eine Feldarbeiterin behandelt?«

»Ihr tut ihr unrecht«, stieß Sarah entrüstet hervor. »Sie war nur freundlich.«

»Ich glaube, ich kenne sie besser als Ihr. Sie hat versucht Euch auszuhorchen.« Alex blickte mit verzerrtem Lächeln auf Sarah herab.

Sarah steckte sich ein Stück Käse in den Mund und dachte über Alex' Worte nach. Rachael hatte freundlicher gewirkt als beim ersten Mal, aber das war noch lange kein Grund, so misstrauisch zu sein. In kleinen Dörfern wurde nun einmal getratscht.

»Und wenn schon?«

Sarah bot Alex von dem Käse an. Er warf einen Blick darauf und schüttelte den Kopf. »Ihr ist nicht zu trauen.«

»Die Abneigung scheint auf Gegenseitigkeit zu beruhen.« Alex' Gesicht blieb unergründlich und Sarah zog die Stirn kraus. »Warum?«

»Das ist eine langweilige und unschöne Geschichte.«

Sarah zuckte mit den Schultern. »Wir haben einen langen Marsch vor uns.«

Alex blinzelte in die Sonne. »Es ist neunzehn Jahre her. Es ist unwichtig.«

Sarah schüttelte den Kopf. »Ihr seid noch immer wütend auf sie. Das hat man im Gasthaus gemerkt.«

Alex lachte rau. »Ich habe nichts gesagt, das darauf hätte schließen lassen.«

»Es war Eure Art. Aus Eurer Stimme sprach Verachtung. So habe ich Euch mit niemand in Caldern reden hören. Sie muss Euch sehr tief verletzt haben.«

Alex bedachte Sarah mit einem gequälten Lächeln. »Ihr habt eine gute Beobachtungsgabe.«

»Ist sie der Grund, warum Ihr Caldern verlassen habt?« Sarah schob sich den letzten Bissen in den Mund und wischte sich die Hände am Leinentuch ab, bevor sie es in ihr Körbchen stopfte.

Alex schüttelte den Kopf. »Eigentlich wollte ich nie zur Marine.«

»Was hattet Ihr dann vor?«

»Ursprünglich wollte ich nach Oxford und von dort in das diplomatische Korps. Ich habe einige Verwandte mütterlicherseits, die mir gerne einen Start ermöglicht hätten.«

»Warum dann also die Marine?«

»Ich hatte keine Wahl. Mutters Großonkel war Admiral, und als ich Caldern verließ, ging ich zu ihm. Ich war zu jung für eine politische Karriere, daher blieb nur die Marine.«

Sarah versuchte, in Alex Gesicht zu lesen, aber es war verschlossen. »Sind das nicht zwei sehr verschiedene Laufbahnen?«

Alex zuckte mit den Schultern. »Eigentlich nicht. Bei beiden bemüht man sich um die Interessen des Landes.«

»Aber bei der einen setzt man sich gemeinsam an den Tisch, bei der anderen bekämpft man sich. Das ist doch nicht das Gleiche«, bemerkte Sarah. »Sicher habt Ihr Caldern also nicht freiwillig so früh verlassen.«

Alex sah sie an und seufzte. »Müssen wir wirklich darüber sprechen?«

Sarah nickte. »Wenn Ihr wollt, dass ich mich von Rachael Weaver fernhalte, muss ich einen Grund dafür haben.«

Alex hielt abrupt an und brachte das Pferd mit einem Ruck am Zügel zum Stehen. Wütend trat er in den Kies. »Also gut.«

Er legte den Kopf in den Nacken und blickte in den Himmel. »Kurz nach meinem sechzehnten Geburtstag verliebte ich mich in Rachael. Sie war älter als ich, aber das störte mich nicht. Sie war alles, wovon ich träumte – schön, stets gut gelaunt und fürsorglich. Zumindest dachte ich das.«

Der Schmerz, der aus Alex' Worten klang, legte sich wie ein eiserner Ring um Sarahs Herz. Fast bereute sie, ihn zum Reden gedrängt zu haben, andererseits war sie neugierig. »Was hat Euch dazu bewogen, Eure Meinung zu ändern?«

»Mein Vater.«

Sarah schluckte. »Er war gegen diese Verbindung?«, riet sie vorsichtig.

Alex lachte bitter auf. »Das zu sagen wäre untertrieben. Er riet mir, mit ihr ins Bett zu gehen und mich dann zu verabschieden. Dumm wie ich war, erzählte ich ihm, dass ich sie heiraten wollte.«

Sarah fiel es schwer, sich vorzustellen, dass der Sohn eines Marquis' eine Frau wie Rachael heiraten wollte, aber damals war er noch ein Junge gewesen. »Was hat Euer Vater getan?«

»Er bewies mir, dass ich mich in ihr getäuscht hatte.« Aus Alex' Stimme sprachen Selbstverachtung und Hohn. Sarah überkam der Drang, ihn zu trösten, aber seine gespannte Haltung und der steife Rücken hielten sie ab. Er wollte seinen Schmerz nicht zeigen, vor allem keiner Frau.

»Kein Kommentar?«, fragte Alex plötzlich und sah sie an.

Sarah schüttelte den Kopf. »Was immer er gemacht hat, man sieht, dass Euer Vater Euch damit sehr wehgetan hat.«

Alex trat gegen einen Stein. »Mein reizender Vater stattete Rachael einen Besuch ab und bot ihr Geld an, damit sie sich von seinem kostbaren Sohn fernhielt. Dann ging er selbst mit ihr ins Bett und sorgte dafür, dass ich sie dabei überraschte, damit ich es auch mitbekam.«

Sarah war sprachlos. Wie konnte ein Vater so grausam sein. Es wäre für jeden vernichtend gewesen, ausgerechnet von den zwei Leuten betrogen zu werden, denen er am meisten vertraute, aber um wie viel schlimmer musste es für einen sechzehnjährigen Jungen sein. Es tat ihr so leid. Sarah berührte sachte seinen Arm.

Alex stieß sie weg. »Spart Euch Euer Mitleid. Mein Vater hat mir eine Lektion erteilt, die ich nie vergessen werde. Niemals werde ich wieder so dumm sein und mein Herz an eine Frau verschenken. Alles, was sie wollen, ist Geld.«

»Das stimmt nicht«, protestierte Sarah.

Alex hob spöttisch eine Augenbraue. »Wollt Ihr sagen, dass Eure Cousine nicht an meinem Geld und meinem Titel interessiert ist? Meint Ihr, sie würde sich um meine Aufmerksamkeit bemühen, wenn ich immer noch der mittellose zweite Sohn wäre?«

Sarah konnte ihm nicht antworten. Was er sagte, stimmte. Caroline hatte nur ein Interesse am Marquis. »Aber warum heiratet Ihr sie dann?«

»Ich brauche eine Frau«, erwiderte er schroff. »Bei Lady Caroline weiß ich wenigstens, woran ich bin. Sie verbirgt ihre Motive nicht, ganz anders als Rachael.«

Sarah schüttelte traurig den Kopf. »Ihr täuscht Euch in den Frauen.«

»Dann haben wir wohl etwas gemeinsam.«

Sarah runzelte die Stirn. »Wie meint Ihr das?«

»Ihr seht in allen Männern Euren Ehemann, und ich werde Frauen immer als berechnend betrachten.«

Sarah blieb stehen und schaute zu Alex auf. Wie konnte er es wagen, ihre Situation mit seiner zu vergleichen? Ihre Ehe war etwas anderes gewesen als seine enttäuschte Jugendliebe, aber eine kleine Stimme in ihrem Kopf widersprach. Beide waren sie von der Liebe enttäuscht worden und hatten deshalb Angst, sich noch einmal für jemand anderen zu öffnen.

»Genug gelaufen«, verkündete Alex plötzlich, umfasste Sarahs Hüfte und hob sie auf sein Pferd, bevor sie widersprechen konnte. »Legt Euer Bein um den Sattelknauf, dann habt Ihr Halt.«

Und ohne weitere Worte nahm er die Zügel und zog sich selbst hinter ihr hinauf. »Sitzt Ihr bequem?«

Sarah nickte und presste ihr Körbchen an die Brust. Was sie hier tat, war äußerst unschicklich.

»Was sagen wir, wenn uns jemand sieht?«

»Sagt ihnen, Ihr habt Euch den Knöchel verstaucht.« Alex umfasste Sarah und lenkte das Pferd zurück auf die Straße. »Es ist zu heiß, um länger in der Sonne zu laufen.«

Sarah gab sich alle Mühe, aufrecht auf dem Pferd zu sitzen, doch das war bei dem Auf und Ab nahezu unmöglich. Bald schmerzte jeder Muskel unter der Anspannung und sie war gezwungen, sich an Alex zu lehnen. Seine Nähe hatte verheerende Wirkung auf ihre Nerven. Atemlos versuchte sie ihr rasendes Herz zu beruhigen. Sie betete, dass sie das Haupthaus schnell erreichten.

»Entspannt Euch«, knurrte er. »Auf diese Weise haltet Ihr niemals bis nach Hause durch.«

»Ihr könnt mich beim Torhaus absetzen.« Sarah wandte ihm beim Sprechen den Kopf zu und verlor dabei fast das Gleichgewicht. Hilfesuchend griff sie nach seinem Arm, doch er war schneller. Er zog sie an sich und hielt sie mit einem Arm fest, während er mit der anderen Hand die Zügel führte.

»Nervös?«, flüsterte er, und seine Lippen kitzelten ihr Ohr.

»Ich fühle mich nicht besonders wohl auf Pferden«, erklärte Sarah, was nicht ganz gelogen war.

»Schade«, seufzte Alex. »Ich hatte schon gehofft, es wäre meinetwegen und Ihr würdet mein Angebot vielleicht noch einmal überdenken.«

Sarah verstand nicht. Sie musste sich so darauf konzentrieren, entspannt zu wirken, dass Alex' Worte für sie keinen Sinn ergaben. »Wovon redet Ihr?«

»Ihr und ich zusammen«, erklärte er und seine Lippen streiften ihren Nacken.

Sarah wurde flau im Magen, als ihr die Bedeutung seiner Worte klar wurde. Sie versuchte, ihm zu widersprechen, spürte ihren Widerstand jedoch schon wieder schwinden, als sich seine Arme fester um sie schlossen. Sie holte tief Luft und zwang sich, von ihm abzurücken.

»Ihr habt mir Euer Wort gegeben.«

»Das stimmt«, antwortete Alex schmunzelnd. »Aber auf diese Weise habt Ihr Eure Angst vergessen.«

»Welche Angst?«, fragte Sarah verwirrt. Nun verstand sie überhaupt nichts mehr.

»Vor dem Reiten«, sagte er galant und brachte das Pferd zum Stehen. »Wir sind da.«

Überrascht blickte Sarah auf. Sie standen unmittelbar vor den Ställen aus rotem Stein. Sie war so damit beschäftigt gewesen, nicht auf Alex einzugehen, dass sie gar nicht bemerkt hatte, wie sie in die Auffahrt zu Caldern gebogen waren.

»Aber ich wollte doch noch Bates besuchen«, protestierte sie schwach.

»Für heute habt Ihr genug getan.« Alex schwang sich vom Pferd und reichte ihr die Hand. Sanft hob er sie aus dem Sattel und setzte sie ab, seine Hände lagen aber weiter auf ihren Hüften. Er sah ihr tief in die Augen und Sarah hielt die Luft an.

Die Sonne glitzerte auf seinem dunklen Haar und ließ ein paar silberne Härchen an den Schläfen aufblitzen. Um seine Augenwinkel bildeten sich kleine Fältchen, als er sie verführerisch anlächelte. »Ich bin jederzeit zu haben, solltet Ihr es Euch anders überlegen.«

Sarah schüttelte entschieden den Kopf. »Es wäre nicht recht gegenüber Caroline.«

Alex hob eine Braue. »Ist sie denn gerecht zu Euch?«

Sarah senkte den Blick und stieß ihn von sich. »Ich will keine Liebschaft.« Damit drehte sie sich um und lief in Richtung Haus.

»Was wollt Ihr denn?«, fragte Alex schroff.

Sarah blieb stehen und wandte sich um. Er hatte die Hände in die Hüften gestemmt und blickte sie aus zusammengekniffenen Augen an. Sarah spürte seine Frustration und zögerte mit ihrer Antwort. Auf einmal war sie das Geplänkel leid.

»Als ich jung war, suchte ich nach Liebe«, gestand sie leise. »Jetzt will ich einfach nur vergessen.«

»Lasst mich Euch dabei helfen.« Alex trat auf sie zu. »Ihr könnt Euch nicht ewig verstecken.«

Sarah lächelte. »Ich bin auf der Hut vor Männern.«

»Ihr meint vor der Liebe«, berichtigte Alex trocken.

Sarah seufzte. »Wahrscheinlich ist es das Gleiche.«

Sie machte kehrt und ging auf das Haus zu. Hinter ihr hörte sie, wie Alex wütend in den Kies trat.

»Ich erwarte Euch heute Abend beim Dinner«, blaffte er. »Und morgen beim Picknick.«

Bei der Erwähnung des Picknicks wurde Sarah schwer ums Herz. Sie hatte es ganz vergessen. Sie konnte sich noch den Rest des Tages vorbereiten, aber nichts konnte sie von der Unsicherheit befreien, die sie bei dem Gedanken befiel, noch einen Tag mit dem Marquis zu verbringen.

Sechzehntes Kapitel

Alex löste seinen Blick vom See und schaute zu Familie und Freunden hin. Es war einer dieser seltenen, vollkommenen Sommernachmittage. Keine Wolke stand am blauen Himmel, doch es ging eine leichte Brise, so dass die Hitze erträglich wurde. Alex atmete tief durch und ließ die Anspannung der vergangenen Tage von sich abgleiten.

»Wundervolle Idee von Lady Caroline«, kommentierte David Stanton ausgelassen. »Das Tageslicht schmeichelt der Lady.«

Alex lächelte seinen Freund an. »Alles schmeichelt der Lady, und sie weiß es.«

David zuckte gleichgültig mit den Schultern. »Vielleicht, aber das hält uns nicht davon ab, ihre Schönheit zu bewundern.«

Alex gluckste anerkennend. »Ich empfehle, das aus gewisser Entfernung zu tun.«

»Sie ist nur etwas reizbar«, verteidigte David sie. »Und sie hat sich von ihrer besten Seite gezeigt, seit du aus Carlisle zurück bist.«

Alex nickte und ließ die Blicke über das Bild, das sich vor ihm ausbreitete, schweifen. Bunte Decken lagen verstreut auf dem Rasen, die Ecken mit Steinen beschwert. Die Diener brachten Leckereien in großen Picknickkörben und breiteten sie auf Holzplatten aus, die sie mit weißen Tüchern bedeckten. Bald konnte das Picknick losgehen.

»Vielleicht sollten wir uns zu den anderen gesellen.« Alex strich das Revers seiner blauen Reitjacke glatt. »Das Essen steht bereit.«

Als sie auf die Gruppe zuschlenderten, ertappte Alex sich dabei, wie er nach einem Gesicht Ausschau hielt. Am Vorabend war Sarah zwar zum Dinner erschienen, doch als die Herren danach im Salon sich zu den Damen gesellten, hatte sie sich bereits entschuldigt. Er war sich nicht sicher, ob sie an diesem Nachmittag erscheinen würde.

Schließlich entdeckte er sie. Sie saß, halb verdeckt durch einen Brombeerstrauch, an eine große Eiche gelehnt. Braunes Kleid und braune Haube trugen dazu bei, dass sie fast mit ihrer Umwelt verschmolz. Fast hätte Alex laut aufgestöhnt. Wie konnte sie ihre Reize bloß unter solch einer Aufmachung verstecken?

Sarah musste seinen Blick gespürt haben, denn sie sah von ihrem Buch auf und blickte ihm direkt in die Augen. Alex Herz begann zu schlagen. Ein Blick von Sarah und Zeit, Ort und Vernunft waren vergessen.

Doch bevor er zu ihr gehen konnte, baute sich Julianna vor ihm auf. »Mutter wünscht, dass du dich zu ihr setzt.«

Alex schaute auf seine Schwester herab und lächelte. »Ich glaube nicht.«

»Wie meinst du das? Sie erwartet dich.«

»Ich bin sicher, jemand anderes wird mehr als bereit sein, meinen Platz einzunehmen. Vielleicht ja du?«

»Sie verlangt ausdrücklich nach dir«, beharrte Juliana. »Lady Caroline wird auch dort sein.«

»Jetzt verstehe ich die Dringlichkeit.« Alex wandte sich an David. »Tu mir einen Gefallen.«

»Jederzeit.«

»Unterhalte Lady Caroline für mich.« Alex entfernte sich. Seine Blicke waren auf Sarah geheftet.

Diese Frau trieb ihn in den Wahnsinn. Wochenlang hatte er mit sich gerungen, jetzt war er entschlossen, der Sache ein Ende zu setzen. Keine Spielchen und schlaflosen Nächte mehr.

Als er bei Sarah ankam, stand sie auf und strich sich das Gras vom Kleid. »Guten Tag, mein Lord.«

»Ihr hättet Euch eine Decke mitnehmen sollen«, bemerkte Alex und bot ihr den Arm an.

Sarah schüttelte den Kopf und lächelte zu ihm auf. »Die Diener hatten alles so hübsch hergerichtet. Ich wollte es nicht durcheinanderbringen.«

»Aber zu diesem Zweck haben wir sie doch mitgenommen.« Alex spürte, wie sich sein Gesicht schon wieder verhärtete. Diese Frau machte es ihm wahrlich nicht leicht. Dachte sie denn nie an sich selbst?

»Entschuldigung, ich wollte Euch nicht verärgern.« Nun klang sie eingeschüchtert.

Alex schloss die Augen und verfluchte sich im Stillen. Er wollte Sarah nicht verunsichern. »Ich sehe einfach nicht gerne, dass Ihr Euer Kleid ruiniert«, erklärte er.

Sarah blickte an ihrem tristen, braunen Kleid herab und musste lachen. »Das nächste Mal werde ich daran denken.«

Alex versuchte, eine ernste Miene zu bewahren, aber

es war unmöglich. Er führte sich auf wie ein Idiot. »Vergesst es.« Er legte ihre Hand auf seinen Arm. »Das Picknick wartet.«

»Ihr braucht mich nicht zu führen.« Sarahs Blicke schossen nervös zwischen der Picknickgesellschaft und dem Marquis hin und her. »Es hat keinen Zweck, Eure Familie zu verärgern.«

Alex verlangsamte seinen Schritt. »Ihr müsst Euch nicht verstecken, Ihr seid kein Dienstmädchen.«

»Es ist besser so.«

»Warum?« Alex musste tief durchatmen, um sich zu beherrschen. Es war einfach nicht zu fassen, wie man mit Sarah umsprang.

Sarah blickte ihn mit einem angedeuteten Lächeln an. »Caroline veranstaltet dieses Picknick, um Zeit mit Euch zu verbringen. Es wäre nicht recht, sie zu enttäuschen.«

»Ich habe mich noch nie davon abbringen lassen, dass zu tun, was ich wollte«, erklärte Alex. »Und ich werde auch jetzt nicht damit anfangen, nach den Regeln zu leben.«

Sarah seufzte und schüttelte den Kopf. »Wie Ihr wünscht.«

Ein kleiner Sieg! Alex lächelte innerlich über seinen Triumph. Sarah war eine komplizierte Frau, das hatte er von Anfang an gewusst. Die Anziehung zwischen ihnen beiden ließ sich nicht länger leugnen und irgendwie musste es ihm gelingen, ihren Widerstand zu brechen.

Alex steuerte eine Decke abseits der anderen an und Sarah bedachte ihn mit einem zweifelnden Blick. Er lächelte. Sie würde sich daran gewöhnen müssen, an seiner Seite zu sein, denn er beabsichtigte nicht, sie zu verstecken.

»Das ist verrückt«, flüsterte Sarah, als sie sich hinsetzte und die Schöße ihres Kleids um die Knöchel anordnete. »Wollt Ihr Caroline absichtlich verärgern.«

Alex saß am Rand der Decke, einen Arm um das angezogene Knie gelegt. »Das ist nicht meine Absicht. Wenn es sie stört, ist es nicht meine Schuld.«

»Wie könnt Ihr das sagen?« Sarah funkelte ihn aus dunkelblauen Augen an. »Sie ist Eure zukünftige Frau.«

Alex sah Sarah mehrere Sekunden an und ließ sich von ihrem Duft betören. Es war eine neue und berauschende Erfahrung für ihn. »Ihr solltet nicht alles glauben, was Ihr hört.«

Sarah blickte ihn verwundert an. »Was wollt Ihr damit sagen?«

»Meine Heirat ist in keinster Weise sicher.«

Sarah öffnete den Mund, doch bevor sie etwas sagen konnte, wurden sie von Lady Caroline unterbrochen.

»Warum sitzt Ihr da drüben?«, wollte sie wissen.

Alex blickte die wütende Schönheit an und neigte den Kopf. »Gibt es ein Problem?«

»Ihr solltet bei mir sitzen.«

»Tatsächlich?« Alex stand auf und strich sich den Reitrock glatt. »Mir war nicht bewusst, dass es bei diesem Picknick eine Sitzordnung gibt.«

»Das meine ich damit nicht«, zischte Caroline. »Ihr benehmt Euch unmöglich.«

Alex musste seine wachsende Wut zurückhalten. »Ihr

seid es, die laut wird und alle Aufmerksamkeit auf sich zieht.«

Caroline stampfte mit dem Fuß auf. »Ihr wollt mich absichtlich ärgern.«

»Das stimmt nicht«, erwiderte Alex, »aber Euer Betragen stellt meine Geduld auf eine Probe. Genug von dem Unsinn. Ihr seid herzlich eingeladen, Euch zu uns zu setzen.«

Alex streckte Lady Caroline eine Hand entgegen. Einen Moment lang sprühten ihre Augen Funken, dann ergriff sie seinen Arm. Er führte sie zu der Decke und beobachtete amüsiert, wie sie sich umständlich darauf einrichtete. Schließlich saß sie kerzengerade und vermied jeden Blick in Sarahs Richtung.

»Was für ein bezaubernder Nachmittag«, witzelte er und ließ sich neben Sarah nieder. Er stützte sich rücklings auf den Ellbogen und hätte dabei beinahe Sarahs Arm gestreift. Lavendelduft umfing ihn, und er atmete genussvoll ein. In seinem Inneren erwachte leises Verlangen.

»Ich glaube nicht, dass Sarahs Anwesenheit vonnöten ist«, bemerkte Lady Caroline. »Unsere Situation verlangt wohl kaum nach einer Anstandsdame.«

»Nicht nach einer Anstandsdame«, stimmte Alex zu, »aber ich verspüre trotzdem deutliches Verlangen nach ihr.«

Alex hörte Sarah leise aufstöhnen und riskierte einen Seitenblick. Tiefste Empörung schlug ihm entgegen. Er zwinkerte ihr zu. Der Nachmittag erwies sich als unterhaltsamer, als er zu hoffen gewagt hatte.

»Wollt Ihr mich etwa beleidigen?«, rief Caroline schrill.

»Ich würde doch niemals eine Dame beleidigen«, murmelte Alex und setzte sich auf, als ein Diener die erste Platte brachte.

Ein unangenehmes Schweigen breitete sich aus, während Köstlichkeiten aufgetragen wurden und sie Teller und Besteck auf Schößen balancierten. Einige Minuten lang beanspruchten Schinken im Honigmantel, Käse, frisches Brot und eine Auswahl an Beilagen voll und ganz ihre Aufmerksamkeit.

»Mir war nie bewusst, wie hungrig so ein Abenteuer im Freien machen kann.« Alex tupfte sich den Mund mit einer Serviette ab. »Euch war das offenkundig bewusst, Lady Caroline. Ich muss Euch für Eure tiefe Einsicht danken.«

Lady Caroline stöhnte laut auf. »Ihr seid unausstehlich.«

Alex hob eine Braue. »Gefällt Euch meine Unterhaltung nicht?«

»Ganz und gar nicht.« Caroline warf ihre Serviette auf den Teller. »Lady Caldern hatte recht, Ihr habt tatsächlich alle gesellschaftlichen Umgangsformen vergessen.«

»Dann frage ich mich, warum Ihr auf meiner Gesellschaft besteht?«

Caroline stand energisch auf. Auch Alex erhob sich und bot ihr die Hand an, aber sie stieß sie fort. »Bald werdet Ihr gezwungen sein, meine Anwesenheit zu ertragen«, drohte Caroline wütend. »Ich nehme doch an, dass ein Mann wie Ihr weiß, was ihm die Ehre gebührt.«

Damit warf Caroline den Kopf zurück und wandte sich zum Gehen, blickte dann aber noch einmal über die Schulter auf Sarah. »Über dein Benehmen reden wir später.«

»Das würde ich Euch nicht raten«, blaffte Alex. »Mrs. Wellsley ist in keinster Weise für mein Verhalten verantwortlich.«

Lady Caroline bedachte ihn mit einem aufsässigen Blick. »Das ist nicht Eure Angelegenheit.«

»Ich werde es zu meiner machen.« Eine düstere Vorahnung befiel ihn. Er war nicht in der Position, Sarah vor Carolines Grausamkeit zu schützen. Alles, was in seiner Macht lag, war sie einzuschüchtern. »Ich dulde keine Frau, die ich nicht respektieren kann. Ihr wärt gut beraten, Vorsicht walten zu lassen.«

Caroline sah Sarah kurz an, dann richtete sie ihre Blicke wieder auf Alex, der ihrem mit einem kalten Blick begegnete. Sie sollte nicht an seiner Entschlossenheit zweifeln. Nach ein paar Momenten machte sie kehrt und ging davon. Erleichtert stieß er die Luft aus.

Sarah räusperte sich. »War das klug?«

»Was hätte ich denn sonst tun sollen?« Alex warf seine Serviette auf die Decke und bot Sarah die Hand an.

»Ich weiß, wie ich mit ihr umgehen muss.« Sarah stand auf und strich ihr Kleid glatt. »Sie war wütend, aber sie hätte sich beruhigt.«

»Ihr seid blind, wenn es um Eure Cousine geht.«

»Ich kenne sie eben viel länger als Ihr«, erinnerte ihn Sarah. »Sicher seht Ihr doch auch ihre guten Eigenschaften?«

Alex schüttelte den Kopf. »Ich sehe ein verwöhntes selbstsüchtiges Biest, das auf dem besten Wege zur alten Jungfer ist. Kein Mann, der auch nur einen Funken Verstand besitzt, würde sich auf sie einlassen.«

»Aber Eure Ehre gebietet es Euch.«

Alex' Magen zog sich zusammen. Sarah hatte recht. Er hatte seiner Stiefmutter erlaubt, eine Heirat für ihn zu arrangieren, und obwohl er Lady Caroline noch keine Zusage gemacht hatte, erwartete sie mit Recht einen Antrag. Es war eine Frage der Ehre.

Er verfluchte sich für seine Dummheit. Zum ersten Mal in seinem Leben wusste er, was er wollte, und nun war er nicht frei. Die Situation war unerträglich, und es würde viel Geschick erfordern, sich aus ihr herauszumanövrieren. Aber er würde es schaffen. Diese Schlacht würde er gewinnen.

Alex rang sich ein Lächeln ab. »Ich werde die Frau meiner Wahl heiraten.«

Sarah runzelte die Stirn, aber bevor sie etwas antworten konnte, winkte Bryan seinem Stiefbruder von einer anderen Decke aus. »Nimmst du meine Herausforderung immer noch an?«

Alex bemerkte das selbstgefällige Lächeln in Bryans Gesicht. Seit die Gärtner den westlichen Rasen geräumt hatten, hatte Bryan keine Ruhe mehr gegeben.

»Wovon redet er?«, fragte Sarah.

»Von einem Rennen.« Alex rieb sich den Nacken und seufzte. »Mein Bruder möchte beweisen, dass er immer noch der beste Reiter in der Grafschaft ist.«

»Ihr werdet doch hoffentlich nicht annehmen?« Sarahs Hände zitterten nervös.

»Kein Grund zur Sorge«, versicherte Alex. »Es ist nur gerecht, dass ich ihm die Chance gebe, mich zu überbieten. Für ihn ist es eine schwere Umstellung, dass ich nach Caldern zurückgekehrt bin.«

»Aber ein Rennen?«

Alex zuckte mit den Schultern. »Was soll schon geschehen.«

Lord Bryan kam auf sie zu, das braune Haar war vom Wind zerzaust und die Augen funkelten vor Aufregung. »Die Pferde stehen bereit.«

»Du bist also fest entschlossen«, bemerkte Alex trocken. »Wo soll das Rennen hingehen?«

»Zur großen Eiche.« Lord Bryan zeigte auf einen Baum in der Ferne, am Rand des westlichen Rasens.

Alex nickte. »Dazwischen liegen mehrere Mauern.«

»Fürchtest du dich etwa?«, höhnte Bryan.

Alex grinste. »Ich mache mir Sorgen um dich. Ich möchte nicht, dass du dich verletzt.«

»Unwahrscheinlich«, wehrte Bryan ab. »Du vergisst, ich bin mit der Gegend vertraut.«

»Das ist wahr«, gestand Alex. »Außerdem hast du dein bevorzugtes Pferd, während ich mich mit Ersatz begnügen muss, bis Fury sich erholt.«

»Ist das ein Problem?«

»Nicht im Entferntesten. Bring die Pferde her.« Alex sah Bryan nach, wie er zu der Weide rannte, wo ihre Pferde angebunden waren. Dann wandte er sich an Sarah. Sie rang nervös die Hände.

»Es kann nichts passieren«, beruhigte er sie.

Sarah lächelte schwach. »Ich weiß, es ist dumm, aber ich kann einfach nicht vergessen, dass es schon zwei Unfälle gab.«

Ihre Besorgnis versetzte Alex einen freudigen Stich. Am liebsten hätte er sie an sich gerissen und beruhigt, stattdessen berührte er sie nur sanft an der Schulter.

»Das hier ist etwas anderes.«

Sarah nickte. »Ich weiß. Bitte seid aber trotzdem vorsichtig.«

»Das werde ich bestimmt. Wir sollten zu den anderen gehen.« Alex führte Sarah zu dem Zaun, an dem das Rennen beginnen sollte. Alles versammelte sich zum Zuschauen.

David klopfte Alex auf die Schulter. »Es ist grausam, Euren Bruder so vorzuführen.«

»Bryan besteht auf diesem Rennen, nicht ich.« Alex nahm die Zügel seines Pferdes. »Ich werde ihn nicht zu hart angreifen.«

Alex saß auf und ritt zum Startpunkt. Bryan wartete bereits auf ihn und konnte sein Pferd nur noch mit Mühe unter Kontrolle halten. Alex blickte über die Schulter, um Sarah einen ermutigenden Blick zuzuwerfen.

Seine Stiefmutter und seine Schwester Julianna standen seitlich am Zaun. Fanny funkelte ihn durch zusammengekniffene Augen an und zeigte ihre Missbilligung nur zu deutlich. Lady Caroline hatte die Arme verschränkt und stand mit abgewandtem Gesicht im Schatten. Neben ihr stand David Stanton.

Alex Blicke suchten Sarah, bis er sie auf einem großen Stein entdeckte, wo sie abseits der anderen saß. Sie hatte den Blick auf die Rennstrecke gerichtet. Sein Pferd stampfte ungeduldig auf und zwang ihn, wieder nach vorne zu sehen.

»Bereit?«, fragte Bryan.

Alex nickte und stellte sich neben Bryan. »Wann immer du sagst.«

Bryan beugte sich im Sattel nach vorne und nahm die Zügel fest in die Hand. »Auf drei. Eins, zwei, drei.«

Alex trieb sein Pferd an und es sprang mit einem Satz los. Das Rennen hatte begonnen. Immer schneller galoppierten die Pferde. Wind fuhr durch Alex' Haare, den Reithelm hatte er Sekunden nach dem Start verloren.

Euphorie überkam den Marquis, als er mit dem Pferd verschmolz und sein Herz im Rhythmus der trommelnden Hufe schlug. Er bewegte sich im Einklang mit dem Pferd, beide zum Sieg entschlossen, während der Boden unter ihnen hinwegschoss. Sie näherten sich der ersten Mauer, als ein Ruck durch Alex' Sattel ging.

Alex riss an den Zügeln, doch es war zu spät. Das Pferd hatte bereits zum Sprung angesetzt. Alex klammerte sich mit den Knien fest, um das Unglück abzuwenden, doch als sich das Pferd im Sprung nach vorne streckte, rutschte der Sattel seitlich ab und riss Alex mit.

Die Zügel wurden ihm aus der Hand gerissen, und er segelte schwerelos durch die Luft. Mit der Schulter voraus stürzte er zu Boden. Der Schmerz war überwältigend und nahm ihm vorübergehend den Atem. Seine Beine prallten gegen Steine, und er zuckte zusammen, als sie ihm ins Fleisch schnitten. Er biss die Zähne zusammen und ließ den Kopf zu Boden sinken. Die Welt drehte sich. Er schloss die Augen und lauschte auf das Geräusch der Pferdehufe und Bryans Rufe.

Etwas stupste ihn an der Schulter. Sein Pferd war zu ihm gekommen und untersuchte seinen reglosen Körper mit der Nase. Er richtete sich auf und keuchte, als endlich wieder Luft in seine Lungen drang. Die Sicht verschwamm vor seinen Augen, aber es gelang ihm, sich herumzurollen und aufzusetzen.

Schmerz schoss in sein Bein und instinktiv schnellte seine Hand an den Schenkel. Klebrige Nässe drang durch den Stoff der Reithose. Er presste die Hand auf die klaffende Wunde.

Siebzehntes Kapitel

Sarahs Herz setzte einen Schlag lang aus, als sie sah, wie Alex vom Pferd stürzte. Das Geräusch seines Aufpralls hallte in ihren Ohren. Sofort stürmte sie los und rannte keuchend über den frisch gemähten Rasen.

Als sie bei ihm ankam, hatte er sich aufgesetzt und hielt den rechten Schenkel mit beiden Händen umklammert. Überall war Blut. Sarah kniete sich neben ihn.

»Ist es schlimm?«

Alex schüttelte den Kopf. »Ich glaube, es ist nur der Oberschenkel.« Sarah schob seine Hände beiseite und riss das Hosenbein auf. Es blutete so stark, dass sie die Wunde nicht erkennen konnte, daher riss sie einen Streifen von ihrem Unterkleid und wischte das Blut damit weg.

Lord Bryan kam zu ihnen geeilt und blickte Sarah über die Schulter. »Ein tiefer Schnitt.«

»Zu tief, um von alleine zu heilen«, stimmte Sarah zu. »Wir sollten einen Arzt holen.«

»Unsinn«, wehrte Alex ab. »Sicher könnt Ihr so etwas verbinden.«

»Es muss genäht werden. Es wäre mir lieber, wenn das ein Arzt machen würde.«

»Tut, was Ihr könnt.« Alex biss die Zähne zusammen und ließ sie mehr von ihrem Unterkleid um sein Bein wickeln.

»Das sollte halten, bis Ihr beim Haus seid.«

In diesem Moment traf David Stanton bei ihnen ein. »Was zur Hölle ist passiert?«, wollte er wissen.

»Der verdammte Sattel hat sich gelöst.« Alex bemühte sich aufzustehen.

Sarah legte seinen Arm um ihre Schulter und half ihm auf. »Könnt Ihr laufen?«

»Geht und holt die Pferde«, wies David Stanton Lord Bryan an.

»Mir geht es gut«, beharrte Alex. »Sucht den Sattel.«

David nickte und suchte das hohe Gras nahe der Steinmauer ab. Er teilte das Gras mit dem Fuß, bückte sich schließlich und hob den dunklen Ledersattel auf. Die Riemen baumelten herab, als er ihn Alex brachte.

Sarah runzelte die Stirn. Ein Riemen war kürzer als der andere. Selbst aus ein paar Metern Entfernung erkannte Sarah den glatten Schnitt, der aussah, als stammte er von einem Messer.

Alex griff nach dem Sattel und strich über den abgetrennten Riemen. »Ungewöhnliche Abnutzungserscheinung«, bemerkte er trocken.

»Ich verstehe nicht.« David drehte den Sattel um. »Das war Absicht.«

»Das fürchte ich auch.« Alex wandte sich an Sarah. »Erzählt niemandem davon.«

»Das könnt Ihr nicht ignorieren«, zischte Sarah leise.

»Ich werde mich darum kümmern, aber Ihr müsst mir versprechen zu schweigen.«

Sarah blickte in Alex' aschfahles Gesicht und wusste, dass sie es ihm nicht ausschlagen konnte. Er sah aus, als könnte er jede Minute umfallen, aber seine Augen leuchteten entschlossen. Sie senkte die Lider und nickte. Sie musste ihm trauen, dass er sich darum kümmerte.

In diesem Moment brachte Bryan die Pferde und Alex stützte sich auf David, der ihm auf Bryans Pferd half. Er setzte sich in den Sattel, nahm die Zügel in die Händen und drehte das Pferd in Richtung Haus.

»Kannst du mein Pferd zurück zum Stall bringen, Bryan?«

»Selbstverständlich.« Bryan nahm die Zügel und machte sich über die Felder auf den Weg.

Alex sah ihm nach und blickte dann zu David herunter. »Würdest du Mrs. Wellsley zurück zu den anderen begleiten?«

»Ihr braucht einen Arzt«, erinnerte ihn Sarah.

Alex nickte und machte sich Richtung Caldern auf. Sarah kämpfte mit den Tränen. Fast wäre er umgekommen! Sie schloss die Augen und durchlebte noch einmal seinen Sturz.

David räusperte sich. »Er hat schon Schlimmeres überlebt«, versicherte er ihr.

Sarah nickte und rückte ihre Haube zurecht, bevor sie den ihr angebotenen Arm ergriff. Der Rest der Gruppe versammelte sich bereits an der Kalesche, als sie über das Feld zurückkamen.

»Was ist passiert?«, wollte Lady Caroline wissen, als Mr. Stanton Sarah in die offene Kutsche half.

»Lord Caldern ist vom Pferd gestürzt«, erklärte Mr. Stanton, bevor Sarah antworten konnte. »Dumm von ihm, aber es sieht so aus, als müsste es genäht werden.«

»Ist das alles?«, schnaubte Caroline. »Ich dachte, er sei tot, so wie Ihr beide dort hinübergerannt seid.«

Sarah blickte ihre Cousine schweigend an und musste sich auf die Unterlippe beißen, um nichts zu sagen. Caroline hielt sich den Schirm über den Kopf und lächelte David Stanton an.

»Zum Glück ist die Verletzung nicht tödlich.« Mit einer tiefen Verbeugung entfernte sich David Stanton. »Wir sehen uns beim Haus.«

Caroline blickte ihm schweigend nach, als er zu seinem Pferd ging, doch sobald sich die Kutsche in Bewegung setzte, wandte sie sich an Sarah. »Wie kannst du dich so vergessen?«

»Keine Lady von Anstand würde so rennen«, fügte Lady Caldern hinzu.

»Er brauchte Hilfe«, verteidigte sich Sarah.

»Es ging ihm gut genug, um aufs Pferd zu steigen und zurückzureiten.« Caroline funkelte Sarah an. »Hältst du dich für den einzigen Menschen, der helfen kann?«

»Nein«, seufzte Sarah.

»Du hattest noch nicht einmal deine Arzneien dabei«, fuhr Caroline fort. »Wir alle haben gesehen, dass du dein Unterkleid benutzt hast. So etwas ist unverzeihlich.«

»Ich wollte doch nur helfen.«

»Eure Hilfe ist nicht erwünscht«, erwiderte Lady Caldern kühl.

Sarah nickte und wandte das Gesicht ab. Zugegeben, als der Marquis stürzte, hatte sie ohne zu überlegen gehandelt, doch eine derartige Entrüstung vonseiten Carolines und Lady Calderns hatte sie nicht erwartet. Sie hatte nur an ihn gedacht.

Sarah blickte den ganzen Rückweg lang in die Landschaft. Sie wusste, dass Caroline sie weiterhin anstarrte, aber sie hatte nicht die Kraft, sich mit ihr auseinanderzusetzen.

Als die Räder der Kutsche über die Pflastersteine der frisch reparierten Auffahrt rumpelten, schaute Sarah wieder auf die anderen Insassen. Lady Julianna lächelte sie zaghaft an. Die anderen ignorierten sie. Als sie als Letzte aus der Kutsche stieg und ins Haus ging, kam Johnson auf sie zu.

»Seine Lordschaft wünscht, dass Ihr in seinem Zimmer nach ihm seht.«

»Unmöglich«, quietschte Lady Caroline los.

Sarah überging den Ausbruch ihrer Cousine. »Hat sich sein Zustand verschlechtert?«

Johnson nickte. »Wir können die Blutung nicht stillen und der Arzt kommt frühestens in einer Stunde. Ich habe mir die Freiheit genommen, Euren Arzneikorb auf sein Zimmer zu bringen.«

Sarah nickte und stieg die Treppe hinauf. Caroline folgte ihr dicht auf den Fersen. »Ich lasse nicht zu, dass du alleine im Zimmer dieses Mannes bist.«

»Er ist ein Patient«, erklärte Sarah geduldig.

»Ich komme mit.«

»Wie du willst.« Sarah zuckte gleichgültig mit den Schultern. »Aber ich werde dir nicht helfen können, wenn du in Ohnmacht fällst.«

»Ich falle nie in Ohnmacht«, kreischte Caroline. »Du bist nicht die Einzige in der Familie, die sich um Kranke kümmern kann. Ich habe ...«

Caroline verstummte abrupt, als sie an der Tür des Marquis ankamen. Sarah atmete tief durch und klopfte. Hobson, der Kammerdiener, öffnete sofort und führte sie mit einer leichten Verbeugung hinein.

»Wie schlimm ist es?«

»Mittlerweile konnte ich die Blutung stillen, aber er bestand darauf, dass Ihr gerufen werdet.«

Sarah trat in den Raum. Ihr Herz machte einen kleinen Satz, als sie Alex sah. Er saß auf dem Bett. Ihre Wangen röteten sich, als er vielsagend neben sich auf die Matratze klopfte.

Bevor Sarah irgendetwas unternehmen konnte, drängte sich Caroline an ihr vorbei, stürzte ans Bett des Marquis und ergriff seine Hand. »Wie entsetzlich«, klagte sie. »Ihr hättet umkommen können.«

»Wohl kaum«, erwiderte Alex trocken. Er entzog Caroline seine Hand. »Ich möchte, dass Eure Cousine sich die Wunde ansieht.«

»Ich glaube, Ihr solltet auf den Arzt warten«, beharrte Caroline besorgt.

»Gerne«, Alex schlug die Decke zurück, die seinen Schenkel bedeckte. »Nachdem sich Mrs. Wellsley um die Blutung gekümmert hat.«

Caroline schlug sich die Hand vor den Mund und wich zurück. »Wie entsetzlich!«, stöhnte sie auf.

Sarah trat hinter ihr hervor und entfernte den blutigen Verband. »Ihr hättet nicht nach Hause reiten sollen«, schimpfte sie.

»So ging es am schnellsten.«

»Nicht für Eure Heilung«, mahnte Sarah. »Wenn Ihr noch mehr Blut verliert, seid Ihr bald zu schwach, Euer Zimmer zu verlassen.«

»Würde Euch das stören?«, flüsterte er ihr zu.

Sarah bedachte ihn mit einem tadelnden Blick und blickte sich dann nervös nach ihrer Cousine um. Caroline stand am Fenster, die Arme verschränkt und tappte ungeduldig mit dem Fuß. Sie konnte sie nicht hören.

»Passt auf, was Ihr sagt.« Sarah tunkte ein Tuch in eine Wasserschale und wrang es aus. Sie reinigte die Wunde und legte einen frischen Verband auf den hässlichen Schnitt von zehn Zentimetern.

»Hier festhalten«, wies sie ihn an. »Ich binde es mit einem zweiten Verband fest.«

Alex verlagerte sein Gewicht und presste die Hand auf den neuen Verband. Sarah nahm einen langen Streifen sauberen Leinens, wickelte ihn um Alex' Bein und verknotete die Enden.

»Das sollte das Blut eine Weile stillen«, murmelte sie. »Jetzt müssen wir das Bein hochlagern.«

Sie nahm eins von Alex' Kissen und schüttelte es auf, bevor sie es unter Alex' verwundetes Bein stopfte.

»Ich danke Euch für Eure Hilfe.« Alex lächelte und Sarahs Magen verkrampfte sich als Antwort.

»Bist du jetzt fertig?« Carolines schneidende Stimme brach den Bann.

»Der Arzt müsste bald hier sein«, erklärte Sarah. »Ich denke, wir können gehen.«

»Was, wenn ich Euch noch einmal brauche?«, fragte Alex und lehnte sich in seine Kissen zurück. »Könnt Ihr nicht warten, bis Dr. Caruthers da ist?«

»Natürlich können wir das«, stimmte Caroline zu. Sie blickte sich im Zimmer um und zeigte auf einen Stuhl am Schreibtisch. »Bringt mir den«, befahl sie Hobson.

Sie setzte sich und brachte ihr Kleid in Ordnung. Die Sonne schien durch das westliche Fenster und ihre Strahlen tanzten auf ihrem goldenen Haar. Sie war wie von einem Leuchtkranz umgeben. Sarah rückte ihre Haube zurecht und wollte sich gerade ans Fenster setzen, als Alex ihren Arm ergriff.

»Bleibt hier.«

Caroline wollte etwas einwenden, doch da klopfte es an der Tür. Hobson öffnete. Es war Dr. Caruthers.

»Guten Nachmittag, mein Lord«, grüßte er, und kam mit einer kleinen schwarzen Tasche herein. Seine Reitstiefel und Hosen waren voller Schlamm und sein grauer Mantel leicht verknittert. Er sah aus wie Mitte dreißig, war von mittlerer Körpergröße und hatte hellbraunes Haar, das an den Schläfen bereits ergraute. Sarah war ihm noch nie begegnet, aber die Leute in der Gegend sprachen nur gut von ihm.

»Ich bin gekommen, so schnell ich konnte.« Er trat ans Bett und Sarah machte ihm Platz. »Ziemlich unschöne Umstände, unter denen wir uns kennenlernen, mein Lord.«

»Keineswegs«, widersprach Alex. »Meiner Erfahrung nach führen ungewöhnliche Begegnungen oftmals zu den dauerhaftesten Freundschaften.« Er zwinkerte Sarah zu.

Der Arzt sah von seiner Tasche auf und lächelte. »Diese Einstellung gefällt mir. Besonders weil ich mir sicher bin, dass wir uns wiedertreffen werden.«

»Darauf könnt Ihr zählen.« Alex seufzte und sank tiefer in die Kissen. »Ich habe vor, mich nicht mehr weit von Caldern zu entfernen.«

»Das ist nicht Euer Ernst«, fauchte Caroline.

»Doch, so ist es.« Alex sah Caroline durchdringend an, bis sie leicht erblasste und sich abwandte.

Dr. Caruthers räusperte sich und warf einen schnellen Blick von Alex auf Caroline, bevor er seine Aufmerksamkeit auf Alex' Bein richtete. »Wie ist das passiert?«

»Ein Reitunfall.« Alex verschränkte die Arme vor der Brust. »Unvorsichtig von mir.«

Sarah atmete hörbar ein und setzte schon zum Sprechen an, doch Alex sah sie warnend an. Sein Blick war beinahe hypnotisch. Was auch der Grund sein mochte, er wollte nicht, dass sie ihn berichtigte. Sarah schloss den Mund und blickte zur Seite. Wenn der Marquis wünschte, Geheimnisse zu haben, bitteschön. Aber sie wollte sich nicht daran beteiligen.

Der Arzt entfernte den Verband. »Wie ich sehe, wurdet Ihr bestens versorgt, mein Lord. Die Wunde wurde säuberlich gereinigt und die Blutung nahezu gestillt.«

»Ich wollte Euch nicht bemühen«, erklärte Alex. »Ein Verband hätte gereicht.«

Der Arzt blickte von seiner Arbeit auf. »Habt Ihr es so bei Eurem Gesicht gehalten?«

Alex bedachte den Arzt mit einem unterkühlten Blick, lächelte aber, als dieser sich nicht einschüchtern ließ. »Unser Arzt war an dem Tag der Schlacht an Bord gestorben. Ich war einer der glücklichen Überlebenden.« Alex rieb die Narbe. »Ein geringer Preis.«

Der Arzt nickte. »Aber jetzt steht Euch ein Arzt zur Verfügung und dieser Schnitt muss genäht werden. Es war klug, mich zu rufen.«

»Das war nicht ich«, erklärte Alex. »Dankt Mrs. Wellsley.«

Der Art blickte auf. »Ist sie hier?«

»Hinter Euch.«

Sarah verkrampfte sich leicht, zwang sich aber, dem Arzt in die Augen zu sehen. Ihre Erfahrungen mit Medizinern waren größtenteils unerfreulich. Sie schätzten es überhaupt nicht, wenn man ›sich in Sachen einmischte, die einen nichts angingen‹. Aber Dr. Caruthers lächelte.

»Erfreut, Mrs. Wellsley.« Er verneigte sich leicht und Sarah antwortete mit einem Knicks. »Ich habe viel von Euch gehört.«

»Ich habe nur versucht zu helfen«, verteidigte sich Sarah.

Dr. Caruthers winkte ab. »Ich habe nichts gegen Eure Arbeit, ganz im Gegenteil. Ich bin viel zu beschäftigt, um mich um jede Krankheit in der Gegend kümmern zu können.«

»Dann seid Ihr nicht wütend?« Sarah atmete erleichtert auf.

»Ich weiß, dass sich die meisten Ärzte von Euch bedroht fühlen würden, aber ich gehöre nicht zu ihnen.« Der Doktor wandte sich wieder dem Bett zu und zog ein paar Instrumente aus der Tasche. »Ich hoffe, Lord Caldern ist jetzt bewusst geworden, welch Glück er hat, Euch hier zu haben.«

»Ich bin sehr glücklich.« Alex lächelte. »Glücklicher, als ich es je erwartet hätte.«

Sarah errötete bei dem unerwarteten Lob der beiden Männer. Doch ein wütender Blick von Caroline dämpfte ihr Hochgefühl. Caroline stand so hastig auf, dass sie beinahe ihren Stuhl umgeworfen hätte.

»Ich denke, du solltest langsam wieder an deine Arbeit gehen, Sarah.«

»Sie bleibt«, sagte Alex barsch. »Ich bin sicher, der Arzt kann ihre Hilfe brauchen.«

Caroline atmete hörbar ein und setzte sich wieder. »Wie Ihr wünscht.«

Sarah traute ihren Ohren nicht. Sie hatte eine Szene erwartet. Vielleicht sorgte sich Caroline wirklich um den verletzten Marquis.

»Könntet Ihr mir helfen?«, fragte der Arzt über die Schulter.

Sarah ging zum Bett und räumte den alten Verband weg. Der Arzt hatte Nadel und Faden bereitgelegt und wusch gerade die Wunde mit etwas sauberem Wasser, das Hobson dagelassen hatte.

»Könnt Ihr das Bein halten, während ich nähe?« Der Arzt warf das Tuch in die Schale. »Könntet Ihr das tun?«

Sarah nickte. Sie hielt Alex' Bein und beobachtete genau, wie Dr. Caruthers den Faden einfädelte und dann die Ränder der Wunde zusammenpresste, bevor er mit dem Nähen begann.

»Macht Euch bereit«, sagte er.

Die Nadel stach in Alex' Haut und sein Bein zuckte nach oben. Sarah verstärkte ihren Griff, aber Alex rührte sich nicht noch einmal. Als sie einen Blick auf sein Gesicht warf, sah sie, wie sich Schweiß auf seiner Stirn bildete. Er versuchte, das Lächeln mit zusammengebissenen Zähnen zu erwidern, brachte aber nur eine Grimasse zustande. Sarah musste den Impuls unterdrücken, den Schmerz wegzuküssen und wandte sich wieder dem Arzt zu.

Er verknotete soeben den Faden. »Das sollte reichen.« Er schnitt den Faden mit der Schere ab. »Jetzt brauche ich einen sauberen Verband.«

Sarah nahm das Leinen, das Hobson ihr hinhielt. Sie faltete es mehrfach, bis es ein dickes Kissen von der Länge des Schnittes bildete. Dann reichte sie es dem Arzt.

»Keine Anstrengungen oder Reiten für ein paar Tage, aber solange es sich nicht entzündet, müsstet Ihr Euch bald erholen.«

»Wann werden die Fäden gezogen?« Alex lehnte sich wieder in die Kissen.

»In einer Woche.« Der Arzt packte seine Sachen in die Tasche und ließ sie zuschnappen. »Wechselt den Verband zweimal am Tag, und ruft mich, wenn es Probleme gibt.«

»Danke, Mr. Caruthers. Hobson wird Euch hinausbegleiten.«

Der Arzt verbeugte sich leicht und folgte Hobson aus dem Zimmer. Ein Schweigen breitete sich aus, als sie zu dritt zurückblieben und Sarah wartete gebannt auf Carolines Ausbruch.

»Ich will nicht, dass Ihr mich vor anderen zurechtweist«, stieß Caroline mit drohendem Unterton hervor.

Alex seufzte. »Das wäre nicht nötig, wenn Ihr Euch benehmen würdet.«

Caroline machte erstaunt den Mund auf. »Wie könnt Ihr es wagen?«, stotterte sie.

»Ich wage es, weil es die Wahrheit ist.« Alex setzte sich auf und schob sein Bein vorsichtig Richtung Bettkante.

»Wir haben nichts mehr zu bereden. Seid so freundlich und geht.«

Caroline stand auf und schob den Stuhl zurück. »Komm, Sarah.«

Sarah stand ein paar Sekunden unentschlossen da. Sie bemerkte das belustigte Funkeln in Alex' Augen. Carolines Wut amüsierte ihn. Sie wandte sich um und folgte ihrer Cousine aus dem Schlafzimmer. Sie verstand nicht, was der Marquis beabsichtigte. Aber ganz bestimmt keine friedliche Beziehung mit Caroline.

Achtzehntes Kapitel

Sarah stand am offenen Fenster und schaute in den funkelnden Sternenhimmel. Der kühle Nachthauch war erfrischend nach einem Tag im Nähzimmer im obersten Stock. Sie schloss die Augen und atmete tief ein. Die Luft war von Rosenduft erfüllt.

Sie löste die Nadeln aus den Haaren und schüttelte den Kopf. Braune Locken fielen über Schultern und Rücken. Dann nahm sie die Bürste und fuhr in gleichmäßigen Bewegungen durch die Locken, bis die Anspannung des Tages von ihr abfiel.

Plötzlich ging die Tür auf. Erschrocken drehte sich Sarah um. Sie sah, dass Alex in ihr Zimmer kam. Ihr stockte der Atem.

»Überrascht?«, fragte er, als er die Tür schloss und den Schlüssel umdrehte. Dann blickte er Sarah an.

»Was macht Ihr hier?«, stammelte sie.

Alex trug immer noch die schwarze Abendgarderobe, aber der oberste Hemdknopf stand offen und das Halstuch fehlte.

»Seit gestern geht Ihr mir aus dem Weg«, erklärte Alex und kam auf sie zu. Im schummrigen Kerzenlicht war sein Gesicht nicht zu erkennen. »Ich dachte, wir könnten uns jetzt unterhalten.«

»Jetzt?«, wiederholte Sarah. Ihr Mund war trocken und ihr Kopf versagte ihr den Dienst.

»Ja.« Alex blickte zu ihrem Bett. Die burgunderfarbene Überdecke war zurückgeschlagen und gab den Blick frei auf das schlichte Weiß der Laken darunter. »Wie ich sehe, komme ich gerade rechtzeitig.«

Sarah blickte kurz auf das Bett und spürte, wie sie vor Scham errötete. »Wir können uns morgen unterhalten.«

Alex zuckte mit den Schultern. »Ich stimme zu. Warum sollten wir unsere Zeit mit Worten vergeuden?«

Wut stieg in Sarah hoch. »Raus!«, fauchte sie.

Alex legte den Kopf schräg und musterte sie ein paar Sekunden. »Ihr seht müde aus.« Er kam zu ihr und nahm ihr die Bürste aus der Hand. Dann führte er sie zum Bett. »Setzt Euch.«

Sarah ließ sich auf die Matratze drücken. Sie wollte aufstehen, aber Alex hielt sie an der Schulter fest. Er ließ die Bürste durch die Locken gleiten.

Ein Kribbeln breitete sich auf ihrer Kopfhaut aus. Sarah schloss die Augen und ließ Alex gewähren. Seine Hände fühlten sich wunderbar an und ließen die Anspannung von ihrem Körper abfallen.

»Hilft das?«, murmelte er nach ein paar Minuten des Schweigens.

»Hmmmm«, machte Sarah. »Es ist Jahre her, dass mir jemand die Haare gekämmt hat.«

»Hätte ich das gewusst, wäre ich früher gekommen.«

»Ihr solltet es nicht tun.« Sarah stand auf. »Danke.«

»Können wir jetzt reden?« Alex schnappte sich ihre Hand. Er setzte sich aufs Bett und klopfte neben sich auf die Matratze. Sarah zögerte, dann setzte sie sich auf die

Kante. »Das mit Eurer Cousine tut mir leid. Ich hätte sie nicht verärgern sollen.«

Sarah seufzte und blickte in die andere Richtung. »Caroline ist sehr aufgebracht. Sie macht sich Sorgen um Euch.«

»Wart Ihr besorgt?«

Sarah war entsetzt gewesen und hatte kaum an etwas anderes denken können. Ständig fragte sie sich, ob er Opfer eines weiteren Unfalls würde. Doch sie wollte ihre Angst nicht zeigen. »Muss ich mir denn wegen etwas Sorgen machen?«

Alex lächelte. »Ihr seid mir böse, sonst hättet Ihr darauf bestanden, Euch die Wunde anzusehen. War es, weil ich die Sachen mit dem Sattel geheim gehalten habe?«

»Ich vermute, Ihr wisst, was Ihr tut.« Sarah zwang sich, ein unbeteiligtes Gesicht zu machen.

Alex nickte, plötzlich war er ernst geworden. »Das tue ich.«

»Das war jetzt der dritte Unfall.« Sarah knetete ihre Hände im Schoß. »So etwas kann kein Zufall sein.«

Alex schüttelte den Kopf. »Nein. Das heißt aber nicht, dass es absichtlich geschah.«

Sarah blickte in ihren Schoß. Vor ihrem inneren Auge sah sie Alex mit seinem blutenden Bein und ihr Magen verkrampfte sich. Wollte ihm jemand etwas antun? Wie lange würde es dauern, bis er tödlich verletzt wurde?

»Wollt Ihr es auf weitere Versuche ankommen lassen?«

»Natürlich nicht.« Alex räusperte sich. »Ich glaube nicht, dass Bryan mir Schaden zufügen wollte.«

Sarah blickte Alex in die Augen. Er erwiderte ihren Blick, ohne zu blinzeln. »Soll ich warten, bis Ihr tot seid?«

»So weit wird es nicht kommen«, versprach Alex. Er beugte sich nach vorne. »Bryan wollte nur meinen Stolz verletzen, um zu beweisen, dass er der Bessere ist.«

»Was, wenn es gar nicht Bryan war?«

»Wer sonst?« Alex seufzte. »Ich möchte nicht, dass Ihr Euch Sorgen macht.«

Sarah schloss die Augen. Sich nicht zu sorgen war leichter gesagt als getan. Alex ging ihr nicht aus dem Kopf, seit sie sich begegnet waren, wie sollte sie sich da keine Gedanken um ihn machen?

Sarah richtete sich auf. »Ihr habt recht. Im Moment könnt Ihr nichts tun.«

»Bryan hat erreicht, was er wollte.« Alex lächelte reumütig. »Ich bin sicher, die gesamte Grafschaft weiß von meinem schändlichen Sturz.«

»Aber das ist nicht fair«, sagte Sarah.

»Ich weiß, dass es nicht an meiner Unfähigkeit lag. Das allein zählt für mich.« Er berührte sie am Arm und streichelte sie sanft. »Genug geredet.«

Sarah sog hörbar die Luft ein, als ein leiser Schauer des Verlangens sie durchfuhr. Nie zuvor hatte sie ein solch schmerzhaftes Sehnen empfunden. Sie biss sich auf die Unterlippe und entzog ihm ihren Arm.

»Ihr solltet jetzt gehen.«

Alex schüttelte den Kopf. »Die Unterhaltung wird gerade erst interessant.«

Sarah wollte von Alex abrücken, aber er hielt ihre Hand fest. Er drehte sie um und fuhr mit dem Finger über die Handfläche, bevor er sie an den Mund hob. Seine Lippen berührten sie kaum, aber ein prickelndes Gefühl jagte über ihren Rücken.

»Versteckt Euch nicht vor mir.« Alex nahm ihre andere Hand und ließ die Lippen über jeden einzelnen Finger gleiten. Mit glühenden Augen sah er sie an. Sarah spürte ihren Widerstand dahinschmelzen.

»Ich begehre Euch.« Alex' Geständnis weckte das gleiche Verlangen in Sarah und unwillkürlich beugte sie sich zu ihm.

Er schloss sie fest in die Arme und zog sie zurück aufs Bett. Dort lag sie unter ihm, aufs Wunderbarste geborgen und eingehüllt in seine Wärme. Sie atmete seinen männlichen Duft ein und ließ sich von seiner Nähe berauschen. Seine Blicke streichelten ihr Gesicht und prickelnde Wärme breitete sich in ihr aus. Mit jeder Faser ihres Körpers erwartete sie seinen Kuss.

Langsam näherten sich seine Lippen und legten sich auf ihre. Seine Zunge neckte sie, bis sie den Mund leicht öffnete. Eine angenehme Trägheit ergriff Besitz von Sarah und sie seufzte zufrieden. Sie schloss die Augen und ließ sich von Alex' Kuss davontragen, bis sie am ganzen Leib vor Verlangen bebte.

Nach und nach wurden seine Bewegungen fordernder, leidenschaftlicher und intensiver, aber Sarah stand ihm in nichts nach. Seine Hände begannen, ihren Körper zu erforschen und Sarah stöhnte, als sie von fast schmerzhaftem Verlangen erfasst wurde. Alex öffnete ihren Morgenmantel und blickte auf das dünne weiße Nachthemd darunter.

Seine Lippen lösten sich von ihrem Mund und Sarah

schlug die Augen auf. Er sah sie aus halb geschlossen Augen an, trunken vor Leidenschaft. »Ihr seid die schönste Frau, die mir je begegnet ist«, flüsterte er heiser. »Noch nie habe ich jemanden so begehrt.«

Sarahs Herz schlug höher. Sie konnte nicht mehr länger leugnen, was sie für Alex empfand. Die Gefühle waren seit dem Moment ihrer ersten Begegnung da gewesen, aber jetzt erst erkannte sie sie klar. Seine Kraft und sein Selbstvertrauen schüchterten sie ein, und dennoch sehnte sie sich danach, mit ihm zusammen zu sein. Er beherrschte ihre Gedanken und brachte sie dazu, an ihrer gewählten Lebensart zu zweifeln. Bis zu diesem Abend hatte sie sich die Wahrheit einfach nicht eingestanden, aber jetzt erkannte sie es. Sie liebte ihn.

Sie blickte in seine dunklen Augen und lächelte. Für ihn war sie vielleicht nur eine weitere Eroberung, aber in diesem Moment wollte und brauchte er sie. Eine zweite Chance würde sie vielleicht nicht bekommen. Doch die heutige Nacht konnte man ihr nicht mehr nehmen.

Ein Teil von Sarah wusste, dass sie ihn abweisen sollte, aber sie war jenseits aller Vernunft. Sie sehnte sich nach seiner Berührung. Sie nickte und spürte, wie ihr Tränen in die Augen stiegen, als die Freude seine Züge aufhellte. Wie sehr sie morgen auch bereuen mochte, im Moment zählte einzig ihr Gefühl, das Richtige zu tun.

Mit zitternden Händen löste Alex die kleinen blauen Bänder, die ihr Nachthemd zusammenhielten. Er streifte es über ihre Schultern und hielt ihr Kinn fest, als sie schüchtern den Kopf abwenden wollte. »Seht nicht weg. Euer Anblick bereitet mir das höchste Vergnügen. Nehmt Teil daran.«

Alex' Stimme hatte hypnotische Wirkung auf Sarah. Ein himmlischer, süßer Schmerz tief in ihrem Schoß breitete sich langsam über ihren ganzen Körper aus, als sie zusah, wie er begann, ihr das Nachthemd auszuziehen. Sein Atem wurde mit jedem freigelegten Zentimeter Haut unregelmäßiger. Seine Erregung schien die Luft zwischen ihnen zu entflammen und fachte Sarahs Verlangen an.

Er stöhnte, als er ihre Brüste ganz enthüllt hatte, und schloss kurz die Augen. Dann senkte er den Kopf. Zärtlich streichelte seine Zunge eine Brustwarze und Sarah schrie überrascht auf, als ein unbeschreibliches Gefühl der Wonne sie durchzuckte. Jeder Nerv ihres Körpers war von Lust erfasst.

Langsam umkreiste seine Zunge ihre Brustwarze und steigerte ihr Verlangen zu einem fiebrigen Brennen. Als sie glaubte, es nicht länger ertragen zu können, umfing er sie schließlich mit dem ganzen Mund. Er saugte und liebkoste, bis sie das Gefühl hatte, es nicht mehr ertragen zu können. Sie klammerte sich am Bettlaken fest und wandte sich hin und her. Verzweifelt drängte sie ihn, seine süße Folter zu beenden, doch Alex ging nicht darauf ein. Dann begann er die andere Brust zu verwöhnen. Wieder nahm er sich Zeit, liebkoste und saugte, bis sie fast vor Verlangen geschrieen hätte.

Sarah versuchte, ihn an sich zu ziehen, doch stattdessen löste er sich von ihrer Brust und ließ seine Lippen tiefer wandern. Seine Zunge beschrieb Kreise auf ihrem Bauch und mit unendlicher Zärtlichkeit biss er sie. Schließlich blickte er zu ihr auf, sein Mund war über ihrem Nabel. »Seit ich Euch zum ersten Mal begegnet bin, habe ich davon geträumt, Euch so zu sehen. Bin ich zu überstürzt?«

Sarah schüttelte den Kopf. »Nein«, hauchte sie atemlos. »Ich glaube nicht, dass ich das noch viel länger ertrage.«

Alex lächelte zufrieden. »Ich fange gerade erst an. Wir haben die ganze Nacht vor uns und ich gedenke, jeden Moment davon auszukosten. Heute Nacht gehört Ihr mir.«

Sarah konnte keinen klaren Gedanken mehr fassen. Sie stand in Flammen. Alex streichelte sie und streifte das Nachthemd ab, bis es auf den Boden fiel. Dann nahm er seine zärtliche Folter wieder auf.

Flüchtig erst, fast wie Federn, streiften seine Lippen über ihren Körper und wanderten tiefer, bis er ihre Schenkel erreichte. Sacht drängte sich sein Kopf zwischen ihre Beine, wo er sie mit verheißungsvollen Küssen neckte, ohne sie je zu berühren. Dann hob er ein Bein an und umkreiste es mit seiner Zunge. Sarah bebte und ein Stöhnen entrang sich ihren Lippen. Er nahm ihren Fuß, saugte an ihren Zehen, fuhr mit der Zunge über die Haut und blies sanft darauf. Lustvolle Schauder durchzuckten Sarah.

Alex nahm den anderen Fuß und wiederholte seine Zärtlichkeiten. Quälend langsam bewegte er sich an ihrem Bein empor. Sarah keuchte, ihr Körper war voller Begehren. Sie ertrug es nicht mehr.

Endlich war er an ihrem Oberschenkel angelangt. Er schob ihre Beine auseinander und senkte den Kopf. Zitternd berührte seine Zunge Sarah an ihrem empfindlichsten Punkt und sie erbebte. Bald schon wurden Alex'

Zärtlichkeiten fordernder, und sie fühlte, wie sie sich öffnete, als Welle um Welle der Ekstase sie überflutete.

Die unerträgliche Schönheit ihres Höhepunktes ließ sie aufschreien und Tränen liefen ihr über die Wangen. Einen Moment lang verlor sie sich gänzlich in vollkommener Verzückung. Nie hatte sie sich träumen lassen, dass solch Empfinden überhaupt möglich wäre. In ihrer Ehe hatten sich die Körperlichkeiten so anders angefühlt.

Langsam kam sie wieder zu sich. Sie war träge und zufrieden. Als sie gähnen musste, spürte sie plötzlich den heftigen Drang zu kichern.

Alex hatte sich neben sie gelegt, seine Hände streichelten sanft ihr Gesicht. »Das war nur der Anfang.« Seine Stimme war rau, in seinen Augen brannte immer noch das Verlangen.

Sarah wusste, dass Alex sich selbstlos zurückgehalten hatte, um ihr die Geheimnisse ihres Körpers zu offenbaren. Stephen war immer so ungeduldig gewesen, dass er nicht einmal ihre Zustimmung abwarten konnte.

Sanft strich Sarah über Alex' Wange und genoss, wie er dabei erzitterte. Heute Nacht gehörte er ihr. »Wenn das der Anfang war, dann zeig mir den Rest«, flüsterte sie.

Alex verschloss ihr den Mund mit einem Kuss. Seine Lippen waren beharrlich und verlangten völlige Hingabe. Nur zu gerne ließ sie sich auf eine weitere Entdeckungsreise entführen. Sie verlor jegliches Gefühl für Zeit und Raum und wurde Teil einer Welt, in der es nur sie und Alex gab. Dieses Mal würden sie beide Erfüllung finden.

Sarah zupfte an Alex' Hemd. Sie zog an den Knöpfen, bis sie seine Brust entblößt hatte. Er stöhnte auf, als sie über die Haut streichelte und seine dunklen Löckchen um die Finger wickelte. Sie schob sich unter ihn und er begann seine Hüfte zu bewegen.

Sie spürte seine Härte durch seine Hose, doch bevor sie reagieren konnte, zog Alex sie an sich und drehte sie in einer Bewegung herum. Jetzt saß sie auf ihm und blickte auf ihn herab.

»Zieh mich aus«, bat er heiser.

Ein aufgeregtes Kribbeln durchlief Sarah. Sie dachte daran, was Alex über ihren Anblick gesagt hatte und plötzlich wurde ihr bewusst, dass es ihr ebensolche Lust bereiten würde, ihn nackt zu sehen. Mit zitternden Händen machte sie sich an seine Hose.

Der erste Knopf ging leicht auf. Sarahs Herz schlug wild und sie fuhr sich mit der Zunge über die trockenen Lippen. Alex stöhnte und sie sah ihn fragend an.

»Du spielst mit mir«, klagte er.

Sarah schüttelte den Kopf. »Ich tue, worum du mich batest.«

Alex zitterte und schloss kurz die Augen. »Du weißt nicht, was es in mir auslöst, dich zu sehen. Ich kann nicht länger warten.«

Hastig knöpfte Alex die restlichen Knöpfe auf und hob die Hüften, um die Hose abzustreifen. Gemeinsam entfernten sie das letzte Hindernis ihrer Vereinigung.

Sarahs Augen weiteten sich, als Alex endlich nackt war. Seine Erregung war gewaltig. Eine Sekunde zögerte sie, bevor sie seinen Blick erwiderte.

»Es wird nicht wehtun«, versprach er. Er zog sie

zu sich auf das Bett. »Ich würde dich niemals verletzen.«

Er küsste sie zärtlich und sie entspannte. Sie würde ihm trauen und sich von ihm leiten lassen. Sie legte die Hände um seinen Nacken und strich über sein seidiges Haar. Alex' Kuss raubte ihr den Atem und machte sie schwach. Wieder steigerte er ihre Leidenschaft, bis ihr Begehren unerträglich wurde.

Ein lautes Klopfen riss Sarah aus ihrer lustvollen Trance. Ihre Lippen lösten sich voneinander und sie sahen einander an, beide rangen um Atem.

»Hast du das gehört?«, flüsterte Sarah.

Alex lauschte, aber es kam kein Laut. Er zuckte mit den Schultern und senkte den Kopf, doch bevor sich ihre Lippen wiederfanden, klopfte es erneut. Jemand war an der Tür.

»Sarah, seid Ihr da drinnen?«

»Nellie!«, rief Sarah aus.

»Sarah«, sagte Nellie, »Ihr müsst sofort kommen. Lady Caroline verlangt nach Euch.«

»Kann das nicht bis morgen warten?« Sarah entwand sich Alex und zitterte.

»Sie besteht darauf. Sonst hätte ich Euch nicht gestört.«

Sarah stieß einen Seufzer aus. Als sie auf Alex herabsah, musste sie fast lachen über das enttäuschte Gesicht. Nellie hätte sich keinen unpassenderen Moment aussuchen können. Dennoch blieb Sarah keine Wahl. Sie musste gehen, sonst riskierte sie, dass Caroline zu ihr kam.

»Ich ziehe mich an.« Alex seufzte in das Kissen.

»Danke«, hörte Sarah Nellie sagen, dann entfernten sich die Schritte. Stille erfüllte den Raum.

»Macht sie das öfter?«

Sarah schüttelte den Kopf. »Selten.«

»Soll ich warten?«

Sarah war versucht, sein Angebot anzunehmen, aber sie wusste aus Erfahrung, dass sie wahrscheinlich den Rest der Nacht bei Caroline sein würde. Wenn ihre Cousine nicht schlafen konnte, wurde von allen anderen erwartet, dass sie an diesem Problem teilnahmen.

»Es wird spät werden.« Sarah glitt aus dem Bett und tappte zu ihrem Schrank. Sie zog ein einfaches graues Kleid und ihr Unterkleid hervor und schlüpfte hinein.

Alex blieb auf ihrem Bett liegen und beobachtete sie durch halb geschlossene Lider. Sein Kopf ruhte am Kopfteil. Sarah spürte sein unausgesprochenes Verlangen durch den ganzen Raum, ein Verlangen, das sie erwiderte.

»Das ist nicht das Ende«, versicherte Alex.

Sarah schüttelte den Kopf. Sie band sich ihr Haar zurück, schnappte sich ihren Schal und ging schnell aus dem Zimmer. Draußen lehnte sie sich kurz an die Wand und schloss die Augen. Bilder von Alex schwirrten ihr durch den Kopf.

Egal, was die Gesellschaft dachte oder erwartete, sie konnte sich ihm nicht verwehren. Selbst mit einer Mauer zwischen ihnen konnte sie seine Anziehung spüren. Vielleicht war es falsch, aber sie beabsichtigte, das bisschen Zeit, das ihnen blieb, mit Alex zu stehlen. Es würde für den Rest ihres Lebens reichen müssen.

Neunzehntes Kapitel

Alex lief in der Bibliothek auf und ab. Eigentlich sollte er sich um Geschäfte des Anwesens kümmern, aber er konnte sich nicht konzentrieren. Die Erinnerung der letzten Nacht war zu frisch, und er konnte an nichts anderes denken als an Sarah.

Die Erinnerung an den Kerzenschein auf ihrem dunklen Haar und die tanzenden Schatten ihres Liebesspiels an den Wänden ließen ihm keine Ruhe, und er wusste auch nicht, wie er bis zum nächsten Abend aushalten sollte, bis er sie wiedersah.

Es klopfte kurz an der Tür. David Stanton kam herein, gefolgt von Alex' Bruder Nathan, der die Tür hinter sich schloss.

Alex hob eine Braue. Die beiden Männer machten ernste Gesichter. »Warum die Störung?«

»Wir müssen reden.« David nahm sich einen Stuhl und setzte sich neben den Schreibtisch.

»Jetzt.« Nathan lehnte sich an die Tischkante.

Alex setzte sich David gegenüber, lehnte sich zurück und verschränkte die Hände hinter dem Kopf. »Worüber?«

»Den Sattel«, fing David an. »Ich habe mit Nathan gesprochen und er glaubt, dass es mehr als ein Unfall war.«

»Tatsächlich?« Alex warf seinem Bruder einen Blick

zu. Er hatte die Arme vor der Brust verschränkt und blickte grimmig zurück.

»Du weißt, dass es keiner war«, erklärte Nathan. »Du musst David von dem Gewehrschuss erzählen.«

»Was für ein Schuss?« David setzte sich kerzengerade auf und starrte Alex mit offenem Mund an.

»Es war ein Wilderer, nicht mehr als ein Unfall«, erklärte Alex ruhig. »Das hatte nichts mit dem Sattel zu tun.«

»David meinte, der Sattelriemen wäre angeschnitten gewesen.« Nathan beugte sich nach vorne. »War das vielleicht auch ein Unfall?«

Alex seufzte schwerfällig und schüttelte den Kopf. »Nein. Das war natürlich Absicht.«

»Darüber sollte man sich ernsthaft Gedanken machen.«

»Aber es ist doch nichts passiert. Lasst mich das auf meine Art bereinigen«, bat Alex.

Nathan räusperte sich und blickte zur Tür. Stille legte sich auf den Raum, das einzige Geräusch war das Tippen seiner Finger auf der Tischplatte. Alex sah seinen Bruder an und zog die Stirn kraus. Obwohl sie sich seit Jahren nicht gesehen hatten, bemerkte er, wenn seinem Bruder etwas auf dem Herzen lag.

»Was ist das Problem?«, fragte er schließlich.

»Es geht um Douglas' Tod«, rückte Nathan zögerlich heraus.

»Er starb bei einem Reitunfall. Was gibt es daran Rätselhaftes?«

»Mutter sagt, dass es Gerüchte über seinen Sattel gab. Sie sagt, im Dorf erzählt man sich, dass er falsch angelegt war.«

Alex schnaubte wegwerfend. »Douglas war beim Satteln wahrscheinlich zu betrunken, um es zu bemerken.«

Nathan schüttelte den Kopf. »Mutter sagt, er habe seine Verantwortung in Caldern ernst genommen. Er war nur zwei Monate hier, aber er hatte schon mit der Sanierung der Höfe begonnen.«

»Davon habe ich aber nichts gesehen.« Alex blickte aus dem Fenster. Er hatte immer gedacht, sein älterer Bruder hätte Caldern genauso geliebt wie er, daher hatte es ihn gewundert, dass er in seiner Zeit als Marquis keine Reparaturen hatte vornehmen lassen.

»Nach seinem Tod hat Lady Caldern all seine Entscheidungen rückgängig gemacht. Sie sagte, für die Arbeiten gäbe es nicht genug Geld.«

»Das ist eine Lüge.« Alex beugte sich nach vorne. »Geld ist genug da.«

»Wusstest du außerdem, dass Douglas verlobt war und heiraten wollte?«

»Nein.« Alex wurde ganz schwindelig. Laut seiner Stiefmutter hatte Douglas Caldern schrecklich verwahrlosen lassen und sich geweigert, auch nur über Sanierungen nachzudenken. Doch seine Verlobung schien das Gegenteil zu beweisen. Er hatte immer geschworen, dass er nur um eines Nachfolgers willen heiraten würde.

»Seine Verlobte war Lila Tremayne, Andrews kleine Schwester. Sie war fast noch ein Baby, als du Caldern verlassen hast.«

Alex erinnerte sich dunkel an Andrew Tremayne. Er war der einzige Sohn des Viscount von Tremayne, der große Ländereien am anderen Ende der Grafschaft besaß. Die zwei Familien standen sich nicht besonders nah, waren sich aber oft bei gesellschaftlichen Anlässen wie Jagden und Bällen begegnet.

»Ich wusste gar nichts von einer Verlobung. Wann wurde sie bekannt gegeben?«, fragte Alex.

»Anscheinend hat keine offizielle Bekanntmachung stattgefunden.« Nathan rieb sich den Nacken. »Laut Mutter war Douglas gerade erst nach Caldern zurückgekehrt, als er anfing Lila zu umwerben. Die beiden hatten sich in der Nacht des Unfalls geeinigt.«

»Woher will deine Mutter das wissen?«, fragte David mit einem abfälligen Schnauben. »Klingt wie Tratsch.«

»Douglas schaute auf dem Rückweg von den Tremaynes bei ihr vorbei. Er war so aufgeregt wegen der Verlobung, dass er es unbedingt jemandem erzählen musste, der sich mit ihm freuen würde.«

Alex blickte aus dem Fenster hinter seinem Schreibtisch. Ein paar Wolken hingen im Himmel, bauschig und weiß. Ein leichter Duft von geschnittenem Zedernholz drang in seine Nase. Heute gingen die Gärtner das verwucherte Labyrinth an, fiel ihm geistesabwesend ein. Mit einem tiefen Seufzen löste er den Blick vom Fenster und wandte sich wieder dem Problem mit Douglas zu.

Auch Douglas hatte Mary Carter nahegestanden. Die drei Jungen hatten die Sommermonate zum größten Teil zusammenverbracht. Er und Douglas flüchteten vor Fannys Regiment im Haupthaus. Douglas hatte seine jüngeren Brüder zwar oft getriezt, dennoch hatte Alex gute Erinnerungen an ihn. Es klang plausibel, dass er Mary als Erster von seinen Plänen erzählte.

»Wo ist Lila jetzt?«

»Nach Douglas' Tod zog sie fort. Sie wohnt in einem kleinen Haus, das die Familie in Wales besitzt.«

Alex runzelte die Stirn. »Das ist ziemlich weit weg.«

Nathan nickte. »Die Familie sagt, ihre Gesundheit sei angeschlagen, aber Mutter glaubt, es sei wegen Douglas. Anscheinend hatte sie eine Reihe von Anträgen abgelehnt, bevor sie sich für unseren Bruder entschloss.«

»Erinnert sich Mary an irgendwelche Details von dem Unfall?«

Nathans Hand schloss sich fest um die Tischkante, so dass die Knöchel weiß hervortraten. »Lady Caldern sagt, dass Douglas an diesem Abend viel getrunken hatte und darauf bestand zu reiten. Sie fanden ihn am Morgen, tot. Offensichtlich hatte er versucht, über eine Mauer zu setzen und war dabei vom Pferd gestürzt.«

»Der Sattel wurde nicht erwähnt?«

Nathan schüttelte den Kopf. »Das Pferd kehrte nachts in den Stall zurück und der Sattel hing lose am Rücken. Sie entschieden, bis zum Morgen mit der Suche nach Douglas zu warten.«

»Der Sattel könnte beim Sturz verrutscht sein.«

»Alles ist möglich.« Nathan erhob sich plötzlich und ging hinter den Schreibtisch. Er blickte ein paar Momente aus dem Fenster, bevor er wieder sprach. »Ich meine, dass du diesen Unfällen etwas mehr Beachtung schenken solltest.«

Alex seufzte und lehnte sich zurück. »Bis jetzt sind es nur Spekulationen.«

»Mutter behauptet felsenfest, dass Douglas seit seiner Rückkunft nicht mehr trank.«

»Dann glaubst du also, Lady Caldern lügt.«

»Ja.«

David machte sich mit einem Räuspern bemerkbar. »Was immer mit deinem Bruder geschehen ist, Alex, du musst die Ereignisse genauer untersuchen.«

»Da stimme ich zu«, sagte Nathan. »An deinem Sattel hat eindeutig jemand herumgespielt.«

»Das war Bryan, der mir beweisen wollte, dass er der bessere Reiter ist.«

»Wollte Bryan das auch beweisen, als man dich auf dem Pferd anschoss?«, fragte Nathan gereizt. »Und das einstürzende Dach war vermutlich auch nur ein Versuch, dich aus dem Sattel zu holen?«

»Das ganze Haus fällt auseinander. Das Dach stand wahrscheinlich bereits länger kurz vor dem Einsturz.«

»Und es passiert zufällig genau in dem Moment, in dem du darunterstehst«, fügte Nathan sarkastisch dazu.

Alex rieb sich die Augen. Es ließ sich nicht leugnen, dass ihm in letzter Zeit seltsame Zufälle widerfahren waren. Aber mit Ausnahme des Sattels waren es Unfälle. Bei keinem der Vorfälle hatte er sich ernsthaft verletzt, aber theoretisch hätten sie alle tödlich verlaufen können.

»Was soll ich eurer Meinung nach also tun?«, fragte er resigniert. »Ich kann mich schließlich nicht im Haus verstecken.«

David rutschte unbehaglich auf seinem Stuhl hin und her. »Ich halte es für das Beste, wenn du ab jetzt immer in Begleitung wärst.«

Alex starrte seinen Freund überrascht an. »Das ist unmöglich.«

»Ist es nicht«, widersprach David. »Ich bin im Haus bei dir und Nathan hilft auch.«

»Das geht nicht.« Alex ging zum Kamin und versetzte ihm einen Tritt. »Wozu sollte das gut sein?«

»Wir wären da, wenn irgendetwas passiert.« Nathan stützte sich mit den Händen auf die Tischplatte. »Wenn jemand einen Versuch unternimmt, können wir ihn oder sie aufhalten.«

Alex schüttelte den Kopf. »Nein.«

»Du denkst nicht klar«, sagte Nathan und kam auf seinen Bruder zu. »Besonders jetzt, so kurz vor deiner Verlobung.«

»Was hat meine Verlobung damit zu tun?«

»Douglas starb nach der Bekanntgabe seiner Verlobung.«

»Die Familie weiß seit meiner Heimkehr nach Caldern von meinen Heiratsplänen.«

»Und eine Woche später fingen die Unfälle an«, erinnerte ihn Nathan.

Alex lehnte sich an das Kaminsims. »Fanny hat das Treffen mit Lady Caroline arrangiert. Warum sollte sie so etwas tun, wenn sie nicht will, dass ich heirate?«

Nathan dachte einen Moment darüber nach und schüttelte den Kopf. »Darauf habe ich auch keine Antwort. Trotzdem finde ich, du solltest vorsichtig sein.«

»Ich werde vorsichtig sein«, versprach Alex. »Aber es kommt nicht infrage, dass ihr mir auf Schritt und Tritt folgt.«

David stand auf. »Ich verstehe, dass du dich in deinem Privatleben beeinträchtigt fühlst, aber am Ende bereust du deine Entscheidung. Denk darüber nach.«

»Das werde ich.« Alex wusste, dass David aus reiner Besorgnis handelte, trotzdem wollte er nicht, dass man ihm folgte.

David schüttelte den Kopf und ging zur Tür. »Ich hoffe, du weißt, was du tust«, sagte er, bevor er ging.

Nathan blieb zurück und sah Alex forschend an. »Was ist der wahre Grund dafür, dass du unsere Hilfe ausschlägst?«, fragte er schließlich.

»Das habe ich bereits gesagt.«

»Du bist in letzter Zeit so abwesend. Sind dir Zweifel an deiner Entscheidung zu heiraten gekommen?«

Es war fast schon unheimlich, wie gut ihn sein Bruder kannte. »Nein, das ist das Einzige, worüber ich sicher bin.«

Nathan lächelte ihn schief an. »Ich hätte nie gedacht, dass du mit jemandem wie Lady Caroline glücklich werden könntest. Ich wünsche dir das Beste für deine Zukunft.«

»Du gratulierst zu früh.« Alex fiel es schwer, dass er seinem Bruder gegenüber nicht offen sein konnte, aber er musste Zeit gewinnen. »Ich habe die Betroffene noch nicht gefragt.«

»Aber das wirst du. Ich sehe es in deinen Augen. Du hast eine Entscheidung getroffen.«

Alex blickte beschämt auf seine glänzenden Reitstiefel. Er seufzte und sah seinem Bruder in die Augen. »Ich hoffe, meine Wahl wird dich nicht enttäuschen.«

»Ich will nur, dass du glücklich bist. Wähle mit Bedacht.«

»Das habe ich.« Wenigstens in diesem Punkt musste er

Nathan nicht anlügen. »Aber sorge dich nicht mehr um meine Sicherheit.«

»Ich werde dennoch ein Auge auf dich haben, wenn ich Gelegenheit habe.« Nathan ergriff Alex' Schulter und blickte ihm ernst ins Gesicht. »Mach keine Dummheiten.«

Alex erwiderte den Blick. »Das werde ich nicht.«

Ohne weitere Diskussion drehte sich Nathan um und ging. Ein fast tödliches Schweigen breitete sich aus. Alex seufzte bedauernd und schüttelte den Kopf. Wie gerne hätte er Nathan sein Herz ausgeschüttet, doch er wusste, dass er jetzt Geheimhaltung brauchte. Wenn er sein Ziel erreichen wollte, durfte niemand seine wahren Absichten erraten.

Er trat ans Fenster und blickte über die Terrasse auf den französischen Garten. Caldern erwachte langsam wieder zum Leben. In ein paar Wochen hatten seine Männer Wunder bewirkt und bald würde ihn wieder gepflegte Ordnung umgeben. Er wünschte, das Gleiche würde auch auf sein Leben zutreffen.

Die Dinge waren komplizierter, als er erwartet hatte. Alex rieb sich die Augen und wandte sich vom Fenster ab. Er setzte sich in seinen Schreibtischsessel und lehnte sich zurück. Als er sich von London nach Caldern aufgemacht hatte, war alles so einfach erschienen. Er wollte seinen Platz als Marquis einnehmen, heiraten, einen Erben haben und das Land erhalten, das ihm so am Herzen lag.

Er hätte niemals einwilligen sollen, Fanny eine Braut für sich wählen zu lassen. Reumütig musste er sich gestehen, dass es funktioniert hätte, wäre Sarah ihm nicht begegnet. Jetzt war es unmöglich. Sein Plan, Lady Caroline zu vergraulen, war nicht aufgegangen. Sie ließ sich von seinen Beleidigungen nicht abschrecken. Irgendwie musste er ehrenvoll aus einer Situation herauskommen, die niemanden glücklich machen würde.

Und jetzt war ein neues Problem aufgetaucht. Douglas war womöglich ermordet worden und er selbst sollte vielleicht der Nächste sein. Er konnte nicht abstreiten, dass es merkwürdige Zwischenfälle gegeben hatte, aber nur bei einem konnte er beweisen, dass er absichtlich herbeigeführt worden war. Alex schloss das Hauptbuch mit einem lauten Knall und stand auf. Es gab etwas, das ihn noch dringlicher beschäftigte als Bryan. Sarah. Solange er mit ihr nicht übereingekommen war, war alles andere bedeutungslos. Die Vorfreude ergriff von seinem ganzen Körper Besitz.

Die Nachmittagssonne sank bereits, bald war es Zeit für das Dinner. Einmal mehr konnte er sie mit Blicken verschlingen. Das musste genügen, bis er sie wieder in den Armen halten konnte.

Zwanzigstes Kapitel

Der weiche, warme Glanz des vollen Julimondes schien auf Sarahs Weg an den See und war ihre einzige Begleitung. Schnell entledigte sie sich ihrer Kleidung und tauchte ins Wasser ein. Erst, als sie den Atem nicht mehr anhalten konnte, kam sie wieder an die Oberfläche. Sie warf den Kopf in den Nacken und lachte glücklich. Sie konnte sich nicht erinnern, wann es ihr das letzte Mal solch ein Vergnügen bereitet hatte, gesellschaftliche Regeln zu brechen.

Sarah ließ sich zurück in das kühlende Wasser fallen, das ihre müden Glieder umschmeichelte. Nach einer Nacht bei Caroline hatte sie den Rest des Tages im Nähzimmer verbracht. Die Hitze war unerträglich gewesen. Sie hatte versucht zu schlafen, doch nach einer Stunde gab sie auf und schlich in ihrer Verzweiflung zum See.

Die sanften Wogen an der Haut hatten entspannende Wirkung auf sie und alle Sorgen fielen von ihr ab. Sie legte den Kopf zurück und ließ sich über den vom Mond beschienenen See treiben. Ihre Gedanken wanderten zur letzten Nacht. Sie spürte noch immer die Wärme, mit der sie Alex' Liebesspiel erfüllt hatte.

Plötzlich wurde die abendliche Stille von dem lauten Knacken eines Astes unterbrochen. Sarah hielt den Atem an und blickte misstrauisch zum Ufer. Als hätten ihre

Gedanken ihn heraufbeschworen, stand Alex bei ihrem Kleiderhaufen. Sie spürte, wie sie errötete, als seine suchenden Blicke auf sie gerichtet blieben. Irgendwie hatte er sie aufgespürt.

Sie seufzte angesichts der Unausweichlichkeit des Ganzen. Sie konnte sich diesem Mann nicht länger widersetzen. Er hatte die Mauern niedergerissen, die sie um sich errichtet hatte. Keinem Mann konnte man vollständig trauen, aber sie wusste, dass Alex sie nicht verletzen würde.

»Warum warst du nicht beim Dinner?«, fragte er barsch.

»Ich war zu erschöpft«, erklärte Sarah zögernd.

»Nicht zu müde, um hierher zu kommen.«

Sarah legte den Kopf zurück ins Wasser. »Es war so stickig auf meinem Zimmer. Ich konnte nicht widerstehen.«

»Das geht mir genauso.« Alex lächelte sie spitzbübisch an, bevor er begann, sein Halstuch zu lockern. Ohne den Blick von ihr zu lösen, zog er das weiße Leinen von seinem Hals.

Dann streifte er seinen Gehrock ab und warf ihn zu Boden. Sarah sah ihm gebannt dabei zu. Er bückte sich, um die Schuhe auszuziehen, dann fing er ihren Blick wieder ein.

»Was machst du da?«, stammelte sie.

»Ich komme zu dir«, antwortete Alex heiser. Er warf die Weste auf seinen Gehrock.

Als Nächstes knöpfte er sein Hemd auf, zog es aus der Hose und streifte es von den Schultern. Sarahs Augen weiteten sich beim Anblick seiner muskulösen Brust. Sie befeuchtete sich die trockenen Lippen, unfähig, die Augen von seinen Händen zu lösen. Sie fuhren herab zu seinen Kniebundhosen. Langsam und bedächtig öffnete er sie und zog sie aus. Jetzt stand er nackt vor ihr.

Sie hatte nur Sekunden Zeit, die Schönheit seines kräftigen Körpers zu bewundern, bevor er ins Wasser eintauchte. Ihr Herz raste und ein freudiges Erwarten breitete sich in ihrem Körper aus. Sarah hatte noch nie zuvor so ein wildes Verlangen danach verspürt, einen Mann zu berühren, und die Kraft ihrer Gefühle schreckte sie.

Ein paar Meter von ihr entfernt tauchte Alex wieder auf und schwamm ruhig auf sie zu. »Du warst nicht auf deinem Zimmer, also erriet ich, dass du hier bist«, flüsterte er und streckte die Hand nach ihr aus.

Sarah zögerte einen Moment, bevor sie sie ergriff. »Wir sollten das nicht tun.«

»Es gibt keinen Grund zur Sorge«, versicherte er ihr. »Im Haus sind alle vor Stunden ins Bett gegangen.«

»Was, wenn uns jemand sieht?« Sarah biss sich nervös auf die Unterlippe. »Das wäre eine Katastrophe.«

Alex drehte Sarah um und blickte ihr ins Gesicht. »Ich werde dich beschützen. Du brauchst keine Angst zu haben.«

Sarah schmolz dahin. In Alex' Augen spiegelten sich das Mondlicht und sein Verlangen. Bereitwillig ließ sie sich in seine Arme treiben. Dieser Mann war ihr Schicksal und trotz aller Widrigkeiten würde sie sich heute auf ihn einlassen. Ihr Körper sehnte sich nach seiner Berührung und ihre Seele verlangte nach seiner Liebe.

Langsam kamen seine Lippen näher. Sarah verlor jegliches Zeitgefühl und genoss die Wärme, die sie durchströmte. Langsam fielen alle Ängste von ihr ab und mit einem Seufzer der Erleichterung ergab sie sich ihm. Sie musste nicht mehr kämpfen. Sie musste die Lust, die sie in seinen Armen verspürte, nicht mehr unterdrücken. Endlich war sie frei.

Alex' Lippen berührten sie sanft, seine Zunge spielte zärtlich mit ihren Lippen. Sie war eingehüllt in ein Meer aus köstlichen Empfindungen, als sie in Alex' Umarmung lag. Sie legte die Arme um seine Schultern, fuhr mit den Fingern in das kühle, nasse Haar und massierte seine Kopfhaut.

Bald schon wurde sein Kuss fordernder. Begierig öffnete Sarah den Mund und hieß Alex' Zunge willkommen. Ihre Zungen trafen aufeinander und vereinten sich in einem erotischen Tanz. Ein köstliches Kribbeln breitete sich in ihrem ganzen Körper aus, gesteigert durch das seidig kühle Wasser, das sie umgab. Ihr Leib erwachte bis in die letzte Faser zum Leben. Sie küsste ihn mit wilder Hingabe und vergaß die Welt um sich herum. Das Wasser, die kühle Nachtluft und die Geräusche des Waldes wurden hinweggespült. Außer ihnen beiden existierte nichts mehr.

Plötzlich hob Alex sie hoch und drückte sie an sich. Wie ein elektrischer Schlag durchfuhr es sie, als sie sich an ihm festklammerte und ein Keuchen entrang sich ihrer Kehle. Beide atmeten heftig und ihre Herzen schlugen gleich schnell. Ihre Lippen lösten sich voneinander und Sarah blickte ihm tief in die Augen.

»Der Herr vergebe mir«, stöhnte Alex. »Nichts kann mich heute dazu bringen, von dir zu gehen.«

»Versprochen?«

»Bist du sicher?«

Sarah umfasste Alex' Kopf und zog seine Lippen auf ihren Mund. Sie gab all ihre Liebe in diesen Kuss und offenbarte ihm, wie groß ihr Verlangen war. Er nahm ihr Geschenk an. Diese Nacht würde ihnen gehören.

Mit einer Hand hielt Alex sie fest, während die andere ihren Rücken herunterwanderte und sie sanft streichelte, bis sie glaubte, die Spannung nicht länger ertragen zu können. Langsam strich Alex' über ihren Po und schließlich zog er sie an sich und ließ sie das Ausmaß seiner Erregung fühlen.

Einen Moment lang versteifte sich Sarah, doch Alex beruhigte sie mit seinen Zärtlichkeiten. Seine Hand zog Kreise über ihren Rücken, bis sie voller Lust erschauderte.

Langsam löste sich der Knoten in ihrem Inneren und ihre Angst verflog. Sie schloss die Augen und ließ sich von dem Gefühl berauschen, nach und nach von Alex ausgefüllt zu werden. Das Eindringen geschah sanft und ohne jede Eile, und bald schon hatte sie ihn vollends in sich aufgenommen. Jetzt waren sie ganz eins, geistig wie auch körperlich.

Einige Momente verharrten sie in dieser Stellung und rührten sich nicht. Alex liebkoste sie mit Lippen und Händen und führte behutsam ihre Beine um seine Hüften. Dann löste er sich von ihren Lippen und benetzte ihren Hals mit Küssen. Sarah klammerte sich an seine Schultern und warf den Kopf in den Nacken, um ihn besser spüren zu können. Er erregte sie so sehr, dass sie glaubte, es nicht mehr aushalten zu können.

Plötzlich umschlossen seine Lippen eine Brustwarze. Ein köstlicher Ruck durchfuhr Sarah und sie zuckte zurück, doch Alex zog sie wieder an sich und setzte seine sanfte Erkundung fort. Seine Zunge liebkoste ihre Brustwarze, bevor er sie mit den Lippen kniff.

Sarah stöhnte. Heißes Verlangen ergriff von ihr Besitz. Sie legte sich zurück und ließ sich vom Wasser tragen, umso Alex besseren Zugriff zu gewähren. Er enttäuschte sie nicht. Begierig wanderten seine Lippen zur anderen Brust.

Sarah stand in Flammen. Alex steigerte ihre Begierde bis zur Unerträglichkeit und sie begann, am ganzen Leib zu zittern. Sie konnte nicht länger warten. Keuchend setzte sie sich auf und fühlte, wie sich Alex tief in ihr regte. Damit war es um sie geschehen.

Verrückt vor Verlangen, suchte sie seine Lippen und begann, sich auf und ab zu wiegen. Alex umfasste ihre Hüften und steuerte ihre Bewegungen, bis sie miteinander verschmolzen. Das Wasser umspielte und trug sie, aber es konnte das Feuer nicht löschen, das sie gemeinsam entfachten. Mit einem unterdrückten Schrei erreichte Sarah den Höhepunkt und die Welt schien mit blendendem Leuchten zu explodieren. Sekunden später spürte sie, wie Alex' am ganzen Körper erbebte.

Langsam kam sie wieder zurück in die Wirklichkeit und zu Alex. Sie klammerte sich an ihn, während sie noch am ganzen Leib von ihrem Liebesspiel zitterte. Eine Weile ließen sie sich einfach im kühlen Wasser treiben, zufrieden damit, zusammen zu sein. Erst als sie den Kopf an seine Schulter legte, bemerkte sie, dass sie weinte. Alex sah zärtlich zu ihr herab und wischte ihre Tränen fort.

»Habe ich dir wehgetan?«, fragte er leise.

Sarah schüttelte den Kopf. »Es war wundervoll.«

»Das ist es nur, wenn es aus Liebe geschieht.« Alex küsste sie sanft. »Ich liebe dich, Sarah. Ich glaube, ich wusste es seit unserer ersten Begegnung, aber ich war zu stur, um es mir einzugestehen.«

»So früh kann man so etwas nicht wissen«, wehrte Sarah ab und hob den Kopf, um ihm ins Gesicht zu schauen. Ihr Herz klopfte, als sie sein ernstes Gesicht sah.

»Die Anziehung bestand vom ersten Moment an.« Alex lächelte sie schief an. »Wenn du nicht so viel Zeit damit verbracht hättest, dich gegen mich zu wehren, wäre es dir auch aufgefallen.«

Sarah blickte Alex forschend an. An jenem Morgen hatte sie sich zu ihm hingezogen gefühlt, war aber aus Angst vor ihm davongerannt. Als sie ihn verletzt gesehen hatte, hatte sie erst Panik ergriffen und dann ein Gefühl des Verlustes. Im Rückblick wurde ihr klar, dass sie sich in den letzten Wochen nur lebendig gefühlt hatte, wenn Alex im gleichen Raum war. Das Dunkel in ihrem Leben hatte sich aufgehellt, seit sie ihm begegnet war.

»Du hast recht.« Sarah hatte das Gefühl, als wäre ihre Seele von einer schrecklichen Fessel befreit. »Es war von Anfang an Liebe.«

Bei Sarahs Worten lächelte Alex glücklich und hob sie hoch an seine Brust. Wasser tropfte von ihr herunter, als er sie zum Ufer trug. Bei ihrer abgelegten Kleidung ließ er sie langsam an seinem halb erregten Körper herabgleiten, bevor er sich nach einem Handtuch bückte. Er hüllte sie ein, zog sie an sich und knabberte verspielt an ihrer Lippe.

»Ich wusste, dass du die Wahrheit irgendwann erkennen würdest«, flüsterte er heiser.

»Du warst dir sicherer als ich.«

»Nicht sicherer«, widersprach Alex. »Nur entschlossener.«

Sarah lachte leise bei dem Gedanken, wie hartnäckig er sie verfolgt hatte. Im Grunde hatte sie keine Chance gehabt, ihm zu entkommen. Doch in diesem Moment war sie froh um seine Beharrlichkeit. Er hatte die Erinnerung der Vergangenheit weggewischt und sie mit der Schönheit ihrer Liebe ersetzt. Diese gestohlene Nacht mit ihm würde sie nie bereuen.

Alex' Augen verdunkelten sich mit neuer Leidenschaft. Sie ließ zu, dass er sie zu Boden zog, bevor er sich neben ihr niederließ. In seinen Armen fühlte sie die Leidenschaft aufs Neue erwachen, die von ihrer ersten Vereinigung noch nicht gestillt war. Innerhalb weniger Momente waren alle Gedanken an den nächsten Tag und seine Probleme wie weggefegt und sie verlor sich in seinen geschickten Zärtlichkeiten.

Erst als das erste Morgenlicht durch die Bäume fiel, rührte sich Sarah in Alex' Armen. Sie hob den Kopf und strich sich das Haar aus dem Gesicht. Kälte und Feuchtigkeit ließen sie erzittern. Jeder Muskel schmerzte und doch war sie von tiefem Wohlgefühl und Frieden erfüllt. Sie lächelte bei der Erinnerung an das Liebesspiel der vergangenen Nacht.

Er war ein einfühlsamer und fordernder Liebhaber gewesen. Es hatte keine Hemmungen zwischen ihnen gegeben, und mehr als einmal hatte Alex Sarah in Ekstase versetzt. Doch ihr Temperament hatte dem seinen in nichts nachgestanden und sie hatten sich mehrere Male geliebt, bis der Schlaf sie schließlich übermannte. Alex war unersättlich gewesen, doch auch sie hatte nicht genug bekommen können, musste sich Sarah eingestehen.

Die Sonne glitzerte auf dem See und Sarah musste die Augen zusammenkneifen. Die Welt war wie blank geputzt und neu. Vögel sangen in den Bäumen um die Wette, im Einklang mit Sarahs Hochgefühl. Sie warf den Kopf zurück und sog den scharfen Duft des Frauenmantels ein, der wild um das Seeufer wuchs. Bald würde man ihn sammeln können.

Mit einem Seufzer erhob sich Sarah, darauf achtend, Alex nicht zu wecken. Ihre gemeinsame Zeit war zu Ende. Sie rieb sich die Arme und vermisste schon jetzt die Wärme seiner Umarmung. Sie sah sich nach ihrer Kleidung um und fand sie auf einem nahe gelegenen Felsen und kletterte darauf, um sich anzuziehen.

Sie war gerade fertig, als Alex sich unter dem Handtuch regte. Er stützte sich auf die Ellbogen und betrachtete die Welt durch halb geschlossene Augen, bevor sein Blick auf sie fiel.

»Schon Morgen?«, murmelte er verschlafen.

Sarah bückte sich nach seiner Kleidung und reichte sie ihm mit einem Lächeln. Sein Gesicht war entspannt im Morgenlicht, als hätte er keinerlei Sorgen. Sie sah ihn lange an, um sich diesen Moment einzuprägen.

»Warum hast du dich so schnell angezogen?«, fragte Alex, stand auf und streckte seine langen, schlanken Glieder. »Ich hatte auf ein Morgenbad gehofft.«

»Es ist schon spät«, erklärte Sarah. »Das Hauspersonal arbeitet bereits und bald werden andere hier unterwegs sein.«

»Du hast recht«, murmelte Alex und bückte sich, um seine Hosen hochzuziehen. Er richtete sich auf und griff nach dem Hemd. »Ich bin zu alt, um auf dem Boden zu schlafen. Das nächste Mal, wenn wir uns lieben, machen wir es auf einem Bett.«

»Das nächste Mal?«

»Und danach immer«, stimmte Alex mit einem Lächeln zu. »Ich will dich auf Samt und Seide gebettet sehen, in meinem komfortablen Zimmer. Zumindest werden wir nicht mehr davonschleichen müssen, damit uns niemand sieht.«

»Ich werde nicht deine Mätresse, Alex«, sagte Sarah knapp. »Du heiratest meine Cousine. Das kann ich ihr nicht antun.«

»Mätresse?«, wiederholte Alex ungläubig. »Ich liebe dich, Sarah. Dir muss doch klar sein, dass ich dich zur Frau will?«

Sarah sah ihn entgeistert an. Ihr Magen zog sich zusammen. Der Gedanke daran, sich noch einmal zu verheiraten, jagte ihr eiskalte Schauer über den Rücken. Sie holte tief Luft, um das Zittern unter Kontrolle zu bringen, das von ihr Besitz ergriff. Sie hatte sich geschworen, nie mehr einen Mann über ihr Leben bestimmen zu lassen. So sehr sie Alex liebte, sie hatte nicht die Absicht, diesen Schwur zu brechen. Kein Mann würde über ihr Schicksal bestimmen.

»Ich kann dich nicht heiraten«, antwortete Sarah mit erstickter Stimme und wandte sich ab.

Einundzwanzigstes Kapitel

Alex schwankte. Sarahs Zurückweisung traf ihn schmerzhafter als das Messer, das einst in seine Wange geschnitten hatte. Nach dem tagelangen Kampf mit sich selbst hatte er einfach nicht damit gerechnet, dass er nun auch noch mit Sarah kämpfen müsste. Er zwang sich zu atmen und brauchte ein paar Augenblicke, um seine Stimme wiederzufinden. »Wie meinst du das?«, fragte er mit zusammengebissenen Zähnen.

»So, wie ich es sage.« Sarahs Gesicht war abgewandt, aber er bemerkte ein leichtes Beben in ihrer Stimme und ein leiser Hoffnungsschimmer begann in seinem Herzen aufzukeimen.

»Du musst einen Grund haben«, hakte Alex nach.

Sarah hob den Kopf. »Ich werde mich nicht noch einmal in diese Lage bringen.«

»Ich bin nicht Stephen«, erinnerte Alex sie.

»Ich weiß.« Sarah sah Alex in die Augen. Er zwang sich, ihren Blick ruhig zu erwidern, aber er hatte noch immer die Zähne zusammengebissen.

»Ich habe mir geschworen, nie wieder zu heiraten. Du musst verstehen«, bat sie. »Außerdem heiratest du Caroline.«

»Wie könnte ich Caroline heiraten, wenn ich dich liebe«, fuhr er sie an. Sarah wich einen Schritt zurück, aber er zog sie wieder an sich. »Für was für einen Menschen hältst du mich eigentlich?«

»Für einen ehrbaren«, flüsterte Sarah und blickte ihn mit Tränen in den Augen an. »Darum weiß ich, dass es für dich außer Frage stehen muss, Caroline zu heiraten.«

»Meine Stiefmutter und deine Familie mögen so denken, aber bisher habe ich mich weder offiziell dazu geäußert, noch habe ich ihr einen Grund zur Annahme gegeben, dass ich das jemals werde«, erklärte Alex mit gepresster Stimme.

Sarah schüttelte den Kopf. »So einfach ist es nicht.«

»Ich heirate dich oder gar nicht. An meinen Gefühlen lässt sich nicht rütteln.«

Sie sah ihn einige Augenblicke mit aufgerissenen Augen an. »Ich kann es nicht wagen.« Sie raffte ihre Röcke, drehte sich um und rannte davon.

»Sarah, komm zurück!«, befahl Alex, doch es half nichts.

Sie war in die Wälder verschwunden. Verzweifelt schleuderte er sein Hemd zu Boden. Noch nie hatte er sich so wehrlos und verwundbar gefühlt. Er hatte Sarah sein Herz geschenkt und sie hatte es ihm vor die Füße geworfen.

Seufzend hob Alex das Hemd wieder auf. Er verfluchte sich für seine Dummheit. Er wusste, dass Sarah den Schmerz ihrer ersten Ehe noch nicht verwunden hatte, war aber arroganterweise davon ausgegangen, seine Liebe würde reichen, um ihre Einwände zu überwinden. Was war er doch für ein Narr gewesen!

Eine so fantastische und berauschende Nacht wie die letzte hatte Alex in seinem ganzen Leben noch nicht erlebt. Sarah war so vollkommen auf ihn eingegangen, war so liebevoll gewesen. Voller Neugier war sie zu ihm gekommen, ohne Angst oder Hemmungen. Er hatte ihr zu zeigen versucht, dass nicht alle Männer wie Stephen waren, und hatte geglaubt, es wäre ihm gelungen.

Doch am Morgen wollte sie ihn aus ihrem Leben verbannen. Alex setzte sich und zog die Stiefel an. Diese Frau liebte ihn und konnte ihm dennoch nicht vertrauen. Irgendwie musste er ihr verständlich machen, dass er sie nicht verletzen würde.

Alex hob Gehrock, Weste und Halstuch auf und hielt nach Sarah Ausschau, aber sie war nirgends zu sehen. Wahrscheinlich war sie bereits zurück im Haus.

Er beschloss, ihr Zeit zu geben. Dann würde er sie noch einmal fragen. Er warf einen letzten langen Blick auf den See, nahm das Handtuch und machte sich auf den Weg zum Haus. Dort ging er auf direktem Weg auf sein Zimmer und zog sich Reitkleidung an, bevor er zum Stall lief.

Während Jacobs sein Pferd sattelte, trat Alex ungeduldig von einem Bein aufs andere. Er brauchte jetzt einen anständigen Ausritt, um einen klaren Kopf zu bekommen und den nächsten Schritt zu planen. Er war fest entschlossen, Sarah zur Einsicht zu bringen. Sie liebten sich. Sie brauchten einander und das bedeutete Ehe.

Endlich war das Pferd bereit und Alex sprang in den Sattel und trabte los, bis sie offenes Feld erreichten. Dann lockerte er den Griff um die Zügel und Pferd und Reiter rasten über das Feld. Als beide ins

Schwitzen gekommen waren, zügelte Alex etwas das Tempo.

Auf einer Hügelkuppe machte er halt und blickte sich um. Sein ganzes Leben lang war es ihm das Wichtigste gewesen: Caldern. Als er fortging, war eine innere Leere entstanden, die sich nie ganz ausfüllen ließ. Nichts konnte dem gleichkommen, hatte er geglaubt. Doch er hatte sich geirrt.

»Verdammt!«, fluchte er leise.

Ein Leben ohne Sarah war ihm unvorstellbar. Irgendwie musste er ihr beweisen, dass sie füreinander bestimmt waren. Er würde tun, was immer nötig wäre. Sie liebten sich und er würde nicht aufgeben, bis er sie zu seiner Frau gemacht hatte. Irgendwann musste sie einsehen, dass er recht hatte, und ihn als Ehemann akzeptieren.

Mit frisch gefasstem Mut wendete Alex sein Pferd und ritt zurück zum Haus. Beim nächsten Treffen würde er ihr ihre Ängste nehmen. Sie würden heiraten. Dann würde sie sehen, dass er für sie sorgte und sie beschützte. Er brauchte nur eine Gelegenheit, es ihr zu beweisen.

Zurück beim Haus, bestellte er die Kutsche. Es war noch früh genug, um nach Carlisle zu fahren und zum Dinner zurück zu sein. Er würde Sarah keine Chance geben, ihre Meinung noch einmal zu ändern, wenn er sie erst einmal von einer Heirat überzeugt hätte.

Es war später Nachmittag, als seine Kutsche nach Caldern zurückkehrte. Er war den ganzen Tag unterwegs gewesen und völlig erschöpft, doch trotz seiner Müdigkeit war er in Hochstimmung, als er aus der Kutsche sprang. Bald würde er alles haben, was er wollte.

Johnson empfing ihn am Eingang. »Mein Lord, da ist ein Gentleman, der auf Euch wartet.«

Alex gab Johnson Hut und Handschuhe. »Wer ist es?«

»Ein Viscount Henley, der Bruder von Lady Caroline. Er wartet in der Bibliothek.«

»Warum hat er kein Gästezimmer bekommen?«, fragte Alex vorwurfsvoll. Solche Nachlässigkeit war er von Johnson nicht gewöhnt.

»Er bestand darauf, erst mit Euch zu sprechen«, erklärte Johnson mit gerümpfter Nase. »Ich erklärte ihm, dass Ihr vielleicht erst in ein paar Stunden zurückkehrt, aber er ließ sich nicht abbringen.«

»Wie lange wartet er bereits?«

»Eine Stunde, mein Lord.«

Alex nickte und ging in die Bibliothek. Lord Henley blickte aus dem Fenster hinter dem Schreibtisch. Er war groß und hatte das goldene Haar seiner Schwester. Als er sich umdrehte, fielen Alex die hellblauen Augen auf. Er schätzte ihn auf Ende zwanzig, obwohl ihn seine ernste Haltung älter erscheinen ließ.

»Henley«, grüßte Alex mit einer leichten Verbeugung. »Welch unerwartetes Vergnügen.«

»Ich entschuldige mich für mein unangekündigtes Erscheinen, aber mein Vater bestand darauf.«

»Tatsächlich?« Alex bot Henley einen Sessel an und setzte sich ihm gegenüber. »Womit kann ich dienen?«

Der Viscount räusperte sich und sah Alex entschuldigend an. »Mein Vater wüsste gerne, warum es noch keine Nachricht von einer Verlobung gibt.«

Alex lehnte sich zurück und seufzte. Er hatte erwartet,

dass die Familie von Lady Caroline über den Verlauf des Besuchs neugierig wäre, aber nicht diese Ungeduld.

»Es ist mir sehr unangenehm«, warf Lord Henley eilig ein. »Ich bat meinen Vater zu warten, aber er ließ sich nicht überreden. Meine Schwester hat ihm einen äußerst besorgniserregenden Brief geschrieben, und er meinte, ich solle persönlich zu Euch gehen.«

Alex runzelte die Stirn. »Was hat Lady Caroline geschrieben?«

Lady Henley zupfte verlegen an seinem Halstuch. Dann seufzte er und blickte Alex in die Augen. »Caroline fühlt sich vernachlässigt. Sie empfindet Euer Benehmen …« Lord Henley suchte nach Worten. »Sie hat das Gefühl, Eure Absichten seien nicht ernst.«

Die angedeutete Rüge ließ Alex zusammenzucken. Mit aller Wahrscheinlichkeit hatte sich Lady Caroline in ihrem Brief weniger höflich ausgedrückt. »Ich verstehe die Sorge Eures Vaters«, erklärte Alex.

»Es sind jetzt schon über zwei Monate.« Der Viscount rutschte unruhig in seinem Sessel hin und her.

»Ich bin erst vor drei Wochen nach Caldern zurückgekehrt.«

Lord Henley sah Alex schweigend an und trommelte mit dem Finger auf die Sessellehne. »Mein Vater ging davon aus, dass alles vor Eurer Heimkunft vereinbart war. Er hielt die Bekanntmachung für eine reine Formalität.«

»Dann war Euer Vater falsch informiert.« Alex beugte sich nach vorne. »Ich habe keine solche Vereinbarung getroffen.«

»Aber Lady Caldern hatte eine Vereinbarung mit meinem Vater«, insistierte Henley.

»Meine Stiefmutter kann nicht für mich sprechen.« Alex ging zum Schreibtisch und schlug geistesabwesend ein Buch auf. »Ich hatte mich lediglich bereit erklärt, mich mit Lady Caroline bekannt zu machen.«

»Verstehe.« Henley rieb sich die Augen. »Wann können wir mit einer offiziellen Bekanntmachung rechnen?«

Alex blickte nach oben und bemerkte, wie friedlich die Cherubine an der Decke aussahen. Er hatte gewusst, dass er sich mit dem Problem Lady Caroline auseinandersetzen musste, hatte aber gedacht, mehr Zeit zu haben. Nun gab es keinen Ausweg aus seiner prekären Lage außer der Wahrheit. Er schlug das Buch zu.

»Es hat eine kleine Änderung gegeben«, erklärte Alex. »Ich möchte eine Verlobung bekannt geben, aber nicht die, die Euer Vater erwartet.«

Der Viscount schüttelte den Kopf. »Wie kann ich das verstehen?«

»In ein paar Minuten werde ich alles klären.« Alex läutete nach Johnson. Der Diener antwortete fast sofort.

»Mrs. Wellsley möge so freundlich sein, zu uns zu kommen.«

Johnson verbeugte sich und verschwand. Alex bemerkte Henleys leichtes Stirnrunzeln, das seine sonst so ebenmäßigen Züge überschattete. »Sobald Mrs. Wellsley da ist, werde ich alles erklären. Darf ich Euch einen Brandy anbieten?«

Alex holte zwei Gläser und eine Karaffe aus einem kleinen Schränkchen neben dem Schreibtisch. Er schenkte ein und reichte dem Viscount ein Glas, bevor er einen Schluck von seinem nahm. Es war ein wunderbares Gefühl, wie die brennende Flüssigkeit seinen Hals hinablief. Diese Stärkung brauchte er, um mit Sarah zurechtzukommen.

Was er vorhatte, würde ihr nicht gefallen, aber sie ließ ihm keine Wahl. Er war entschlossen, sie zu seiner Frau zu machen, trotz ihrer Angst. Sie beide wollten es, das wusste er.

Sarah stand vor der Tür zur Bibliothek, die Hand zögernd gehoben. Sie hatte Johnson weggeschickt und darauf bestanden, sich selbst anzukündigen. Sie holte tief Luft und versuchte, sich zu beruhigen. Den ganzen Tag hatte sie sich im Nähzimmer versteckt und versucht zu vergessen, wie niedergeschlagen Alex aussah, als sie ihn abgewiesen hatte.

Es hatte nichts geholfen. Ihre Gedanken waren immer wieder zu der Liebesnacht zurückgekehrt und hatten sie an ihrer Entscheidung zweifeln lassen. Alex' Ruf kam nicht überraschend. Sie hatte gewusst, dass er ihr Nein nicht einfach akzeptieren würde. Dennoch überkam sie eine dunkle Vorahnung.

Sie holte tief Luft, straffte die Schultern und klopfte. In ruhigem Ton bat Alex sie herein. Zögerlich trat sie ein. Die tief stehende Sonne schien durchs Fenster und blendete sie im ersten Moment.

»Endlich«, hieß Alex sie willkommen. Er kam auf sie zu und versperrte ihr die Sicht auf das Zimmer. Seine Augen schienen sie zu verschlingen und Sarah fühlte, wie ihre Entschlossenheit ins Wanken geriet. Irgendwie musste sie ihm widerstehen.

»Ich verstehe nicht, warum Ihr ruft. Wir haben nichts

mehr zu bereden.« Sarah stand steif an der Tür und klammerte sich an der Klinke fest. Ihr Herz raste, denn sie wusste, dass sie sich bei diesem Mann selbst nicht trauen konnte.

Alex winkte sie herein aber sie schüttelte den Kopf und wandte sich zum Gehen. Ein unterdrücktes Hüsteln hielt sie auf. Verwundert blickte sie in die Richtung, aus der das Geräusch gekommen war, und entdeckte ihren Cousin.

»Jack!«, freute sie sich. »Was machst du denn hier?«

Jack lächelte verlegen. »Vater schickt mich.«

Sarah rannte auf ihn zu und fiel ihm in die Arme. »Es ist wundervoll, dich zu sehen.« Dann trat sie einen Schritt zurück und musterte seine Aufmachung. Er trug noch immer Reisekleidung. »Bist du gerade angekommen?«

Jack räusperte sich und schüttelte den Kopf. »Ich habe auf den Marquis gewartet.«

Sarah sah Alex überrascht an. »Ihr wart nicht hier?«

Alex nickte. »Ich bin gerade aus Carlisle zurückgekehrt. Euer Cousin hat dringende Nachricht von Eurem Onkel.«

Sarah erschrak. »Geht es allen gut?«, fragte sie hastig.

Jack hob beschwichtigend die Hand. »In Hartfort ist alles in Ordnung. Ich komme wegen Caroline.«

Sarah stieß die Luft aus, die sie angehalten hatte. »Sicher wegen ihres Briefes.«

»Vater meinte, ich solle persönlich kommen. Der Brief klang sehr aufgebracht.«

»Sie erzählte mir lediglich, dass sie geschrieben hatte, nicht aber worüber.«

Jack schaute kurz auf seine Füße. »Ich habe dem Marquis gesagt, dass sich Vater Sorgen macht, weil sich die Verlobung verzögert.«

Sarah schlug die Hände zusammen und zwang sich, Jack in die Augen zu sehen. Sie hörte, wie Alex die Tür schloss und hinter sie trat. Jetzt war es so weit. Alex musste seine Absichten mit Caroline offen bekunden, ihm blieb keine Wahl.

»Der Marquis bestand darauf, dass du gerufen wirst, um etwas Licht in die Angelegenheit zu bringen.« Jack führte sie zu einem Sessel.

Sarah warf Alex einen verstohlenen Blick zu, aber sein Gesicht war undurchdringlich. Sie hatte ihm gesagt, dass seine Ehre ihn verpflichtete, ihre Cousine zu heiraten, aber er hatte nicht auf sie gehört. Jetzt hatte ihm Carolines Brief die Entscheidung abgenommen.

Sarah setzte sich, die Hände zusammengefaltet im Schoß. »Ich weiß, dass Caroline beunruhigt war«, fing sie diplomatisch an. »Ich verstehe jedoch nicht ganz, inwiefern ich dabei helfen kann.«

»Ihr habt die Antwort auf all unsere Probleme«, erklärte Alex mit fester Stimme. Er setzte sich auf die Tischkante.

Jack sah Alex fragend an. »Was hat Sarah damit zu tun?«

»Es ist ganz einfach«, erklärte der Marquis unumwunden, »ich beabsichtige nicht, Eure Schwester Caroline zu heiraten.«

Sarahs Herz setzte einen Schlag lang aus. Sie blickte zu Jack. Auch er starrte Alex mit offenem Mund an. Er brauchte ein paar Sekunden, um seine Stimme wiederzufinden.

»Das wird mein Vater nicht akzeptieren.«

»Vielleicht wird er anders denken, wenn er meine Gründe hört.« Alex schlug die Beine übereinander.

Jack sah Alex argwöhnisch an. »Und die wären?«

»Ich liebe sie nicht.«

Sarah hatte den Atem angehalten, doch jetzt atmete sie wieder aus. Ein paar schreckliche Minuten lang hatte sie gefürchtet, Alex würde Jack von ihr erzählen.

»Was hat Liebe mit Ehe zu tun?«, fragte Jack mit erhobener Stimme. »Wenn Ihr Liebe wolltet, hättet Ihr Euch nicht zu einer vereinbarten Ehe bereit erklären sollen.«

»Ich habe mich nur dazu bereit erklärt, es mir zu überlegen«, erinnerte ihn Alex sanft. »Ich muss gestehen, dass ich zu diesem Zeitpunkt nicht an Liebe dachte.«

»Und was hat Euch dazu gebracht, Eure Meinung zu ändern?«

»Ich habe mich in Sarah verliebt.«

Sarah schrie überrascht auf. Ungläubig wandte sich Jack jetzt ihr zu. Sie starrte Alex an, gelähmt von seinen Worten. Soeben hatte er sie in den Mittelpunkt eines Streits mit ihrem Onkel gesetzt und wagte es, dieses unschuldige Gesicht aufzusetzen.

Jack wandte sich wieder an Alex. »Und was wollt Ihr nun tun?«

»Ich habe Sarah bereits gefragt, ob sie mich heiraten möchte«, erklärte Alex ruhig. »Sie hat es abgelehnt.«

Jack sah sie mit hochgezogener Augenbraue an. »Ist das wahr?«

Sarah nickte. »Ich will nicht heiraten.«

»Das ist inakzeptabel«, sagte Alex laut. »Ich dachte,

Ihr würdet zur Vernunft kommen, wenn ich Euch Zeit zum Nachdenken ließe.«

»Meine Entscheidung ist endgültig.« Sarah stand auf.

Jack hob die Hand. »Ich bin verwirrt. Warum wollt Ihr Sarahs Antwort nicht akzeptieren?«

Alex sah erst Jack dann Sarah an. Bei seinem Blick lief es ihr eiskalt den Rücken herunter. »Bitte überlegt es Euch noch einmal, Sarah.«

Sie schüttelte den Kopf. »Nein«, flüsterte sie. Eine Heirat kam nicht infrage.

»Bringt mich nicht dazu, Euch zu zwingen«, drohte Alex leise.

Jack stand auf. »Ihr macht es uns schwer, Lord Caldern. Sarah hat ihre Entscheidung gefällt.« Jack nahm Sarah beim Arm und führte sie in Richtung Tür. Sarah konnte vor Erleichterung kaum laufen. Das Schlimmste war überstanden.

Hinter sich hörte sie Alex schwerfällig seufzen. »Dann bin ich Euch also nicht gut genug als Ehemann. Sondern nur als Euer Liebhaber.«

Sarah stolperte, als Jack ruckartig stehen blieb. Alex' Worte hallten in ihren Ohren und sie schloss die Augen. Ein paar Sekunden meinte sie, in Ohnmacht zu fallen, doch Jack stützte sie. Sie war wie betäubt, und ihre Beine verweigerten ihr den Dienst. Soeben hatte man ihre Welt in Trümmer gelegt.

Zweiundzwanzigstes Kapitel

Alex' Herz sank, als Sarah ihn ansah. Es war gewagt gewesen, ihre Beziehung ungefragt offenzulegen, aber was blieb ihm übrig? Er musste sie davon überzeugen, dass sie füreinander bestimmt waren.

Sarahs Blick war anklagend und innerlich ging er in Deckung. Sie hatte recht. Er hatte sie verraten, und in ihren Augen war das ein schlimmeres Vergehen als Mord. Dennoch bereute er es nicht. Er wusste, dass ihr Cousin die Angelegenheit jetzt nicht mehr ruhen lassen konnte.

Henley blickte Alex misstrauisch an. »Wollt Ihr Sarah ernsthaft beleidigen? Die Ehre gebietet mir, sie zu beschützen.«

»Ich beleidige sie nicht. Ich sage die Wahrheit.«

»Erklärt Euch!«, forderte Henley drohend.

Sarah hob abwehrend die Hand und trat zwischen die beiden. »Aufhören!«, bat sie.

Henley ging um sie herum und baute sich vor Alex auf. »Ich warte.«

»Sarah liebt mich«, erklärte Alex ruhig. »Sie kann im Moment nicht klar denken.«

Jack wandte sich an Sarah. »Ist das wahr?«

Alex versteifte sich am ganzen Körper und wartete gebannt auf Sarahs Antwort. Sie blickte geistesabwesend aus dem Fenster, doch nach ein paar Momenten des Schweigens nickte sie kaum merklich. Alex atmete erleichtert auf. Sie leugnete es nicht.

»Dann ist eine Heirat die einzige Antwort«, sagte Jack fest. »Sobald wie möglich.«

»Ich habe bereits die nötigen Unterlagen.« Alex klopfte auf seine Manteltasche. »Deswegen war ich heute in Carlisle.«

»Ihr scheint Euch Eurer Sache ziemlich sicher zu sein«, bemerkte Jack trocken.

»Nein«, Alex schüttelte den Kopf. »Nur meiner Liebe zu Sarah.«

Alex schaute sie verstohlen an. Bei ihrem Anblick blutete ihm das Herz: Sie zitterte am ganzen Leib. Eilig legte er ihr einen Arm um die Schulter und führte sie zu ihrem Sessel.

»Habt keine Angst«, bat er. »Alles wird gut.«

»Ihr seid nicht besser als Onkel John«, stieß Sarah zwischen zusammengepressten Zähnen hervor. »Wie könnt Ihr wagen, mich zu zwingen?«

Alex kniete neben ihr nieder und ergriff ihre kalten Hände. »Bedenkt, Ihr könntet schwanger sein.«

Sarah wurde blass und sofort bedauerte Alex' seine Worte. Er wollte sie nicht verschrecken, doch irgendwie musste er sie zur Einsicht bringen.

Sarah löste sich von ihm und stand auf. »Ich hätte niemals einem Mann vertrauen dürfen.«

»Wenn Ihr mir nur wirklich trauen würdet, würdet Ihr mich heiraten.« Alex stand auf und klopfte sich die Hose ab.

»Ihr könnt mich nicht zwingen.«

Alex verschränkte die Finger auf dem Rücken. »Ihr

habt mir keine Wahl gelassen. Heute Abend werden wir uns vermählen.«

Sarah unterdrückte einen Schrei und schüttelte abwehrend den Kopf. Hilfesuchend wandte sie sich an ihren Cousin. »Das kannst du nicht zulassen!«

Jack blickte zu Boden und seufzte. »Ich fürchte, es muss sein.«

Einen Moment lang stand Sarah schweigend da. Ungläubig blickte sie von einem zum anderen, dann wirbelte sie herum und rauschte aus dem Zimmer. Das Schlagen der Tür hallte in der Bibliothek wider.

Kraftlos ließ sich Alex in einen Sessel sinken. Er hatte Sarah nicht verletzen wollen, sondern ihr nur zeigen wollen, dass Heirat die beste Möglichkeit war. Stattdessen fürchtete sie sich mehr denn je und misstraute ihm nun völlig.

»Ich hoffe, Ihr wisst, was Ihr tut«, knurrte Henley missbilligend.

Alex lehnte den Kopf zurück und blickte Sarahs Cousin an. »Sie ließ mir keine andere Wahl.«

»Sarah hatte in ihrem Leben nicht besonders oft eine Wahl«, erklärte Henley zögerlich. »Ich glaube, ihre Entscheidung, nicht mehr zu heiraten, war das Erste, auf das sie je bestand.«

»Und was ist mit ihrer Heilkunde?«

Henley schüttelte den Kopf. »Das hatte sie von ihrer Mutter. Sie half ihrem Vater bei der Gemeindearbeit und als sie zu uns kam, machte sie damit weiter.«

»Bis Euer Vater sie verheiratete.«

Henley sah ihm fest in die Augen, bevor er nickte. »Der Ehemann war schlecht gewählt. Ich weiß nicht, was in dieser Ehe geschah, aber als Sarah zurückkam, war sie eine andere.«

»Inwiefern?«

»Vor der Ehe hatte sie voller Leben und Freude gesteckt.« Henley setzte sich auf die Tischkante und schlug die Beine übereinander. »Wisst Ihr von ihrer Ehe?«

»Ich weiß, dass sie unglücklich und dass ihr Mann ein Narr war.«

»Dann wisst Ihr mehr als ich. Sie weigert sich, davon zu sprechen.«

»Nie?«

Henley seufzte. »Und sie weigert sich, wieder zu heiraten. Mein Vater machte sie darauf aufmerksam, dass sie auf diese Weise niemals Kinder haben würde, doch nicht einmal das konnte sie von ihrem Entschluss abbringen.«

Alex wusste, dass Sarahs Ehe grausam gewesen sein musste, aber ihm war nicht bewusst gewesen, wie viel sie zu opfern bereit gewesen war, um sich ihre Freiheit zu erhalten. Geduldig wartete er, bis sein Gast fortfuhr.

»Sarah wollte immer Kinder haben«, erklärte Henley. »Als sie zu uns kam, war sie überglücklich, weil sie endlich mit anderen Kindern zusammen war. Sie erzählte oft von all den Babys, die sie haben würde, wenn sie einmal groß wäre.«

Alex wurde nachdenklich. Wenn Sarah sich so sehr Kinder gewünscht hatte, musste ihre Angst vor der Ehe wirklich tief gehen. Ein paar Sekunden lang zweifelte er an seinem Vorhaben, doch dann verscheuchte er die Gedanken. Wenn sie erst einmal verheiratet waren, würde er sie glücklich machen.

Mit einem Seufzer erhob er sich aus dem Sessel und

ging zur Tür. »Ich gehe jetzt und bereite die Heirat vor.«

Henley folgte ihm. »Ich ziehe mich um. Irgendjemand muss es Caroline eröffnen. Sie wird über diese Entwicklung nicht gerade erbaut sein.«

»Sie wird es vielleicht besser aufnehmen, als Ihr erwartet«, meinte Alex mit einem angedeuteten Lächeln.

»Ihr habt Caroline noch nicht erlebt, wenn sie wütend ist.« Henley öffnete die Tür.

»Überlasst das Bekanntmachen mir«, bat Alex. »Ich will mit Sarah verheiratet sein, bevor ich es irgendjemandem eröffne.«

»Das alles überlasse ich Euch.«

Alex sah zu, wie Johnson seinen Gast die Treppen hinaufführte, dann ging er zurück in die Bibliothek. Ein paar Sekunden stand er einfach nur da, dann läutete er. Es gab viel zu erledigen. Als Erstes musste er seinen Bruder Samuel finden.

Sarah schlug die Tür hinter sich zu und warf sich aufs Bett. Wie konnte ihr das ein zweites Mal passieren? Das erste Mal hatte sie nicht gewusst, was eine Ehe bedeutete, aber jetzt war ihr ganz schlecht vor Angst.

In einer Ehe verlor sie all ihre Rechte und Freiheiten. Sie konnte nicht länger ihr Leben bestimmen, sondern musste sich Alex fügen. Für den Bruchteil einer Sekunde erwog sie, dem Ganzen ein Ende zu setzen, doch ihre Vernunft schob den Gedanken beiseite. Es gab noch immer Zeit, Alex von seinem Vorhaben abzubringen.

Sarah stand auf und ging ans Fenster. Die Sonne stand

bereits tief am Horizont, und bald musste sie sich zum Dinner umziehen. Danach gab es kein Entrinnen mehr. Doch ihr Kopf weigerte sich, einen klaren Gedanken zu fassen.

Ein Klopfen an der Tür riss sie aus ihren Gedanken. Bevor sie ›Herein‹ sagen konnte, kam Nellie auch schon mit einer großen Schachtel in ihr Zimmer. Hinter ihr schleppten Diener eine Badewanne und Wasserkrüge herein. Sarah stand schweigend am Fenster, bis die Wanne voll war und die Diener sich entfernt hatten.

Schließlich brach Nellie das Schweigen. »Es scheint, Ihr wart recht fleißig.«

»Ich habe nichts getan«, wehrte sich Sarah, überrascht von Nellies tadelndem Ton.

»Der Marquis hat das Bad für Euch angeordnet und wünscht Euch eine Stunde vor dem Dinner zu sehen.«

»Und deshalb bist du mir böse?«

»Master Jack hat mit mir gesprochen.«

Sarahs sank das Herz. Wenn Jack mit Caroline gesprochen hatte, gab es kein Zurück mehr. »Was hat er gesagt?«, fragte sie matt.

»Wie es aussieht, hat Lord Hart Euren Cousin nach Caldern geschickt, um eine Hochzeit mit dem Marquis zu vereinbaren. Er war erfolgreich, nur dass der Marquis nicht Lady Caroline heiraten wird.« Nellie musterte Sarah mit ernstem Blick, bevor sie die Schachtel auf das Bett stellte. »Zeit, Euch für das Dinner vorzubereiten.«

Wie in Trance ließ Sarah sich zur Wanne führen. Jetzt konnte sie nichts mehr tun, um Alex aufzuhalten. Sie war machtlos. Sie hatte das Gefühl, der Boden würde ihr unter den Füßen weggezogen und sie stürze schutzlos in die Kälte.

Nellie löste die Bänder an ihrem Kleid. Ohne Protest ließ sich Sarah in das dampfende Wasser gleiten. Es war reinigend und wohltuend. Wenn es doch nur auch ihre Ängste und Zweifel wegwaschen könnte, dachte sie, während sie sich einseifte.

Nellie half ihr aus der Wanne und führte sie zu dem kleinen Frisiertisch. Dort fing sie an, Sarahs Haar zu bürsten.

»Demnächst müssen Eure Haare ordentlich frisiert werden, aber fürs Erste werde ich sie einfach hochstecken und ein paar lose Löckchen herauszupfen.«

»Ich möchte mein Haar aber nicht anders tragen«, protestierte Sarah. Alex konnte sie vielleicht in eine Ehe zwingen, aber sie war nicht bereit, ihr Erscheinungsbild für ihn zu ändern.

»Ihr habt wunderschönes Haar«, erwiderte Nellie. »Warum wollt Ihr es verstecken? Ihr werdet Euch an Eure neue Rolle gewöhnen müssen.«

»Nellie, bitte zwing mich nicht«, bat Sarah und blickte sie flehentlich im Spiegel an. »Das alles passt nicht zu mir.«

»Unsinn«, tadelte Nellie in sanfterem Ton. »Ihr habt nichts zu befürchten. Der Marquis wird Euch beschützen.«

»Ich will aber nicht zur Schau gestellt werden.«

»Das, glaubt Ihr, ist die Absicht des Mannes?« Nellie trat einen Schritt zurück und stemmte die Hände in die Hüften. »Er ist schlauer, als ich ihm zugetraut hätte.«

»Warum?«, fragte Sarah mürrisch. »Weil es ihm gelungen ist, Jack eine Einwilligung zu dieser Ehe abzuringen?«

»Nein.« Nellie gab sich wieder ans Bürsten. »Weil er Euch Caroline vorzieht.«

»Caroline wäre die bessere Marquise gewesen«, wandte Sarah ein. »Sie beherrscht die Etikette.«

»Das stimmt«, gab Nellie zu, »aber Ihr werdet die bessere Ehefrau sein. Das hat der Marquis trotz Eurer ewigen Hauben und tristen Kleider erkannt.«

Sarah sann über diese Worte nach, während Nellie eine Frisur aufsteckte, die ihre feinen Züge zur Geltung brachte. Aus einem hochgesteckten Knoten fielen einzelne dunkle Locken und umrahmten verspielt ihr Gesicht. Sarah erkannte sich kaum wieder. Doch trotz Nellies Bemühungen wirkten ihre dunkelblauen Augen zu groß und ihre Wangen zu blass.

»Ihr seht großartig aus«, versicherte ihr Nellie mit einem zufriedenen Nicken und zwickte Sarah leicht in die Wangen, um ein bisschen Farbe in sie zu bringen. »Ihr braucht keinen Vergleich zu scheuen.«

Nellie ging zum Bett und hob ein prächtiges Ballkleid aus der Schachtel. Es war in Saphirblau mit einem Überkleid aus feiner, silberner Spitze, das im Kerzenlicht glitzerte. Die Seide raschelte, als Nellie es glättete.

Sarah starrte es ungläubig an. So etwas Schönes hatte sie noch nie getragen.

»Es ist bezaubernd«, flüsterte sie.

»Der Marquis sagt, er habe es eigens für Euch ausgesucht.« Nellie half Sarah in das Kleid und schnürte es zu.

Sarah fuhr mit der Hand über den edlen Stoff und trat vor den Spiegel.

Beim Anblick ihres Spiegelbilds biss sie sich auf die Unterlippe. Trotz ihrer Wut auf Alex' Überheblichkeit musste sie sich eingestehen, dass er das perfekte Kleid für sie gewählt hatte. Es betonte die hellen Strähnen in ihrem dunklen Haar und ließ ihre Augen funkeln. Langsam drehte sie sich vor dem Spiegel und bewunderte sich von allen Seiten.

»Ihr seht umwerfend aus.« Nellie nahm gerade die Schachtel vom Bett, als es klopfte. Sie ging zur Tür und öffnete.

»Lord Henley ist hier«, kündigte sie an.

Jack kam ins Zimmer. »Ich würde mich gerne mit Sarah allein unterhalten.«

»Ich bin ohnehin fertig.« Nellie machte einen Knicks und verschwand.

Sarah wandte sich ihrem Cousin zu und lächelte. Auch wenn er in diese Heirat eingewilligt hatte, so war er doch ihr einziger Freund im Hause ihres Onkels gewesen.

»Du siehst bezaubernd aus«, sagte Jack. »Ich hatte ganz vergessen, was für eine Schönheit du bist.«

Sarah machte einen gespielten Knicks. »Danke, mein Lord.« Doch als sie aufsah, war sie ernst. »Gibt es noch Hoffnung, dass du deine Meinung änderst?«

»Nein. Heirat ist die einzige Lösung.« Jack stieß einen lauten Seufzer aus. »Was hast du dir dabei gedacht, als du dich auf den Marquis einließest?«

Sarah schüttelte den Kopf und wandte sich zum Fenster. »Es war nicht geplant«, gestand sie. »Es ist einfach geschehen.«

»Sonst bist du immer so besonnen.« Jack stellte sich hinter sie und drückte liebevoll ihre Schultern. »Du musst etwas für ihn empfinden.«

Sarah überlegte, ob sie ihre Liebe leugnen sollte, doch sie wusste, dass es Jack nicht von seiner Entscheidung abbringen würde. Benommen nickte sie. »Ich liebe ihn.«

Jack sah sie schweigend an und in seinen Augen standen Zuneigung und Verständnis. »Das dachte ich mir. Sonst hättest du ihn niemals in deine Nähe kommen lassen.«

Sarah kamen die Tränen, aber sie wischte sie entschlossen weg. »Aber das heißt noch lange nicht, dass ich ihn heiraten will.«

»Der Marquis liebt dich auch. Das ist mehr, als die meisten Leute für sich sagen können, wenn sie heiraten.«

»Ich will keinen Mann, der über mich bestimmt.«

»Lord Caldern erscheint mir nicht als einer, der das tun würde.«

Sarah rang die Hände und trat einen Schritt von Jack weg. »Genau das hat er aber getan, indem er mich zu dieser Heirat zwang.«

Jack schüttelte den Kopf. »Lord Caldern denkt an dein Wohl. Er bietet dir den Schutz seines Namens.«

»Ich will ihn nicht.«

Jack stemmte die Hände in die Hüften. »Es ist das Beste. Du liebst ihn. Deine Entscheidung hast du vor langer Zeit getroffen.«

»Nicht zur Ehe«, wehrte sich Sarah mit einem Schluchzen.

»Sie ist die einzige Möglichkeit für eine Frau in deiner Position«, erklärte Jack. Er hob ihr Kinn und sah ihr in die Augen. »Und ich habe das sichere Gefühl, dass du es nicht bereuen wirst.«

»Wenn ich doch nur auch so sicher sein könnte!«

»Du wirst Lord Caldern trauen müssen.« Jack ging zur Tür und öffnete sie. »Komm! Es ist Zeit.«

Sarah nahm ihren Beutel und folgte Jack. Sie wusste, er hatte sie beruhigen wollen, aber es war ihm nicht gelungen. Ihr Magen rebellierte, und sie hatte Mühe zu atmen. Sarah riss sich zusammen und ging mit erhobenem Haupt. Vor der Zeremonie blieb noch Zeit, sie konnte noch mit Alex reden.

Dreiundzwanzigstes Kapitel

Am Fuße der Treppe schritt Alex auf und ab. Noch eine Stunde bis zum Dinner. Samuel hatte sich bereit erklärt sie zu verheiraten, aber der Rest der Familie wusste noch nichts davon. Er wollte, dass Sarah als seine Frau an seiner Seite stand, wenn er es ihnen eröffnete.

Er zog die Uhr aus der Westentasche und ließ sie aufschnappen. Zwei Minuten waren vergangen, seit er das letzte Mal nach der Zeit gesehen hatte. Sarah verspätete sich. Er griff nach dem Geländer und wollte gerade die Treppe hinaufsteigen, als sie erschien.

Ihr Anblick war atemberaubend. Er trat vom Treppenabsatz zurück und sah zu, wie sie zu ihm herunterkam, ohne den Blick auch nur eine Sekunde von ihrem Gesicht zu nehmen. Er lächelte, als sie leicht errötete. Noch nie war er sich seiner Liebe so sicher gewesen wie in diesem Moment.

»Ihr seht bezaubernd aus«, sagte Alex heiser. »Ihr seid die schönste Braut, die ich je gesehen habe.«

Jack schmunzelte. »So sollte natürlich jeder Bräutigam empfinden, aber ich stimme zu: Sarah ist eine wunderschöne Braut.«

Sarah stand stocksteif neben ihrem Cousin und Alex' Herz fing heftig zu schlagen an. Er hatte das deutliche Gefühl, dass sie am liebsten davonrennen würde, und so nahm er ihren Arm und legte ihn auf seinen. Er konnte nicht riskieren, sie jetzt zu verlieren.

»Es kann losgehen.« Alex führte sie an der Bibliothek vorbei auf den Westflügel zu.

»Was kann losgehen?«, fragte Sarah eingeschüchtert.

»Die Vermählung«, erklärte Alex. »Samuel hat sich bereit erklärt, uns das Jawort abzunehmen.«

Sarah blieb stehen. »Wir heiraten jetzt sofort? Aber Ihr sagtet doch heute Abend.«

Alex blickte Jack fragend an. »Ich dachte, Jack hätte Euch darauf vorbereitet.«

Panik erfasste Sarah. Sie war wie gelähmt. In ihrem Kopf kreiste alles um dieses eine Wort: Ehe. Sarah hatte geglaubt, Alex noch zur Vernunft bringen zu können und die Heirat abzusagen. Der überstürzte Termin traf sie unerwartet. Sarah atmete tief durch und lief weiter.

»Es gibt keinen Grund, es aufzuschieben«, erklärte Alex.

»Ich dachte, wir könnten noch einmal darüber reden.« Selbst in den eigenen Ohren klang ihre Stimme hohl.

Alex berührte sanft ihre Hand, die auf seinem Arm lag. »Ihr müsst mir vertrauen.«

»Wie könnte ich einem Mann vertrauen, der mich zwingt, ihn zu heiraten?«

Alex seufzte und zog seine Hand wieder weg. »Es tut mir leid, dass Ihr es so empfindet. Bald werdet Ihr einsehen, dass es das Beste ist.«

Schweigend gingen sie weiter, bis sie bei einer kleinen Kapelle im ältesten Teil des Hauses ankamen. Mächtige

Eichenflügeltüren verbargen normalerweise die Weihestätte, doch jetzt standen sie offen.

»Diese Kapelle ließ der erste Lord Caldern für seine Frau errichten.« Alex blieb vor dem Eingang stehen. »Der Legende nach werden alle, die hier heiraten, mit einer langen und glücklichen Ehe gesegnet.«

»Die wenigsten Bräute werden jedoch vor den Altar gezwungen.«

»Seine schon.«

Sarah warf Alex einen Seitenblick zu. Seine Augen leuchteten. »Wie kann das sein?«

»Der König vermachte dem ersten Baron diesen Teil des Landes und eine der wohlhabendsten Frauen im Königreich zur Gemahlin. Doch ihr Vater hatte andere Pläne und zwang ihre Zwillingsschwester, sich an ihrer Statt mit dem Baron zu verheiraten«, erklärte Alex.

»Wie schrecklich!«, entfuhr es Sarah.

Alex zuckte mit den Schultern. »Letztendlich wurden sie ein glückliches Paar, und daher rührt die Legende um diese Kapelle.« Alex räusperte sich und marschierte los.

Sarah ließ sich von Alex in die Kapelle führen. Der leicht modrige Geruch vermischte sich mit dem Duft frisch geschnittener Rosen und Lilien, mit denen die Kapelle geschmückt war.

Vorne stand Samuel Black an einem kleinen Altar mit Holzschnitzereien. Außerdem warteten Nathan Carter und Lady Julianna auf sie. Alle drei lächelten ihnen entgegen.

»Ich habe Nathan und Julianna gebeten, unsere Trauzeugen zu sein«, flüsterte Alex. »Und Jack wird dich natürlich übergeben.«

Sarah nickte wie betäubt. Alles ging so schnell, dass sie kaum zur Besinnung kam. Sie hatte geglaubt, noch einen Fluchtplan aushecken zu können und nicht so überstürzt und im Geheimen vermählt zu werden. Doch eigentlich war von Alex nichts anderes zu erwarten gewesen. Er begnügte sich eben nicht mit Halbheiten.

Alex hob Sarahs Hand an den Mund und küsste sie sanft, bevor er ihr tief in die Augen schaute. »Vertraut auf unsere Liebe.« Er nickte Jack zu und ging dann den Mittelgang nach vorne zum Altar.

Jack nahm ihre Hand und drückte sie. »Du tust das Richtige.«

»Ich wünschte, ich könnte dir glauben«, flüsterte Sarah.

Jack führte sie durch den Mittelgang. Sarah musste sich zu jedem Schritt zwingen, sie zitterte am ganzen Leib und ihre Zähne schlugen aufeinander, aber sie ging erhobenen Hauptes. Sie konzentrierte sich auf das Bild hinter dem Altar. Jesus am Kreuz.

Ihre Schritte hallten laut auf dem Steinboden. Es war die einzige Musik, die sie begleitete. Sarah lächelte innerlich bei der Erinnerung an ihre erste Heirat, als die Kirche voller Lieder und Gratulanten gewesen war. Als sie an das junge naive Mädchen dachte, das sie damals gewesen war, kamen ihr fast die Tränen. Blind hatte sie ihrem neuen Mann vertraut.

Heute war sie nicht mehr so leichtgläubig. Die Erfahrung hatte sie vieles gelehrt. Jetzt betete sie nur, dass sie noch irgendeinen Ausweg fände. Nicht einmal ihre Liebe zu Alex konnte sie überzeugen, dass es beim zweiten Mal anders wäre.

Jack blieb vor Alex stehen und verbeugte sich leicht, dann reichte er dem Marquis Sarahs Hand. Alex hielt sie fest, damit das heftige Zittern aufhörte. Das war der Moment der Wahrheit, der Moment, in dem sie ihr Jawort verweigern konnte.

Alex beugte sich zu ihr. »Sag jetzt nicht Nein«, flüsterte er. »Es ist die einzige Möglichkeit. Ich verspreche, du wirst diesen Schritt niemals bereuen.«

Sarah erstarrte. Wie hatte er ihren Plan erraten? Ihr Mut sank, als sie sich der Wahrheit seiner Worte bewusst wurde. Ihr Onkel würde sie niemals wieder in Hartfort aufnehmen. In Caldern konnte sie auch nicht bleiben. Ihre einzige Wahl war die Ehe.

Sarah blickte von Alex zu Samuel, der die schwarze Robe trug und ein kleines Gebetsbuch in Händen hielt. Er sah sie forschend an und Sarah lächelte matt. Es hatte keinen Zweck, das Unvermeidbare hinauszuzögern.

»Mein Bruder bat mich, die Zeremonie kurz zu halten, also nehme ich dir das Versprechen zuerst ab. Willst du, John Alexander Norward, Sarah Jane Wellsley zur Frau nehmen?«

»Ja, ich will«, antwortete Alex fest.

»Wollt Ihr, Sarah Jane Wellsley, John Alexander Norward zum Mann nehmen?«

Eine Ewigkeit schien zu vergehen, bis Sarah leise Ja sagte.

Vom Rest der Zeremonie bekam Sarah kaum etwas mit. Ein einziger Gedanke beherrschte sie: Sie war tatsächlich wieder verheiratet. Alles andere schien bedeutungslos. Wie durch einen dichten Nebel sah sie, wie

Samuel segnend die Hand erhob. »Hiermit erkläre ich Euch für Mann und Frau. Du darfst die Braut jetzt küssen.«

Sarah schloss die Augen und kämpfte gegen die Tränen, die sie zu überwältigen drohten. Einmal mehr hatte man ungebeten über ihr Schicksal bestimmt. Doch ihre Verzweiflung wurde weggewischt, als sie sich in Alex' starken Armen wiederfand. Überrascht schlug sie die Augen auf und ihr Herz machte einen Sprung, als ihr Zärtlichkeit und Liebe aus seinen Augen entgegenstrahlten. Er streifte ihre Lippen sanft mit seinen.

Ein leises Kribbeln durchfuhr sie und angenehme Wärme hüllte sie ein. Sie beugte sich zu Alex hin. Unter seinem langen Kuss wurden ihre Lippen weicher. Alles um sie herum schien sich zu drehen, aber Alex hielt sie in seinen starken, schützenden Armen.

Eine leise Stimme in ihrem Hinterkopf sagte, dass sie genau das wollte: von Alex gehalten und geliebt werden. Sie musste nur aufhören sich zu wehren und an ihre Liebe glauben, doch diesen Gedanken verscheuchte sie.

Alex löste sich von ihr und blickte sie mit einem Lächeln an. »Jetzt bist du sicher.«

Sarah runzelte die Stirn. Allein der Gedanke an eine Ehe versetzte sie in Angst und Schrecken. »Wie könnt Ihr das sagen?« Sie weigerte sich noch, ihn in der vertrauten Anrede der Eheleute anzusprechen.

»Ich werde dich nie verletzen«, versprach er leise. »Du bist meine Frau, und ich liebe dich.«

Samuel Black räusperte sich. Er grinste über das ganze Gesicht und hatte die Arme ausgebreitet. »Ich wünsche euch beiden Glück.«

Alex schüttelte seinem Bruder die Hand. »Danke, Samuel, du warst uns eine große Hilfe.«

»War mir ein Vergnügen«, versicherte er. Dann küsste er Sarah auf die Wange. »Es kommt nicht oft vor, dass ich zwei Menschen verheirate, die sich wirklich lieben.«

Jack kam zu ihr und umarmte sie. »Du hast das Richtige getan, Sarah. Ich weiß, dass du glücklich sein wirst.«

Sarah blickte zu ihrem Cousin auf und erkannte überrascht, dass er aus tiefster Überzeugung sprach. Bevor sie antworten konnte, kam Lady Julianna auf sie zu. »Was für eine romantische Hochzeit«, schwärmte sie schüchtern.

Jack blickte Alex' Schwester bewundernd an. »Euer Bruder hätte keinen besseren Ort wählen können. Ich bin sicher, dass hier viele glückliche Ehen ihren Anfang nahmen.«

Julianna nickte. »Die Kapelle stammt aus dem vierzehnten Jahrhundert«, erklärte sie ehrfürchtig. »Sie war viele Jahre in Gebrauch, bis mein Großvater darauf bestand, dass die Leute in die Dorfkirche gingen.«

»Plauderst du gerade unsere Familiengeheimnisse aus?«, fragte Alex und legte Sarah einen Arm um die Hüfte.

Julianna schüttelte den Kopf. »Ich erzähle nur, wie sehr ich diese Kapelle liebe.«

Alex blickte zum Deckengewölbe hoch und seufzte. »Ein Jammer, dass sie so wenig genutzt wird. Es ist einer der schönsten Orte in Caldern.«

»Hast du Sarah von der Legende erzählt?«, wollte Nathan Carter wissen.

»Ja. Deshalb wollte ich ja auch hier heiraten«, erklärte Alex lächelnd. »Sarah und ich werden ohnehin ein glückliches Paar sein, aber es schadet nichts, den familiären Aberglauben aufrecht zu halten.«

»Da hast du recht«, meinte Nathan. »Du hast deine Braut sehr weise gewählt.«

Sarah spürte Nathans Blick auf sich ruhen und blickte zu ihm auf. »Danke«, murmelte sie.

»Ich dachte mein Bruder sei drauf und dran eine Dummheit zu begehen.« Nathan packte Alex bei der Schulter. »Ich wusste, dass du einen inneren Kampf ausfichtst. Ich freue mich für euch beide.«

Alex zog Sarah enger an sich und ihr Herz schlug höher. So wütend sie war, seine Nähe betörte sie. Doch sie musste standhaft bleiben.

»Sarah und ich danken euch, dass ihr an diesem für uns so bedeutsamen Anlass teilgenommen habt.« Alex schob sie auf den Ausgang zu. »Jetzt ist es Zeit, unsere Heirat dem Rest der Familie zu eröffnen.«

Nathan schmunzelte. »Ich muss mich leider entschuldigen. Ich bin die nächsten Tage in Carlisle. Viel Glück.« Mit einem Winken verließ er die Kapelle. Sarah sah ihm sehnsüchtig nach. Sie wünschte, auch sie hätte die Freiheit einfach zu gehen.

Alex flüsterte ihr ins Ohr: »Ich hätte dich gerne an meiner Seite, wenn ich es dem Rest der Familie eröffne, aber wenn du lieber schon auf dein Zimmer willst, kannst du gerne schon mal vorgehen.«

Sarah sah ihn fragend an. »Warum sollte ich das?«

»Es steht dir ins Gesicht geschrieben«, tuschelte Alex. »Wenn du heute lieber noch nicht mit der Familie sprechen willst, verstehe ich das. Ich eröffne es ihnen und lasse uns das Essen in unserem Schlafzimmer servieren.«

Sarah bekam einen ganz trockenen Mund, als ihr bewusst wurde, was Alex damit meinte. Er dachte, sie könne die Hochzeitsnacht nicht mehr erwarten. »Nein«, wehrte Sarah hastig ab. »Ich komme mit dir.«

»Wie du wünschst.« Alex zwinkerte ihr zu. »Gehen wir und überbringen den anderen die frohe Nachricht.«

Lady Julianna und Samuel Black gingen voraus, gefolgt von Jack. Sarah atmete tief durch und reckte das Kinn. Jetzt musste sie sich ihrer Cousine und Lady Caldern stellen. Sie würden nicht gerade erfreut sein über diese Heirat.

Alex führte sie aus der Kapelle und verschloss die Flügeltüren. Schweigend gingen sie zum Salon. Die anderen waren bereits drinnen. Johnson empfing sie vor der Tür.

»Wenn mir die Freiheit gestattet ist, mein Lord«, erklärte er ernsthaft, »möchte ich Euch und Lady Caldern im Namen der Dienerschaft alles Gute wünschen.«

»Danke, Johnson. Es überrascht mich nicht, dass das Personal die Neuigkeiten vor der Familie erfahren hat.«

Johnson verbeugte sich leicht und öffnete die Tür für sie. Beim Anblick all der fragenden Gesichter, die ihnen aus dem Salon entgegenblickten, verkrampfte sich Sarahs Hand um Alex' Arm.

»Warum hast du uns warten lassen?«, verlangte Lady Caldern ungehalten. »Und wer ist diese Frau?«

»Das ist Sarah!« Caroline beäugte Sarah und ihre Augen wurden zu Schlitzen. »Woher hast du dieses Kleid?«

»Ich möchte euch meine Frau vorstellen«, verkündete

Alex mit einem breiten Lächeln. »Wir kommen gerade aus der Kapelle.«

»Was?«, kreischte Caroline.

»Das ist unfassbar«, rief Lady Caldern. »Warum solltest du so eine Person heiraten?«

»Wie kannst du Mutter so verärgern? Du bist unmöglich!« Lord Bryan zog eine Grimasse und kehrte ihnen den Rücken zu.

Sarahs Herz sank. Sie hatte gewusst, dass die Neuigkeiten wie ein Blitz einschlagen würden, doch mit so viel unverhohlener Bosheit hatte sie nicht gerechnet. Am liebsten wäre sie davongerannt, aber Alex hielt ihre Hand und führte sie weiter in den Salon.

David Stanton stieß einen Pfiff aus. »Ich kann nicht glauben, dass du geheiratet hast, ohne mir Bescheid zu geben.« Er kam auf Alex zu und klopfte ihm auf die Schulter. »Gratulation.«

Sarahs Anspannung löste sich etwas, als Mr. Stanton ihr die Hand küsste. »Wie ich sehe, hat Alex eine gute Wahl getroffen.«

»Danke«, murmelte sie und schaffte es, einmal tief Luft zu holen.

»Das glaube ich einfach nicht«, unterbrach Lady Caldern. »So schnell hättest du niemals eine Hochzeit arrangieren können.«

»Ich versichere dir, es ist wahr«, entgegnete Alex kalt. »Die Genehmigung hatte ich bereits, und Samuel erklärte sich bereit, uns zu vermählen.«

»Eine Genehmigung?«, schrie Caroline schrill. Sie schlug sich wütend auf die Brust. »Die war für mich bestimmt!«

Es versetzte Sarah einen tiefen Stich, zu sehen, was sie ihrer Cousine angetan hatte. »Ich wollte das nicht. Das musst du mir glauben«, bat Sarah.

Caroline kam auf sie zu und blieb eine Armeslänge vor ihr stehen. Sarah streckte ihr die Hand entgegen und hoffte, dass Caroline vernünftig wäre. Stattdessen stieß Caroline ihre Hand zur Seite und holte zu einer Ohrfeige aus.

Sarah wich zurück, aber es wäre nicht nötig gewesen. Alex packte Caroline am Handgelenk und hielt ihre Hand Zentimeter von Sarahs Gesicht entfernt.

»Es reicht.«

Wutentbrannt funkelte Caroline ihre Cousine an. »Du bist der undankbarste Mensch, den ich je getroffen habe.«

Vierundzwanzigstes Kapitel

Sarah stand in ihrem neuen Schlafzimmer und schüttelte ungläubig den Kopf. Es war ein Traum in Hellblau mit goldenen Bordüren. Kunstvolle Schnitzereien von Cupidos und Blumenranken verzierten das dunkle Rosenholzmobiliar. Alles war zierlich und feminin. Es sah so gar nicht nach Lady Caldern aus, so dass Sarah schon glaubte, sich im Zimmer geirrt zu haben.

Sie ging zum Frisiertisch und hob den Kamm aus Sterlingsilber auf, der neben ihrem eigenen lag. Das Kerzenlicht spiegelte sich so hell darin, dass es fast blendete, kein Vergleich mit ihrem Holzkamm.

Sarah legte den Kamm wieder hin und seufzte, während ihre Finger geistesabwesend die Kante des Frisiertisches nachfuhren. Der ganze Abend hatte sich wie ein Traum angefühlt, warum sollte es hier also anders sein, sagte sie sich. Nach dem Dinner war sie auf ihr gewohntes Zimmer gegangen, doch von dort hatte man sie hierher geführt, in die Räume, die an die des Marquis anschlossen.

»Kann ich Euch mit irgendetwas behilflich sein, meine Lady?«, fragte eine Stimme.

Sarah drehte sich um und lächelte. Mary war eine der Bediensteten aus dem ersten Stock, und man hatte sie ihr wahrscheinlich zugeteilt, bis sich eine passende Kammerzofe für sie fand. »Ich komme zurecht«, versicherte sie ihr.

Mit einem Knicks verschwand Mary. Sarah ließ sich in einen Sessel am Fenster sinken. Es war ein anstrengender Tag gewesen, aber das Schlimmste stand ihr noch bevor. Irgendwie musste sie Alex überzeugen, die Ehe wieder aufzuheben. Sarah vergrub das Gesicht in den Händen und stöhnte.

»Mach es dir nicht allzu bequem«, warnte eine Stimme von der Tür aus. »Lady Caldern hat diese Zimmer exklusiv für mich einrichten lassen, die Frau, die für die Heirat mit dem Marquis vorgesehen war.«

Sarah blickte überrascht auf und erhob sich, als sie Caroline sah. »Was machst du hier?«

»Ich dachte, das wäre offensichtlich.« Caroline schloss die Tür hinter sich.

Sarahs Magen krampfte sich zusammen und sie legte schützend eine Hand auf den Bauch. Caroline hatte nicht am Dinner teilgenommen und sich auf ihr Zimmer zurückgezogen, aber Sarah hatte gewusst, dass sie irgendwann mit ihr reden musste. Bloß hatte sie gehofft, Zeit damit zu haben, bis sie Alex überzeugt hatte, die Heirat rückgängig zu machen.

Sarah hob den Kopf. »Was kann ich für dich tun?«

»Du kannst dir die Nettigkeiten sparen«, zischte Caroline. »Du hast bereits bewiesen, was für eine hinterhältige, gemeine Hexe du bist.«

»Das ist ungerecht«, protestierte Sarah.

Caroline zeigte mit einer weitläufigen Handbewegung durch das Zimmer. »Du sitzt in dem Zimmer, das eigentlich mir zugedacht war.«

»Ich weiß«, sagte Sarah hastig. »Ich habe alles versucht, Alex von der Heirat abzubringen, aber er wollte nicht zuhören. Gib mir Zeit, ihn zu überzeugen.«

»Jetzt glaubst du also, ich sei dir auf Gedeih und Verderb ausgeliefert?« Caroline stemmte die Hände in die Hüften, ihr Gesicht war wutverzerrt. »So etwas lasse ich mir nicht bieten! Wenn dieser Mann glaubt, so mit mir umspringen zu können, dann hat er sich gehörig getäuscht!«

Sarahs Brust zog sich angstvoll zusammen. So wütend hatte sie Caroline noch nie erlebt. »Wir wollten dir niemals wehtun.«

»Das kannst du leicht sagen.« Caroline ging zum Frisiertisch und nahm einen der kristallgläsernen Parfümflakons. »Jetzt hast du, was du willst. Mein Fehler war es, mich von Vater überreden zu lassen, dich mitzunehmen.«

»Ich wollte nie mit«, erinnerte Sarah ihre Cousine.

»Und jetzt dankst du mir meinen Großmut mit Lügen und Verrat.« Caroline wandte sich vom Tisch ab, den Flakon in der Hand. »Ich habe dich als Familienangehörige behandelt und dafür raubst du mir den Mann.«

»So war es nicht.« Misstrauisch beäugte Sarah das Parfüm in der Hand ihrer Cousine. »Wir haben uns verliebt.«

»Verliebt!«, rief Caroline höhnisch. »Welcher Mann sollte sich schon in dich verlieben?«

Diese Worte waren wie ein Schlag ins Gesicht. Sarah biss die Lippen zusammen und unterdrückte gewaltsam die aufkommende Wut und die Zweifel, die ihr die Brust zusammenschnürten.

»Ich verstehe, dass du verletzt bist«, sagte sie leise, aber mit Nachdruck. »Ich habe versucht, es Alex auszureden.«

»Du bist immer um den Mann herumscharwenzelt«, keifte Caroline. »Immer, wenn er mit mir zusammen sein sollte, warst du da.«

»Das ist nicht wahr!«, wehrte sich Sarah. Sie ging auf Caroline zu und streckte die Hand nach dem Flakon aus. »Du musst mir glauben.«

»Und ich war so dumm, euch allein zu lassen.« Caroline hob die Hand und schmetterte den Flakon auf Sarah.

Er verfehlte Sarahs Kopf um Haaresbreite und zerschellte an der Wand hinter ihr. Sarah drehte sich um, eine Hand vor dem Mund, und betrachtete den Schaden. Die geblümte Tapete war nass, und schwerer Rosenduft erfüllte den Raum.

»War das denn nötig?«

»Das ist erst der Anfang.« Caroline warf wütend den Kopf zurück. »Du hast mein Leben ruiniert. Und wenn du glaubst, dass ich mich zurücklehne und dabei zuschaue, wie du dich amüsierst, dann hast du dich geirrt.«

Sarah holte tief Luft und fing an, die Scherben einzusammeln. Es hatte keinen Sinn, mit Caroline zu streiten, wenn sie in dieser Stimmung war. Am besten ließ man sie toben, bis sie sich wieder von selbst beruhigte.

»Hast du gehört?«, rief Caroline schrill.

»Ich nehme an, das ganze Haus hört Euch«, mischte sich eine ruhige männliche Stimme ein.

Sarahs Augen weiteten sich: In der offenen Tür stand Alex. Er kam herein und verschloss sorgfältig die Tür hinter sich. Caroline blickte ihn wütend an und verschränkte die Arme vor der Brust.

»Glaubt bloß nicht, dass Ihr mir Angst einjagen könnt«, warnte sie ihn.

»Das habe ich auch nicht vor.« Alex verzog keine Miene. »Ich würde nur gerne erfahren, was Ihr im Zimmer meiner Frau macht.«

»Wie könnt Ihr so etwas fragen? Kennt Ihr denn gar kein Ehrgefühl?«

»Ich bin mir keines Vergehens bewusst«, erwiderte Alex gelassen. »Im Gegensatz dazu verhaltet Ihr Euch meiner Frau gegenüber völlig unangemessen. Das kann ich nicht zulassen.«

»Sie ist meine Cousine.« Caroline reckte trotzig das Kinn und legte die Hände auf die Hüften. »Was zwischen uns gesagt wird, geht Außenstehende nichts an.«

»Ganz im Gegenteil«, meinte Alex leise. »Was Ihr zu Sarah sagt, sagt Ihr zu mir.«

»Wie Ihr wünscht«, keifte Caroline. »Ich finde Euch beide unmöglich.«

Alex legte leicht den Kopf schräg. »Es gab keine bindende Abmachung zwischen Euch und mir.«

»Aber sie verstand sich von selbst. Glaubt Ihr, ich wäre sonst an diesen gottverlassenen Ort gekommen?«

»Wir hätten niemals zusammengepasst.« Alex ging zu Sarah und reichte ihr die Hand. Dankbar griff sie danach und richtete sich auf, die Scherben in der Hand. Er nahm sie ihr ab und führte sie zu einem Sessel. »Setz dich, meine Liebe.«

»Wie rührend«, spottete Caroline. »Wahrscheinlich soll ich auch noch glauben, dass Ihr Sarah liebt.«

Alex ließ die Glasscherben in den Ascheeimer neben dem Kamin fallen. Dann drehte er sich um und blickte Caroline in die Augen. »Ja«, erklärte er ruhig, »Ich liebe Sarah.«

»Das ist unmöglich«, sagte Caroline auflachend. »Sie ist zu alt für eine Ehe. Ihr habt sie vielleicht in ein feines Kleid gesteckt, aber dieser Zauber wird nicht lange anhalten. Sarah wird Euch nie einen Erben schenken können oder eine vorzeigbare Marquise werden.«

Sarah blickte auf ihre zitternden Hände und presste sie zusammen. Sie fürchtete, Caroline sagte die Wahrheit, aber so sehr es auch schmerzte, vielleicht brachte Alex das endlich zur Besinnung.

»Ich kann mir keine bessere Frau als Sarah vorstellen«, sagte Alex fest. »Ich bedaure, dass Ihr Euch durch unsere Heirat verletzt fühlt, aber bald werdet Ihr einsehen, dass es das Beste für uns alle ist.«

»Wie wollt Ihr wissen, was das Beste für mich ist?«, kreischte Caroline. »Ich habe Euch nie gebeten, Euch in mein Leben einzumischen.«

»Es war auch mein Leben. Ich bin sicher, Ihr werdet die perfekte Frau für einen glücklichen Mann, aber nicht für mich.« Alex verschränkte die Hände hinter dem Rücken und schaute Caroline tief in die Augen. »Ich brauche eine Frau, die Caldern liebt, die hier den Rest ihres Lebens verbringen will und mir hilft, das Anwesen wiederaufzubauen. Und vor allem brauche ich eine Frau, die ich liebe und die meine Gefühle erwidert. All das ist Sarah.«

Caroline schienen die Worte zu fehlen, und so stand sie eine Weile einfach da und starrte den Marquis feindselig an. Als sie sich wieder gesammelt hatte, wandte sie sich an Sarah. »Das war nicht das letzte Wort. Jack ist hier und er wird auf meiner Seite stehen.«

»Euer Bruder Jack verlangte, dass Sarah und ich heiraten«, klärte Alex sie sanft auf. »Er hat mir Sarah übergeben.«

Caroline ballte die Fäuste. »Jack hat immer zu dir gehalten«, blaffte sie Sarah an.

»Keiner wollte dich verletzen. Bitte glaube mir«, bat Sarah. Sie erhob sich halb aus dem Sessel, setzte sich aber wieder, als Caroline ihr giftige Blicke zuwarf.

»Damit wirst du nicht durchkommen«, prophezeite Caroline finster. Sie machte auf dem Absatz kehrt und stürmte aus dem Zimmer. Das ohrenbetäubende Knallen der Tür hallte durch den Raum.

»Das verlief gut«, murmelte Alex und wandte sich wieder Sarah zu. »Ich hoffe, sie war nicht zu grob, als ich noch nicht da war.«

Sarah fühlte sich wie betäubt. Carolines Tirade war schlimmer gewesen als befürchtet, und doch verstand sie ihre Wut. Ihre Heirat hatte all ihre Pläne durchkreuzt. Die Anschuldigungen hallten in ihren Ohren nach und das schlechte Gewissen drohte sie zu überwältigen.

»Du hast ihr nichts getan«, sagte Alex ruhig.

»Wie kannst du das sagen?«, erwiderte Sarah wütend. »Ich habe ihr den Ehemann weggenommen.«

»Nein«, beharrte Alex und kam mit großen Schritten auf sie zu. »Sie wird bald ein neues Opfer finden. Außerdem hätte ich sie niemals geheiratet.«

Sarah schüttelte den Kopf und blickte zur Seite. »Vor

ein paar Wochen hattest du noch fest vor, sie zu heiraten.«

Alex seufzte schwerfällig. »Damals kannte ich dich noch nicht.«

»Deswegen ist es noch lange nicht richtig.« Sarah lehnte sich zurück. »Wie konnte ich das bloß zulassen?«

»Es war nicht allein deine Schuld«, gab Alex zu bedenken.

»Ich hätte dich nie in meine Nähe lassen dürfen«, fuhr Sarah fort. »Ich wusste, wie Caroline fühlt, und dennoch raubte ich diese Stunden mit dir. Niemals hätte ich mir erträumt, dass es so enden würde.«

»Dich trifft keine Schuld.« Alex setzte sich neben sie und nahm ihre Hand. »Als ich mir meiner Liebe zu dir bewusst wurde, konnte mich nichts mehr aufhalten.«

»Es ist noch nicht zu spät, die Angelegenheit ins Reine zu bringen.«

Alex sah sie fragend an. »Was willst du damit sagen?«

Sarah holte tief Luft. »Wir sollten die Ehe annullieren.«

»Warum?«, fragte Alex tonlos und Sarah erschauderte bei der Kälte in seiner Stimme.

»Es wäre die Lösung aller Probleme«, erklärte sie zögerlich. »Caroline löst keinen Skandal aus, indem sie überall erzählt, wie sie verschmäht wurde, und du bekämst die Frau, die du brauchst.«

»Und du wärst frei«, fügte Alex hinzu.

Sarah nickte. Der Blick, den Alex ihr zuwarf, traf sie tief im Inneren und sie senkte den Blick. Sie wusste, dass sie ihn verärgerte, aber sie konnte sich nicht auf eine Ehe einlassen.

Alex lehnte sich zurück und schlug ein Bein über das andere. »Fürchtest du dich eigentlich vor mir oder vor der Ehe?«

Sarah sah hastig auf. »Ich kann nicht in einer Ehe leben«, beharrte sie. »Ich werde keinem Mann erlauben, über mich zu bestimmen. Nicht einmal dir.«

»Dann hat es also nichts mit mir persönlich zu tun?«, folgerte Alex.

»Versuch mich zu verstehen«, bat Sarah.

»Ich verstehe.« Alex lachte verbittert und stand auf. »Ich verstehe, dass du nicht an unsere Liebe glauben willst.«

»Ich kann es nicht.«

»Vertrauen oder lieben?«, fragte Alex spöttisch.

Sarah biss sich auf die Lippen. Alex' abweisende Kälte war beinahe unerträglich. Sie liebte ihn abgöttisch, aber sie konnte ihm nicht nachgeben. Sie verzehrte sich mit jeder Faser ihres Daseins nach ihm, aber ihr Wille ließ nicht zu, dass sie sich auf das Wagnis einließ.

»Du kannst dich nicht ewig vor dem Leben verstecken.« Alex ging zum Fenster und zog den Vorhang zurück. »Da draußen wartet die Welt auf dich. Sich zu verstecken wird das nicht ändern.«

»Ich verstecke mich nicht«, wehrte sich Sarah.

»Du verwirkst dir die eigenen Träume«, sagte Alex. Er ließ den Vorhang zurückfallen und stellte sich vor ihren Sessel, wo er die Hände auf die Armlehnen stützte, so dass sein Gesicht nur Zentimeter von ihrem entfernt war.

Sarah wich zurück, aber Alex folgte ihr. »Was für Träume?«, fragte sie zögerlich.

»Kinder.«

Sarahs Herz setzte einen Schlag lang aus und fing dann an, wie wild zu schlagen. Einen Moment lang drehte sich alles und sie presste eine Hand an die Stirn. Wie hatte er das erraten? Sie hatte nie jemandem gestanden, nicht einmal sich selbst gegenüber, wie sehr sie der Verlust ihres Babys mitgenommen hatte.

Alex Miene wurde weicher. »Ich kenne deine Geheimnisse.« Alex strich ihr das Haar aus dem Gesicht und küsste sie sanft auf die Stirn. »Ich liebe dich.«

»Ich habe gelernt, ohne Kinder zu leben«, sagte sie ernst.

»Aber das brauchst du doch nicht«, entgegnete Alex heiser. »Vielleicht hast du unser Kind schon empfangen, während wir uns hier unterhalten. Verurteile mich nicht zu einem Leben ohne Kinder, zu einem Leben ohne dich. Erlaube mir, für dich zu sorgen.«

Alex kniete neben ihr nieder und umfasste ihr Gesicht mit beiden Händen. »Lass meine Liebe zu«, flüsterte er.

Seine Augen waren weicher geworden, und Sarah war wie hypnotisiert von dem warmen Silbergrau. Bevor sie protestieren konnte, küsste er sie.

Weich und einladend war sein Kuss und brachte Sarah zum Schmelzen. Als seine Zunge über ihre Lippen streifte, konnte Sarah nicht widerstehen. Mit der Leichtigkeit des Atemholens öffnete sie den Mund. Langsam drang seine Zunge ein und umstrich die ihre langsam und verführerisch, bis das wohlvertraute Kribbeln in ihr erwachte.

Ein lustvolles Beben durchzuckte Sarah unter seiner Berührung. Aller Widerstand verebbte, als er sie spielerisch in die Unterlippe biss und dann besänftigend mit der Zunge darüberfuhr. Mit zitternden Fingern hielt er ihr Gesicht, als er die Lippen von ihr löste. Als er zu ihr herabsah, brannte in seinen Augen eine Liebe, die Sarah bis ins Mark erschütterte.

Heftig atmend und ohne je den Blick von ihr zu lösen, schaute er sie erwartungsvoll an. Sarah wusste, dass sie ihn abweisen sollte, doch ihr Körper versagte ihr den Gehorsam. Ihr Verlangen war erwacht und beherrschte ihre Gefühle. Ohne nachzudenken, näherte sie sich ihm.

Starke Arme umfingen sie und hoben sie aus dem Sessel. Alex hob sie an seine Brust und ihre Herzen schlugen im gleichen Takt. Die Luft im Raum war aufgeladen. Sarah atmete unregelmäßig, ihr Körper jubilierte. Langsam und behutsam ließ Alex sie an sich herabgleiten, bis ihre Knie den Boden berührten.

Wieder fanden sich ihre Lippen. Doch dieses Mal war Alex fordernd und beharrlich. Seine Nähe und sein Geruch erfüllten Sarahs ganzes Sein. Begierig verschlang er sie mit Küssen. Ein lustvolles Ziehen wand sich tief in ihrem Inneren, als sie auf sein Drängen antwortete. Ihre Zungen verschmolzen in einem leidenschaftlichen Tanz, und sein Geschmack war köstlich männlich.

Bald war sie ihm ganz verfallen. Sie bebte vor Verlangen und wand sich in seinen Armen. Alex zog sie fester an sich und ließ seine Hände über ihren Rücken gleiten. Er streichelte und liebkoste sie, bis jede Faser ihres Körpers zum Leben erwacht war. Erst dann strichen seine Hände langsam tiefer, umfassten ihren Po und zogen sie an seinen Unterleib, so dass sie spüren konnte, wie sehr sie ihn erregte.

In rhythmischen Bewegungen presste er die Hüften an sie und bedachte ihren Hals mit leidenschaftlichen Küssen. Er zupfte an ihrem Mieder, bis er eine ihrer Brüste befreit hatte. Heiß und gierig fuhr seine Zunge über ihre Brustwarze und ließ Sarah vor Verzückung aufstöhnen.

Sie stand in Flammen. Die Hitze ihrer Leidenschaft hatte sie ergriffen. Für Gedanken war kein Raum mehr, jetzt zählten nur noch sie beide. Sarah ergab sich ihren Gefühlen, warf den Kopf in den Nacken. Seine Zunge umkreiste ihre hart gewordene Brustwarze, liebkoste sie, bis sie es fast nicht mehr ertrug. Erst dann gab Alex nach und umschloss sie mit dem ganzen Mund.

Sarahs Finger krallten sich in Alex' Arme. Leise flüsterte sie, er möge sie erlösen. Stattdessen hob er den Kopf. Die kalte Luft im Raum ließ sie erzittern, doch bevor sie sich bewegen konnte, küsste Alex ihre andere Brustwarze. Als sie vom Mieder befreit war, wiederholte er sein quälend schönes Spiel mit ihr.

Sarah bebte, als Woge um Woge der Lust über sie hinwegspülte. Erbarmungslos brachte Alex sie mit seinen verführerischen Liebeskünsten an den Rand des Wahnsinns, bis sie ihm hilflos ausgeliefert war und ihn nicht mehr aufhalten konnte. Sie war ganz schwach vor Verlangen und erfüllt von süßem Schmerz. Plötzlich hob er den Kopf. Sarah versuchte, ihn zurück auf ihre Brust zu pressen, aber er widerstand.

»Wir sind füreinander bestimmt«, sagte er heiser und stockend. »Verwehr dich mir nicht.«

Ein warnendes Zittern lief Sarah über den Rücken. Sie kämpfte gegen das körperliche Begehren, das ihre Sinne benebelte. Sie verzehrte sich noch immer nach Alex' Berührung, doch ihr schmerzhaft erworbener und durch jahrelange Erfahrung gestählter Schutzschild ließ sich nicht so leicht durchbrechen. Sie konnte nicht zulassen, dass Alex sie zu seiner Frau machte.

Bebend stieß sie Alex von sich. Was war er doch für ein gerissener Kerl! Als seine Worten nicht mehr überzeugten, wollte er sie mit Küssen verführen. Wie konnte sie einem Mann trauen, der sie gegen ihren Willen zur Heirat gezwungen hatte? Nicht einmal ihre Liebe konnte sie über diese Ungeheuerlichkeit hinwegsehen lassen.

»Nein.« Sarah stand auf. Verärgert musste sie feststellen, dass ihre Beine zitterten. Sie holte tief Luft und zog ihr Mieder hoch. »Ich will das nicht.«

Alex lehnte sich zurück und presste die Fingerspitzen gegeneinander. »Doch, du willst es«, erwiderte er verdrossen. »Du liebst mich. Versuch nicht, das abzustreiten.«

»Ich wollte nicht heiraten und habe nie darum gebeten«, rief Sarah entrüstet. »Du hattest nicht das Recht, mich zu zwingen.«

»Du hast mir keine andere Wahl gelassen. Du wolltest weder auf deine Gefühle noch auf die Vernunft hören.«

»Ich will mein eigenes Leben leben. Ich brauche keinen Mann, der über mich bestimmt.« Stolpernd entfernte sich Sarah von Alex. Sie brauchte Abstand, um klare Gedanken fassen zu können. In seiner Nähe war dies unmöglich.

»Keiner hat das geplant, Sarah.« Alex fuhr sich geistesabwesend durchs Haar und stand auf. »Diese Liebe wurde uns geschenkt. So ein Geschenk kann man nicht einfach wegwerfen.«

»Ich kann nicht zulassen, dass du die Ehe vollziehst.«

»Warum?« Alex traute seinen Ohren nicht.

»Es ist die einzige Möglichkeit«, erklärte Sarah zögerlich. »Die Ehe muss annulliert werden.«

Schweigen breitete sich aus und Sarah verschränkte nervös die Finger. Alex sah sie fassungslos an. »Ich will sie aber nicht annullieren«, stellte er dann fest und sah ihr, ohne zu blinzeln, in die Augen. »Du bist meine Frau. Ich werde dir Zeit geben, dich an deine neue Rolle zu gewöhnen. Gute Nacht.«

An der Tür, die von Sarahs Schlafzimmer in seines führte, blickte er über die Schulter zurück. »Bedenke, dass meine Geduld begrenzt ist«, presste er hervor, dann schlug er die Tür hinter sich zu.

Sarah starrte einige Momente lang auf die geschlossene Tür, bevor sie auf ihrem Bett in Tränen ausbrach. Alles lief schief. Sie hatte Alex überzeugen wollen, sie aus der Ehe zu entlassen, stattdessen hatte sie ihn verärgert und frustriert.

Sein Abschiedsblick ließ Zweifel in ihr aufkommen. Trotz seines barschen Tonfalls waren seine Augen voller Liebe gewesen. Stephen hätte ihr niemals Bedenkzeit gewährt. Er hätte verlangt, dass sie sich ihm fügte, und wenn er dazu Gewalt anwenden musste.

Sarah stöhnte. Diese Unentschlossenheit brachte sie noch um den Verstand. Was, wenn Alex recht hatte? Beging sie einen schrecklichen Fehler, wenn sie das Geschenk ihrer Liebe verschmähte? Vielleicht konnte sie lernen, ihm zu vertrauen. Auch wenn er darauf bestanden hatte, dass sie heirateten — was hätte er als ehrbarer Mann für andere Möglichkeiten gehabt?

Sarah schloss die Augen und erinnerte sich an die vergangene Nacht. Wie geborgen sie sich in seinen Armen gefühlt hatte! Vielleicht war das die Antwort, nach der sie suchte, aber würde ihr Alex vergeben? Hatte sie ihre Chance auf ein glückliches Leben vertan?

Sarah schüttelte den Kopf und setzte sich auf. Es hatte keinen Zweck, jetzt darüber nachzudenken. Sie hatte die letzte Nacht nicht geschlafen und war erschöpft. Sie fühlte sich wie betäubt und konnte keinen klaren Gedanken mehr fassen. Sie brauchte Schlaf. Eilig zog sie sich aus und legte sich ins Bett. Ihre Entscheidung konnte bis Morgen warten.

Fünfundzwanzigstes Kapitel

Alex schlug das Buch zu und legte den Kopf in die Hände. Was für eine Katastrophe! Er rieb sich die müden Augen. Er hatte die Nacht in der Bibliothek verbracht und jetzt, wo die Sonne über den Horizont kletterte, hatte er noch immer keine Antwort.

Ein lautes Klopfen an der Tür schreckte ihn aus seinen Gedanken auf. »Herein!«

David kam in die Bibliothek. Er trug braune Reitkleidung und hielt Gerte und Reithelm in der Hand. Nachdem er mit einem kurzen Blick die Bibliothek erfasst hatte, lächelte er Alex zu. »Ich hatte nicht erwartet, dich hier vorzufinden. Sind wir etwa aus der Übung gekommen?«

Alex musste schmunzeln. David brachte ihn immer wieder auf die Erde zurück. Mit einem Seufzer erhob er sich aus dem Schreibtischsessel. »Frag nicht.«

David hob die Hand. »Würde mir nie einfallen«, beruhigte er Alex. »Ich bin auf dem Weg zum Stall. Ich hoffe, ich komme zu einem Morgenausritt, bevor sich dein reizender Bruder aus seinem Zimmer bequemt.«

»Ich nehme an, du redest von Bryan.« David und Bryan hatten sich in den vergangenen Wochen mehrfach gemessen und sich gegenseitig zu immer gewagteren Heldentaten angestachelt, um Lady Caroline zu beeindrucken.

David nickte. »Lord Bryan gibt die Hoffnung nicht auf, mich zu schlagen, sowohl beim Reiten als auch bei den Damen.«

»Die Hindernisse sind aus dem Weg geräumt.« Alex setzte sich in einen der Lesesessel am Kamin. »Dafür habe ich gesorgt.«

David legte Gerte und Reithelm auf ein Beistelltischchen und setzte sich Alex gegenüber. Er blickte auf seine Hände und sah Alex dann ins Gesicht. »Deine Eröffnung gestern Abend hat mich überrascht. Ich wäre nie darauf gekommen, dass du etwas für Mrs. Wellsley empfindest.«

Alex lächelte verlegen. »Bis letzte Woche war ich mir selbst nicht sicher.«

»Sie ist eine bemerkenswert schöne Frau«, sagte David leise. »Das war mir nie aufgefallen.«

»Sie raubt mir den Verstand«, bekannte Alex.

David nickte. »Trotzdem möchte ich mich beschweren. Ich war immer davon ausgegangen, bei deiner Heirat dabei zu sein.«

»Alles ging so schnell«, entschuldigte sich Alex. »Da habe ich es einfach vergessen.«

»Warum die Eile?«

Alex lehnte sich in seinem Sessel zurück und sah seinen Freund abschätzend an. Er hatte noch nie Geheimnisse vor David gehabt. Ihm konnte er vertrauen und irgendjemand musste er sein Herz ausschütten.

»Ich musste Sarah so schnell heiraten, damit sie mir nicht davonrennen konnte.«

David stieß einen leisen Pfiff aus. »Das macht die Sache natürlich etwas heikel.«

»Ein bisschen«, stimmte Alex trocken zu. »Sarah will keine Ehe.«

David räusperte sich. »Ich kann mich nicht entsinnen, dass du in der Vergangenheit Frauen zu Dingen genötigt hast, die sie nicht wollten.«

Alex winkte ab. »Das Einzige, zu dem ich sie gezwungen habe, war die Heirat.«

»Warum?«

»Weil ich sie liebe, und bevor du fragst, sie liebst mich auch.«

David hob eine Braue. »Und wo liegt das Problem?«

Alex seufzte. »Ihre erste Ehe war ein Alptraum, und durch nichts, was ich sage oder tue, lässt sie sich davon überzeugen, dass es dieses Mal anders sein könnte.«

»Vielleicht erinnerst du sie an ihren ersten Gatten«, schlug David vor.

Alex wurde wütend. »Ich bin kein solcher Hurensohn. Er hat sie schlecht behandelt und eingeengt.«

»Und wie nennt man es, wenn eine Frau zur Heirat genötigt wird?«

»Das ist etwas ganz anderes«, protestierte Alex. »Ich liebe sie. Ich fürchte mich nicht, das einzugestehen oder zu zeigen. Außerdem gibt es keine andere Möglichkeit als die Ehe, und wenn sie mir trauen würde, würde sie einsehen, dass ich recht habe.«

»Wenn man mich fragt, klingt das ein wenig nach gewaltsamer Bevormundung«, gab David zu bedenken. »Warum gibst du ihr nicht Zeit, sich an den Gedanken der Ehe zu gewöhnen?«

Alex seufzte. »Sarah glaubt, dass jeder Ehemann sie wie sein Eigentum behandeln und ihr die Ausübung ihrer Heilkunde verbieten wird. Das Gegenteil kann ich ihr nur beweisen, indem ich sie heirate.«

David sah seinen Freund an. »Und du bist dir sicher, dass du ihr diese Freiheit gewähren kannst?«

Alex holte tief Luft. »Ich muss.«

»Dann wünsche ich dir Glück.« David stand auf. »Ich habe dich noch nie so verrückt erlebt.«

»Ich war noch nie ernsthaft verliebt«, gestand Alex leise. »Ich werde Sarah die Zeit geben, die sie braucht, um sich an die Ehe zu gewöhnen.«

David nahm seine Reitgerte und die Handschuhe. »Ich mache mich auf den Weg.«

»Warte«, bat Alex und stand auf. »Ich begleite dich nach draußen.«

David sah ihn fragend an. »Vielleicht solltest du dich um deine Frau kümmern.«

»Sie braucht etwas Schlaf.« Alex ging mit David aus der Bibliothek. Gemeinsam verließen sie dann das Haus.

»Willst du auch ausreiten?«, fragte David, als er seinen Reithelm aufsetzte.

Alex schüttelte den Kopf und blickte in Richtung des Sees. »Bryan liegt mir seit Tagen damit in den Ohren, dass ich mir das Eislager am See ansehen soll.«

»Stimmt irgendetwas nicht damit?«

Alex zuckte mit den Schultern. »Das Gleiche wie mit allem hier: Es wurde zu lange vernachlässigt.«

»Und jetzt muss es repariert werden.«

»Das behauptet Bryan«, erklärte Alex trocken. »Ohne sein Eis ist er im Sommer verloren.«

»Reite mit mir aus«, schlug David vor. »Danach können wir uns das Eislager gemeinsam ansehen. Ich warte, bis du dich umgezogen hast.«

Alex dachte über Davids Vorschlag nach, doch dann schüttelte er den Kopf. »Nein. Ich brauche etwas Zeit für mich.«

»Das verstehe ich.« David klopfte Alex auf die Schulter und wandte sich zum Stall. »Ich komme nach meinem Ausritt zu dir an den See.«

Alex sah David nach, bis er um die Ecke verschwunden war, dann blickte er in den Himmel. Ein paar Wolkenstreifen wurden rötlich von der aufgehenden Sonne angestrahlt. Er atmete tief durch und machte sich in Richtung See auf. Ein heißer Tag kündigte sich an. Einen besseren Zeitpunkt als jetzt gab es nicht, um sich das unterirdische Lager anzusehen.

Das Gehölz auf dem Pfad zum See war von den Gärtnern beschnitten worden und Alex ging schnellen Schrittes durch das mit Tau benetzte Gras. Wie sehr sich Caldern in der kurzen Zeit doch verändert hatte. Alex schüttelte den Kopf. Nicht nur die Landschaft erschien ihm verändert, gestand er sich ein.

Zum ersten Mal seit Jahren war Hoffnung in ihm aufgekeimt. Und das verdankte er Sarah. Durch sie waren die Träume wieder aufgelebt, die er hinter sich gelassen hatte, als er damals als Junge aus Caldern wegging. Solange sie an seiner Seite war, konnte er alles ertragen, das wusste er. Plötzlich überkamen ihn Zweifel und er wäre fast gestolpert.

Was, wenn Sarah ihm nicht erlauben wollte, dass er sie glücklich machen wollte. Der Gedanke an ein Leben ohne sie war unerträglich. Irgendwie musste er sie überzeugen. Und wenn das bedeutete, die Ehe nicht zu vollziehen, bis sie so weit war, würde er auch das überstehen.

Er kam zu einer Lichtung im Wald. Dahinter breitete sich der See aus. Er glitzerte und reflektierte das rötliche Glühen der Morgensonne. Erinnerungen an die Stunden, die er mit Sarah hier verbracht hatte, drohten ihn zu überwältigen. Hier war er ihr zum ersten Mal begegnet, hier hatte sie ihm das Herz geraubt und ihm das Leben wiedergegeben.

Alex' Miene verhärtete sich. Er musste all seine Kräfte darauf konzentrieren, sie zum Bleiben zu überzeugen. Er würde das Eislager kurz inspizieren und dann zu seiner Frau zurückkehren.

Mit schnellen Schritten ging er um das Ufer bis zur anderen Seite des Sees. Hier hatte man vor fast hundert Jahren das unterirdische Eislager angelegt. In den Wintermonaten wurde Eis aus dem See geschnitten und in das unterirdische Gewölbe gebracht. Die Strohisolierung und die Kühle der Steinmauern bewahrten das Eis normalerweise bis in die Herbstmonate.

Tannen spendeten Schatten und verbargen den Eingang. Alex duckte sich unter den tief hängenden Zweigen hindurch und ging an einer kleinen Steinmauer entlang, den Hügel hinunter. Die Mauer war schmutzig und mit Moos überwachsen.

Am Fuße des Hügels lag der Eingang zum Eislager. Alex tat ein paar Schritte hinein und zog die schwere Holztür auf. Dunkelheit umfing ihn. Er tastete auf einem Brett über der Tür nach Kerzen, Feuerstein und Zunderbüchse. Nichts von alldem.

Leise fluchend trat Alex wieder ins Freie. Ohne Licht konnte er nichts ausrichten. Er musste zurück zum Haus. Er ging die sanfte Anhöhe wieder hinauf und wollte sich eben See und Haus zuwenden, als ihm ein Gedanke kam: In der mit Gras überbewachsenen Kuppe des Eislagers gab es eine Luke, durch die das Eis vom See eingefüllt wurde. Wenn man diese öffnete, würde genug Tageslicht in das Gewölbe kommen und man konnte sich das Lager ansehen, dachte er glücklich. Damit könnte er sich den zweiten Gang ersparen.

Alex hatte die Luke fast erreicht, als ihn ein entferntes Geräusch aufhorchen ließ. Er blieb stehen und drehte sich um, sah aber nichts. Er war noch einen Schritt von der Luke entfernt und bückte sich gerade, als er das Geräusch noch einmal vernahm. Es war ein Ruf.

Alex wandte sich um. Jetzt sah er sie. Eine vertraute Gestalt winkte ihm und rannte auf ihn zu. Sarah! Sie schien besorgt. Er richtete sich auf und stellte dabei einen Fuß näher an die Luke. Ein merkwürdig krachendes Geräusch warnte ihn, doch es war zu spät. Bevor er etwas unternehmen konnte, gab die Erde unter seinen Füßen nach und er stürzte in die Dunkelheit.

Seine jahrelangen Erfahrungen in der Schlacht kamen ihm zugute. Instinktiv zog er das Kinn an die Brust, um seinen Kopf zu schützen. Dann kam der Aufprall und riss an seiner Schulter, bevor ihn Dunkelheit und Ohnmacht umfingen.

Sarah warf die Laken zurück und verzog das Gesicht, als ihr die Sonne in die Augen schien. Sie hatte den größten

Teil der Nacht im Sessel am Fenster verbracht, die Vorhänge zurückgezogen, um den Mond hereinscheinen zu lassen. Doch noch immer hatte sie keine Antworten auf ihre Fragen. Seufzend rieb sie sich den Schlaf aus den Augen und stand auf.

Sie ging zum Fenster und wollte den Vorhang vorziehen, um das blendende Sonnenlicht nicht ins Zimmer zu lassen, als sie draußen jemanden laufen sah. Ihr Fenster ging nach Südwesten, mit Blick auf die Gartenanlage und den Pfad zum See.

Sie hielt die Luft an, als sie erkannte, dass es Alex war. Regungslos sah sie zu, wie er durch die Gärten schlenderte und dann in Richtung See abbog. Ihr Herz begann zu schlagen und ihre Hand umklammerte den Vorhangstoff.

Erinnerungen an ihre Nacht am See stürzten auf sie ein. Alles hatte sich so richtig angefühlt in dieser Nacht. War es ein Fehler, sich gegen das zu wehren, wonach sie sich körperlich sehnte?

Sarah wandte sich vom Fenster ab und biss sich nervös auf die Unterlippe. Was sollte sie nur tun? Wenn sie ihm folgte, riskierte sie, alles zu verlieren, wofür sie so hart gekämpft hatte. Es wäre das Ende ihrer Unabhängigkeit.

Nach dieser letzten Nacht in Einsamkeit hatte sie eingesehen, dass ihr Verlangen nach Alex stärker war als ihr Freiheitsdrang. Vielleicht hatte er recht und sie sollte ihm trauen. Die einzige Alternative war, ihn nie wiederzusehen.

Sie schüttelte den Kopf und hastete zu ihrem Schrank. Sie nahm ein dünnes weißes Baumwollkleid heraus und zog es an. Mit zitternden Fingern schnürte sie es zusammen und stieg in ihre Wanderstiefel. Sie wollte Alex zum See folgen. Ihre Intuition sagte ihr, dass dort all ihre Fragen beantwortet würden, denn dieser See war ein Schicksalsort für sie.

Sarah eilte aus ihrem Zimmer, die Treppen hinunter, und aus dem Haus. Als sie den Pfad zum See erreichte, wurde sie langsamer. Wieder überkamen sie Zweifel und die alten Ängste wurden wach. Als sie sich dem See näherte, zögerte sie bei jedem Schritt.

Schon bereute Sarah, Alex gefolgt zu sein. Was würde er von ihr denken? Erst rannte sie ihm nach, dann wieder hatte sie Angst vor ihm. Warum konnte sie nicht lernen zu vertrauen?, fragte sie sich entmutigt.

Der See kam in Sicht und Sarah holte tief Luft. Sie würde auf Alex zugehen, wie sie es geplant hatte. An diesem Morgen würde sie ihre Entscheidung fällen, ob sie sich weiter gegen diese Ehe wehrte oder auf das Wagnis eingehen wollte. Eine weitere Nacht der Unentschlossenheit konnte sie nicht ertragen.

Sie blieb am Ufer stehen und runzelte die Stirn. Alex war nirgends zu sehen. Sie beschattete ihre Augen mit der Hand gegen die grelle Sonne und suchte das Ufer ab. Eine Bewegung am anderen Ufer ließ sie innehalten. Sie kniff die Augen zusammen und erkannte verschwommen die Umrisse eines Mannes.

»Alex!«, rief sie. Er blickte über die Schulter, wandte sich dann aber wieder um und ging einen Hügel hinauf.

Sarah formte mit den Händen einen Trichter vor dem Mund und rief noch einmal. »Alex!«

Dieses Mal blieb er stehen und entdeckte sie. Sarah

winkte und lief auf ihn zu. Er schien zu lächeln, doch dann weiteten sich seine Augen plötzlich und er blickte nach unten. Er sackte nach vorne und ruderte mit den Armen, um das Gleichgewicht zurückzugewinnen. Voller Entsetzen musste Sarah zusehen, wie er rückwärts stürzte und von der Erde verschlungen wurde.

»Alex!«, kreischte sie.

Doch es kam keine Antwort. Sarah raffte die Röcke und rannte los. Keuchend schluchzte sie seinen Namen und betete gleichzeitig um sein Wohlergehen. Als sie den Hügel erreichte, wo er gestanden hatte, sah sie, dass ein riesiges Loch in der Erde klaffte, aus dem noch Teile eines Holzrahmens ragten.

Vorsichtig tastete sie sich auf das Loch zu und bemerkte, dass unter der Grasoberfläche Mauerwerk war. Der Boden unter ihren Füßen fühlte sich wackelig an, deshalb kroch sie auf dem Bauch zu der Öffnung. Sie spähte hinein. Nichts als Dunkelheit.

»Alex!«, rief sie und verzog das Gesicht, als nur das Echo ihrer Stimme zurückkam.

»Alex!«, schrie sie wieder und ihre Stimme bebte vor Angst.

Stille! Ihr Magen zog sich angsterfüllt zusammen und sie musste gegen aufkommende Übelkeit kämpfen. Irgendwo in diesem tiefen Loch lag Alex und war verletzt. Er brauchte ihre Hilfe. Sie weigerte sich, die andere Möglichkeit in Betracht zu ziehen. Der Sturz konnte tödlich gewesen sein.

Sechsundzwanzigstes Kapitel

Sarah hastete den Hügel hinunter und rannte in Richtung Haupthaus. Sie musste Hilfe holen. Die Zweige der Bäume peitschten ihr ins Gesicht und über die Hände, aber sie bemerkte es nicht einmal. Ein paar Mal stolperte sie und riss sich Knie und Kleid an scharfkantigen Felsen am Ufer auf. Immer wieder rappelte sie sich auf und lief weiter.

Als sie in den Pfad zum Haus einbog, fing sie an zu rufen. Ihre Stimme war heiser, und sie bezweifelte, dass sie jemand zwischen ihren Schluchzern hören konnte. Dennoch musste sie es versuchen.

Sie kam um die letzte Biegung des Pfades, an der eine große Eiche mit einer frisch reparierten Bank darunter stand. Ein paar Sekunden blieb sie stehen, den Oberkörper nach vorne gebeugt und nach Atem ringend. Ein Stechen fuhr ihr in die Seite und sie presste eine Hand darauf. Benommen blickte sie auf und fragte sich, wie sie es wohl zum Haus zurückschaffen sollte.

Das Geräusch von Huftritten hinter ihr gab ihr neue Hoffnung. Sie fing an zu rufen und zu winken. Ross und Reiter waren mehrere hundert Meter entfernt, drehten sich aber in ihre Richtung. Es war David Stanton.

»Was ist passiert?« David galoppierte auf sie zu und

machte große Augen, als er ihren Zustand bemerkte. »Hat Euch jemand verletzt?«

Sarah schüttelte den Kopf. »Alex«, keuchte sie. »Er ist in ein großes Loch gestürzt.«

»Das Eislager«, flüsterte David Stanton und blickte in Richtung See. »Wir müssen Hilfe holen. Sitzt auf!«

Sarah ergriff den Arm, den er ihr anbot, und zog sich hinter Stanton auf das Pferd. Sie hielt sich an seiner Taille fest, als er in Richtung Haus aufbrach.

»Aber er liegt am See!«, rief sie.

»Wir werden Hilfe brauchen, um ihn da herauszuholen«, erklärte David und brachte das Pferd vor dem Portikus zum Stehen. »Johnson wird die nötigen Männer schicken.«

Sarah nickte verstehend. Die Verzögerung war quälend, aber sie wusste, dass Mr. Stanton recht hatte. Sie konnten Alex nicht alleine bergen.

»Johnson!«, rief Stanton und beugte sich nach vorne, um mit der Reitgerte an die Tür zu schlagen.

Johnson öffnete fast sofort, sein sonst so unbeteiligtes Gesicht empört, doch als er sah, wer an der Tür war, verwandelte sich der Ausdruck in Überraschung.

»Der Marquis ist in ein unterirdisches Gewölbe am Ende des Sees gestürzt. Wir brauchen ein paar Männer und etwas, worauf wir ihn tragen können«, ordnete David knapp an. Ohne auf Johnsons Antwort zu warten, riss er das Pferd herum und lenkte es wieder Richtung See.

Sarah klammerte sich an ihn. Mit eingezogenem Kopf flüsterte sie immer wieder die gleichen Worte: »Bitte lass ihn noch am Leben sein!«

Sie brauchten ein paar Minuten bis zur Absturzstelle. David sprang vom Pferd und half Sarah herunter. Sobald ihre Füße den Boden berührten, rannte sie zu dem großen Loch.

»Alex!«, rief sie erneut und ihre Stimme bebte vor Angst.

»Hier unten«, kam eine schwache Antwort.

»Er lebt!«, jubelte sie. Die Tränen, die sie bis zu diesem Zeitpunkt zurückgehalten hatte, stiegen ihr jetzt in die Augen und liefen ihr die Wangen herunter. Sie wischte sie fort.

»Wie kommen wir da rein?«, fragte David ungeduldig. Er war um den Hügel herumgelaufen und kehrte nun zurück, die Hände in die Hüften gestemmt.

Sarah schüttelte ratlos den Kopf. »Wo ist der Eingang?«, rief sie nach unten.

»Bei den Bäumen.«

Sarah sah sich um. Zur Rechten lag ein Tannengehölz. Sie zeigte darauf. »Dort.«

Gemeinsam liefen Sarah und David zu den Bäumen und hangelten sich an den Steinen den kleinen Abhang herunter. David kam als Erster beim Eingang an, zog die schwere Tür auf und rannte hinein.

Es dauerte ein paar Momente, bis sich Sarahs Augen an die Dunkelheit in der großen Höhle gewöhnt hatten. Feuchter Modergeruch schlug ihr entgegen und ihre Nase protestierte. In den Tiefen der Höhle schmolz das Eis langsam vor sich hin, und das Tropfgeräusch wurde von den Steinmauern zurückgeworfen. Ein Lichtstrahl drang durch das Loch in der Decke und sie folgte ihm bis zu dem Punkt, wo David über Alex gebeugt saß.

Als sie zu ihm eilte, streiften ihre Füße feuchtes Stroh, das überall auf dem Steinboden lag. Alex lag auf etwas, das wie ein großer strohbedeckter Berg von Eis aussah. Als Sarah sich neben ihn kniete, bemerkte sie, dass der größte Teil des Eises bereits geschmolzen war und einen Haufen nassen Strohs hinterlassen hatte, das seinen Sturz etwas abgefangen hatte.

»Wie schlimm ist es?«, fragte sie mit bebender Stimme.

»Mir geht es gut«, brachte Alex hervor, doch die Anstrengung ließ ihn zusammenzucken.

»Ich glaube, du hast dir die Schulter ausgerenkt.« David tastete Alex mit den Händen ab. »Vielleicht sind auch ein paar Rippen gebrochen.«

»Fühlt sich jedenfalls verdammt danach an«, keuchte Alex. »Hilf mir auf!«

»Nein.« David hielt ihn sanft zurück. »Johnson schickt Männer, die dich zum Haus zurücktragen werden.«

»Unsinn«, protestierte Alex. »Ich kann selber laufen.«

»Nicht bevor es sich ein Arzt angesehen hat«, mischte sich Sarah ein. »Du darfst kein Risiko eingehen.«

»Ich komme mir wie ein Idiot vor.« Alex versuchte, sich aufzusetzen, aber wieder hielt ihn David zurück.

»Bitte, Alex«, mahnte Sarah. »Du bist fast zehn Meter tief gestürzt.«

Alex blickte Sarah an und ließ sich zurücksinken. Er streckte die Hand nach ihr aus und strich ihr eine zerzauste Strähne aus dem Gesicht. Sein Daumen streichelte ihre feuchte Wange. »Du musst nicht weinen.«

Doch Alex' Beruhigung brachte Sarah nur dazu, noch heftiger zu schluchzen. Beinahe hätte sie ihn verloren, und nun machte er sich Sorgen um sie. Die Tränen liefen ihr über die Wangen und sie vergrub das Gesicht in den Händen.

Alex zog sie zu sich herunter. »Ich verspreche, mich nicht zu bewegen«, versicherte er ihr.

»Du hättest tot sein können«, nuschelte sie in seinen zerrissenen Mantel.

»Aber das bin ich nicht.«

»Ich hatte noch nie solche Angst«, schluchzte Sarah. Jetzt, wo die Gefahr vorüber war, konnte sie sich nicht mehr der Gefühle erwehren, die über sie hereinbrachen.

»Schsch«, flüsterte Alex. »Es ist kaum mehr als ein Kratzer.«

Langsam ließ sich Sarah von Alex' Beteuerungen beruhigen. Er war in Sicherheit. Das allein zählte. Gierig sog sie seinen Geruch ein und bekam prompt Schluckauf.

Alex musste leise lachen, stöhnte aber auf. »Lachen tut weh.«

Sarah setzte sich auf und schob das Haar, das ihr ins Gesicht gefallen war, zurück über die Schulter. Zärtlich küsste sie Alex auf die Lippen und betrachtete ihn dann. Seine rechte Schulter wirkte sonderbar verdreht. Gesicht und Hände waren zerkratzt und die zerrissene Kleidung war nass von Blut und schmelzendem Eis.

»Mr. Stanton hat recht«, sagte Sarah ruhig. Sie hatte sich wieder gefangen und die Heilerin in ihr war erwacht. »Du hast dir die Schulter ausgerenkt.«

Sie tastete seine Seite ab und bemerkte, wie er bereits bei der leichtesten Berührung zusammenzuckte. Sie sah auf und ihre Blicke trafen sich mit denen von Mr. Stanton, der leicht nickte. Die gebrochenen Rippen konnten sich als ernsthaft erweisen. Gerne hätte sie einen Blick unter sein Hemd geworfen, um sich die Brust anzusehen, doch sie hielt es für das Beste, damit zu warten, bis er zu Hause war.

Jetzt kamen Leute in das Gewölbe und sie verstummten. Johnson hatte an die zehn Mann geschickt, die eine alte Holztür schleppten.

»Hier drüben«, rief Mr. Stanton und winkte ihnen zu.

Jacobs führte die Gruppe über den unebenen Grund. »Was habt Ihr nun schon wieder angestellt?«, fragte er mit einem Kopfschütteln.

»Nichts, worüber man sich sorgen müsste«, versicherte Alex. »Ich kann wahrscheinlich auf eigenen Beinen laufen, aber die beiden hier haben darauf bestanden, dass ich auf euch warte.«

»Das war vernünftig, mein Lord. Stürze sind etwas Heimtückisches.« Jacobs gab den Männern ein Zeichen, die Tür abzusenken. »Ganz vorsichtig.«

Sarah stand auf und ließ die Männer Alex auf die Tür heben. Sie arbeiteten schnell und behutsam. Alex zuckte leicht und biss die Zähne zusammen, bis er auf die Tür gebettet war.

»Wir gehen so vorsichtig wir können«, versicherte Jacobs. Die Männer hoben die Tür hoch und trugen sie aus dem Eislager. Sarah und Mr. Stanton folgten ihnen.

»Wir reiten voraus und sorgen dafür, dass alles bereit ist«, erklärte Stanton den Männern.

Er half Sarah aufs Pferd und gemeinsam ritten sie zurück zum Haus. Johnson erwartete sie am Eingang. Eilig saßen sie ab.

»Wurde schon nach dem Arzt geschickt?« David reichte die Zügel einem wartenden Stallburschen.

»Ja, Sir. Der junge Smith hat ihn im Dorf ausfindig gemacht, in Kürze müsste er hier sein.«

»Gut.« David führte Sarah ins Haus. Das gesamte Personal schien sich im Flur versammelt zu haben.

»Die Familie ist im Salon. Wollt Ihr zu ihnen gehen, Lady Caldern?«, erkundigte sich Johnson.

Sarah brauchte ein paar Sekunden, bevor ihr bewusst wurde, dass sie mit Lady Caldern gemeint war. Sie schüttelte den Kopf. »Nein. Ich warte auf den Marquis.«

Johnson nickte und brachte ihr einen Stuhl. Dankbar ließ sie sich auf das harte Holz sinken. Ihre Knie schmerzten, und als ihr Blick auf ihre Hände im Schoß fiel, hätte sie fast aufgeschrieen. Sie waren voller Dreck und Blut.

Beschämt verbarg sie sie in den Falten ihres Kleides. Wie musste sie bloß auf das Dienstpersonal wirken? Ihr Haar fiel offen über ihre Schultern, das Band hatte sie verloren. Ihr weißes Kleid war voller Schlamm und Grasflecken. Man würde es nie mehr sauber bekommen.

Das Klappern einer Kutsche vertrieb alle Gedanken über ihre Erscheinung. Eine Minute später erschien der Arzt in der Tür.

»Wo ist der Patient?«

»Die Männer bringen ihn gerade vom See zurück«, erklärte David Stanton. »Er scheint sich die Schulter ausgerenkt und ein paar Rippen gebrochen zu haben.«

»Wie zur Hölle hat er es denn angestellt, zu stürzen?«

Stanton schüttelte den Kopf und wandte sich an Sarah. »Lady Caldern war dabei.«

Sarah spürte, wie sich ihre Wangen unter dem überraschten Blick röteten. Offensichtlich hatte die Nachricht über die Heirat noch nicht alle im Dorf erreicht. Sie zwang sich, dem Arzt in die Augen zu sehen. »Ich rief ihm vom anderen Seeufer aus zu. Er drehte sich nach mir um und verschwand dann einfach im Erdboden.«

Der Arzt und Mr. Stanton tauschten vorsichtig Blicke. David Stanton räusperte sich. »Ich werde mir die Sache einmal ansehen.«

Der Arzt nickte und blickte zur Tür. »Da kommt ja mein Patient.«

Sarah eilte auf Alex zu, doch David Stanton hielt sie zurück. »Wir warten besser hier.«

Sarah ging zurück in die Eingangshalle. Ein paar Minuten später wurde Alex von den Männern hereingebracht. Sein Gesicht war schmerzverzerrt und Schweiß stand auf seiner Stirn. Sarah musste gegen die Tränen ankämpfen, aber es würde Alex nicht helfen, wenn er sie weinen sah.

Sie ging zu ihm und nahm seine Hand. Mühsam öffnete er die Augen und lächelte schwach. »Laufen wäre einfacher gewesen.«

»Unsinn«, widersprach Dr. Caruthers barsch. »Bis ich mir die Verletzung nicht angesehen habe, solltet Ihr Euch nicht bewegen.«

»Und der Arzt hat immer recht«, antwortete Alex trocken.

Dr. Caruthers lächelte. »Meistens. Hoch auf sein Zimmer, Leute.«

Alex wurde zur Treppe getragen und Sarah musste aus

dem Weg gehen. Doch sie wollte Alex nicht allein lassen und folgte dem Trupp die Stufen hoch. Auf seinem Zimmer wurde Alex von Hobson erwartet, der bereits die Bettlaken zurückgeschlagen hatte. Als sie Alex umgebettet hatten, zogen sich die Männer zurück. Der Arzt legte seinen Mantel ab und wandte sich an Hobson und Sarah. »Bitte seid so gut und lasst uns allein.«

»Nein«, keuchte Alex. »Meine Frau bleibt.«

Der Arzt zögerte kurz, dann willigte er mit einem Nicken ein. Hobson verschwand mit einer Verbeugung und schloss leise hinter sich die Tür.

Der Arzt reichte Sarah ein kleines Messer. »Bitte entfernt Lord Calderns Mantel.«

David Stanton hatte die Tür geschlossen und stand nun neben dem Arzt. »Werdet Ihr mich brauchen?«

Dr. Caruthers nickte. »Die Schulter können wir nur zu zweit wieder einrenken.«

Sarah schluckte. Sie war schon bei einer Reihe von ausgerenkten Schultern dabei gewesen und wusste, wie schmerzhaft das Wiedereinrenken war. Ihre Hand krampfte sich um das Messer.

Alex musste ihre Unruhe bemerkt haben, denn er ergriff ihre Hand. »Ich werde es überleben.«

Sarah biss sich auf die Lippe und nickte. Am meisten würde sie Alex helfen, wenn sie jetzt stark war. Sie hob den Mantel an einem Zipfel an und fing an, ihn zu zerschneiden. Beim Anblick von Alex' Brust zuckte Sarah zusammen. Sein Oberkörper war mit Abschürfungen und blauen Flecken übersät.

Mit fachmännischen Händen tastete der Arzt Alex' Brust und Rücken ab. Die zusammengebissen Zähne und das hörbare Einsaugen der Luft waren die einzigen Hinweise auf seine Schmerzen.

Schließlich richtete sich Dr. Caruthers auf und trat einen Schritt zurück. Er öffnete seine Tasche, maß ein paar Tropfen Laudanum aus einem kleinen Fläschchen ab und träufelte sie in ein Glas Wasser. »Gegen den Schmerz, mein Lord.«

Alex grummelte und leerte das Glas in einem Zug. »Macht schnell«, ordnete er an.

»Ihr habt auch zwei gebrochene Rippen«, erklärte der Arzt. »Ich werde sie verbinden, wenn Eure Schulter wieder eingerenkt ist. Dann ist es nur noch eine Frage der Zeit, bis alles heilt.«

Dr. Caruthers wandte sich an Sarah. »Lady Caldern, würdet Ihr bitte ein paar Verbände vorbereiten?«

Sarah zögerte, aber Alex nickte und sie ging. Vor der Tür stand das halbe Personal versammelt und wartete. Sarah sah Mrs. White, die Haushälterin, und ging auf sie zu. »Wir brauchen frisches Leinen für die Verbände.«

»Kommt sofort, meine Lady«, sagte sie. »Ich habe Lucy schon nach welchem geschickt. Wie geht es seiner Lordschaft?«

Sarah seufzte und lehnte sich an die Wand. »Er hat sich zwei Rippen gebrochen und die Schulter ausgerenkt«, erklärte sie. »Der Doktor meint, es wird heilen.«

Sarah lächelte, als sich ein erleichtertes Murmeln ausbreitete. Seit seiner Heimkehr hatte sich der Respekt vor Alex unter seinen Bediensteten verstärkt. Sie hatten von ihm erwartet, dass er sich um Caldern kümmerte, und er hatte sie nicht enttäuscht. Sarah beneidete sie um ihr Vertrauen.

»Gott sei Dank«, rief Mrs. White und es kam von Herzen. »Hier ist Lucy.«

Sarah nahm die Verbände entgegen und huschte zurück ins Zimmer. Alex saß an den Kopfteil seines Betts gelehnt, rechts und links von ihm standen der Arzt und David Stanton. Er war blass und hatte die Augen geschlossen, aber als Sarah eintrat, öffnete er sie und lächelte müde.

»Die Verbände, bitte«, sagte der Arzt.

Sarah stand am Bett und sah zu, wie der Arzt erst die Rippen verband und dann den Arm an der Seite fixierte. »In ein paar Wochen sollte es geheilt sein, aber Ihr müsst die Verbände regelmäßig wechseln.«

Sarah nahm dem Arzt die nicht benötigten Tücher ab und legte sie auf das Nachtkästchen. Aus Erfahrung wusste sie, dass Alex mehrere Wochen Schmerzen haben würde, aber solange es keine Komplikationen gab, würde er wieder ganz gesund werden.

»Ihr braucht jetzt Ruhe«, mahnte der Arzt und schlüpfte in seinen Mantel. »Das Laudanum sollte Euch helfen einzuschlafen. Ich sehe heute Abend noch einmal nach Euch.«

»Danke«, murmelte Alex.

Als der Arzt weg war, breitete sich ein unheimliches Schweigen aus. Das Laudanum fing langsam an zu wirken. Alex' Lider flatterten nur kurz, als Sarah ihn auf die Kissen bettete und ihm die Laken zu den Schultern hochzog. Dann sank sie neben ihm auf das Bett und strich ihm das Haar aus der Stirn.

David Stanton, der ans Fenster getreten war, räusperte sich. »Ich muss ein Wort mit Nathan reden«, verkündigte er. »Wir werden uns die Unfallstelle mal genauer ansehen.«

Sarah seufzte und löste ihren Blick von Alex. »Meint Ihr, dass sich jemand daran zu schaffen gemacht hat?«

Stanton schien zu zögern, bevor er nickte. »Es hat zu viele ungeklärte Unfälle gegeben.«

»Ich weiß.«

»Es wäre das Beste, wenn nur wenige Leute Zugang zu Alex hätten, bis es ihm besser geht. Mit Eurer Erlaubnis werde ich mit Hobson darüber reden.«

»Ja«, stimmte Sarah zu. Sie merkte, dass Alex jetzt gleichmäßig atmete. Er würde einige Tage starke Schmerzen haben, aber das Schlimmste hatte er wahrscheinlich bereits überstanden.

David Stanton trat ans Bett. »Ich kenne Alex jetzt schon fast mein ganzes Leben lang«, murmelte er. »Ich habe ihm auf Leben und Tod vertraut und er hat mich nie im Stich gelassen.«

Sarah schloss kurz die Augen. »Er hat mit Euch gesprochen«, erriet sie.

»Alex liebt Euch. Alles, was er getan hat, tat er aus Liebe.«

»Ich weiß«, flüsterte Sarah. »Liebe ist nicht das Problem.«

»Kann man ohne Vertrauen wirklich lieben?«, fragte Stanton leise. Er wartete nicht auf eine Antwort, sondern wandte sich um und ging.

Sarah kamen die Tränen und dieses Mal versuchte sie nicht, sie zurückzuhalten. Fast hätte sie ihn verloren. Wie dumm erschienen im Vergleich dazu all ihre Sorgen und ihr Misstrauen. Sie machte sich etwas vor, wenn sie sich einreden wollte, sie könne ihn einfach verlassen.

Heute war ihr bewusst geworden, dass sie ihn brauchte, genauso wie die Luft zum Atmen. Ohne ihn konnte sie nicht leben. Sie spürte, wie Risse in der Mauer erschienen, die sie um ihr Herz errichtet hatte, und wie sich eine Flut der Liebe ihre Bahn brach. Sie legte den Kopf in die Hände und ließ die Tränen ihre Ängste wegspülen.

Als die Tränen versiegten, setzte sie sich auf und wischte sich die Augen. Ihr Entschluss war gefasst: Sie wollte Alex vertrauen. Sicher wäre eine Ehe mit ihm nicht immer leicht, aber mit ihrer Liebe konnten sie die Probleme bewältigen. Ihr wurde ganz leicht ums Herz, als sie endlich ihre Ungewissheit überwunden hatte. Sie öffnete sich für ihre Liebe und sie befreite ihre Seele.

Siebenundzwanzigstes Kapitel

»Irgendetwas Interessantes?«, fragte eine vertraute Stimme von der Tür aus.

Alex seufzte und warf sein Buch aufs Bett. »Es sind jetzt schon drei Tage. Wann werdet ihr mich endlich aus diesem Zimmer lassen?«

»Der Arzt erlaubt dir umherzulaufen«, sagte David mit einem Grinsen. »Ist dir das nicht genug?«

Alex warf die Laken zurück. »Sehr witzig.« Er schob sich zur Bettkante. »Warst du jemals eingesperrt?«

»Nein, aber du solltest es nach Jahren bei der Marine eigentlich gewöhnt sein.«

»Darum hasse ich es ja so.« Alex ging zum Fenster.

»Es ist zu deinem Besten.«

»Das erzählt ihr mir die ganze Zeit, aber irgendwie bezweifle ich es. Meine Schulter fühlt sich gut an.«

»Und die Rippen?« David Stanton hob das Buch auf, das Alex aufs Bett geworfen hatte.

»Sie drücken ein bisschen, aber nichts Unerwartetes.«

»Geralds Kräuterkunde?«, las David mit hochgezogener Augenbraue. »Seit wann interessierst du dich für Heilkräuter?«

»Ich fand es heute Morgen an meinem Bett.« Alex wandte sich vom Fenster ab. »Sarah muss es hier vergessen haben. Ihre Lektüre ist das Einzige, was ich zurzeit von ihr sehe.«

»Sie macht sich Sorgen um dich.« David legte das Buch auf den Tisch und zog sich einen Stuhl heran. »Sie löst Hobson abends ab, wenn du schläfst.«

»Wenn das Laudanum wirkt«, murmelte Alex und blickte auf die Verbindungstür zu Sarahs Zimmer. »Je früher ich hier heraus kann, desto besser.«

»Es ist sicherer, wenn du dich erst einmal von der Familie fernhältst. Selbst Sarah stimmt darin überein. Aus diesem Grund bewacht sie dich nur nachts. Sie will nicht, dass jemand denkt, du könntest bereits Besuch empfangen.«

»Das ist übertrieben.« Alex wanderte im Zimmer auf und ab.

»Es hat zu viele Unfälle gegeben.«

»Mich einzusperren wird nicht helfen.«

Ihre Unterhaltung wurde durch ein Klopfen an der Tür unterbrochen. David bedeutete Alex, sich wieder ins Bett zu legen. Er öffnete die Tür einen Spalt und schaute hinaus, dann lächelte er und zog sie ganz auf.

»Das nächste Mal kannst du dich auch anmelden«, begrüßte David Nathan Carter.

Alex lehnte sich in die Kissen zurück. »Der verlorene Sohn kehrt heim.«

»Ich war nur ein paar Tage unterwegs«, protestierte Nathan. »Ich hatte erwartet, dass du deinen neuen Ehestand genießt, nicht, dass du ans Bett gefesselt bist.«

»Das habe ich Davids übervorsichtigem Getue zu verdanken.« Alex schlug die Laken zurück, stieg aus dem Bett und trat erneut ans Fenster. »Er scheint zu glauben, dass mir jemand Böses will.«

»Vielleicht hat er ja recht«, sagte Nathan leise.

Der ernste Tonfall von Nathan jagte Alex einen kalten Schauer über den Rücken. Er wandte sich um und blickte in das starre Gesicht seines Bruders.

»Nach deiner Hochzeit bin ich nach Carlisle gefahren«, erklärte Nathan. »Ich habe mich mit Familienanwalt MacBain getroffen.«

»Und?«, fragte Alex ungeduldig.

»Ich werde dich nicht mit meinen Geschäften langweilen, aber er erzählte mir etwas über Douglas.« Nathan machte eine dramatische Pause. Er warf David einen flüchtigen Blick zu und wandte sich wieder an seinen Bruder. »Douglas hatte sich, schon bevor er nach Caldern zurückkehrte, entschlossen, Miss Tremayne zu heiraten.«

Alex versteifte sich. »Das beweist noch nicht, dass er einem Verbrechen zum Opfer fiel«, wehrte er ab. Er spürte, dass Nathan noch nicht alles gesagt hatte.

»Und er hatte aufgehört zu trinken.« Nathan lehnte sich an einen Bettpfosten und verschränkte die Arme vor der Brust. »Sie wollten aus Liebe heiraten. Anscheinend hatte er Lila Tremayne ein paar Jahre zuvor in London kennengelernt. Sie machte zur Bedingung, dass er seinen Lebenswandel änderte, bevor sie ihn heiraten würde.«

Alex schloss die Augen und holte tief Luft. So sehr er Caldern liebte, auf Kosten seines Bruders hätte er es nicht erben wollen.

»Erzähle weiter«, bat Alex. Er musste alles hören.

»Douglas hatte schon mindestens zwei Jahre, bevor er nach Caldern kam, aufgehört zu trinken und zu spielen. Wie es scheint, war das Reiten das Einzige, was er von seinem alten Lebensstil beibehalten hatte.«

»Das beweist noch keinen Mord«, mischte sich David Stanton ein.

»Da stimme ich zu.« Nathan rieb sich ungeduldig den Nacken. »Aber der Geschichte, dass er betrunken vom Pferd gestürzt sei, kann man nicht mehr länger Glauben schenken.«

»Vielleicht hat er seine Verlobung begossen?«, schlug Alex vor. »Du sagtest doch, dass man sich an diesem Abend einig geworden war.«

»Das dachte ich auch, bis ich mit MacBain sprach. Die Vereinbarung der Ehe war bereits Wochen vorher unterzeichnet worden. Doch aus irgendeinem Grund haben er und Miss Tremayne ihre Verlobung bis zum Tag seines Todes geheim gehalten.«

»Er könnte trotzdem ein Unfall gewesen sein.«

»Stimmt.« Nathan lehnte den Kopf an den hölzernen Bettpfosten und schloss die Augen. »Wahrscheinlich werden wir nie erfahren, was in dieser Nacht passierte, aber wir wissen, was dir zugestoßen ist.«

David Stanton räusperte sich. »Das versuche ich auch schon die ganze Zeit ihm zu erklären. Er muss vorsichtig sein.«

Alex wandte sich wieder dem Fenster zu und blickte hinaus auf die sonnenüberfluteten Gärten. Ein Hase lugte zaghaft unter einem Busch hervor und raste dann quer über den Rasen in die Sicherheit der Wälder. Innerlich applaudierte Alex ihm. Sein Wildheger Jerkins wäre nicht so begeistert gewesen.

Er drehte sich wieder zu den beiden um. »Was sollen wir also tun?«

»Du hast dich schon früher geweigert, dich von uns beschützen zu lassen«, erinnerte David ihn. »Ich glaube, jetzt musst du es akzeptieren.«

Alex versuchte, seine Schulter zu lockern, indem er sie hochzog. Ein stechender Schmerz fuhr ihm in den Arm und erinnerte ihn daran, was auf dem Spiel stand. Er konnte das Problem nicht länger ignorieren.

»Was ist mit dem Eislager?«, fragte er. »Das konnte nicht geplant sein.«

»Die Luke war angesägt«, erklärte David ruhig.

»Was?«, rief Alex überrascht. »Warum hast du mir das nicht längst gesagt?«

»Du musstest dich erst von deiner Verletzung erholen«, verteidigte sich David. »In deiner Verfassung wollte ich dich nicht damit belasten. Als dich der Arzt behandelte, ging ich zurück und schaute mir die Umgebung an. Es besteht kein Zweifel daran, dass der Unfall geplant war.«

Alex setzte sich aufs Bett und legte den Kopf in die freie Hand. »Darum gab es keine Kerzen«, murmelte er.

»Kerzen?«

»Am Eingang liegen immer Kerzen und eine Zunderbüchse«, schaltete sich Nathan ein. »Es ist anzunehmen, dass derjenige, der die Luke präparierte, sie entfernt hat, damit Alex nichts anderes übrig blieb, als auf die Kuppe zu steigen.«

»Genau«, stöhnte Alex. »Und ich bin geradewegs in die Falle getappt.«

»Das konntest du nicht ahnen«, tröstete ihn Nathan.

»Bist du sicher, dass jemand an der Luke hantiert hat?« Alex' Stimme klang jetzt gefasst und entschieden.

»Die Luke wird nur von einem schmalen Sims getragen. Sämtliche Scharniere waren entfernt und das Gras rundherum angehoben worden.«

»Zu welchem Zweck?«

»Ich vermute, sie haben den Mörtel gelockert, der das Gemäuer der Kaverne hielt«, meinte David.

»Es wäre ein Leichtes, im Umfeld der Luke das Mauerwerk zu lockern, so dass keiner den maroden Zustand erkennt, bis er einen Fuß daraufsetzt«, sagte Nathan und stieß einen Pfiff aus. »Genial.«

»Womit sie nicht gerechnet hatten, war das nasse Stroh unter der Luke.«

»Oder damit, dass ich mich im Sturz zusammenrollen würde«, fügte Alex trocken hinzu. »Beinahe wäre es der perfekte Unfalltod gewesen.«

»Nur, dass du überlebt hast«, murmelte Nathan.

»Und das mehr als einmal.« David begann, im Zimmer auf und ab zu gehen. »Das ist es, was mir Sorgen macht.«

Alex sah ihn fragend an. »Ich hätte gedacht, das wäre das kleinste deiner Probleme.«

David machte eine wegwerfende Geste. »Wer immer diese Anschläge verübt, muss wütend sein, dass du noch lebst.«

»Und seine Angst verlieren, erwischt zu werden«, fügte Nathan hinzu. »Wir müssen herausfinden, wer dahintersteckt, bevor es zum nächsten Versuch kommt.«

»Ihr habt dafür gesorgt, dass keiner an mich herankommt«, bemerkte Alex sarkastisch. »Das sollte die Anschläge fürs Erste beenden.«

Nathan warf David einen verstohlenen Blick zu und blickte dann zu Boden. Alex bemerkte sein Zögern. Sie verbargen etwas vor ihm.

»Was?«, fragte er schneidend.

Nathan sah ihm in die Augen. »Vielleicht ist es nicht wichtig.«

»Aber es beschäftigt dich«, erriet Alex. »Ich muss es wissen.«

»Ich finde es seltsam, dass Douglas genau in der Nacht starb, als er seine Verlobung bekannt gab.«

Alex starrte seinen Bruder ein paar Sekunden lang an. Etwas in seinem Kopf weigerte sich, die Verbindung herzustellen. Was konnte Douglas' Verlobung mit seiner Situation zu tun haben?

»Sarah«, flüsterte er und eine eiserne Klammer legte sich um sein Herz.

Nathan nickte. »Du bist einen Schritt weitergegangen. Du hast geheiratet, und das stellt eine Bedrohung dar.«

David runzelte die Stirn. »Ich glaube nicht, dass Sarah in Gefahr ist«, versicherte er. »Wahrscheinlich weiß das ganze Haus, dass Alex seine Hochzeitsnacht allein verbrachte.«

Alex hatte geglaubt, aus dem Alter heraus zu sein, in dem man verlegen wurde, bis ihn der amüsierte Blick seines Bruders traf. Er lehnte sich in seinem Sessel zurück und setzte einen unbeteiligten Blick auf. Doch er wusste, dass Nathan ihn das nie vergessen lassen würde.

»Kein besonders vielversprechender Anfang, kleiner Bruder«, meinte er grinsend.

»Es gab Gründe«, knurrte Alex.

»Das kann ich mir lebhaft vorstellen«, erwiderte Nathan.

»Wichtig ist, dass Sarah sicher sein müsste«, schaltete sich David ein.

»Weil sie unter diesen Umständen noch keinen Erben hervorbringen kann.«

»Wir müssen den Übeltäter finden.« Alex stand auf und ging zum Schrank. »Helft mir in meine Sachen.«

»Du bleibst hier.« David versperrte ihm den Weg. »Nathan und ich kümmern uns darum.«

»Ich werde mich nicht zurücklehnen und zulassen, dass diese Person meine Familie zerstört.« Alex drängte sich an David vorbei und verschwand in seinem Ankleidezimmer. Mit Kniehose, Hemd und Gehrock kam er wieder heraus.

»Alles ist in Ordnung, solange du hier bleibst«, versuchte David ihn zu überzeugen.

Alex schüttelte den Kopf. »Diese Person ist eine Gefahr für Sarah.«

»Warum?«

Alex setzte sich aufs Bett und zog die Hose an. »Aus mehreren Gründen«, erklärte er. »Erstens ist es die sicherste Methode, mich aus dem Zimmer zu locken. Zweitens könnte jemand annehmen, dass Sarah trotz der Hochzeitsnacht schwanger ist.«

Nathan nickte. »Da hast du natürlich recht.«

»Ich kann nicht ganz folgen.« David half Alex aus der Armschlinge und hielt ihm das Hemd hin.

»Die Leute werden annehmen, dass es einen Grund für die überstürzte Heirat gab«, erklärte Nathan.

Alex zuckte zusammen, als er in den Hemdsärmel

schlüpfte. »Ich werde Sarahs Leben nicht aufs Spiel setzen. Wo ist sie?«

»Sie ist in Sicherheit«, beruhigte ihn David. »Sie hat sich von der Familie ferngehalten und verbringt die meiste Zeit im Nähzimmer.«

»Wir müssen herausfinden, wer versucht, dich umzubringen.« Nathan ging in die Hocke und half seinem Bruder in die Reitstiefel. »Himmel, sind die eng.«

»Normalerweise hilft mir Hobson.« Alex wand sich in eine braune Reitjacke. Sie war weiter geschnitten als seine anderen Jacken. »Suchen wir Bryan.«

»Warum ihn?«, fragte Nathan und stand auf.

»Er wollte unbedingt, dass ich mir das Eislager ansehe.«

»Wann war das?«

»Am Tag vor dem Unfall.«

»Und du glaubst auch, dass er für den angeschnittenen Sattelriemen verantwortlich ist«, sann Nathan.

»Ich hielt es für einen Streich«, erklärte Alex und schlang einen Knoten ins Halstuch. Es war nicht perfekt, sah aber einigermaßen respektabel aus.

»Nicht vor dem Hintergrund der anderen Geschehnisse«, meinte David. »Bryan wäre eine Möglichkeit. Er ist der Einzige, der von deinem Tod profitieren würde.«

»Von deinem und dem von Douglas«, fügte Nathan grimmig hinzu.

Alex nickte nur. Je früher sie herausfanden, wer hinter diesen Unfällen steckte, desto eher konnte er wieder aufatmen. Im Krieg hatte er manche Schlacht geschlagen, doch nie hatte er diese Angst verspürt, die ihm jetzt die

Kehle zuschnürte. Der Gedanke, jemand könnte Sarah etwas antun wollen, war unerträglich.

Er glaubte nicht, dass Bryan für die seltsamen Geschehnisse verantwortlich war, aber er konnte kein Risiko eingehen. Zu viel stand auf dem Spiel. Bryan musste zur Rede gestellt werden. Wenn er schuldig war, musste man ihn aufhalten.

Die drei Männer gingen in die Bibliothek. Sie war leer.

»Wo sonst könnte er stecken?«, fragte David.

»In den Ställen«, antworteten Nathan und Alex im Chor.

In ihrem Eifer rannten sie fast. Dort angekommen, machte Alex Jacobs ausfindig.

»Mein Lord«, rief er lächelnd. »Ihr seht besser aus als beim letzten Mal, als ich Euch sah.«

»Danke, dass du bei meiner Bergung geholfen hast.« Alex klopfte Jacobs auf die Schulter. »Wir suchen Lord Bryan. Hast du ihn gesehen?«

Jacobs schüttelte den Kopf. »Es ist merkwürdig. Seit Eurem Sturz ist er nicht mehr geritten, mein Lord.«

Alex runzelte die Stirn. »Dann muss er im Haus sein.«

Die drei Männer machten sich wieder in Richtung Haus auf. Erst als sie außer Hörweite waren, sprachen sie miteinander. »Wie ungewöhnlich für Bryan, seinen täglichen Ausritt ausfallen zu lassen«, kommentierte David.

»Sehr ungewöhnlich«, stimmte Alex zu. »Aber er mag seine Gründe haben.«

Sie gingen ins Haus und standen in der großen Eingangshalle. »Ich werde Johnson bitten, nach ihm zu suchen«, beschloss Alex.

Doch bevor er läuten konnte, rief eine Stimme vom ersten Stock. »Nach wem zu suchen?«

Alex sah nach oben und lächelte seinen Bruder grimmig zu. »Da bist du ja. Ich würde gerne in der Bibliothek mit dir sprechen.«

»So ernst«, spottete Bryan. Er kam die Treppen heruntergeschlendert und baute sich vor Alex auf. »Ich dachte, du wärst ans Bett gefesselt.«

»Da hast du dich offensichtlich geirrt.«

»Worüber möchtest du mit mir sprechen?«

»In der Bibliothek«, sagte Alex barsch. Ihm war nicht nach scherzhaftem Schlagabtausch zumute. Sollte Bryan tatsächlich für Alex' Unfälle verantwortlich sein, wollte er dem Treiben hier und jetzt ein Ende setzen.

Bryan wollte protestieren, zögerte dann aber. Er zuckte mit den Schultern und ging in die Bibliothek.

»Nun?«, forderte er.

Alex wartete, bis David und Nathan hereingekommen waren, bevor er die Tür schloss. Er musterte den gelangweilten Gesichtsausdruck seines Bruders und fragte sich, wie viel davon gespielt war.

Alex lehnte sich an die Tischplatte. Nathan stand am Fenster und David war an der Tür stehen geblieben und versperrte Bryan den Fluchtweg.

»Ich habe nur eine Frage an dich«, begann Alex ruhig. »Hast du versucht, mich umzubringen?«

Sarah hielt das Bettlaken vor sich in die Höhe. Es hatte mehrere ausgefranste Risse, aber die waren nichts im

Vergleich zu dem kopfgroßen Loch in der Mitte. Unmöglich, das noch zu stopfen. Mit einem Seufzer warf sie es auf einen bereits beachtlichen Haufen mit Lumpen. Wenn das so weiterging, wäre sie in ein paar Tagen fertig.

Bei dem Gedanken, das Nähzimmer zu verlassen, wurde ihr ganz flau im Magen. Es war ihr Rückzugsgebiet, wo sie der Familie aus dem Weg gehen konnte. Mittlerweile nahm sie nicht einmal mehr am Dinner teil. Sie konnte nicht darüber hinwegsehen, dass einer von ihnen versucht hatte, Alex umzubringen.

Sarah streckte die Arme über den Kopf und stand auf. Der einzige Weg, wie sie sich von ihren Sorgen ablenken konnte, war, sich zu beschäftigen. Ihr Kopf fühlte sich taub an und der Knoten in ihrem Magen wollte sich einfach nicht lösen, selbst nicht, als ihr der Arzt versichert hatte, dass sich Alex vollständig von seinem Sturz erholen würde. Der Gedanke daran, dass sie beinahe den Mann verloren hatte, den sie liebte, versetzte ihr jedes Mal aufs Neue einen Schlag.

Nacht für Nacht saß sie an seinem Bett, lauschte seinen Atemzügen und betrachtete jeden einzelnen als Geschenk. Manchmal murmelte er ihren Namen im Schlaf und dann kamen ihr immer die Tränen. Wie hatte sie bloß an ihm zweifeln können?

Ein lautes Klopfen an der Tür riss sie aus ihren Gedanken. Das musste Daisy mit ihrem Mittagsessen sein. Sarah runzelte die Stirn. Hatte sie nicht gerade erst gefrühstückt?

»Komm herein.« Sarah ging zur Tür.

Wieder klopfte es und Sarah öffnete. Ein überraschtes Lächeln breitete sich in ihrem Gesicht aus.

»Mit Euch hatte ich nicht gerechnet.« Sie ging voran zum Tisch und stellte einen Stuhl bereit. »Setzt Euch und leistet mir etwas Gesellschaft.«

Plötzlich spürte Sarah einen dumpfen Schlag und in ihrem Kopf explodierte der Schmerz. Vor ihren Augen tanzten Lichtblitze. Als Sarah den Mund zum Protest öffnen wollte, traf sie der zweite Schlag und streckte sie nieder. Zitterte sank sie auf die Knie. Ihr letzter Gedanke galt Alex. Sie musste ihn warnen. Dann verlor sie das Bewusstsein.

Achtundzwanzigstes Kapitel

»Wie bitte?«, schrie Bryan. Die gelangweilte Maske war wie weggewischt. »Hast du den Verstand verloren?«

»Wohl kaum«, entgegnete Alex. »Jemand hat kleine Unfälle für mich arrangiert und vieles weist in deine Richtung.«

»Derartige Anschuldigungen muss ich mir nicht anhören.« Bryan hatte seine Fassung wiedererlangt und ging auf die Tür zu.

»Halt!«, befahl Alex. »Du bleibst, bis wir diese Sache geklärt haben.«

Lord Bryan wandte sich um. »Was glaubst du eigentlich, wer du bist?«, knurrte er. »Du hast kein Recht, mich hier festzuhalten.«

»Ich habe jedes Recht«, entgegnete Alex. »Du bist Gast in meinem Haus.«

»Du wagst es?«, zischte Bryan. »Das hier ist mein Haus mehr als deines.«

»Wie kannst du das sagen?« David war außer sich. »Alex ist der Marquis.«

»Er ist seinerzeit davongerannt.« Bryan spuckte die Worte verächtlich aus. »Genau wie Douglas. Diese zwei Feiglinge.«

»Mancher würde dich als den Feigling betrachten«,

wandte Nathan ein. »Ein Mann, der sich nicht aus dem Schutz seines Vaters wagt.«

»Das ist lächerlich«, schnaubte Bryan. »Zu bleiben forderte mehr Mut als zu gehen.«

»Du bist geblieben, weil es einfacher war«, entgegnete Nathan. »Hast du geglaubt, deine Treue würde belohnt?«

»Allerdings!«, rief Bryan, und in seinen Augen loderte Wut. »Ich hätte Caldern erben sollen. Ich habe Vaters Launen ertragen, während der Rest von euch geflüchtet ist.«

Alex verschränkte die Arme vor der Brust. »An der Erbfolge für Caldern lässt sich nicht rütteln.«

»Vielleicht hast du geglaubt, du könntest deine Chancen auf ein Erbe verbessern, indem du deine Brüder ermordest?«, erklärte David Stanton mit einem spöttischen Lächeln.

»Nein«, widersprach Bryan laut.

»Und was hast du damit gemeint, dass Caldern eigentlich dir zustünde?«, wollte Nathan wissen.

Bryan zog ein Taschentuch hervor und betupfte sich die Stirn. »Ihr verdreht mir die Worte im Mund«, rief er.

»Dann erkläre es mir«, verlangte Alex. Sein Bruder war sichtlich wütend über die Fragen, aber Alex konnte jetzt nicht locker lassen. Wenn Bryan versuchte ihn umzubringen, musste er es erfahren.

Ein Zittern durchlief Bryan und er sank in einen ledernen Lesesessel. »Ich habe nie versucht, dich umzubringen. Du warst so lange fort, dass ich annahm, du würdest den Krieg nicht überleben. Als du ihn doch überstandest, redete ich mir ein, dass Indien zu rau für dich sei«, gestand er mit einem Schluchzen.

Alex schloss kurz die Augen. Jemandem den Tod zu wünschen war das eine, zur Tat zu schreiten etwas ganz anderes. »Was war mit meinem Sattel? Hast du dich am Riemen zu schaffen gemacht?«

Bryan schüttelte den Kopf. »So etwas habe ich nicht nötig. Ich hätte ohnehin gewonnen.«

Alex blickte über die Schulter und sah Nathan fragend an, der mit den Schultern zuckte und den Kopf schüttelte. Aus irgendeinem Grund glaubte Nathan Bryan. Auch Alex hielt ihn für unschuldig. Bryan hatte nicht die Nerven, einen Mord zu planen und ihn auszuführen. Sie mussten anderswo nach dem Täter suchen.

»Ist dir an dem Tag jemand in der Nähe meines Pferdes aufgefallen?«

Bryans Lippen verzogen sich verächtlich. »Kannst du nicht akzeptieren, dass du vom Pferd gefallen bist?«

»Könnte ich«, sagte Alex lächelnd. »Wenn es so wäre.«

»Jemand hat den Riemen angeschnitten«, erklärte David Stanton und ging auf Lord Bryan zu. »Das war kein fairer Wettkampf.«

»Und ihr verdächtigt mich des Betrugs?«, rief Bryan fassungslos. Er sprang auf, doch David drückte ihn in den Sessel zurück.

Alex musste beinahe grinsen. Seinen Bruder schien es mehr zu entrüsten, dass man ihn des Wettkampfbetrugs verdächtigte als des Mordes. Doch bevor er etwas sagen konnte, wurde die Tür aufgerissen.

»Was ist hier los?«, fragte Lady Caldern schrill.

Alex drehte sich um und verbeugte sich leicht vor seiner Stiefmutter. »Komm herein, liebe Fanny. Wir unterhalten uns gemütlich im Kreis der Familie.«

Lady Caldern sah sich misstrauisch um. »Ihr schreit, dass euch das ganze Haus hört.«

»Dann müssen wir uns nicht wiederholen.« Alex schloss die Tür und führte Lady Caldern zu einem Stuhl. »Bitte, mach es dir bequem.«

Lady Caldern raffte ihr schwarzes Seidenkleid und ließ sich nieder. Dann erblickte sie Nathan, der am Fenster stand. »Ich bleibe nicht im selben Raum wie dieser Mann.«

»Doch, das wirst du«, erwiderte Alex. Seine Stimme war härter geworden und seine Augen kalt.

»Ich bin noch immer die Herrin im Haus.«

»Das hat sich geändert.« Alex wandte sich von Fanny ab und ging zu seinem Schreibtisch. »Oder hast du etwa meine Heirat vergessen?«, fragte er, ohne sich umzusehen.

»Das kann man wohl kaum als Heirat bezeichnen«, räusperte sich Lady Caldern. »Wo ist sie jetzt, deine Frau?«

»In Sicherheit.« Alex bedachte Fanny mit einem Lächeln. Er beabsichtigte nicht, sich von ihr aus dem Konzept bringen zu lassen. »Wir sprachen gerade über die seltsamen Unfälle, die mir in letzter Zeit zugestoßen sind.«

»Wenn du unbedingt allein auf den Ländereien herumlaufen musst, kann eben leicht mal etwas passieren.« Lady Caldern faltete die Hände im Schoß.

»Wie Schüsse aus dem Hinterhalt?« Nathan trat einen Schritt vom Fenster weg. Seine Lippen bildeten einen schmalen Strich, während er Lady Caldern kaum ansah. »Und was ist mit einem einstürzenden Dach oder einem angeschnittenen Sattelriemen? Sind das Zwischenfälle, auf die Alex eingerichtet sein sollte?«

»Unsinn.« Lady Caldern straffte die Schultern. »Ich meinte, dass Alex die Arbeit seinen Männern überlassen sollte.«

»Aber Mutter«, unterbrach Lord Bryan, »du wolltest doch, dass ich Alex auftrage, nach dem Eislager zu sehen.«

Lady Caldern versteifte sich. »Mit dir habe ich nicht geredet, Bryan. Sei so freundlich und halte dich da heraus.«

»Mich interessiert es aber, was er zu sagen hat«, bemerkte Alex. »Bitte fahre fort.«

Bryan räusperte sich. Nervös huschten seine Blicke zwischen seiner Mutter und Alex hin und her. »Vielleicht habe ich Mutter falsch verstanden.«

»Vielleicht hast du aber auch richtig gehört«, meinte Alex. »Woher das plötzliche Interesse am Zustand des Anwesens?«

»Ich liebe Caldern.«

»Aber du hast es verfallen lassen, noch während Vater am Leben war.« Beim Gedanken an die schreckliche Verwahrlosung schlich sich eine kalte Härte in Alex' Stimme.

»Ich tat, was ich konnte«, erwiderte Lady Caldern selbstgefällig. »Wenn dir Caldern so am Herzen liegt, hättest du heimkommen sollen und helfen.«

Alex ballte die Fäuste. »Ist das der Grund, warum du dafür sorgen wolltest, dass Bryan meine Nachfolge antritt?«

Lady Calderns Augen weiteten sich, sie öffnete den Mund und schloss ihn wieder, aber es kam kein Laut hervor. Alex verschränkte die Arme vor der Brust und beobachtete sie ungerührt.

»Willst du damit etwa sagen, ich hätte versucht, dich umzubringen?«, fragte Lady Caldern schließlich. »Das ist doch absurd!«

»Ihr habt nicht nur versucht, Alex aus dem Weg zu schaffen. Bei Douglas hattet Ihr Erfolg«, fügte Nathan hinzu.

Lady Caldern warf einen Blick auf Nathan und schüttelte den Kopf. »Ich weiß nicht, wovon er redet. Douglas starb bei einem Reitunfall. Er war betrunken.«

»Douglas hatte aufgehört zu trinken, lange bevor er Caldern erbte.«

»Woher sollte ich das wissen?«, verteidigte sich Lady Caldern. »Abend für Abend schloss er sich in der Bibliothek ein. Nicht einmal ein kurzes ›Guten Abend‹ hatte er für seine Familie übrig. Ich hielt es für das typische Verhalten eines Trinkers, der seine Schmach verbergen möchte.«

»Du scheinst keine besonders hohe Meinung von Douglas gehabt zu haben.« Innerlich bebte Alex. Die Gefühlskälte seiner Stiefmutter weckte Erinnerungen an die strenge, herzlose Atmosphäre, in der er aufgewachsen war.

»Warum sollte ich?«, erwiderte sie gereizt. »Dein Bruder und du, ihr habt noch nie etwas getaugt. Es war ein Segen, als ihr gingt. Mir tut nur leid, dass ihr zurückkamt.«

»Und darum hast du dich entschlossen, uns umzubringen?«

»Niemals«, verteidigte sich Lady Caldern. »Das hatte ich nicht nötig.«

»Aber wäre es nicht viel bequemer für dich, wenn Bryan Land und Titel erbte?«

»Mag sein«, stimmte Lady Caldern zu und lächelte gezwungen. »Das heißt aber nicht, dass ich etwas in diese Richtung unternehmen würde. Ich bin sicher, es gibt eine ganze Reihe von Leuten, die dich lieber tot als lebendig sähen.«

»Mir war nicht bewusst, dass ich so unbeliebt bin.« Alex trommelte mit den Fingern auf die Schreibtischplatte. »Vielleicht könntest du mich aufklären?«

»Sieh dich doch nur in diesem Raum um«, riet Lady Caldern mit einem Nicken in Nathans Richtung.

»Nathan?«, fragte Alex ungläubig. »Warum sollte er mir etwas antun wollen?«

»Eifersucht.«

Alex schnaubte ungehalten. »Worauf?«

»Er ist der Ältere von euch beiden«, sagte Lady Caldern mit einem Schulterzucken. »Es könnte ja sein, dass er nicht möchte, dass du erbst, was er als sein Eigen betrachtet.«

Alex blickte seinen Bruder über die Schulter hinweg an, doch dieser schüttelte ungläubig den Kopf. Und tief im Inneren wusste Alex, dass sein Bruder ihm nie etwas antun würde. Trotz der jahrelangen Trennung bestand eine innige Verbindung zwischen ihnen.

»Nathan würde mir nie etwas zuleide tun«, versicherte Alex.

»Aber Bryan würdest du das zutrauen?«, schnaubte Lady Caldern.

»Im Grunde nein«, gestand Alex mit einem Seufzen. »Sollte Bryan etwas getan haben, dann sicher nur, um mir eins auszuwischen.«

»Es gibt noch andere in diesem Haus. Jeder könnte verantwortlich sein, aber ich halte es für unwahrscheinlich.« Lady Caldern erhob sich. »Du hattest ein paar Unfälle.«

»Ich wünschte, so wäre es. Unglücklicherweise gibt es Beweise, dass mein Sattel und die Eislagerluke präpariert waren.«

»Unmöglich«, meinte Lady Caldern. »Du scheinst zu vorschnellen Verdächtigungen zu neigen. Oder steckt am Ende ein schlechtes Gewissen dahinter?«

»Weder noch«, mischte sich Nathan ein. »Ich denke, es wäre klug, wenn wir dieses Problem jetzt lösten.«

»Sonst?«, fragte Lord Bryan mit einem höhnischen Lächeln. Er hatte seine alte Haltung zurückgewonnen.

»Sonst bringen wir die Vorfälle vor den Richter und es kommt zum Skandal«, drohte Nathan. »Und das wollen doch sicher alle vermeiden.«

Lady Caldern funkelte Nathan an und ihre Finger krallten sich in die Rückenlehne des Sessels, auf dem sie eben noch gesessen hatte. Nathan hielt ihrem Blick ohne zu blinzeln stand. Alex räusperte sich.

»Ich denke, wir können die Sache ohne Hilfe von außen lösen.«

»Aber wie?«, fragte David Stanton leise. »Es ist längst zu weit gegangen. Wenn es von den beiden keiner war, bleibt dir nichts anderes übrig.«

Alex wand sich innerlich. Die Familie in Schmach und Schande zu stürzen war nun wirklich nicht seine Absicht.

Er wollte einfach nur, dass die Unfälle aufhörten und der Unruhestifter von Caldern verbannt wurde. Ein Skandal wäre unerträglich.

Er rieb sich das Kinn. »Kein Skandal«, sagte er fest. »Wir werden die Angelegenheit unter uns klären.«

»Dann schick alle fort«, schlug David vor. »Nur so kannst du wirklich sicher sein.«

»Das ist ja wohl das Letzte!«, empörte sich Lady Caldern und ging mit erhobenem Zeigefinger auf Alex zu. »Es war ein schwarzer Tag, als du nach Hause zurückkehrtest.«

»Beruhige dich«, wies Alex sie kalt zurück. »Ich habe nicht vor, irgendjemanden fortzuschicken.«

»Das will ich doch hoffen.« Wieder straffte Lady Caldern die Schultern. »Schließlich sind wir deine Familie.«

»Familie oder nicht«, bemerkte Alex trocken, »ich dulde keine weiteren Angriffe. Das muss ein Ende haben.«

Lady Caldern öffnete den Mund zum Protest, doch eine Unruhe vor der Bibliothek ließ sie verstummen. Alex horchte auf und runzelte die Stirn. Es klang, als sei der Arzt eingetroffen und würde laut auf Johnson einschreien.

»Finde heraus, was los ist, David.«

David ging zur Tür, doch bevor er sie öffnen konnte, flog sie auf. Davor stand Dr. Caruthers mit gehetztem Blick und rang nach Atem.

»Aus dem dritten Stock dringt Rauch.«

»Rauch!«, riefen Nathan und Alex gleichzeitig aus.

»Wo?«, fragte Alex und lief auf den Arzt zu. Er konnte nichts riechen, aber sie waren ein gutes Stück entfernt.

»Aus dem Nordflügel.«

»Sarah!«, flüsterte er. Sein Herz zog sich zusammen. Das Nähzimmer! Er schubste den Arzt zur Seite und rannte die Treppen hinauf.

»Warte!«, rief ihm Nathan hinterher. »Du wirst Hilfe brauchen.«

* * *

Pochender Schmerz durchfuhr Sarahs Schädel. Sie stöhnte und richtete sich mühsam auf. Das Dröhnen in ihrem Kopf war unerträglich und ihre Brust schien innerlich zu brennen. Sie wollte Luft holen, um den Schmerz zu lindern, doch stattdessen füllte beißender Rauch ihre Lungen und sie brach unter einem Hustenanfall zusammen. Als er vorüber war, legte sie den Kopf auf den Boden.

Sarah fühlte den harten Boden unter sich, konnte sich aber nicht entsinnen, wie sie dorthin gekommen war. Sie blinzelte und versuchte, klar zu sehen, doch ihre Augen versagten ihr den Dienst. Das Zimmer drehte sich und schwarze Rauchschwaden waberten über ihr, während in einiger Entfernung verschwommen orangefarbene Lichter flackerten.

Sarah schloss die Augen und versuchte das Bild zu verscheuchen. Doch auch beim zweiten Blick hatte sich nichts verändert. Die schreckliche Erkenntnis versetzte sie schlagartig in Panik und sie unterdrückte einen Schrei. Ihr Herz raste bei ihrem Versuch wieder aufzustehen. Ihr blieb nicht viel Zeit, bis das Feuer sie erreichte.

Sie wollte sich mit den Armen abdrücken, aber sie gaben nach und sie sackte auf den Boden zurück. Sie hatte das Gefühl, in ein Seil eingesponnen zu sein. Die anrückende Feuersbrunst schien die Härchen in ihren Nasenlöchern zu versengen. Sie musste entkommen. Zentimeter für Zentimeter schob sie sich in Richtung Tür. Ein einziger Gedanke beherrschte sie. Alex.

Sie musste ihn warnen. Bilder seines geliebten Gesichts blitzten vor ihrem geistigen Auge auf. Sie musste ihn noch einmal berühren. Sie musste ihm sagen, dass er recht hatte: Ihre Liebe war das Einzige, das zählte. Sarah schob sich noch ein paar Zentimeter Richtung Tür, bevor sich schwarze Ohnmacht auf sie herabsenkte.

* * *

Sein pochendes Herz war alles, was er noch hörte. Sarah war in Gefahr, vielleicht schon verletzt oder, schlimmer noch, tot. Er verscheuchte den Gedanken aus seinem Kopf und drängte sich an den Bediensteten vorbei. Er musste bei ihr sein, bevor es zu spät war.

Im dritten Stock zögerte er einen Moment. Der Rauch breitete sich bereits im Flur aus, und er zog sein Taschentuch aus der Tasche und presste es auf Nase und Mund. Seine Augen tränten und die Nase juckte von dem beißenden Geruch.

»Lass dir helfen«, keuchte Nathan neben ihm. »Mit deiner Schulter kannst du sie unmöglich heraustragen.«

Alex nickte und gemeinsam rannten sie den Gang hinunter, ohne auf die Schritte hinter ihnen zu achten. Das Nähzimmer brannte lichterloh. Die Flammen züngelten die Vorhänge hinauf und fraßen die Berge von Leinen, die auf Tischen und Boden herumlagen.

Alex musste die tränenden Augen zusammenkneifen, um in dem Flimmern etwas erkennen zu können. Seine Lungen protestierten gegen den beißenden Rauch, und als er hustete, schoss ihm Schmerz in Schulter und Arm, aber er ging weiter. Hektisch schob er Stühle und Tische aus dem Weg. Nathan gab ihm Zeichen umzukehren, aber Alex schüttelte den Kopf. Sarah brauchte seine Hilfe.

Er stolperte weiter in den Raum, fiel auf die Knie und schnappte nach Luft. Mit den Händen tastend, krabbelte er vorwärts und suchte verzweifelt nach seiner Frau. Nathan packte seinen Arm.

»Vielleicht ist sie schon draußen«, keuchte er, bevor ihm ein Hustenanfall die Sprache verschlug.

»Sie ist hier«, widersprach Alex. »Ich fühle es.«

Noch einen Meter kämpfte er sich nach vorne. Mittlerweile konnte er nichts mehr sehen. Sein Instinkt warnte ihn, dass er umkehren und sich in Sicherheit bringen musste, aber er ignorierte ihn und suchte den Boden vor sich mit der Hand ab.

Nathan begann, ihn an den Füßen herauszuziehen, aber Alex trat um sich und arbeitete sich weiter in dem Raum vorwärts. Mit einem letzten Funken Hoffnung streckte er die Hand aus und berührte Stoff. Er zog. Es gab nicht nach.

»Ich habe etwas«, schrie er Nathan zu.

Nathan ließ Alex' Beine los und kroch auf gleiche Höhe. »Wo?«

Alex zog an dem Stoff, mit der anderen Hand tastete er

sich seitlich daran entlang und berührte Haut. Sein Herz machte einen Sprung. »Es ist Sarah!«, rief er.

Nathan nickte und tastete sich an Alex' Arm entlang bis zu Sarahs leblosem Körper. Zusammen zogen und zerrten sie Sarah langsam Richtung Ausgang. Als sie zur Tür kamen, packten andere Hände mit an.

Draußen im Flur kollidierten sie mit einer Kette von Dienern, die Wassereimer weiterreichten. Sie versuchten ihr Bestes, das Feuer zu löschen, bevor es das ganze Haus erfasste. Alex bemerkte sie kaum, als er sich hustend und nach Luft schnappend auf allen vieren in den Gang schleppte. Vor ihm trugen der Arzt und David Sarah.

Ihr einer Arm hing schlaff herab, die Haut vom Rauch geschwärzt. Angst und Zweifel drohten Alex zu überwältigen und trieben ihm Tränen in die Augen. Wenn Sarah etwas zugestoßen war, bloß weil er sie gezwungen hatte, ihn zu heiraten, würde er sich das nie verzeihen können. Alex versuchte aufzustehen und war dankbar für Nathans Hilfe.

»Du kümmerst dich um Sarah«, ordnete Nathan an. »Ich bleibe hier und sorge dafür, dass das Feuer gelöscht wird.«

Alex nickte und folgte den Männern, die seine Frau die Treppen heruntertrugen. Im ersten Stock zögerten sie.

»Bringt sie in mein Zimmer«, rief Alex und ging voran, um ihnen die Tür aufzuhalten.

Hastig und schwer atmend, trugen der Arzt und Stanton Sarah in das Zimmer und legten sie auf das Bett. David machte Platz und Dr. Caruthers beugte sich über Sarah und lauschte an ihrer Nase.

Alex nahm eine Hand und fing an, sie zu reiben. »Sarah!«, sagte er flehentlich. Es kam keine Antwort. Alex blickte fragend den Arzt an, der fast unmerklich den Kopf schüttelte.

»Nein«, erklärte Alex fest. »Ich lasse sie nicht sterben.«

Neunundzwanzigstes Kapitel

»Holt meine Tasche«, wies Dr. Caruthers David Stanton an. »Sie steht unten im Flur.«

»Worauf wartet Ihr?«, herrschte Alex den Arzt an, und rieb weiter hektisch Sarahs Hand. »Sie braucht Luft.«

»Ich habe meinen Beatmungsschlauch in der Tasche unten«, erklärte der Arzt. Er kippte Sarahs Kopf in den Nacken, so dass das Kinn in die Luft zeigte und der Hals gedehnt war.

Alex schubste ihn zur Seite. »Lasst mich versuchen.«

Er hatte oft gesehen, wie Männer wiederbelebt worden waren, die man aus dem Wasser gezogen hatte, und begann nun, Sarah auf die gleiche Art zu behandeln. Oftmals blieb keine Zeit, um nach einem Schlauch zu suchen, den man in die Nase einführte. Er blies Luft in die Nasenlöcher und drückte dann auf ihren Bauch, um sie wieder herauszupressen.

»Was macht Ihr da?«, fragte Dr. Caruthers in scharfem Ton.

»Das habe ich in der Marine gelernt.«

»Ich habe noch nie gehört, dass so etwas ohne Schlauch funktionieren soll.«

»Es geht«, widersprach Alex zwischen zwei Atemzügen. »Man darf keine Zeit verlieren.«

»Atme!«, flüsterte er und drückte erneut auf Sarahs

Bauch, als keine Antwort kam. Ihre Brust schien sich zu heben und er drückte wieder. Ein leises Röcheln war der Lohn.

»Zur Seite«, befahl der Arzt und schob Alex aus dem Weg. Er drehte Sarah auf die Seite und fing an, ihren Rücken zu reiben und die Laken über sie zu ziehen.

Alex sank an den Bettpfosten, seine Arme baumelten taub rechts und links herab. Aufmerksam beobachtete er, wie der Arzt Sarah bearbeitete und sie nach und nach wieder zum Atmen brachte. Als sich die Brust langsam wieder gleichmäßiger hob und senkte, trat Alex ans Bett und strich ihr das Haar aus dem Gesicht.

»Verlass mich nicht!«, flüsterte er. Sarahs Augenlider flatterten und Alex hielt die Luft an.

»Jemand hat ihr einen Schlag auf den Kopf versetzt«, bemerkte der Arzt sachlich. »Ich bezweifle, dass sie in nächster Zeit aufwacht.«

In diesem Moment kam David Stanton in das Zimmer geeilt. »Hier ist sie«, keuchte er und reichte dem Arzt seine kleine schwarze Tasche. »Ist sie am Leben?«

»Gerade so«, erklärte der Arzt knapp und ließ seine Tasche mit einem Schnalzen aufklappen. »Ich brauche Platz. Die Herrschaften müssen bitte gehen.«

»Ich bleibe«, sagte Alex knapp.

Der Arzt blickte ihn mitfühlend an. »Ihr könnt hier nichts ausrichten.«

Alex zögerte. Er wollte Sarah nicht verlassen, aber er wusste auch, dass der Arzt Recht hatte. Sie atmete und es gab nichts, was er jetzt noch tun konnte außer zuzusehen.

Schließlich nickte Alex. »Haltet sie am Leben«, bat er,

dann beugte er sich herunter und küsste Sarah auf die Stirn.

Vor der Tür lehnte er einen Moment den Kopf an die Wand und schloss die Augen. Der Schmerz in seiner Schulter ließ ihn zusammenzucken.

David räusperte sich und Alex schlug die Augen auf.

»Das Feuer wurde gelegt.«

Alex runzelte die Stirn. »Ja«, stimmte er zu. »Jemand trachtet auch Sarah nach dem Leben.«

»Du musst herausfinden, wer es ist.«

»Tja, ich nehme an, Bryan und Fanny können wir von der Liste streichen«, murmelte Alex und lächelte gequält.

»Dann sind wir mit unserem Latein am Ende.« David seufzte und rieb sich die Augen. »Ich verstehe es nicht.«

»Es muss ein Geisteskranker sein«, kommentierte eine Stimme von der Treppe aus. Nathan Carter kam auf sie zu.

»Wie steht es mit dem Feuer?« Alex drückte sich von der Wand ab und ging seinem Bruder entgegen.

»Es ist gelöscht.« Nathan war triefnass und über und über mit Ruß bedeckt.

Alex klopfte seinem Bruder auf die Schulter. »Danke.«

»Warum ein Geisteskranker?«, wollte David Stanton wissen.

»Niemand bei rechtem Verstand würde versuchen, am helllichten Tag ein Haus in Brand zu stecken. Wer immer dahintersteckt greift langsam zu verzweifelten Maßnahmen.«

»Und muss Sarah für eine Gefahr halten«, meinte Alex

nachdenklich und blickte auf seine geschlossene Schlafzimmertür.

»Wie geht es ihr?«

Der besorgte Ton seines Bruders gab Alex ein Gefühl der Wärme. »Sie atmet wieder. Der Arzt meint, jemand habe ihr einen Schlag auf den Kopf versetzt.«

Nathan nickte. »Sie ist stark.«

»Das hoffe ich.« Alex verstummte und wandte sich ab. Erneut griff ihm die Angst ans Herz.

Die Stille im Flur wurde von der Dienerschaft gebrochen, die mit ihren Eimern die Stufen herunterpolterte. Alex beobachtete sie wie durch einen Nebel. Alles erschien ihm unwirklich. Er konnte einzig daran denken, dass Sarah um ihr Leben kämpfte.

Er verfluchte sich selbst. Warum hatte er die Unfälle nicht ernster genommen? Stattdessen hatte er Sarah zu einer Heirat gezwungen und sie dadurch in Lebensgefahr gebracht. Wenn ihr etwas zustieß, würde er es sich nie verzeihen.

Johnson brachte ihn zurück in die Gegenwart. Eilig kam er die Treppen herauf. »Mein Lord«, rief er laut. »Ihr müsst Euch beeilen.«

»Was ist?«, fragte Nathan.

»Lady Julianna. Curtis, der Stallbursche, hat sie auf dem Dach entdeckt.«

»Auf dem Dach?«, wiederholte Alex ungläubig.

»Sie beugt sich über den Abgrund.«

Alex sah Nathan stirnrunzelnd an. Hatte das Feuer Julianna aufs Dach getrieben? Bevor er etwas sagen konnte, kamen Lady Caldern und Lord Bryan die Treppe heraufgeeilt.

»Tu etwas!«, befahl Lady Caldern.

Alex nickte und machte sich auf den Weg in den dritten Stock und dann hinauf aufs Dach. Nathan und die anderen folgten. Oben angekommen, blickte er sich um. Julianna war nirgends zu sehen.

»Da drüben.« Nathan deutete zu dem Loch in der Brüstung, an dem vor fast zwei Wochen die Mauer in die Auffahrt gestürzt war.

Die Sonne blendete und Alex musste die Augen zusammenkneifen. Schließlich entdeckte er die schmale Gestalt seiner Schwester. Sie stand direkt am Abgrund und hielt sich an einer zerbrochenen Zinne fest.

»Julianna!«, rief er.

Julianna wandte den Kopf und sah sie einen Moment lang an, bevor sie die Hand hob. »Keinen Schritt näher!«

Alex war schon zu ihr unterwegs gewesen und blieb jetzt stehen. »Wir wollen dir helfen.«

»Mir kann keiner mehr helfen.«

»Julianna, komm herunter«, zeterte Lady Caldern. »Dein Betragen ist nicht zu fassen.«

»Ich kann es dir niemals recht machen, Mutter«, rief Julianna.

»Eine Lady aus gutem Hause führt sich nicht so auf. Komm sofort hierher.«

Julianna schüttelte den Kopf und klammerte sich an die Brüstung. Eine leichte Böe bauschte ihr blassgelbes Kleid auf und verlieh ihr eine geisterhafte Erscheinung. Das offene Haar fiel ihr in zerzausten Locken über die Schultern.

Alex stemmte die Hände in die Hüften. Er musste Julianna vom Abgrund weglocken, konnte sich aber nicht vorstellen, was sie eigentlich dort hingetrieben hatte. Wie es aussah, war sie wütend auf Fanny.

»Hattet ihr beiden Streit?«, fragte er, an Fanny gewandt.

»Nein.« Lady Caldern hob den Kopf und funkelte ihn an. »Ich streite mich nie.«

Alex biss die Zähne zusammen. Er war kurz davor, die Fassung zu verlieren. Mit aller Gewalt zog es ihn zu Sarah und stattdessen war er hier auf dem Dach.

»Mach keinen Unsinn«, rief er seiner Schwester zu. »Komm herunter.«

»Ich verstehe, dass du wütend bist«, schluchzte Julianna. »Ich wollte Sarah nicht verletzen. Sie war wirklich die Einzige, die jemals nett zu mir war. Aber ich hatte leider keine Wahl.«

Juliannas Worte versetzten Alex einen Schlag und er wankte ein paar Schritte zurück. Nathan fing ihn an der gesunden Schulter auf. Julianna war das sanfteste Wesen der Welt, hatte Alex immer gedacht. Sollte sie wirklich das Feuer gelegt haben?

»Was hast du getan?«, fragte er ungläubig.

»Ich tat es für Mutter«, klagte Julianna. »Aber was ich auch tue, nie ist es genug für sie. Sie will immer mehr.«

Alex' Lippen wurden weiß vor Wut. Seine anschuldigenden Augen bohrten sich in seine Stiefmutter. »Erkläre das.«

»Sie lügt«, erklärte sie knapp.

»Nein, Mutter.« Juliannas Stimme wurde laut und hysterisch, sie zitterte am ganzen Leib und kam dem Abgrund bedenklich nahe. »Heute Morgen hast du gesagt, du wünschtest, Sarah wäre tot. Sie habe alles zerstört.«

Fanny starrte ihre Tochter fassungslos an und schüttelte den Kopf. »Du kannst doch nicht ernsthaft geglaubt haben, dass ich wollte, dass du sie umbringst.«

»Natürlich«, säuselte Julianna mit kindlicher Stimme. »Ich tue doch immer, was du willst.«

Alex musste kurz die Augen schließen. Das Geständnis seiner Schwester traf ihn bis ins Mark. Ihre Sehnsucht nach Anerkennung hatte sie zu einem Mordversuch gebracht. Steckte sie etwa auch hinter seinen Unfällen? Langsam ging er auf seine Schwester zu und blieb ungefähr drei Meter vor ihr stehen.

»Hast du auch versucht, mir wehzutun?«, fragte Alex sanft. Aus dem Augenwinkel sah er, wie auch Nathan und Bryan näher an Julianna heranrückten.

»Ich wollte es nicht«, gestand sie. »Mutter regte sich so auf, als du nach England zurückkamst.«

»Und Douglas?«

Julianna nickte. »Er war nicht so nett wie du. Bei ihm war es leichter.«

Kurz fürchtete Alex, die Übelkeit würde ihn überwältigen, doch er zwang sich zur Ruhe. Später würde es noch Gelegenheit geben, sich mit dem Schrecken der Eröffnungen seiner Schwester auseinanderzusetzen, jetzt musste er erst einmal die ganze Wahrheit erfahren.

»Es war sicher schwierig, Douglas' Tod einzufädeln«, sagte er freundlich.

»Das war ganz leicht«, erwiderte Julianna voller Stolz und ihre Augen leuchteten. »Er machte jeden Abend einen Ausritt. Ich glaube, er besuchte Lila«, kicherte sie.

»Was für eine Überraschung es für sie gewesen sein muss.«

Innerlich zuckte Alex zusammen. Lila Tremayne war bis heute nicht über den Verlust seines Bruders hinweggekommen. Seine Schwester hatte keine Vorstellung, welchen Kummer sie anderen zufügte. »Wie hast du es angestellt?«

»Ich wartete bei der Mauer im Nordfeld. Er ritt immer querfeldein. Es dämmerte bereits, deshalb bemerkte er das Brett nicht, mit dem ich die Mauer erhöht hatte. Es war zu hoch für sein Pferd.«

Alex runzelte die Stirn. Wenn seine Schwester die Mauer präpariert hatte, warum hatte sie dann auf Douglas gewartet? Wie ein Donnerschlag traf ihn die Erkenntnis. Sie wollte sichergehen, dass er tot war. »Was ist dann passiert?«, fragte er sanft.

»Ich musste ein paar Mal mit einem Stein zuschlagen.«

Julianna blickte auf ihre Hände und zuckte mit den Schultern. »Er schien erleichtert, als er mich sah, aber davon konnte ich mich nicht abbringen lassen. Mutter hatte es deutlich gesagt. Douglas sollte nicht am Leben sein. Er verdiente Caldern nicht.«

»Und ich?«

»Mutter hasst dich«, sagte Julianna schlicht. »Sogar noch mehr als Douglas.«

»Verstehe.«

»Sie sagt, du hast keinen Respekt und weißt nicht, was sich gehört.« Julianna machte ein nachdenkliches Gesicht. »Ich finde dich nett, aber ich muss tun, was Mutter will. Das verstehst du doch, Alex?«

»Ja.« Alex seufzte.

So sehr er die Taten seiner Schwester verurteilte, wusste er doch, dass sie geglaubt hatte, keine Wahl zu haben. Jahrelang hatte sie getan wie befohlen und um die Anerkennung einer Frau gekämpft, die stets nur Augen für die Fehler hatte. Das musste ihren Geist völlig verwirrt haben.

»Ich nehme an, ich hatte Glück, dass du mir nicht auch aufgelauert hast.«

»Aber das habe ich doch.« Julianna sah ihn mit großen Augen an. »Aber Sarah war ja immer da.«

Im Rückblick bemerkte Alex jetzt, dass Julianna recht hatte. Bei jedem seiner Unfälle war ihm immer Sarah zu Hilfe geeilt. Sie hatte ihm das Leben gerettet, wurde ihm bewusst, und sein Herz schnürte sich zusammen.

»Was war mit dem Sattel?« Lord Bryan hatte sich neben Alex gestellt.

Julianna blickte Bryan verwirrt an. »Mit dem Sattel von Douglas?«, fragte sie.

»Seinen Sattel hast du auch angeschnitten«, schloss Alex.

Langsam hatte Alex das Ereignis klar vor Augen. Allein an einem dämmrigen Abend, in Gedanken bei der Frau, die er liebte, hatte Douglas beim Sprung nicht aufgepasst. Als das Pferd stürzte, wurde er abgeworfen, weil sich der Sattel löste. Und dann hatte Julianna ihn erschlagen.

»Nein.« Bryan stampfte mit dem Fuß auf. Alex berührte ihn mahnend am Arm. Jede hektische Bewegung konnte Julianna zum Springen bringen.

»Bryan meint meinen Sattel«, erklärte Alex beschwichtigend. »An dem Tag mit dem Picknick.«

»Ich wollte nur, dass Bryan gewinnt.« Julianna blickte zu ihrer Mutter. »Erinnerst du dich? Du meintest, Alex müsste man eine Lektion erteilen?«

Lady Caldern nickte langsam. Ihre Augen lagen tief in den Höhlen und sie schien um Jahre gealtert zu sein in der kurzen Zeit, die sie auf dem Dach standen. Ein bisschen tat Fanny Alex sogar leid. Juliannas Geständnis war vernichtend.

»Ich glaube, wir verstehen jetzt.« Alex streckte seiner Schwester die Hand entgegen. »Es ist Zeit herunterzukommen.«

Julianna schüttelte den Kopf. »Nein.«

»Wir sind dir nicht böse«, beruhigte sie Alex. »Bitte gib mir die Hand.«

»Es ist einzig und allein wegen Mutter«, flüsterte Julianna.

Alex musste sich anstrengen, um seine Schwester zu verstehen, und machte ein paar Schritte auf sie zu. »Deine Mutter ist dir nicht böse.«

Wieder kicherte Julianna. »Sie ist glücklich«, vertraute sie ihm an. »Aber ich kann ihre Wünsche nicht mehr erfüllen.«

»Das musst du auch nicht mehr.«

»Doch, das muss ich«, sagte Julianna trotzig. »Mutter stört immer irgendetwas.«

»Vielleicht können wir es einrichten, dass du von ihr getrennt lebst.«

»Das wäre schön.« Julianna lächelte und schien auf Alex zuzukommen, doch dann hielt sie inne und alles Leben wich auch ihrem Gesicht. »Du willst mich fortschicken!«

»Nur fort von deiner Mutter. Es wird dir gefallen, allein zu leben«, versprach Alex. Er machte noch einen Schritt auf sie zu und spürte, wie Nathan und Bryan rechts und links von ihm ebenfalls näher kamen.

»Kann ich nach London?«

Alex nickte. »Wohin du willst. Aber jetzt komm bitte herunter«, bat er.

Julianna schien abzuwägen. »Versprichst du es mir?«

Alex nickte und hielt den Atem an, als Julianna einen kleinen Schritt auf ihn zumachte. Sie löste ihren Griff um die Zinne und setzte zum Gehen an, doch dann erstarrte sie und als sie an ihm vorbeiblickte, waren ihre Augen voller Schmerz.

Die schrille Stimme von Lady Caldern schnitt durch die Luft. »Du wirst mir meine Tochter nicht wegnehmen.«

Alex wirbelte herum. »Bleib, wo du bist«, befahl er.

Lady Caldern ignorierte seine Warnung und kam auf sie zu. »Ich weiß, was das Beste für sie ist. Ich kümmere mich darum, dass für sie gesorgt wird.«

»Nein«, kreischte Julianna. »Ich will nicht mehr auf dich hören, Mutter.«

Alex drehte sich um. Die zerbrechliche Gestalt seiner Schwester zeichnete sich gegen die Morgensonne ab. Ihre Qual ging ihm ans Herz, auch wenn nichts ihre Taten entschuldigen konnte. Julianna blickte um sich und Alex wusste, dass er nicht länger warten durfte.

»Ergreift sie«, rief er Nathan und Bryan zu.

Gleichzeitig rannten Alex, Nathan und Bryan auf sie

zu, doch es war zu spät. Ohne ein weiteres Abschiedswort stieß sie sich von der Brüstung ab. Alex erreichte die Kante genau in dem Moment, als Julianna aus dem Leben schied. Ihr Körper lag leblos in der Einfahrt unter ihnen.

Alex stöhnte und ließ den Kopf an die kalte Zinne sinken. »Warum?«, murmelte er vor sich hin.

Bryan blickte über die Kante. »Sieh nicht hin«, warnte er seine Mutter. Er stieß sich von der Zinne ab und ging auf sie zu. »Ich bringe dich auf dein Zimmer.«

Alex lauschte den sich entfernenden Schritten. Als sie verschwunden waren, richtete er sich auf. Nathan lehnte an der Zinne, an der sich Julianna gerade noch festgehalten hatte, den Kopf in den Händen vergraben. Ein paar Schritte weiter entfernt stand David.

»Wir konnten nichts tun.« Alex rieb sich den Nacken. Die Anspannung wich einer traurigen Müdigkeit.

»Nein«, stimmte David zu. »Jetzt weißt du, wer für deine Unfälle verantwortlich war.«

»Aber stimmt das wirklich?« Alex ging langsam zur Tür, die aufs Dach führte.

»Sie hat gestanden!«, sagte David.

Alex blickte seinen Freund sehr lange an und schüttelte den Kopf. »Sie hat Hand angelegt, doch die Verantwortung trägt nicht sie allein. Ein Teil der Schuld trifft Fanny.«

Alex ging durch die Tür und die dunklen Stufen herunter, vorbei an den verkohlten Überresten des Nähzimmers. Er würde anordnen, dass Juliannas Leiche hereingebracht und für das Begräbnis vorbereitet würde. Dann würde er zu Sarah gehen.

Nachdem er gesehen hatte, was eine erstickte Liebe anrichten konnte, wusste er, was zu tun war. Wenn Sarah überlebte, würde er ihr ihre Freiheit lassen. Er liebte sie zu sehr, um sie zu einer Ehe zu zwingen, die sie nicht wollte. Er hatte immer geglaubt, dass sich durch Liebe alles zum Guten wandte, doch jetzt wusste er es besser.

Dreißigstes Kapitel

Sarah schlug die Augen auf und blinzelte in das grelle Licht, das durch das Fenster hereinfiel. Stöhnend hielt sie sich die Hand an den dröhnenden Kopf.

»Tut es weh?«

Sarah wandte sich nach der Stimme um und blickte in Alex' besorgte Augen, die sie voller Zärtlichkeit ansahen. Wie blass er war! Sie streckte eine Hand nach ihm aus und er führte sie an die Lippen.

»Ich hatte solche Angst, dass du nicht mehr aufwachst.«

»Wie lange habe ich geschlafen?« Sarahs Hals fühlte sich rau an und sie brachte kaum einen Ton heraus.

»Seit gestern«, erklärte Alex und setzte sich neben sie auf das Bett. »Wir befürchteten, dass du zuviel Rauch eingeatmet hast.«

Die Bilder vom Vortag kamen plötzlich zurück und Sarah schloss die Augen. »Julianna«, keuchte sie.

»Mach dir keine Sorgen um sie.« Alex strich ihr das Haar aus dem Gesicht. »Sie wird dir nie mehr wehtun.«

»Sie kam zu mir ins Nähzimmer.« Sarah versuchte sich aufzusetzen, aber Alex drückte sie sanft zurück auf das Bett.

»Sie hat alles gestanden«, erklärte Alex.

»Julianna wirkte aufgebracht. Ich lud sie ein, sich zu

mir zu setzen. Danach kann ich mich an nichts mehr erinnern.«

Alex seufzte. »Sie hat dir nicht erzählt, was sie getan hat?«

Sarah atmete ein und ihre Brust zog sich schmerzhaft zusammen. Alex mied ihren Blick, als wollte er der Frage ausweichen, die unweigerlich kommen musste. Da ahnte Sarah, dass etwas Schreckliches geschehen sein musste.

»Was ist im Nähzimmer geschehen?«

Alex blickte aus dem Fenster. »Es gab ein Feuer. Wir fanden dich ohnmächtig am Boden und mussten dich wiederbeleben.«

»Ich hatte keine Kerzen angezündet.« Sarah versuchte krampfhaft, sich an Einzelheiten von Juliannas Besuch zu erinnern. Sie hatte sich umgedreht, um ihr einen Stuhl anzubieten und dann ... Schmerz! – ein dumpfer Schlag hatte sie am Kopf getroffen. »Julianna hat auf mich eingeschlagen!«, rief sie aus.

Alex nickte. »Sie hat dich bewusstlos geschlagen und dann ein Feuer gelegt.«

»Aber was hatte sie gegen mich?«, wunderte sich Sarah. »Sie war eine Freundin.«

»Sie mochte dich.« Alex ergriff Sarahs Hand. »Sie war sehr verwirrt.«

Sarah blickte Alex an und versuchte zu begreifen, was er ihr da sagte, aber ihr Kopf weigerte sich. Wenn man sie in dem brennenden Zimmer gefunden hatte, musste das heißen, dass Julianna sie dort zurückgelassen hatte. Aber warum sollte sie so etwas tun?

»Hat Julianna versucht, mich umzubringen?«, fragte sie schließlich.

»Ja.«

»Dann hat sie auch versucht, dir wehzutun?«

»Und Douglas«, sagte Alex mit einem kurzen Nicken. »Es fiel mir schwer, es zu glauben, aber Julianna erzählte uns alles, bevor ...« Alex verstummte und senkte den Blick auf seine Hand, die ihre hielt.

»Bevor was?«, drängte Sarah.

Alex holte tief Luft. »Sie hat sich vom Dach gestürzt.«

Ihr Verstand wehrte sich gegen das, was sie soeben vernahm, und Sarah schloss die Augen. Julianna hatte sich das Leben genommen. Es durfte nicht wahr sein. »Was hat sie bloß zu dieser verzweifelten Tat getrieben?«

»Sie dachte, sie täte ihrer Mutter einen Gefallen.« Alex räusperte sich. »Wie es aussieht, hat Julianna jedes Mal gehandelt, wenn Fanny jemandem etwas Böses oder gar den Tod wünschte.«

»Wie entsetzlich!«, stieß Sarah aus.

Alex nickte. »Es ist kaum zu fassen, aber an ihren Worten besteht kein Zweifel. Am Ende ertrug Julianna es nicht mehr, die Wünsche ihrer Mutter zu erfüllen.«

Sarah blickte zur Seite und ließ zu, dass Tränen über ihre Wangen liefen. Julianna war so ein sanftes, empfindsames Gemüt gewesen. Es fiel schwer zu glauben, dass Lady Caldern nicht bewusst war, was sie ihrer Tochter antat.

Alex umarmte Sarah und legte sich neben sie aufs Bett. »Nicht weinen, Liebste«, flüsterte er zärtlich.

Sarah vergrub das Gesicht an seiner Brust. Jetzt ließ sie ihren Tränen freien Lauf. Alex streichelte ihren Rücken und wiegte sie, bis sie sich etwas beruhigte.

»Was wirst du jetzt tun?«, brachte Sarah schließlich hervor.

Alex zuckte leicht mit den Schultern. »Bryan wird seine Mutter auf seinen Besitz nach Somerset bringen. Hoffentlich gelingt es ihm dort, sein Leben wieder in Ordnung zu bringen.«

»Es wird nicht einfach sein«, murmelte Sarah. Es musste niederschmetternd sein zu erfahren, dass die eigene Schwester für einen getötet hatte.

»Ja.« Alex rieb das Kinn an Sarahs Kopf. »Nach Juliannas Geständnis wirkte er wie ein gebrochener Mann.«

»Dir muss es genauso gehen.« Sarah blickte in Alex' Augen und bemerkte zum ersten Mal, wie müde er aussah. »Sie war auch deine Schwester.«

»Sie war noch ein Baby, als ich ging«, erinnerte Alex Sarah mit einem Seufzen. »Es war meine Schuld, dass ich so lange fortblieb. Sie hat mich nie als Bruder kennengelernt.«

»Du hast getan, was nötig war.« Sarah ertrug es nicht, dass Alex sich selbst die Schuld für Juliannas Handeln gab. »Du konntest nicht ahnen, dass Lady Caldern sie in den Wahnsinn trieb.«

»Gewiss, aber ich hätte es versuchen sollen. Ich war so mit meinen eigenen Problemen und Nöten beschäftigt seit ich in Caldern angekommen bin, dass ich mich nie darum bemühte, Julianna oder Bryan besser kennenzulernen.«

Dem konnte Sarah nichts entgegensetzen. Bei den wenigen Gelegenheiten, bei denen die Familie zusammenkam, hatte Alex stets sein Bestes gegeben, sie gegen sich aufzubringen. Er hatte seine Gründe gehabt, doch das war jetzt kein Trost. Diese Wunde konnte nur die Zeit heilen.

Sarah sah Alex tief in die Augen und schmiegte sich dann an ihn. »Ich liebe dich«, flüsterte sie. »Lass dir von mir helfen.«

Überrascht blickte Alex sie an und strich ihr das Haar aus dem Gesicht. Dann senkte er den Kopf. »Dir gegenüber ist mein schlechtes Gewissen am größten«, gestand er.

»Warum?«, fragte Sarah. »Du wolltest mich doch nur von deiner Liebe überzeugen. Ich war es, die sich nicht öffnen konnte.«

»Ich habe dich zur Ehe gezwungen«, krächzte Alex heiser. »Ich habe selbstgefällig angenommen, damit all deine Probleme lösen zu können. Jetzt sehe ich ein, wie falsch das war. Liebe kann man nicht erzwingen. Das hat mich die Sache mit Julianna gelehrt.«

Wieder stiegen Sarah die Tränen in die Augen und sie musste blinzeln. »Ich hätte dir vertrauen sollen. Vertrauen ist ein Teil der Liebe.«

»Ich war so dumm.«

Sarah schüttelte den Kopf. »Ich war die Dumme.«

Alex Augen weiteten sich. »Was sagst du da?«

Sarah holte tief Luft und blickte Alex noch einmal lange in die Augen. »Ich möchte die Heirat nicht mehr rückgängig machen.«

Ganz langsam breitete sich ein Lächeln auf Alex' Gesicht aus und er strahlte ungläubig. »Ich dachte nicht, dass ich diese Worte jemals aus deinem Mund hören würde. Sag mir, dass du es ernst meinst.«

Ein unfassbares Glücksgefühl stieg in Sarah auf und erfüllte sie mit wohliger Wärme. Sie nickte. »Als du in das Eislager fielst, wurde mir bewusst, dass ich ohne dich nicht leben könnte. Dich zu verlieren, fürchte ich mehr als die Ehe.«

Alex zog sie an sich und küsste sie triumphierend. Genussvoll ergab sich Sarah ihm. Er liebkoste und neckte sie mit der Zunge, bis leise Begierde sie überkam.

Nach dem Kuss war Sarah völlig außer Atem und ihre Lungen schrieen nach Luft. Durch halb geschlossene Lider beobachtete sie, wie sich Alex' Brust unregelmäßig hob und senkte. Aus seinen Augen strahlte ihr eine Zärtlichkeit entgegen, die sie dahinschmelzen ließ. Ganz ohne Scheu zeigte er ihr seine Gefühle. Sie strich ihm das Haar aus der Stirn.

Bei ihrer Berührung erzitterte er. Ein zehrendes Verlangen erfasste Sarah. Sie beugte sich zu ihm und verschloss seine Augen mit Küssen, dann strich sie mit den Lippen über seine Stirn, die Nase und die Wangen. Sanft ließ sie die Zunge über sein Kinn gleiten, das von leichten Bartstoppeln rau war. Dann küsste sie ihn, biss ihn zärtlich in die Lippen und neckte ihn mit der Zunge, bis er aufstöhnte.

»Weißt du, was du mit mir anrichtest?« Alex' Stimme war rau.

Sarah lächelte. »Ich liebe dich.«

Alex stieß den Atem aus und sein Blick durchbohrte sie. »Hör nie damit auf.«

Sarah beugte sich nach vorne und benetzte sein Gesicht mit Küssen, bis sie seinen Hals erreichte. Die steifen Ecken seines gestärkten Halstuchs kitzelten ihre

Nase. Sie lehnte sich zurück, knotete es auf und warf es zu Boden. Dann machte sie sich an seinem Gehrock zu schaffen, aber er ließ sich nicht lockern.

»Du hast zu viel an.« Sarah konnte ihren Frust nicht verhehlen.

»Du aber auch, meine Schöne.« Alex setzte sich auf und riss sich das störende Kleidungsstück vom Leib. Dann begann er, sein Hemd aufzuknöpfen, doch Sarah hielt ihn auf.

»Lass mich das machen.«

Mit zittrigen Fingern knöpfte sie den ersten Knopf auf und ließ ihre Hand unter das Hemd gleiten. Sie strich über Alex' Brust und das Gefühl unter ihren Fingerspitzen weckte ihre Leidenschaft. Als sie die entblößte Haut küsste, sog Alex hörbar Luft ein, und als Antwort durchzuckte Sarah ein tiefes Verlangen. Sie musste ihn ganz sehen. Mit fahrigen Bewegungen zog sie das Hemd aus dem Hosenbund und streifte es ihm über den Kopf.

Der Anblick von Alex' nackter Brust trieb ihr die Tränen in die Augen. Zärtlich streichelte sie seinen Verband über den Rippen. Der Anblick der Abschürfungen und blauen Flecken versetzten ihr einen Stich, aber die meisten Verletzungen waren bereits verheilt. Sarah drückte Alex sanft zurück in die Kissen und begann, die Prellungen und Kratzer sanft mit den Lippen nachzufahren. Dann ließ sie ihre Lippen tiefer wandern und spielte mit den Fingern am Verschluss seiner Hose. Mit einem Dreh hatte sie ihn geöffnet.

Alex fuhr hoch, doch Sarah drückte ihn zurück und ließ die Lippen nun über seine Brust gleiten, bis hinauf zu seinem Mund. Hungrig küsste sie ihn, und sein Geschmack steigerte noch ihre Lust. Er zog sie an sich, schloss sie in die Arme und massierte sie, bis ihr ganzer Körper von fiebrigem Verlangen erfasst war.

Das Feuer war entfacht. Rastlos wand sich Sarah in seiner Umarmung und presste sich an ihn. Küsse reichten ihr nicht mehr aus. Sie musste ihn zu einem Teil von sich machen, ihn tief in sich spüren. Nur so war ihr brennendes Verlangen zu stillen. Sie löste die Lippen von seinem Mund und setzte sich zitternd auf. Mit pochendem Herzen zog sie am Bund seiner Hose.

»Lass mich das machen.« Alex' Stimme war kaum hörbar. Er verzog das Gesicht bei der Anstrengung, erst Stiefel und dann Hose abzustreifen. Als er ausgezogen war, streckte er die Hand nach Sarah aus, doch sie wich zurück.

»Leg dich hin«, bat sie heiser. Mit angehaltenem Atem beobachtete sie, wie Alex ihrem Wunsch nachging und sich langsam auf die Kissen legte. Ein lustvolles Ziehen lief durch ihren Unterleib.

Alex zeigte auf ihr Nachthemd. »Ich muss dich ganz sehen.«

Sarah nickte und hob mit einem verführerischen Lächeln einen Hemdszipfel an. Als sich Alex' Augen weiteten und sein Atem ins Stocken geriet, wurde auch sie von Aufregung erfasst. Zum ersten Mal begriff sie, welche Macht die Frau über den Mann haben konnte, und ihre Liebe zu Alex machte es umso süßer.

Sachte ließ sie den Spitzensaum ihres seidenen Nachthemds über ihre Schenkel gleiten. Als Alex' Augen sich vor Verlangen zu verdunkeln schienen, musste sich Sarah die Lippen befeuchten. Alex' Leidenschaft anzufeuern versetzte sie selbst in einen Zustand höchster Erregung. Ganz langsam zog sie das Kleid höher, bis ihre Beine ganz entblößt waren, dann riss sie es sich in einer einzigen schnellen Bewegung über den Kopf.

Alex stöhnte und verzehrte ihren Körper mit hungrigen Blicken. Sarah ließ sich zurück auf die Knie sinken und berauschte sich an seinem Begehren. Nur mit größter Willensanstrengung konnte sie sich noch zurückhalten. Sachte ließ sie ihre Finger Alex' Bein hinaufgleiten und verführerisch an seinem harten Geschlecht entlangstreifen. Er streckte die Hand nach ihr aus, doch sie wich aus. Ihre Finger tanzten über sein anderes Bein, dann übernahmen ihre Lippen.

Mit heißen, innigen Küssen verschlang sie jeden Quadratzentimeter seiner Beine, so lange, bis er unter ihr zu zittern begann. Jede Berührung mit den Lippen, der Zunge erzeugte ein köstliches Sehnen in ihrem Inneren, bis sie lichterloh in Flammen stand. Nur eine Sekunde zögerte sie, dann fuhr sie mit der Zunge über Alex' aufgerichtete Erregung.

»Oh, Gott«, stieß Alex zwischen zusammengebissenen Zähnen aus. »Das darfst du nicht.«

»Soll ich aufhören?«

Alex schüttelte den Kopf. »Nein. Ganz im Gegenteil.«

Sarah leckte noch einmal zögerlich darüber und genoss seinen leicht salzigen Geschmack. Er bewegte unruhig die Hüften, doch sie verwöhnte ihn weiter mit Zunge und Mund, bis ihr Verlangen nicht mehr auszuhalten war. Erst dann schwang sie ein Bein über seine Hüfte und setzte sich auf ihn.

»Bis du sicher?« keuchte Alex zwischen abgehackten Atemstößen.

»Ich liebe dich.«

Sarah beugte sich zu ihm herunter und biss ihn leicht in die Unterlippe, bevor sie ihn küsste. Dann schob sie sich zurück, bis sie ihn hart zwischen ihren Beinen spürte. Mit angehaltenem Atem blickte sie Alex in die Augen. Liebe und Verständnis strahlten ihr daraus entgegen.

»Ich vertraue dir.« Langsam senkte sie sich auf ihn herab und ließ sich vollständig von ihm ausfüllen.

»Du sollst mein Mann sein.«

Genüsslich bewegte sich Sarah auf und ab, bis sie einen Rhythmus fand, der sie zu immer neuen Höhen der Erfüllung trug. Alex führte sie mit Händen und presste ihr die Hüften entgegen. Welle um Welle der Verzückung durchströmte Sarah. Dann erbebte sie plötzlich und die Welt zerbarst in tausend glitzernde Teilchen.

Sarah sank auf Alex' Brust. Seine Arme umfassten sie, und mit einer einzigen schnellen Bewegung drehte er sie um und lag nun über ihr. Er küsste sie, erst zärtlich, dann lockend, bis ihre Leidenschaft aufs Neue erwachte. Ihr Innerstes zog sich um Alex zusammen und empfing seine langsamen gleichmäßigen Stöße. Das Gefühl ließ sie am ganzen Körper erzittern.

Erst da löste sich Alex von ihren Lippen und begann, an ihrem Hals zu nesteln. Seine Hände fuhren über ihre Brüste, die Finger glitten über die schon hart gewordenen Brustwarzen. Sarah bog den Rücken, als sengende Hitze sie durchzuckte. Sie glaubte, es nicht mehr ertragen zu können.

Jetzt erst wurde Alex schneller und drang mit jedem Stoß tiefer ein, bis er sie zum Gipfel der Ekstase trug. Er verschloss ihren Mund mit einem leidenschaftlichen Kuss, gerade als sie den Höhepunkt gemeinsam erreichten und erlöst zusammenbrachen. Wieder und wieder wurde Sarah geschüttelt und Tränen schossen ihr in die Augen, so unfassbar schön war ihre Liebe.

* * *

Viel später, als die Sonne bereits untergegangen war, lagen sie zufrieden und träge unter den Laken. Sarah strich mit der Hand über Alex' Brust und kringelte geistesabwesend die kurzen schwarzen Härchen um die Finger.

Alex legte seine Hand auf ihre. »Wenn du so weitermachst, wirst du sie noch ausreißen«, neckte er sie. »Lass noch ein paar für unser Alter übrig.«

Sarah kicherte und gab ihm einen kleinen entschuldigenden Kuss. »Ich dachte gerade daran, was für ein Glück wir doch haben.«

»Du wirst unsere Heirat nie bereuen«, versicherte er ihr. »Ich verspreche dir, dich glücklich zu machen.«

»Ich werde glücklich sein.« Sarah hatte das Gefühl, ihr ganzer Körper sei voller Zufriedenheit. Alex' Liebe hatte ihr das Vertrauen an das Leben wiedergegeben, und sie beabsichtigte, jeden Moment davon zu genießen.

»Du wirst tun können, was immer du willst«, fuhr Alex fort. »Du kannst deine Heilkunde weiterbetreiben und ich werde mich nicht einmischen. Ich werde ein Mustergatte sein.«

Sarah sah zu Alex auf und lächelte nachsichtig. »Du wirst protestieren, sobald ich das erste Mal dein Bett verlasse, um mich nach Einbruch der Dunkelheit um einen Kranken zu kümmern.«

»Niemals«, protestierte Alex.

Sarah blickte ihm tief in die Augen, bis er langsam errötete. Er lächelte verlegen. »Zumindest werde ich versuchen, dir nicht im Wege zu sein.«

»Ich weiß, dass du es versuchen wirst.« Sarah kuschelte sich enger an ihren Mann. »Es wird nicht leicht für uns werden, unsere Meinungsunterschiede auszuhandeln, aber das wird es wert sein.«

»Du klingst schon fast wie ich«, scherzte Alex.

»Weil ich dich jetzt besser verstehe«, erklärte Sarah. »Du willst mich beschützen, weil du mich liebst.«

»Sehr sogar«, stimmte Alex zu.

»Gemeinsam werden wir es schaffen«, versprach Sarah. »Und jeden Tag werde ich für deine Liebe dankbar sein.«

Alex senkte den Kopf und biss sie zärtlich in die Lippen. In ihrem Inneren erwachte neue Leidenschaft und Sarah seufzte zufrieden. Alex hatte ihr die Schönheit der Liebe gezeigt. An ihr würde sie sich festhalten und sich auch den Rest von ihr zeigen lassen.

Epilog

Alex saß im Schlafzimmer, eine einzige Kerze flackerte in der Dunkelheit. Es war spät. Vor einer Viertelstunde hatte es Mitternacht geschlagen. Gerade streckte er die Beine aus, als leise die Tür aufging.

»Ist alles gut gegangen?«, fragte er und erhob sich aus dem Sessel.

Sarah stand in der Tür, das Haar fiel ihr in das müde Gesicht. Sie schloss die Tür und lächelte. »Ein bildhübscher gesunder Junge.«

»Wie schön«, freute sich Alex und schloss seine Frau in die Arme. »Ich hoffe nur, du hast dich nicht überanstrengt.«

Sarah schüttelte den Kopf. »Mir geht es gut.«

»Man kann nicht vorsichtig genug sein«, mahnte Alex sanft.

Sarah zog den dunklen Mantel aus und warf ihn über den Sessel, in dem Alex gerade noch gesessen hatte. Alex stockte der Atem. Sie sah bezaubernd aus. Auch nach Jahren der Ehe konnte er sich nicht an ihr satt sehen.

In ihrem kräftigen dunklen Haar sah man noch keine graue Strähne und ihre Augen strahlten. Sie sah rundherum zufrieden aus, was Alex stolz als sein Verdienst betrachtete. Es war das einzige Versprechen, das er ihr gegeben hatte, und er hatte es gehalten. Sie glücklich zu machen.

»Ich mache mir nur Sorgen, dass du dir zu viel zumutest.« Alex streckte die Hand aus und streichelte ihren sich rundenden Bauch.

»Es gibt keinen Grund, sich zu sorgen«, versicherte Sarah. »Es ist unser drittes Kind, und alles läuft wie vorgesehen. Dieses Mal fühle ich mich auch viel besser als bei unseren Jungen.«

Alex massierte sanft ihre Schultern. »Möchtest du, dass ich dir ein Bad einlaufen lasse?«

Sarah schüttelte den Kopf. »Es ist spät. Morgen früh reicht auch.«

Alex ging zum Waschkrug, machte ein Tuch nass und reichte es ihr. Sie tupfte sich das Gesicht ab und seufzte.

»Das tut gut. In diesem Cottage war es viel zu warm.«

»Vielleicht solltest du etwas Kleidung ablegen«, meinte er mit einem Zwinkern. »Ich könnte dich mit dem Waschlappen abreiben.«

Sarah lächelte ihren Mann an und ein warmes Glücksgefühl ergriff von ihr Besitz. Zehn Jahre Ehe hatten vieles mit sich gebracht, aber sie liebte ihn wie eh und je. Alex war ein starker Mann und manchmal nicht ganz einfach, aber er war jede Mühe wert.

Ab und an gab es Auseinandersetzungen, meist weil Alex Sarahs Entscheidungen nicht immer gefielen, aber sie kamen immer schnell zu einer Einigung. Alex ließ ihr ihre Freiheit. Mit der Geburt ihrer Jungen war ihr Glück vollkommen gewesen.

Sarah rieb sich versonnen den Bauch. Diese erneute Schwangerschaft war unerwartet, aber willkommen.

Sarah hatte langsam den Eindruck, dass ihre Kinder sie nicht mehr brauchten. Der neunjährige Douglas verbrachte den größten Teil des Jahres an der Schule und der siebenjährige James würde seinem Bruder bald folgen. Doch nun hätte sie ein weiteres Baby zum Verwöhnen.

»Befreie mich aus diesem Kleid.« Sarah drehte Alex den Rücken zu.

»Muss ich dich gar nicht weiter überzeugen?«, fragte er in gespielter Überraschung.

»Dein Angebot ist zu verlockend.« Sarah zwinkerte ihm über die Schulter zu. »In meinem Alter wäre es töricht, das Angebot eines Mannes auszuschlagen.«

Alex machte sich an ihrem Kleid zu schaffen. Mit den Lippen streichelte er ihren Nacken, während er mit den Fingern gekonnt die Bänder am Rücken löste. Kurz darauf stand sie im Unterkleid vor ihm.

Sarah wandte sich um, küsste ihren Mann und führte seine Hände an ihren Körper. Als Alex das letzte Stück Stoff entfernt hatte, das zwischen ihnen war, hob er sie hoch und trug sie zum Bett.

»Endlich allein«, seufzte er. »Den ganzen Abend habe ich auf diesen Moment gewartet.«

»Ich auch«, gestand Sarah.

»Keine späten Niederkünfte mehr«, bat Alex.

»Ich werde es versuchen«, flüsterte Sarah und biss Alex verspielt ins Ohr. »Aber da wirst du mit den Babys reden müssen.«

Alex schmunzelte und verschloss Sarahs Lippen mit einem langen Kuss. Sarah ließ sich von seiner Leidenschaft anstecken. Immer wieder brachte er sie zur Ekstase. Das war von Anfang an so gewesen und hatte sich im Laufe der Jahre nur noch gesteigert.

Alex streichelte sie zärtlich. Er kannte alle ihre Vorlieben und wusste genau, wie er sie berühren musste, um ihr die höchste Lust zu verschaffen. Sarah gab sich ihm hin. Alex hatte ihr ein glückliches Leben versprochen und ihr so viel mehr gegeben. Sie hatte nie bereut, sich auf das Wagnis ihrer Liebe eingelassen zu haben. Alex konnte sie vertrauen. Die Liebe hatte ihr ein neues Leben geschenkt und sie ihr Selbst wiederfinden lassen.